Marlene Streeruwitz

Verführungen.

Marlene Streeruwitz

Verführungen.

3. Folge
Frauenjahre.

Süddeutsche Zeitung | Bibliothek

Bibliografische Information der Deutschen Nationalbibliothek
Die Deutsche Nationalbibliothek verzeichnet diese Publikation in der Deutschen Nationalbibliografie.
Detaillierte bibliografische Daten sind im Internet über http://dnb.d-nb.de abrufbar.

Der vorliegenden Ausgabe liegt die Textfassung der Originalausgabe des im S. Fischer Verlag erschienenen Buches zugrunde.
Lizenzausgabe der Süddeutschen Zeitung GmbH, München
für die Süddeutsche Zeitung | Bibliothek 2007

Titelfoto: Ludovic Moulin / Picture Press
Autorenfoto: ullstein - vario images
Klappentext: Dr. Harald Eggebrecht
Gestaltung: Eberhard Wolf
Grafik: Dennis Schmidt
Projektleitung: Dirk Rumberg
Produktmanagement: Sabine Sternagel
Satz: vmi, Manfred Zech
Herstellung: Hermann Weixler, Thekla Neseker
Druck und Bindearbeiten: Ebner & Spiegel, Ulm
Printed in Germany
ISBN 978-3-86615-529-9

Verführungen.

Das Telefon läutete um 3 Uhr in der Nacht. Püppi war am Apparat. Helene müsse kommen. Sofort. Dringend. Oder hätte sie besseres zu tun, als sich um ihre Freundin zu kümmern. Sei sie beschäftigt. Mit einem Schweden vielleicht? Helene zog sich an. Sie legte Zettel auf ihr Bett und vor die Wohnungstür der Großmutter nebenan. Auf die Zettel hatte Helene die Telefonnummer von Püppi geschrieben. Falls eines der Kinder aufwachen und sie suchen sollte. Püppi wohnte in der Karolinengasse. Im 4. Bezirk. Beim Belvedere. Helene fuhr über den Franz Josephs-Kai und den Ring zur Prinz Eugen Straße. In der Nähe der Innenstadt waren die Straßen belebt. Im 19. Bezirk und dann im 4. war niemand auf der Straße. Eine Funkstreife stand vor der türkischen Botschaft. An der Ecke Karolinengasse und Prinz Eugen Straße. Die Polizisten musterten Helene beim Vorbeifahren. Helene fragte sich, was sie diesmal vorfinden würde. Püppi hatte ruhig geklungen. Geheimnisvoll. Vorwurfsvoll. Aber zusammenhängend. Die Heizung im Auto hatte erst am Schwedenplatz zu wärmen begonnen. Durchfroren lief Helene die Stiegen in der Karolinengasse 9 hinauf. Helene hatte einen Haustorschlüssel. Für solche Anlässe. Es gab keine Gegensprechanlage. Nicht einmal Glocken. Wollte man zu Püppi, mußte man erst anrufen. Oder man war geschickt genug, ein Steinchen gegen die Fenster im 5. Stock zu werfen. Die Wohnungstür war angelehnt. Die Tür zu Sophies Zimmer stand weit offen. Helene ging hinein. Das thailändische Kindermädchen saß in der Ecke hinter Sophies Bett. Zusammengekauert hockte die junge Frau auf dem Boden und starrte Ebner an. Karl Ebner, Kunsthändler, stand am Bett des Kindes und sah auf Sophie hinunter. Die Nachttischlampe brannte, Sophies blondes Kinderhaar glänzte im Licht. Das Kind schlief. Ebner schwankte leicht. Die Thailänderin sah ihm besorgt zu. Sie lächelte Helene erleichtert an und stand auf. Helene legte den Finger an die Lippen. Sie nahm Ebner an der Hand. Ebner grunzte vor sich hin. Helene löschte die Lampe. Schob das Kindermädchen aus dem Zimmer und schloß die Tür. Ebner wollte in das Kinderzimmer zurück. Helene hielt ihn fest an der

Hand und führte ihn den Gang hinunter. Die Thailänderin schlüpfte in ihr Zimmer. Ebner wollte der jungen Frau nach. Helene hielt ihn fest. Mit Ebner an der Hand ging sie auf die Suche nach Püppi. Sie fanden sie im Badezimmer. Püppi saß in der Badewanne. Schaum türmte sich rund um sie. Heißes Wasser floß dampfend in die Wanne. Püppi telefonierte und bürstete sich den Rücken. Ebner begann sich auszuziehen. Umständlich legte er seine Kleider auf einen kleinen Hocker. Er faltete alles ordentlich. Schwankte dabei. Nackt zwängte er sich Püppi gegenüber in die Wanne. Püppi telefonierte. Sie winkte Helene mit der Rückenbürste zu. Helene ging in die Küche und setzte sich an den Tisch. Vom Küchenfenster sah man auf einen Lichthof hinaus. Alle anderen Fenster waren dunkel. Helene hätte gerne einen Kaffee gehabt. Oder irgend etwas Warmes zu trinken. Sie ging wieder ins Badezimmer. Ebner war in der Wanne eingeschlafen. Sein Kopf hing vornüber in den Schaum. Püppi telefonierte. Gummitiere lagen herum. Alles im Badezimmer war mit Tiermotiven versehen. Handtücher, Seifen, Zahnbürsten, Becher, Waschlappen, Kämme, Bürsten, Kacheln. Überall Micky Mäuse, Donald Ducks, Ticks, Tricks und Tracks. Elefanten. Enten. Affen. Alles für Sophie. Helene fragte Püppi, ob sie wisse. Ebner sei im Zimmer ihrer Tochter gewesen. Die Thailänderin aufgewacht. Zum Glück. Ob sie das nicht? Püppi sagte ins Telefon: »Ich gebe dir jetzt jemanden, der dir bestätigen kann, daß er nicht hier ist.« Sie hielt Helene den Hörer hin. Helene nahm den nassen, schaumüberzogenen Hörer. »Was ist denn jetzt«, fragte sie. »Ich weiß, daß er da ist. Ich weiß es. Ich. Weiß es. Ich kann das spüren. Ich spüre das. Da wißt Ihr nicht, was Ihr tun sollt. Da wißt Ihr nichts. Nichts mehr. Aber. Da werden noch ganz andere Sachen. Ganz andere Sachen werden da noch passieren. Ihr werdet schon sehen. Das werdet Ihr schon noch sehen. Das kann ich dir versprechen. Ihr. Ihr nehmt mir den Jack nicht weg. Ihr nicht. Niemand. Das könnt Ihr Euch ...« Die Frau sprach schnell. Ohne Betonung. Wie sich selbst vorsagend. »Worum geht es? Was ist denn los?« Püppi bürstete sich weiter den Rücken. Helene hielt den Hörer weit von sich. »Das ist die Wahnsinnige aus Salzburg«, sagte Püppi. »Es ist wegen dem Jack.« »Die Sophie«, fragte Helene. »Ja. Die Durchgedrehte.« Helene sprach in den Hörer. »Aber. Der Alex. Ist der Alex nicht da. Ist er nicht mehr da?« Einen Augenblick war Stille im Hörer. Dann kreischte die Stimme los. Überschlug sich. Schrie. »Geht's scheiß'n mit dem Alexander. Verbrunzt's Euch. Er soll abhaun. Endlich. Verscheißt's Euch doch alle ...« Helene hielt den Hörer in die Luft. Püppi lächelte sie strahlend an. Aus dem Hörer tönte es, »Jack. Jack. Ich brauche dich. Jack. Wenn du nicht kommst, dann! Ich mache es. Ich mache es ganz einfach ...« Die Tür zu Püppis Schlafzimmer ging auf. Ein großer aschblonder Mann trat herein. Püppis chinesischer Hausmantel reichte ihm knapp bis zum Oberschenkel. Er reinigte seine Fingernägel mit einem Hirschfänger. Er nahm Helene den Telefonhörer aus der Hand. »Gusch. Katzi«, sagte er. Ruhig. Freundlich. »Halt's zsamm. Oder du erlebst was. Wenn i wieda da bin.« Die Stimme im Hörer überschlug sich. Schluchzte. Schrie. Der Mann legte den Hörer auf den Boden. Er sah zu Helene auf und grinste. Der Hörer blieb liegen. Das Kreischen war zu hören. Dünn. Der Mann zog Püppi aus der Wanne hoch. Schaum klebte an ihr. Er umarmte sie. Sah über seine Schulter zurück Helene an und fragte, »macht die mit?« Und Püppi sagte, »Helene. Darf ich dir Herrn Niemeyer vorstellen?« Sie lachte. »Jack. Genannt Jack. Wie der Ripper.« Sie klang glücklich. Sie stieg auf den Rand der Badewanne. Der Mann hob sie hoch. Er schleuderte den Hirschfänger in die helle Holzwand hinter der Badewanne. Das Messer blieb im Holz stecken. Über Ebners Kopf. Der Mann sah das Messer an. Dann hob er Püppi hoch. Küssend verschwanden die beiden im Schlafzimmer. Ebner rutschte langsam in die Badewanne hinein. Helene zog den Stöpsel heraus und drehte das Wasser ab. Sie ging. Aus dem Telefonhörer war nichts mehr zu hören. Helene verschloß sorgfältig alle Türen. Sie fuhr nach Hause. Sie war nicht viel länger als eine Stunde weggewesen.

Alex rief am Sonntag an. Helene hatte sich nach dem Mittagessen zum Lesen auf das Bett gelegt und war eingeschlafen. Sie begriff erst nicht, wer da am Apparat war. »Na. Ich!« rief Alex. »Der kleine Grüne.« Die Kinder hatten Alex den kleinen Grünen genannt. Weil er immer grüne Trachtenjanker getragen hatte, wenn er Helene abgeholt hatte. Ja. Er hätte sich gedacht, sie sollten einander sehen. Er hätte es schon gestern versucht. Aber es wäre niemand da gewesen. »Wir waren spazieren«, sagte Helene. Und ja. Warum nicht. Warum sollte man einander nicht sehen. Heute noch? Helene zögerte. Das Büro. Sie sollte schlafen. Aber sie ließ sich überreden. Um 8 Uhr. Ja. Er solle unten läuten. Sie käme dann.

Der Schwede rief um 4 Uhr an. Ob sie am Abend Zeit hätte. Helene lehnte ab. Sie müsse schlafen. Das Büro. Ja? »Schade«, sagte er. Er wäre dann wieder in Mailand. »Ja. Dann gute Reise«, sagte Helene. »Wieso«? fragte der Schwede. Ja. Die Fahrt nach Mailand. Das wäre doch eine Reise. »Ach so. Ja. Natürlich!« lachte er.

Helene machte den Kindern das Abendessen und überwachte das Zähneputzen und Baden. Währenddessen überlegte sie, ob sie die Haare waschen sollte. Was wollte Alex. Sie hatten einander seit den Telefonaten im August nicht mehr gesprochen. Helene wusch sich die Haare und zog ihr einziges ordentliches Kleid an. Das Balmain-Kleid war das Geschenk einer Tante zum 30. Geburtstag zu Weihnachten gewesen. Jetzt würde es Zeit, hatte Tante Adele gesagt, elegant zu werden. Helene hätte lieber das Geld gehabt. Sie hatte nicht einmal passende Schuhe zu diesem Kleid. Sie legte sich noch einmal auf das Bett. Die Kinder hüpften im Kinderzimmer herum. Die Großmutter saß im Wohnzimmer und sah fern. Helene hatte ihre langen Haare vorsichtig hochgedreht und auf den Polster gelegt. Die Haare im Nacken fühlten sich noch feucht an. Helene preßte den

Kopf gegen den Polster. Damit keine kalte Luft an die nassen Haare kommen konnte. Einen Augenblick fühlte sie eine große Müdigkeit in ihren Körper fließen. Sie dachte, sie würde nicht mehr aufstehen können. Einen Augenblick war ihr das auch gleichgültig. Liegen. Dachte sie. Liegenbleiben. Einfach liegenbleiben. Dann läutete Alex, und sie sprang auf. Schüttelte ihre Haare zurecht. Holte ihren Mantel. Sie küßte alle zum Abschied. Ließ sich von allen versprechen, bald schlafen zu gehen. Und ging.

Alex wartete vor der Haustür. Helene wußte plötzlich nicht, wie sie ihn begrüßen sollte. Sie standen einander gegenüber. »Du hast ein neues Auto?« fragte Helene. Alex erklärte ihr die Vorzüge seines neuen Subaru. Dann fielen sie einander lachend in die Arme. Lachten über diesen dummen Dialog. Lachten, als hätte es diese Telefongespräche im August nie gegeben. Und nie die Monate, in denen Helene auf seinen Anruf gewartet hatte. Sie gingen essen. In die Steinerne Eule. Alex bestellte das Essen und den Wein. Alex hatte immer das Essen und den Wein ausgesucht. Helene fragte ihn, was er so treibe. Warum er in Wien sei. Ob er nicht mehr in Salzburg lebe. Alex hatte Dinge zu erledigen in Wien. Und er lebe nicht mehr in Salzburg. Und was sie denn mache. Ob sie einen Liebhaber habe. Ob sie endlich geschieden sei. Helene aß und trank automatisch. Schmeckte nichts. Sie dachte kurz an die Kinder. Sollte sie zu Hause anrufen? Nach dem Dessert wollte sie Alex fragen. Alex hatte das Hausparfait bestellt. Ein Nougatparfait. Helene sah auf ihren Teller und stach ein Quadrat von dem Eis ab. Es fiel ihr kein Anfang für die Frage ein. Kein Wort. Kein Satz. Sie wußte auch nicht, ob ihre Stimme nicht zu sehr gezittert hätte. Oder rauh geklungen. Sie sah auf. Alex hatte sie beobachtet. Sie sahen einander in die Augen. »Ich kann es dir auch nicht sagen. Ich weiß eigentlich auch nicht, warum«, sagte Alex. »Und ich bereue es. Das kannst du mir glauben.« Alex bestellte zwei Grappa. »Magst du immer noch diese scheußliche Gelbe?« fragte er. Helene hätte weinen mögen. Still und leise. Und gleichzeitig fühlte sie sich leicht und von allem getrennt. Sie trank ihre Grappa. Alex zahlte. Sie gingen aus dem Lokal. Helene stieg zu Alex in den Wagen. Stumm saß sie neben ihm. Fragte nicht, wohin er denn fahre. Vor einem Haus in der Prinz Eugen Straße, weit oben, fast schon beim Südbahnhof, parkte Alex das Auto. Helene ließ sich aus dem Wagen helfen. Ein kleines Messingschild mit der Aufschrift Pension Monopol hing neben dem Eingang. Alex läutete und sagte etwas in eine Gegensprechanlage. Helene dachte, Püppi sollte sie jetzt sehen können. Wie sie in ein Stundenhotel ging. Als täte sie das jeden Tag. Ein Mann öffnete die Tür und musterte sie beide. Helene versuchte, so selbstverständlich wie möglich zu wirken. Alex drückte dem Mann Geldscheine in die Hand. Im Hausflur mit Stöckelpflaster und Marmorverkleidung erschien ein Zimmermädchen. Sie trug ein schwarzes Kleid, schwarze Schuhe und Strümpfe, ein kleines, weißes Schürzchen und ein weißes Spitzenhäubchen. Sie war alt und fett. Die Frau führte sie in ein Zimmer. Alles war weiß. Die Wände, Wandverkleidungen, das Bett, der Frisiertisch die Tapetentür zum Badezimmer. Handtücher gäbe es im Badezimmer, sagte die Frau und machte die Badezimmertür auf. Und ob die Herrschaften noch etwas wollten. Es gäbe keine Minibar. Alex sah Helene fragend an. »Jetzt ist wahrscheinlich Champagner notwendig. Oder?« fragte Helene. »Aber. Ich möchte Orangensaft.« Die Frau zuckte mit den Achseln. Alex bestellte auch Orangensaft, und die Frau ging. Helene setzte sich auf das Bett. »Müssen wir jetzt auf den Orangensaft warten?« Alex warf sie nach hinten auf das Bett und beugte sich über sie. »Das ist dieser Frau vollkommen egal«, flüsterte er. Als der Orangensaft dann gebracht wurde, setzte sich Helene aber doch auf und strich ihr Haar glatt. Die Frau stellte den Orangensaft auf den Frisiertisch. »Das macht 200 Schilling. Der Herr.« Alex kramte Geld aus seiner Jacke und verschloß die Tür hinter der Frau. Helene fühlte sich plötzlich wieder nur noch weinerlich. Sie mußte lachen. Dann war alles ganz einfach. Als wäre die Zeit in den Juli des vergangenen Jahres zurückgedreht. Oder in den

Juni. Den Mai. Alex ließ ihr wie immer keine Möglichkeit, etwas vorzutäuschen. Er saugte so lange an ihr, bis gar nichts anderes möglich war als ein Orgasmus. Dann schob er sie auf sich und kam, während sie ihn ritt. Wie damals hielt er sie lange. Helene schreckte aus einem tiefen Schlaf hoch. Es war 3 Uhr in der Nacht. Alex schlief. Helene begann sich anzuziehen. Alex wachte auf, als sie nach ihrer Unterwäsche im Bett suchte. Verschlafen fragte er sie, mit wem sie denn in der Zwischenzeit im Bett gewesen wäre. Sie wäre irgendwie anders. Erweckt. Dann begann er sich anzuziehen. Helene machte schweigend weiter. Sie wollte in ihr Bett. Sie wollte nicht gehört haben, was er sie gefragt hatte. Sie wollte nicht nachdenken darüber. Sie sagte nichts. Sie verließen das Zimmer. Sahen niemanden. Helene konnte dann die Tränen doch nicht zurückhalten. Sie saß im Auto und spürte die Tränen ihre Wangen hinunterrollen und auf dem Hals klebrig eintrocknen. Vor dem Haus wollte Alex etwas sagen. Aber Helene stieg schnell aus und lief zur Haustür. Alex stieg noch aus und setzte an, ihr etwas nachzurufen. Sie schloß die Haustür so schnell wie möglich. Sie lief in die Wohnung hinauf. Die Kinder schliefen. Alles in Ordnung, stand auf einem Zettel von der Großmutter. Helene warf sich im Kleid auf das Bett.

Püppi rief Helene im Büro an. Ob sie mittagessen könnten. Sie trafen einander im Café Prückl. Püppi war unauffällig. In Jeans und Pullover. Sie war allein. Sie hatte Sekt bestellt. »Du mußt mir gratulieren«, sagte sie. »Ich werde heiraten.« Helene starrte Püppi an. »Wen?« »Jack. Natürlich.« Der Kellner brachte Helenes Melange. Püppi rauchte. Sie schenkte sich immer kleine Schlückchen Henkell trokken aus der Piccoloflasche in ihr Glas und trank es sofort aus. Sie sah Helene triumphierend an. Ihre ungeschminkten Augen schienen hinter den Brillengläsern zu zerfließen. Helene sagte nichts. Sie wußte, sie sollte etwas Jubilantes sagen. Etwas Mitfreuendes. Ihr fiel nur ein, wie Püppi ihr von jedem Mann und jeder neuen Heirat abgeraten hatte.

Püppi war es gewesen, die ihr ins Gewissen geredet hatte. Als Alex ihr den Vorschlag gemacht hatte, eine gemeinsame Wohnung zu suchen. Zusammenzuziehen. »Und die Kinder?« hatte Püppi gefragt. »Und deine Freiheit. Jetzt hast du sie endlich.« Helene stellte Püppi die gleichen Fragen. »Und Sophie? Und deine Freiheit?« Püppi schenkte sich wieder ein paar Tropfen Sekt ein. Sie lächelte in ihr Glas. »Ja. Püppi«, sagte Helene, »schau halt, daß du glücklich wirst.« Püppi lächelte weiter in ihr Glas. Helene lehnte sich zurück. Sie saßen an einem der Tische an den Fenstern zum Ring. Hinter den nackten Zweigen der Kastanienbäume war der Himmel bleigrau. Im Café brannten die großen 50er Jahre Kristalluster. Alle Tische waren besetzt. Die Garderobiere machte die Runde und sammelte die Mäntel ein, Helene sagte zu ihr, sie müsse gleich gehen. Helene hatte sofort ein schlechtes Gewissen, die Frau um ihre Schillinge Garderobegebühr gebracht zu haben. Sie hatte aber nur eine halbe Stunde Mittagspause. »Kannst du heute auf Sophie aufpassen?« fragte Püppi. »Die Thailänderin ist mir davongelaufen.« »Wann?« fragte Helene. Sie wollte nicht. »Nur dieses Mal.« Püppi drehte ihr Glas. »Du hast doch ohnehin nichts vor.« Helene hätte Püppi etwas vorlügen können. Aber Püppi wußte immer, was stimmte und was nicht. Helene konnte nicht schwindeln. Selbst Frau Sprecher im Büro konnte ihr auf den Kopf zusagen, wann sie eine Ausrede verwendet hatte. »Warum bleibst du nicht zu Hause«, fragte Helene. Püppi sah sie erstaunt an. »Aber. Helene. Einmal bitte ich dich um etwas. Ein einziges Mal. Und dann!« Helene sagte zu. Sie käme um 9 in die Karolinengasse. Früher hätte sie nicht Zeit. Eigentlich könnte Püppi doch Sophie zu ihr bringen. Das Kind könnte da schlafen. Und ihre Kinder wären nicht allein. »Helene! Du hast doch die Omi«, sagte Püppi. »Ich habe niemanden. Du weißt doch, was das heißt. Und du weißt ganz genau. Die Sophie schläft nicht, wenn sie woanders ist.« »Also gut.« Helene legte 40 Schillinge neben die leere Kaffeetasse. Sie küßte Püppi auf die Wange. Püppi ließ Helene tief zu sich hinunterbeugen. Dann schenkte sie sich gleich wieder ein paar Tropfen Sekt ein. Helene kaufte einen Bund Tulpen in der Blumenhandlung am Ring. Auf dem Weg in die Ferdinandstraße. Ins Büro. Dort gab sie die Blumen Frau Sprecher. Die seien für sie. Frau Sprecher wunderte sich. »Übrigens. Frau Gebhardt«, sagte sie zu Helene, »Sie sind gesucht worden. Ein Herr Ericsen. Oder Ericson. Ich habe gesagt, Sie sind unterwegs.« Helene setzte sich an ihren Tisch. Herr Nadolny war nicht da. Die Tür zu seinem Zimmer stand offen. Helene holte sich Kaffee aus der Küche. Der Schwede hatte hier angerufen. Sie mußte ihn fragen, woher er die Telefonnummer hatte. Das bedeutete, er hatte aus Mailand angerufen. Helene begann Briefe fertig zu machen. Als Herr Nadolny von einem dieser ausgedehnten Mittagessen zurückkam, lag die Unterschriftenmappe auf seinem Schreibtisch. Nadolny war nicht gut aufgelegt. Er verlangte sofort Kaffee. Und Helene mußte eine kleine Flasche Underberg aus der Greislerei um die Ecke in der Czerningasse holen. Das war ein schlechtes Zeichen. Sonst war das Fläschchen Underberg erst um 5 am Nachmittag fällig. Helene durfte nicht auf Vorrat einkaufen. Sie mußte jedes Fläschchen aus dem Geschäft holen. Helene hatte mehrere Fläschchen in ihrem Fach in der Garderobe. Da nahm sie eines heraus und setzte sich ins Stiegenhaus hinaus. Eine Viertelstunde lang. Sie sah aus dem Fenster. Man konnte das Riesenrad sehen. Niemand benützte die Stiegen. Alle fuhren Lift. Nach der Viertelstunde ging Helene ins Büro zurück. Sie stellte das Fläschchen Underberg mit einem Glas Wasser auf ein Tablett. »Prost!« sagte sie, wenn sie es Herrn Nadolny auf den Schreibtisch stellte.

Helene kochte ein warmes Abendessen für die Kinder. Frischgemachtes Erdäpfelpüree und ein Butterschnitzel für Barbara. Katharina aß kein Fleisch. Helene hatte auf dem Weg vom Büro nach Hause eingekauft. Beim Meinl auf der Gymnasiumstraße war ein kranker Mann beim Ausgang gestanden. Der Mann war graugelb im Gesicht gewesen. Schweiß lief ihm über das Gesicht. Troff auf seinen

Hals. Der Hals glänzte. Der Mann schluckte. Ununterbrochen krampfte sein Hals in Schluckbewegungen. Dazwischen rang er nach Atem. Er stand an die Wand gelehnt. Die Hände gegen die Wand gepreßt. Er rutschte die Mauer hinunter. Stützte sich wieder weiter oben ab. Seine Hände hinterließen dunkle Flecken auf der schmutzigweißen Wand neben dem Packtisch. Helene fragte die Kassiererin, was denn los sei. Ob man etwas tun könne. Die Frau zuckte mit den Achseln. Murmelte etwas von »sich doch einen anderen Platz suchen können, für so etwas«. Sie fuhr fort, die Preise von Helenes Einkäufen einzutippen. Ganz auf ihre Tätigkeit konzentriert. Wie beleidigt. Vorwurfsvoll. Helene ging zu dem kranken Mann und fragte ihn, ob er sich nicht hinlegen wolle. Ob man ihm eine Decke besorgen solle. Es müsse doch irgendwo eine Tragbahre geben. In dem Geschäft seien doch mehr als 10 Personen beschäftigt. Dann schrieb das Arbeitsinspektorat vor, eine Tragbahre im Betrieb zu haben. Der Geschäftsführer tauchte auf. Kurt Binder stand auf seinem Namensschild. »Die Rettung ist gleich da«, sagte er. Eine ältere Frau in einem hellen Jogginganzug, Laufschuhen und Parka stellte sich zu ihnen und fragte auch, ob etwas zu helfen sei. Nein. Der Mann wollte sich nicht hinlegen. Er könne nicht. Schüttelte den Kopf. Kämpfte um Atem. Stützte sich gegen die Wand. Schlitterte hinunter. Der Schweiß rann von seiner Nasenspitze. Helene ging. Sie schleppte die zwei großen Einkaufssäcke zum Auto. Sie hatte in der Sternwartestraße geparkt. Sie hörte die Sirenen des Rettungswagens. Wie immer mußte sie heim Hören der Sirene fast weinen. Ein Schluchzen drückte gegen die Kehle. Im Auto auf dem kurzen Weg in die Lannerstraße verstand sie mit einem Mal, warum der Mann sich so gegen die Wand gepreßt hatte. Und sich nicht hatte hinlegen wollen. Er hatte sich in die Hose gemacht. Helene blieb lange vor dem Haus im Auto sitzen. Das Schluchzen preßte von innen gegen das Brustbein. Als hätte sie ein zu großes Apfelstück verschluckt.

Nach dem Essen ließ Helene die Kinder in ihrem Bett sitzen und las ihnen vor. Sie hatten verlangt, aus KOMM WIR FINDEN EINEN SCHATZ vorgelesen zu bekommen. Wie jedes Mal mußte an der Stelle lange innegehalten werden, an der der kleine Löwe und der kleine Tiger so weit weg von zu Hause sind. Und die Welt so leer ist. Das Unglück des kleinen Löwen und des kleinen Tigers wurde besprochen. Im Wissen der glücklichen Lösung wurden die grauenhaftesten Schicksalsschläge für die beiden kleinen Tiere beschworen. Und was geschehen würde, wenn der kleine Tiger und der kleine Löwe voneinander getrennt würden. Helene erlaubte den Kindern, in ihrem Bett zu schlafen, Die Großmutter würde dann nachschauen kommen. Die Kinder könnten sie anrufen. Warum sie zu Sophie ginge? Warum Sophie nicht einfach zu ihnen käme? »Aber Barbara«, sagte Helene. »Du weiß doch. Sophie ist so viel kleiner als ihr. Und sie ist so oft umgezogen in den letzten 2 Jahren. Zuerst nach England. Dann von England nach Wien. Und in Wien hat sie schon in Wohnungen gewohnt. Ihr Papi ist nicht mehr da.« »Wir haben auch keinen mehr«, sagte Katharina. »Ja. Aber wir haben die Omi. Die Sophie hat nur ihre Mami. Und das neue Kindermädchen ist wieder weggegangen. Nein. Ich weiß nicht, warum. Aber sie ist ja von weither. Und sie hat nie unsere Sprache gelernt. Sie wird Heimweh bekommen haben. Oder sie hat sich nicht mit der Tante Püppi vertragen. Ich weiß es nicht. Und jetzt wird geschlafen. Morgen ist Schule. Ihr schlaft jetzt. Meine Minzikatzen. Ich rufe noch an. Ja? Soll ich anrufen? Also. Wenn ich da bin, dann rufe ich an. Und ihr schlaft dann. Und ich komme auch gleich wieder. Ja?« Helene küßte die Mädchen. Sie ging zur Großmutter und fragte, ob alles in Ordnung wäre. Sie wollte sich bedanken für die Betreuung der Kinder. Die alte Frau hatte geweint. Gregor habe sie angerufen. Sie habe ihn gefragt, was denn los sei. Wo er wohne. Sie habe wissen wollen, wo er wohne. Sie habe sich getraut. Endlich. Sie. Seine Mutter sollte doch wissen, wo er wohne. Sie sei eine alte Frau. Es könne jederzeit etwas sein. Und wie sollte man ihn dann verständigen. Aber. Gregor habe ihr aufgelegt. Ihr. Seiner Mutter. Einfach aufgelegt. Die Frau begann wieder zu weinen. Helene hätte ihr sagen können, wie sehr sie ihren Sohn verzogen hatte. Ihm die Unterhosen vom Boden aufgehoben und jeden Wunsch erfüllt. Und ihn so wunderbar gefunden. Wie sollte dieser Mann auch nur auf die Idee kommen, nicht in jedem Augenblick perfekt zu sein. Alle Rechte zu besitzen. Helene war aber zu müde für eine Auseinandersetzung. Die alte Frau hätte auch nichts verstanden. Helene küßte sie auf die Wange und ging. Auf der Fahrt in die Karolinengasse schwappte Wut und Ohnmacht über sie hin. Sie wußte auch nicht, wo Gregor wohnte. Püppi hatte ihr geraten, ihn auszuspionieren. Sie hätte ihr geholfen dabei. Es wäre ganz einfach. Niemand rechne damit, beobachtet zu werden. Helene hatte nicht wissen wollen, wo er lebte. Wenn er sie das nicht wissen lassen wollte, was kümmerte es sie dann.

Püppi war schon fertig, als Helene kam. Sophie saß im Schlafanzug auf Püppis Bett. Sie spielte mit Püppis Schmuck. Püppi stand vor dem goldumrahmten Spiegel und puderte sich die Wangen rosig. Sie trug das Missoni-Kleid. Hatte ihre Kontaktlinsen eingesetzt. Die Haare kunstvoll hinaufgesteckt. Sie rief Sophie zu, ihr die Ringe mit den grünen Steinen zu suchen. Helene rief die Kinder an und versprach, bald wiederzukommen. Sophie wühlte in dem Knäuel, das sie aus den Ketten und Broschen und Gürtelschnallen gemacht hatte. »Sophie!« rief Püppi. »Die Mami muß fort. Grün. Grüne Steine. Du weißt doch, wie grün aussieht.« Sophie wühlte lachend im Schmuck. Helene setzte sich zu dem Kind. Sie begann den Schmuck in die Schatulle zurückzulegen. Sie nannte die Farben der Steine, und Sophie plapperte sie nach. »Du. Püppi. Hier sind überhaupt keine Ringe«, sagte Helene. »Das gibt es nicht!« seufzte Püppi. »Dann sind sie irgendwo im Bett.« Helene setzte Sophie auf einen Sessel und begann das Bett zu durchsuchen. Das Doppelbett war mit Pölstern und Decken übersät. Helene nahm jedes Stück. Schüttelte es aus. Griff die Nähte ab. Und stapelte alles auf dem Boden. Sophie vergrub sich in dem Polsterberg und gluckste vor Vergnügen. Helene schüttelte die Decken aus. Das Leintuch war fleckig. In der Matratze gab es keine Ritzen, in denen die Ringe verborgen hätten sein können. Püppi war bleich geworden. Sie warf sich auf den Boden und kroch unter das Bett. Sie tastete und kramte unter dem Bett. Sie beschimpfte währenddessen Sophie. Alles hätte sie für dieses Kind getan. Und das sei dann der Dank. Ihre Smaragdringe. Das einzig Wertvolle, was sie von ihrem Vater besaß. Und die letzten Wertsachen überhaupt. Wovon glaubte dieses Kind in den nächsten Monaten leben zu wollen. Einer der Gründe für diesen Abend sei schließlich gewesen, diese Ringe schätzen zu lassen. Von einem Freund von Freunden. Einem Juwelier aus Graz. Die Ringe waren auch nicht unter dem Bett. Sophie hatte zu weinen begonnen. Helene nahm das Kind. Sophie schrie. Püppi kam unter dem Bett hervor. Schrie Sophie an. Riß dem Kind den Mund auf. Ob sie die Ringe im Mund hatte. Oder verschluckt. Sophie wollte nicht bei Helene bleiben. Sie wollte zu Püppi. Püppi riß Schubladen auf. Lief ins Badezimmer. Staubknäuel klebten an ihrem Kleid. Die Haare hatten sich gelöst. Laut vor sich hinschreiend, frisierte sich Püppi neu. Helene bürstete sie ab. Dann stürzte Püppi davon. Zum Abschied rief sie Sophie noch zu, sie wolle sie nie wieder sehen. Dann lief sie zu dem Kind zurück. Umarmte es stürmisch und hastete davon. Helene brachte Sophie in ihr Zimmer. Sophie weinte vor sich hin. Stundenlang. Wenn Helene aus dem Zimmer gehen wollte, schwoll das Weinen zum Schreien an. Sophie war nicht zu beruhigen. Helene war nahe daran, das Kind zu schlagen. Entnervt setzte sie sich in die Küche. Sie trank Wodka. Irgendwann war Sophie dann müde. Das Telefon läutete. Eine Frauenstimme fragte, »wer ist da. Bitte?« Helene legte auf. Sophie begann wieder nach ihrer Mutter zu schreien. Die Frau am Telefon war die Sophie aus Salzburg gewesen. Helene war sich sicher. Sie hätte sie nach Alex fragen sollen. Wie das nun alles gewesen war. Mit ihm. Die kleine Sophie schluchzte dann nur noch vor sich hin. Helene setzte sich wieder zu ihr. Das Kind erlaubte ihr jetzt, ihr die Hand zu halten. Sophie wollte ein Coca-Cola. Helene hielt das nicht für das richtige Getränk für eine Vierjährige. Um 11 Uhr in der Nacht. Aber sie brachte ihr ein Cola. Sie verdünnte es mit Mineralwasser. Sie war froh, das Kind trinken zu sehen. Und mit ihr wieder reden zu können. Sophie war heiß und fahrig. Schlief aber dann ein. Helene setzte sich im Dunkeln an das Wohnzimmerfenster. Sie sah auf die Straße hinunter. Es war nicht mehr so kalt. Sie öffnete das Fenster und lehnte sich hinaus. Kaum ein Auto fuhr. Leute gingen nach Hause. Eine alte Frau in einem Haus schräg gegenüber war auch aus dem Fenster gebeugt. Irgendwann legte Helene sich auf das Sofa. Sie döste. Püppi kam nach 1 Uhr nach Hause. Sie brachte Leute mit. Einen Theaterkritiker mit Frau. Helene kannte sie flüchtig. Und zwei andere Ehepaare. Helene hörte die Gesellschaft auf dem Gang draußen. Sie wußte, die anderen würden sehen, daß sie geschlafen hatte. Sie wollte nicht so gesehen werden. Die Gesellschaft kam ins Zimmer. Püppi sagte den anderen, das wäre die Babysitterin. Und was denn alle zu trinken haben wollten. Helene ging hinaus und in Sophies Zimmer. Sie hatte das Nachtlicht angelassen. Das Kind schlief. Helene wartete, bis alle im Wohnzimmer waren. Dann ging Helene weg. Am Gang hörte sie noch die Frau des Theaterkritikers die Einrichtung kommentieren. Die Frau fand den Preis für die Wohnung zu hoch. Helene hielt die Wohnungstür, bis sie sich mit einem kleinen Klicklaut hinter ihr geschlossen hatte. Sie lief zum Auto. Helene war wütend. Fühlte sich gedemütigt. Püppi ließ sich von diesem Kerl die Smaragdringe stehlen. Dann schrie sie ihr Kind an. Ließ das hysterisierte Kind zurück. Überließ es ihr. Und dann, »das ist die Babysitterin.« Püppi hatte nicht einmal gefragt, ob sie etwas zu trinken haben wollte, Helene drehte das Autoradio laut auf. Sie ließ sich von Discorhythmen jagen. Zu Hause läutete das Telefon. Sie zog das Kabel aus dem Stecker und ging schlafen. Sie schob Barbara in die Mitte des Doppelbetts. Sie legte sich zu den Kindern. Es roch nach Kinderseife und Kakao. Den mußte die Großmutter gekocht haben. Sicher hatten sich die Kinder danach nicht mehr die Zähne geputzt. Sie mußte das der alten Frau wieder sagen. Beim Einschlafen fiel Helene ein. Sie hatte nichts von Alex gehört.

Am nächsten Morgen hatte Helene Kopfschmerzen und schwere Glieder. Als begänne eine Grippe. Die Badezimmerwaage zeigte ein Kilo weniger an. Die Kinder waren laut. Sie sprangen im Doppelbett auf und ab. Quietschten dazu. Helene herrschte sie an. Sie sollten sich beeilen und sich anziehen. Sie kochte dann weiche Eier und machte Butterbrotschnitten zum Eintauchen. Wie für ein Sonntagsfrühstück. Als Entschuldigung. Helene hatte das Gefühl, zu taumeln. Barbara sagte beim Frühstück, die Großmutter wolle die Telefonrechnung bezahlt haben. »Warum hat sie mir das nicht gesagt. Ich war doch bei ihr. Gestern.« Die Großmutter hatte immer die Telefonrechnung bezahlt. Das wäre ihr Beitrag für den Haushalt der jungen Leute, hatte sie immer gesagt. Und sie täte alles für sie. Sie hätte ja auch die Hälfte ihrer Wohnung hergegeben. Und sie müsse nun durch den Dienstboteneingang gehen. Aber alles für die Jungen, hatte sie immer gesagt. Seit Gregor überhaupt nicht mehr da wohnte, hatte sie begonnen, die Telefonrechnung einzumahnen. Sie wollte das Geld von Gregor. »Ja. Wir sind so teuer. Sagt die Omi. Seit der Papi nicht mehr da ist.« Barbara trank zufrieden ihren Kakao. Helene spürte, wie ihr Herz zu schlagen begann. Heftig das Blut in den Schläfen pulsierte. Die Kopfschmerzen waren zur Migräne geworden. »Wascht euch die Hände und den Mund. Wir müssen in die Schule.« Helene sperrte sich im Badezimmer ein und nahm ein Avamigran. Während sie das Zäpfchen einführte, sah sie in den Spiegel. Sah sich in die Augen. Sah die Pupillen sich einen Moment lang weiten, als das Zäpfchen in sie eindrang. Dann schloß sie die Augen und lehnte die Stirn gegen den Spiegel. Sie sagte sich vor, es wäre alles nur wegen der Regel so. Die Regel war in 2 Tagen fällig. Sie setzte sich auf den Badewannenrand und legte den Kopf auf den Rand der Waschmuschel. Das kalte Porzellan gegen die Stirn. Dann schlugen die Kinder gegen die Badezimmertür. Händewaschen und Mundabwaschen. Helene brachte die Kinder zur Schule. Das Avamigran begann zu wirken. Sie küßte die Kinder vor der Schule und wartete, bis sie im Schultor verschwunden waren.

Der Schwede rief im Büro an. »Ein Herr Ericson«, sagte Frau Sprecher. »Er sagt, er ruft aus Mailand an.« Ob Helene am Samstag Zeit habe. Ja? Er werde da wieder in Wien sein. Um 8 Uhr. Im Café Sacher. Er freue sich. Um diese Zeit sei das Café vollkommen leer, und man könne gemütlich reden. Und dann essen gehen. Der Anruf aus Mailand hatte Frau Sprecher beeindruckt. Helene blieb vorne beim Empfang stehen und hörte sich an, wie der Kater Schorschi wieder vom Tierarzt gequält worden war. Frau Sprecher fragte dann doch, wer denn der Herr aus Mailand wäre. »Ein Musiker«, sagte Helene. Sie ging in ihr Zimmer. Setzte sich. Saß da. Alex würde jetzt nicht mehr anrufen.

Die Geschirrspülmaschine war kaputt. Helene hatte die Maschine vor dem Weggehen aufgedreht. Nach dem Büro fand sie die Küche überschwemmt. Schmutziges, graues Wasser bedeckte den Küchenboden. Helene stand auf der Schwelle zur Küche. Sie konnte den Boden nicht sehen unter den schaumigen Schlieren. Helene schloß die Küchentür und ging ins Schlafzimmer. Legte sich aufs Bett. Sie wußte, konnte vor sich sehen, wie sie das Wasser aufwischen würde. Das Wasser mit Tüchern aufsaugen. Die Tücher in Kübel auswinden. Den Boden trockenwischen. Mit sauberem Wasser nachwischen. Wie sie am nächsten Tag den Servicedienst der Firma Miele anrufen würde. Sie würde zu Frau Bamberger im Stock unter ihr gehen. Fragen, ob es Schäden gäbe. Die Haushaltsversicherung verständigen. Aber bevor dies alles abliefe, wollte Helene liegen. Sie würde es dann machen. Alles würde sie machen. Dann. Zuerst. Im Liegen. Auf dem Bett. Helene starrte auf die Decke. Sie fragte sich. Wann sie über der Leere in sich zusammenbrechen würde. Wann ihr Rippenbogen einknicken würde und sie flach wie Papier keinen Atem mehr holen würde können. Helene lag da. Sie wartete auf Müdigkeit. Auf die Müdigkeit, die dann anstieg, wenn sie wieder da angelangt war, wo alles aufhören hätte können. Am Anfang hatte sie sich aufhängen wollen. Oder erschießen. Oder mit Messern den Bauch zerfetzen und den Eingeweiden zusehen, wie sie herauskamen. Wie bei dem jungen Soldaten im Cockpit in M. A. S. H. Jetzt wollte sie nur noch letzte Atemzüge. Wegschlafen. Liegenbleiben und versinken. Liegend. Lang ausgestreckt. Alles hinter sich lassen. Sanft. Sie hätte jetzt die Wohnung aufgeräumt. Vorher. Ganz am Anfang hatte sie mit Geschirr geworfen. Sie hatte das Wedgewood der Großmutter Stück für Stück auf den Küchenboden geschleudert. Sie hatte die Hacke im Keller gesucht und sich vorgestellt, wie der Biedermeierschreibtisch splittern würde. Wie das mit den Kindern sein sollte, war nicht mehr so klar. In der schlimmen Zeit hätte sie ihnen Schlaftabletten gegeben. Die Schachtel Mogadon hatte im Biedermeierschreibtisch in der obersten Lade gelegen. Da, wo die Kinder nicht hinkonnten. Sie hätte die Kinder in die Arme genommen. Barbara rechts. Weil sie schwerer war. Katharina links. Und dann wäre sie gesprungen. Irgendwo tief hinunter. Und das letzte, was sie gewußt hätte, wäre das Gefühl der beiden kleinen warmen Körper gewesen. Es gab aber keinen Ausweg. Sie hätte kein Recht gehabt. Auf die Kinder. Und so hatte sie keines auf sich. Helene fühlte sich ins Leben gepreßt. Sie wußte, warum alles so war. Und wer welche Rolle spielte. Was sie alles nicht denken und glauben sollte. Und was sie alles denken und nicht hoffen mußte. Und es half nichts. Sie würde in die Küche gehen müssen und schmutziges, kaltes, fettiges Wasser mit Tüchern aufsaugen. Stinkendes, übelriechendes Wasser. Die Tücher auswinden. Das Wasser in die Toilette schütten, Helene ging ins Wohnzimmer und trank einen Schluck Bourbon aus der Flasche. Gegen den Brechreiz.

Helene brachte das Balmain-Kleid in die Expreßputzerei Stross auf der Prater Hauptstraße. Sie hatte die passenden Schuhe zu diesem Kleid bei Magli am Stephansplatz gesehen. Kaufen kam nicht in Frage. Ostern war bald und noch kein Geschenk für die Kinder gekauft. Auf dem Weg von der Putzerei ins Büro zurück, überlegte sie wieder, wie sie mit Gregor reden sollte. Wegen des Geldes. Anfang Jänner hatte sie ihre Scheckkarte abholen wollen. Sie war wie sonst zur CA-Filiale in der Schottengasse gefahren und an den Schalter gegangen, an dem sie die Angestellte flüchtig kannte. Die Frau sah in einem Ordner nach und sagte ihr dann, es wäre nichts da für sie. Wie das sein könnte, hatte Helene gefragt. Und gelächelt. Verständnisvoll. Weil Unterlagen nicht immer stimmen mußten und jeder einen Fehler machen konnte. Und diese Karte. Die stünde ihr doch zu. Das wäre doch das gemeinsame Konto. »Ja. Sie bekommen sie, wenn der Kontoinhaber unterschreibt. Ihr Mann hat aber nicht unterschrieben.« Helene hatte nichts mehr gesagt. Sie war aus der Bank gestürzt. Bis zur Freyung hatte sie ihr Gesicht glühen gespürt. Noch bei der Erinnerung, wie die Bankbeamtin auf sie heruntergesehen hatte und sie die Facon nicht bewahrt. Bei dieser Erinnerung hatte Helene immer noch das Gefühl, sich wegdrehen und davongehen zu müssen. Helene hatte mit Gregor darüber nicht gesprochen. Nicht mit ihm sprechen können. Sie hatte Angst, Gregor würde ihr ins Gesicht sagen, sie hätte kein Recht. Auf nichts hätte sie ein Recht. Sie hatte gedacht, er würde wenigstens an die Kinder denken. Aber Gregor hatte nichts unternommen. Und ihre Schulden stiegen an. Das kleine Gehalt von Nadolny reichte für nichts. Es schien Gregor gleichgültig zu sein, was mit ihnen geschah. Und er wußte ja auch. Sie würde alles tun. Sie würde es richtig machen. Mit den Kindern machte sie alles richtig. Sagte er. Aber das mußte Gregor sagen. Sonst hätte er sich selbst um die Kinder kümmern müssen. Sie hätte längst zu einem Rechtsanwalt gehen sollen. Helene verstand nicht, warum sie das nicht tat.

Das Café Sacher war leer. Helene war pünktlich. Sie nahm eine Neue Zürcher vom Haken beim Eingang und setzte sich unter das Porträt der Kaiserin Sisi. Sie bestellte einen Campari Orange, begann in der Zeitung zu blättern und wartete. Sie dachte, sie sähe gut aus. Das Kleid half. Tante Adele hatte in diesen Dingen immer recht gehabt. Sie hatte zwei Mal reich geheiratet und riet Helene das gleiche. Ein Hotelpage mit einem Käppchen, auf dem Hotel Sacher in Messingbuchstaben geschrieben stand, ging mit einer Schiefertafel herum. Er hielt die Tafel dem einzigen anderen Gast in der Ecke beim Eingang hin. Der Gast machte eine Bemerkung. Der Bub lief rot an und grinste. Er kam zu Helene. »Frau Gebhardt« stand mit Kreide auf die Tafel geschrieben. Helene las den Namen und sah den Pagen an. Dann begriff sie. Das war ihr Name. »Ja?« fragte sie. »Das bin ich.« »Bitte. Zum Telefon. Gnädige Frau.« Helene ging dem Buben nach. Er führte sie aus dem Café in einen Gang nach rechts und dann noch einmal nach rechts. Er öffnete die Tür zu einer Telefonzelle. Sie müsse nur abheben. Helene setzte sich auf das rote Samtbänkchen und nahm den Hörer ab. Der Hotelpage hatte die Tür geschlossen. Von draußen war nichts zu hören. »Ja. Bitte?« sagte Helene in den Hörer. »Helene. Bist du das?« Helene bejahte. Sie erkannte die Stimme nicht gleich. Und sie war mit dem Schweden nicht per du. »Wer spricht da«, fragte Helene. Sie wußte, es konnte nur der Schwede sein. Niemand sonst wußte, wo sie war. Und während sie noch fragte, begriff sie, daß der Schwede ihr absagte. Sie bekam einen Augenblick keine Luft. Der Mann begann ihr zu erklären, er könne nicht kommen. Sie würde das verstehen. Sie wäre doch eine sensible Person. Er habe einen Schwächeanfall. Er läge im Bett. Im Hotel. Es sei ihm unmöglich, das Hotel zu verlassen. Helene spürte, wie ihr die Kraft davonrann. Sie spürte ihre Schultern absinken und stützte die Arme auf dem Tischchen auf. Sie saß über das Telefon gebeugt. Auflegen, dachte sie. Auflegen und weggehen. Einfach auflegen und gehen. Nach Hause und ins Bett. Die Kinder würden sich freuen. Die Großmutter würde sich wundern. Sie würde sagen, sie hätte Kopfschmerzen bekommen und müsse sich hinlegen. Aber dann wurde sie wütend. Was diese Ausflüchte sollten, fragte sie den Mann. Es wäre ja nett von ihm, sich so umständliche Gründe auszudenken. Aber. Er könnte auch ganz einfach sagen, er hätte keine Zeit. »Nein!« fiel er ihr ins Wort. »Nein. Kannst du das nicht verstehen. Ich bin in einer grauenhaften Situation. Ich leide!« Helene hielt ein. »Soll ich kommen?« fragte sie. »Außerdem. Sie müssen etwas essen. Wenn Sie sich schwach fühlen, dann müssen Sie etwas essen.« »Ja«, erwiderte er. Ja. Sie solle kommen. Er sei im Hotel Elisabeth. In der Weihburggasse. In der Kaisersuite. Er werde am Empfang Bescheid geben. Bis gleich. Dann. Helene legte auf. Sie saß noch einen Augenblick in dem schalldichten Kämmerchen. Sie hatte sich den Abend anders vorgestellt. Sie war erschöpft. Warum ging sie nicht nach Hause. Sie sollte nach Hause gehen. Das Kleid in den Kasten. Den Kindern noch etwas vom kleinen Tiger und dem kleinen Löwen vorlesen. Schlafen gehen. Helene nahm die Handtasche. Sie ging zurück. Zahlte den Campari. Holte ihren Mantel. Sie gab nicht genug Trinkgeld. Die Garderobiere half ihr nicht in den Mantel.

Es hatte geregnet, während Helene im Sacher gewartet hatte. Die Lichter spiegelten sich auf dem nassen Asphalt vor dem Hotel. Glänzten auf dem nassen Pflaster der Kärntner Straße. Helene schlug den Mantelkragen hoch und vergrub ihre Hände in den Manteltaschen. Sie war froh, schwarze Strümpfe anzuhaben. Helene konnte keinen Schritt gehen, wenn es naß war, ohne sich die Beine hinten hochzuspritzen. Schwarze Strümpfe verbargen die Flecken. Sie versuchte, ihr Gewicht nach vorne zu verlagern und so das Hochspritzen zu vermeiden. Es half nichts. Sie spürte die Feuchtigkeit auf ihren Waden hinten. Helene ging schnell. Kaum jemand war auf der Straße. Sie sah sich in den Auslagen vorbeigehen. Blieb kurz vor einem Kindermodengeschäft stehen. Die Kinder brauchten neue Frühjahrskleidung. Barbara war gewachsen. Und Katharina konnte die Kleider von Barbara nie anziehen. Sie war viel zarter. In der Weihburggasse mußte

Helene erst das Hotel suchen. Sie kannte es nicht. Sie fand es dann am Anfang. Gegenüber von den 3 Husaren. Am Empfang saß ein alter Mann. Er sagte ihr, wie sie zur Kaisersuite käme. Sie sei wohl die Dame, die erwartet würde. Helene fuhr mit dem Lift in den 3. Stock. Sie ging zuerst in die falsche Richtung. Dann fand sie die Zimmernummer am Ende eines langen Gangs. Das Zimmer lag links. Sie klopfte. Niemand antwortete. Helene klopfte noch einmal. Ihr Herz begann schneller zu schlagen. Sie horchte an der Tür. Sie konnte nichts hören. Nur das Klopfen ihres Bluts in den Ohren. Sollte sie einfach hineingehen. Oder wieder hinuntergehen. Und anrufen. Oder wieder weggehen. Vor der hohen weißen Tür stehend, wußte sie auf einmal nicht mehr, warum sie hier war. Was sie hier suchte. Sie drückte die Klinke nieder. Die Tür war nicht versperrt. Sie öffnete die Tür und steckte den Kopf in das Zimmer. Eine Sitzgruppe stand da. Goldverschnörkelt. Geblümt. Nachgemacht. Nach rechts ein Vorhang vor einem Durchgang. »Henryk?« fragte Helene. »Ja. Komm herein.« Seine Stimme klang schwach. Helene ging in das Zimmer. Durch den Bogen in das Schlafzimmer. Henryk lag auf der linken Seite des Doppelbetts. Die Nachttischlampe rechts war aufgedreht. Henryk blieb so im Schatten. Er lag ausgestreckt. Seine Arme auf die Decke gelegt. Er bewegte sieh nicht. Wandte nicht einmal den Kopf in ihre Richtung. Helene ging leise an das Bett und sah auf ihn hinunter. Er grinste zu ihr hinauf. »Mir gelingt zur Zeit gar nichts«, sagte er. Helene setzte sich an den Bettrand. Was er denn nun habe. Kopfschmerzen? Bauchschmerzen? Rückenschmerzen? Krämpfe? Die Verdauung? Der Magen? Der Kopf? Der Kreislauf? Der Schwede lächelte. Er kenne diese Zustände. Für ihn seien sie ganz normal. Er habe eben Nerven. Es gäbe keinen Grund zur Besorgnis. Er sei eben Musiker. Helene sah ihn an. Es war zu dämmrig, ihn genau zu sehen. Wenn es keine Krankheit wäre und nur ein Zustand. Das wäre ja beruhigend. Aber. Sollte er dann nicht essen? Gerade wenn es ein Schwächeanfall wäre. »Ja. Das wäre schon gut«, seufzte der Mann. Aber sie sähe doch. Er könne nicht. Er könne sich kaum bewegen, und sein

Kreislauf versage. Sie kenne das auch, sagte Helene. Und essen sei das Wichtigste. Gäbe es denn im Hotel ein Restaurant? Es stellte sich als unmöglich heraus, eine warme Mahlzeit aufzutreiben. Irgendeine Mahlzeit. Helene überlegte, etwas aus einem der Gasthäuser und Restaurants der Umgebung zu besorgen. Schlimmstenfalls von den Husaren. Der Mann hatte seit 2 Tagen nichts Ordentliches gegessen. Und der Föhn dazu. Da könne man schon krank werden. Sie hätte auch Migräne gehabt, sagte Helene. Sie nähme sofort die stärksten Mittel dagegen. In diesem Augenblick fiel Helene ein, ihre Regel war nicht eingetroffen. Sie saß im Mantel am Bettrand des Schweden. Der Mann sah sehr gut aus. In seinem dunkelblauen Satinpyjama mit weißen Bändchen an den Säumen. Helene wußte nicht, sollte sie ihn einfach sich selbst überlassen. Er war eben krank. Vielleicht hatte es ja auch etwas mit ihr zu tun. Er war krank, statt mit ihr auszugehen. Sie sollte das zur Kenntnis nehmen. Aber der Abend war wichtig geworden. Es war ihr nicht möglich, sich vorzustellen, alles zu verschieben. Die Sorge um sein Wohlergehen war mehr ein Vorwand, ihn aus dem Bett zu locken. Und den Abend so zu haben, wie sie ihn sich vorgestellt hatte. Helene fühlte sich unfähig, aufzustehen und diesem Mann baldige Besserung zu wünschen. Und zu gehen. Es war unmöglich. Helene wollte nicht von einem Zustand zur Seite geschoben werden. Sie wollte nicht warten. Geduld haben. Sie wollte mit diesem Mann an einem Tisch sitzen und reden und essen. Sie wollte nicht verständnisvoll sein. Helene stand auf und sah auf ihn hinunter. »Ich setze mich da hinaus. Und du ziehst dich an. Dann gehen wir etwas essen. In der Nähe. Hier. Und dann bringe ich dich hierher zurück. Ja? Eine halbe Stunde. Die Bewegung wird dir guttun. Je mehr man nachgibt, um so schlimmer wird es.« Helene lächelte auf ihn hinunter. Drehte sich um und ging in das andere Zimmer. Sie stellte sich an das Fenster. Sie sah auf die Weihburggasse hinunter. Der Wind war stärker geworden. Die Passanten stemmten sich gegen den Wind. Oder wurden von ihm geschoben. Der Schwede hatte nichts gesagt. Sie hörte das Bett knarren. »Geht es?« rief Helene.

Sie bekam keine Antwort. Sie hörte die Badezimmertür geschlossen werden. Dann das Rauschen von Wasser. Helene setzte sich auf das Sofa. Konnte es mit Alex? Helene zählte die Tage nach. Der Sonntag, an dem sie mit Alex. Das war der 24. Tag gewesen. Es konnte nicht sein. Und wenn doch? Helene rechnete noch einmal nach. Sie holte ihren Taschenkalender aus der Handtasche und zählte die Tage mit dem Finger nach. 2 Tage überfällig. Das sagte nichts. Erst einmal Ruhe, dachte sie. Jetzt kannst du ohnehin nichts tun. Aus dem Badezimmer hörte sie Geklapper. Dann die Tür. Der Mann ging nebenan hin und her. Kastentüren wurden aufgemacht. Stoff raschelte. Kleiderbügel wurden geschoben. Helene hatte sich zurückgelehnt und starrte zur Decke. Vor ihr an der Wand hing wieder ein Porträt der Kaiserin Sisi. Auf dieser Kopie sah es aus, als hätte die Kaiserin einen Schnurrbart. Oder eine Hasenscharte. Der Schatten unter der Nase war zu stark gemalt. Der Schwede stand plötzlich angezogen da. Er ließ die Schultern hängen. Aber sonst schien er normal. Sie gingen aus dem Hotel. Langsam. Sie bogen in die Singerstraße und gingen zu den 3 Hacken. Helene dachte auf dem Weg, sie hätte ihn lieber lassen sollen. Er stützte sich schwer auf sie. Ging schleppend. Aber Helene hatte auf einmal gute Laune. Sie fühlte sich leicht und hätte hüpfen können. In den Hacken fanden sie einen Platz. Gleich bei der Tür. Sie aßen Tafelspitz mit Spinat und tranken grünen Veltliner. Sie lachten über den schlechten Wein und spritzten ihn mit Sodawasser auf. Sie waren vergnügt. Henryk setzte sich zu Helene auf die Bank. Sie lachten über jeden, der hereinkam. Oder hinausging. Über die Kellner. Über das Essen. Über das Tischtuch und die Speisekarte. Über Wien. Sie teilten einen Kaiserschmarrn, und Helene hatte das Gefühl, gesiegt zu haben. Es war, als hätte sie einen Wettkampf gewonnen. Sie lachte. Sie brachte dann den Schweden ins Hotel zurück. Sie hatte die Rechnung bezahlen müssen. Henryk hatte kein Geld umtauschen können. Wegen des Schwächeanfalls. Ob sie Lire wollte. Nein, meinte Helene, das wäre schon in Ordnung so. Auf dem Weg ins Hotel wollte der Schwede noch kurz ins Santo Spirito. Helene mußte ihn an seine Leiden erinnern. Sollte er sich nicht besser schonen. Helene wollte nicht in dieses Lokal. Sie hatte Sorge, Püppi oder sonst jemand könnte da sein. Und sie mit dem Schweden gesehen werden. Sie wollte nicht beobachtet werden. Mit ihm. Mit keinem. Püppi würde sie sofort fragen, wie der Schwede im Bett sei. Und ihr dann erzählen, sie hätte ihn schon selbst ausprobiert. Und Helene wußte nie, was die Wahrheit war. Und wann Püppi log. Vor dem Hotel verabschiedete sich Helene. Der Schwede war einen halben Kopf größer als sie. Sie sah zu ihm auf und sagte »Gute Nacht«. Sie ging. An der Ecke zur Kärntner Straße drehte sie sich um. Er stand noch vor dem Hoteleingang. Er winkte. Helene winkte zurück. Sie eilte zum Auto. Sie hatte in der Goethegasse geparkt. Sie ließ den Mantel im Wind offen. Der Wind war warm geworden. Ihre langen Haare schlugen gegen ihre Wangen. Als sie nach Hause kam, hatte sie die Regel. Sie nahm sofort ein Buscopan. Damit sie die Krämpfe in der Nacht nicht spüren mußte.

Am nächsten Tag fuhr Helene mit den Kindern ins Helenental. Spazierengehen. Sie war als Kind oft zu einer Tante nach Baden geschickt worden. Die Hänge des Wienerwalds da. Laubbedeckt. Goldbraun unter den grauen Stämmen der Buchen. Die weißen Kalkklippen, die unvermittelt aus dem Boden hochsprangen. Die Föhren, die auf diesen Klippen ihre schwarzen Schirme ausbreiteten. Die beiden Burgruinen am Eingang zum Helenental. Helene bog mit den Kindern beim Hotel Sacher von der Straße und stellte den Wagen ab. Sie gingen über die Schwechat. Der Fluß, ein armseliges Gerinne im breiten Bett. Hinter der Jammerpeppi suchte Helene den Weg zur Ruine Merkenstein. Sie gingen auf dem schmalen Weg. Es war Mittagszeit. Noch kaum jemand auf seinem Sonntagsspaziergang unterwegs. Der Weg wand sich in langgezogenen Schlingen am Rand eines Tales in die Höhe. Dunkelbraunes Laub lag zwischen den silbergrauen Baumstämmen. Die nackten Zweige waren ein schwarzes Geranke vor einem wolkenlosen, leichtblauen Himmel. Dort, wo Wurzeln die Erde aufbrachen, blühten Leberblümchen, im Laub versteckt. Helene zeigte den Kindern jede dieser Blumen. Die zartvioletten Blüten mit den weißen Staubfäden in der Mitte verstörten Helene. Sie hätte weinen mögen. Die Kinder liefen voraus. Barbara kletterte auf jeden Felsen. Katharina sah die Felsen an und begann Daumen zu lutschen. Helene zog den Finger sanft aus dem Mund und führte das Kind an der Hand. Die kleine feuchte Hand in ihrer und wie das Kind sich an sie drängte, machte sie noch trauriger. Von der Burgruine Merkenstein waren nur noch die Grundmauern übrig. An vielen Stellen waren sie von Gras überwachsen. Helene setzte sich auf die Reste der Mauern, die der Bergfried gewesen sein mußten. Sie konnte von dort das Tal überschauen. Der Hang fiel steil zum Fluß hinunter. Die Vorstellung, wie die Raubritter hier Ausschau gehalten und die Opfer ausgespäht hatten und was dann geschehen war, ließ wieder Tränen aufsteigen. Die Kinder hatten begonnen, Haus zu spielen. Helene hörte, wie sie die Einteilung der Zimmer vornahmen. »Das ist mein Zimmer. Da darfst du nicht hinein.« Helene sah zum Himmel. Auf dem Hang gegenüber ragten Felsen zwischen den Bäumen auf. Die Felsen waren kaum höher als die Bäume. Sie glänzten weiß im Sonnenlicht. Die Föhren hoben sich schwarz dagegen ab. Helenes Brust schien platzen zu müssen. Eine Enge preßte sie zusammen. Helene mußte sich gerade aufsetzen und tief atmen. Sie hätte sitzenbleiben wollen. Der Himmel war blau. Federleicht blau. Die Vögel zwitscherten. Die Luft war warm. Die Sonne ließ alles glitzern. Sie hätte sich nie wieder bewegen mögen. Nur sitzenbleiben. Die Kinder waren des Hausspielens müde. Sie wollten an den Fluß hinunter. Mit Steinen im Wasser spielen. »Aber nur. Wenn ihr mir versprecht, eure Schuhe nicht naß zu machen.« Die Schuhe wurden naß, und Helene fuhr mit den Kindern nach Wien zurück. Sie hätten ihre Eltern in Hietzing auf dem Heimweg besuchen sollen. Die nassen Schuhe waren ein Grund, diesen Besuch nicht zu machen. Zu Hause ließ Helene die

Kinder fernsehen. Sie legte sich auf ihr Bett. Nachdenken. Aber sie dachte nichts. Sie wünschte sich. Hoffte. Aber sie dachte nichts. Die Kinder tobten über sie hin. Nach dem Ende des Kinderprogramms. Helene ging zur gleichen Zeit wie die Kinder schlafen. Ihre Blutung war besonders stark. Sie spürte das Blut aus sich in einem schmalen Strom herausrinnen. Helene nahm ein Valium.

Montag rief Herr Nadolny Helene in sein Büro. Sie sollte Kaffee mitbringen für ihn. Und sich selbst auch gleich einen. Helene stellte die Zuckerdose und das Milchkännchen auf das Tablett. Ihre Hände begannen zu zittern. Sie mußte alle Aufmerksamkeit aufwenden, den Kaffee in die Tassen zu gießen. Ohne auszuschütten. Sie wußte ganz sicher, Nadolny würde ihr sagen, er könne sie nicht länger brauchen. Sie hatte das gewußt. Und sie hätte ihm zuvorkommen sollen. Sie war nun 2 Monate hier. Sie hatte nie das Gefühl gehabt, etwas zu tun, das nur sie hätte tun können. Das gab es auch gar nicht. Sie konnte nett aussehen. Sie konnte Briefe schreiben, ohne sie diktiert zu bekommen. Sie konnte keine Stenografie. Ein Studium der Kunstgeschichte. Und das nicht abgeschlossen. Helene trug den Kaffee in das Büro und setzte sich vor den Schreibtisch Nadolnys. Sie wußte nicht, ob sie lange genug gearbeitet hatte, um Arbeitslosengeld zu beziehen. Sie sollte mit jemandem reden. Was sie tun sollte. Und mit Gregor über das Geld. Und ihren Eltern sollte sie sagen, wie das mit Gregor war. Und sie um Hilfe bitten. Das Flattern im Magen verwandelte sich in eine Steinplatte in der Brust. Als würde ihr Herzschlag gegen eine Wand gepreßt, ginge langsam und dann nicht mehr. Helene saß sehr aufrecht. Sie nahm ihre Kaffeetasse nicht in die Hand. Das Zittern wäre nicht zu übersehen gewesen. Sie hoffte, sie würde erst nachher zu weinen beginnen. Nadolny hatte stumm seinen Kaffee ausgetrunken und sie angesehen. Helene schaute auf ihre Knie. Nadolny begann dann. Er sah beim Fenster hinaus beim Reden. Sie wäre ja nun einige Zeit da. Und eigentlich wäre sie als Sekretärin da. Aber. Sie müsse zugeben. Sie könne sicherlich mehr. Helene wunderte sich, wie höflich Nadolny ihren Hinauswurf begann. Ihr wurde noch schwerer. Er. Fuhr Nadolny fort. Er habe gerade eine Reihe von Projekten, die ihn voll in Anspruch nähmen. Er sei ausgelastet. Versuchsweise könnte doch sie einmal etwas Eigenes beginnen. Sie solle recherchieren. Und dann einen Text schreiben. Einen Bericht zuerst. Das könne sie sicher. Eine Firma für Sonnencremes bräuchte Hilfe. Wegen der Sonnenstudios. Und wegen der neuen Gefahren. Beim Sonnen. Da wäre eine Liste von Leuten, mit denen zu reden wäre. Die Adresse. Sie sollte das gleich angehen. Sie hätte die ganze Woche Zeit. Dann sollte es den Text geben. Und irgendwelche Vorstellungen, wie diese Firma in der Öffentlichkeit auftreten sollte. In Zukunft. Er wüßte, sie würde dafür nicht bezahlt. Aber. Wäre das nicht eine Chance. Würde sie das nicht interessieren? Und man könnte über das Geld ja dann noch sprechen. Jetzt erst sei sie ja so etwas wie eine Art Lehrling. Nadolny lachte über diesen Scherz. Helene nickte nur. Nadolny ging dann. Er käme heute nicht mehr zurück, sagte er. Fröhlich. Helene trug das Geschirr in die Küche zurück. Sie schüttete ihren Kaffee weg und schenkte neuen ein. Frau Sprecher hielt sie auf dem Weg in ihr Zimmer auf. Was denn los sei. Helene sagte ihr nur, Nadolny wäre für heute weg. Frau Sprecher verdrehte die Augen und ging schnell selbst einen Kaffee holen. Helene holte die Unterlagen aus Nadolnys Zimmer. Sie begann zu lesen. Sie machte Termine aus und sah zufrieden auf einen gefüllten Terminkalender. Sie sagte Frau Sprecher, wann sie wo sein werde. Sie kam sich wichtig vor.

Helene mußte in die Schule. Die Turnlehrerin von Katharina hatte sie vorgeladen. Helene war froh, diesen Schulbesuch zwischen den anderen Terminen verstecken zu können. So würde niemand etwas erfahren. Katharina hatte nicht genau sagen können, warum Helene in die Schule kommen sollte. Sie hatte auf ihren Teller gesehen beim Frühstück. Die Lehrerin sei blöd. Mehr sagte sie nicht. Helene hatte sofort angerufen. Die Lehrerin war sehr freundlich gewesen. Sie hatte gesagt, es sei ein allgemeineres Problem. Sie würde es schätzen, wenn beide Eltern kommen könnten. Aber sie sollte sich um Gottes willen keine Sorgen machen. Helene hatte Gregor von dieser Vorladung nichts gesagt. Er würde sofort ihr die Schuld geben. Und von der Unfähigkeit der Lehrerin reden. Und sie solle ihn mit ihrer hausgemachten Psychologie verschonen. In der Volksschule in der Cottagegasse saß Helene auf einem Kinderbänkchen auf dem Gang. An der Wand hingen Kinderzeichnungen. Schneemänner starrten von den Blättern. Jeder Schneemann hatte eine Karotte als Nase. Jede Karotte ragte nach links. Helene fiel ein, wie sie als kleines Mädchen im Kindergarten die Sonne auf ihren Zeichnungen in der Mitte gemalt hatte. Sie konnte den Finger auf ihrem Zeichenblatt noch sehen, wie die Nonne ihr bedeutet hatte, die Sonne in die Ecke zu zeichnen. Von da an hatte sie die Sonne in die linke obere Ecke der Zeichenblätter gedrängt. Die Sonne schien nur mehr schräg von links. Sie hatte es richtig machen wollen. Die Lehrerin kam pünktlich. Sie stellten sich an ein Fenster auf dem Gang. Der Schulhof draußen war ein betoniertes Viereck, am Rand von schmalen Blumenbeeten umgeben. Tulpen waren gepflanzt. Die Triebe waren schon ein großes Stück heraußen. Manche waren zertreten. Man sah Spuren von Schuhen in den Beeten. Sonne fiel auf den Asphalt, und das Licht glänzte auf der Nässe in den Rissen im Boden. Die Lehrerin war über 50. Sie war klein und zart. Dunkelhaarig. Sie trug ein graues Kostüm. Ihr Name sei Zöchling, und sie sei für die Turnstunden zuständig. Und da gäbe es auch das Problem. Warum der Vater nicht da wäre. Sie fände es wichtig. Es handle sich schließlich um eine tiefangelegte Störung. Ihrer Meinung nach. Jedenfalls. Die weit über normale Schulschwierigkeiten hinausginge. Helene erschrak. Sie fühlte sich sofort schuldig. Es mußte etwas Schlimmes sein. Sie hatte ein Gefühl ewiger Verdammnis. Nie wieder eine gute Minute. Das Gefühl wie in den Schwangerschaften, wenn sie sich vorgestellt hatte, wie das nun wäre. Mit einem kranken Kind. Einem behinderten Kind. Helene sah die Frau nicht mehr an. Sie sah zu Boden. Kämpfte gegen den feuchten Film auf den Augen. Helene starrte durch die schmutzigen Fensterscheiben auf die Tulpentriebe. Alles war sehr weit weg. Die Lehrerin schwieg. Sie wartete auf eine Erklärung. Warum der Vater nicht da sei. Helene sagte so ärgerlich wie möglich gegen die aufsteigende Panik, ob sie nun endlich hören könne, um welche Störung es sich da handelte. Was denn nun los sei. »Ja. Also.« sagte die Lehrerin. Katharina sei ja eine gute Schülerin. Aber das würde dem Muster nicht widersprechen. Im Gegenteil. Und deshalb würde sie eine Therapie vorschlagen. Sie habe auch schon mit der zuständigen Schulpsychologin gesprochen. Ja. Also. Katharina. Es habe damit begonnen. Das Kind habe sich geweigert, beim Schaukeln in den Ringen die Beine über den Kopf zu halten. Und so weiterzuschaukeln. Dann hätte sie überhaupt nicht mehr mit den Ringen geschaukelt. Ja. Das Gerät nicht mehr angegriffen. Und neuerdings sitze sie nur mehr in der Ecke und mache überhaupt nichts mehr. Sie säße fötal zusammengekauert da und verweigere jede Mitarbeit. Die Lehrerin sah Helene triumphierend an. »Und das ist alles?« rief Helene aus. Sie hätte in die Klasse laufen mögen und das Kind an sich reißen. Aufheben und nicht mehr aus den Armen lassen. Katharina. Ein kleines warmes Bällchen, das sich zutraulich an sie drängte. Wie allein sie in diesen Augenblicken gewesen sein mußte. Und alle gelacht hatten über den kleinen Feigling. Und sich so viel besser gefühlt. Tapferer. Stärker. »Ja. Sehen Sie denn nicht, was das bedeutet«, sagte die Lehrerin. »Dieses Kind ist grundlegend ...« »Glauben Sie nicht, daß Sie da übertreiben?« fragte Helene. Sie mußte achtgeben, vor Zorn nicht zu stottern zu beginnen. »Wenn Sie es in Ihrem Unterricht nicht fertigbringen, die Kinder zu freiwilliger Mitarbeit anzuhalten. Dann ist das Ihr Problem. Ich halte Angst für ein Zeichen von Intelligenz. Ich zwinge keines meiner Kinder, Dinge zu tun, vor denen sie Angst haben. In den Ringen schaukeln. Das ist ja vielleicht nicht so lebenswichtig. Wir leben hier ja nicht im Dschungel. Wenn Sie glauben, sie müssen Angst wegtherapieren, damit alle gleich funktionieren, dann bitte nicht mit meinem Kind. Wenn Sie nur einen Versuch machen, dem Kind mit einer Therapie nahezukommen, zeige ich Sie an.« Helene bekam keine Luft mehr. Sie drehte sich um und ging. Die Lehrerin rief ihr nach, sie hätte gewußt, es wäre ein gesamthaftes Problem. Helene stürzte aus der Schule. Sie fuhr nach Hause. Sperrte sich ein. Helene haßte die Lehrerin. Nannte sie Turnfaschistin. War sie aber nun schuld an irgend etwas. Wäre sie nur ein bißchen mehr das geworden, was Gregor sich vorgestellt hatte, wäre Gregor dann noch da. Und alles in Ordnung. Und Katharina würde in den Ringen schaukeln. Mit den Beinen über dem Kopf. Auch noch eine erniedrigende Position, dachte Helene. Und würde das Kind nicht in der Ecke sitzen. Und fingerlutschen. Fötal zusammengekauert. Helene kochte Spaghettisauce. Das Lieblingsessen der Kinder. Als Helene sich einigermaßen in der Hand hatte, rief sie Gregor an. Sie erzählte ihm die Geschichte. Sie konnte sogar lachen dazu. Sie überließ es ihm, die Direktorin anzurufen. Gregor gab ihr recht. Helene war stolz auf sich. Gregor würde mit der Direktorin reden. Vernünftig. Und der Konflikt würde aus der Welt verschwinden. Überreaktionen, würde er sagen. Auf allen Seiten. Meine Frau ist sehr emotional. Aber mußten denn Kinder im ersten Schuljahr so verschreckt werden. Man würde sich mit Katharina beschäftigen. Turnen sollte sie nicht in der nächsten Zeit. Und sonst vergäße man die Angelegenheit am besten. Helene saß im Auto vor der Schule in der langen Schlange der wartenden Mütter in 2. Spur. Es würde alles vernünftig geregelt werden. Helene stiegen Zweifel auf. Hätte sie sich auf die Seite der Lehrerin schlagen sollen. Der Verlust des Vaters. War das nicht verängstigend genug für ein Kind? Hatte sie sich nun gegen das Kind mit dem Vater verbündet? Damit sie ein gutes Wort von ihm höre? Hatte sie damit dem Kind geschadet? Hatte sie versagt? Erst mit Gregor und jetzt mit den Kindern? Hätte sie Katharina anders verteidigen müssen? Aber sie wollte Katharina schützen! Helene wußte nichts mehr. Beim Mittagessen fragte sie Katharina, warum sie nicht mitturnen wolle. »Es ist so blöd«, sagte das Kind und aß weiter. Sie war fröhlich und nahm eine 2. Portion. Helene war froh darüber. Sie fragte nichts mehr. Sie mußte gleich nach dem Essen weg. Nach Weidlingbach. Dort hatte die Sonnenschutzmittelfirma ihr Labor, und Professor Solders würde ihr Auskunft geben. Professor Siegfried Solders. Helene wusch sich das Gesicht und machte alles neu. Make up. Wimperntusche. Lidschatten. Puder. Lippenstift. Sie zog Rock und Blazer an. Sie wollte den allerbesten Eindruck machen.

Helene war nie in Weidlingbach gewesen. Durchgefahren. Bisher. Sie legte den Zettel mit den Angaben, wie sie zu dieser Firma komme, neben sich auf den Vordersitz. Die Frau am Telefon hatte ihr sogar die Anzahl der Kurven gesagt, die die Straße zum Labor sich hochwand. Helene fand die Abzweigung. Die Straße führte in die Höhe. Die Sonne schien. Der Himmel war tiefblau. Die Knospen an den Sträuchern zum Aufspringen dick. Das Labor befand sich in einer Gründerzeitvilla mitten im Wald. An die Villa war ein Trakt angebaut. 50er Jahre. Glatt. Ein Bunker mit Fenstern. In der Halle der Villa saß eine Frau hinter einem Schreibtisch. Sie trug einen weißen Arbeitskittel. Wie eine Krankenschwester. Oder eine medizinisch-technische Assistentin. Sie sah zu Helene auf. Ja. Der Herr Professor wäre noch beschäftigt. Aber sie solle sich doch hinsetzen. Ob sie Kaffee wolle? Die Frau brachte Helene in ein kleines Zimmer. Es stand eine Biedermeiersitzgarnitur da. Die Frau gab Helene einen Kurier zu lesen. Helene setzte sich. Sie legte ihren Schreibblock und einen Bleistift bereit. Es war still in diesem Zimmer. Vor dem Fenster wuchsen Sträucher und Bäume. Der Raum war dunkel dadurch. Helene las kurz in der Zeitung. Sie hörte wieder auf. Nach 10 Minuten wurde Helene unsicher. Mußte sie sich nun aufregen. Oder mußte sie warten. Was war ihre Position. Nach einer halben Stunde ging sie dann in die Halle hinaus. Die schöne junge Frau war nicht da. Niemand war zu sehen. Helene ging wieder in das kleine Zimmer zurück. Nach 40 Minuten kam eine andere Frau. Älter. Dunkelhaarig. Sie trug auch einen weißen Arbeitsmantel. Und schwarze Lackpumps, mit sehr hohen Absätzen. Es täte dem Professor leid. Er wäre aufgehalten worden. Aber er käme gleich. Ob sie alles habe, was sie bräuchte. Die Frau sprach unfreundlich mit Helene. Feindlich fast. Helene nickte der Frau zu. Ja. Ja. Es sei alles bestens. Und es mache doch nichts. Nach einer Stunde kam der Professor. Er war ein alter Mann. Eine gepflegte weiße Mähne umwallte sein Haupt. Er sah dem Burgschauspieler Walter Rheyer zum Verwechseln ähnlich. Er trug einen weißen Arbeitskittel offen über Flanellhosen und einem maßgeschneiderten Oxfordhemd in Rosa. Und er sah aus, als hätte er einen besonders angenehmen Mittagsschlaf hinter sich. Die blonde Frau aus der Halle kam herein und fragte, ob der Herr Professor etwas benötige. Der Professor winkte lächelnd ab. Er habe genau 10 Minuten Zeit, sagte er zu Helene. Sie redeten dann mehr als eine Stunde. Helene füllte ihren Schreibblock Seite um Seite. Sie sollte den Professor wörtlich zitieren. Helene hatte sich gut vorbereitet und stellte die richtigen Fragen. Mit fliegenden Fingern schrieb sie die Sätze des Professors nieder. Die Sonne, Quelle allen Lebens, sei damit auch die Quelle allen Sterbens. Was einem in Maßen gut täte, wäre im Übermaß schädlich. Heil und Unheil lägen nur Haaresbreite voneinander entfernt. Professor Solders sagte Helene diese Sätze, als wäre sie ein liebes kleines Kind und müßte unterwiesen werden. Geduldig dozierte er vor sich hin. Die dunkelhaarige Frau kam herein. Ob der Professor etwas bräuchte? Lächelnd verneinte der Mann und fuhr fort. Helene füllte 7 Seiten mit seinen Aussprüchen. Sie bedankte sich für die Mühe, die er sich gemacht hatte. Ach, sagte der Mann, das habe ihm doch keine Mühe gemacht. Aber. Er müsse sie jetzt etwas fragen. Wie alt sie denn sei? Helene sagte, 30. Sie sah ihn erstaunt an. Der Professor küßte ihr die Hand. Er, als Hautspezialist, und in seinem Alter. Er dürfe solche Fragen stellen. Und er müsse ihr sagen. Und er sei schließlich der Hautspezialist. Sie habe die Haut einer 20jährigen. Sie solle nur immer aus der Sonne bleiben. Das sei das beste Mittel für eine schöne

Haut. Helene sagte tapfer, »Oder ich verwende Ihre sunprotection.« »Ja!« lachte Professor Solders. Das wäre natürlich auch eine Möglichkeit. Er brachte sie zum Auto. Er legte den Arm um ihre Schultern. Die beiden schönen Frauen in ihren weißen Arbeitsmänteln standen in der Halle. Professor Solders rief ihnen zu, er bringe diese junge Dame noch rasch zu ihrem Wagen. Er sei ja der Hausherr hier. Die Frauen sahen schweigend zu. Helene drehte sich in der Tür nach ihnen um. Sie lächelten nicht zurück. Über den weißgekleideten Arm des Professors sah Helene die beiden Frauen in der Tür stehen und ihnen nachschauen. Professor Solders hielt Helene die Autotür auf. Das Auto war schmutzig und voller Brösel. Papiersäckchen. Fetzen. »Meine Kinder«, sagte Helene entschuldigend. »Nein. Wie entzückend. Kinder hat sie auch noch. Ich hoffe, die sind stolz auf ihre schöne Mama.« Er küßte Helene noch einmal die Hand und schlug die Wagentür hinter ihr zu. Der Motor starb heim ersten Starten ab. Professor Sölders beugte sich teilnehmend vor. Helene startete hastig noch einmal. Und fuhr. An der Einfahrt sah sie noch einmal zurück. Professor Sölders schlenderte auf das Haus zu. Sein Mantel wehte. Er hatte die Hände auf dem Rücken ineinandergelegt. Er ging elastisch. Die beiden Frauen in den weißen Kitteln standen an der Tür und sahen ihm entgegen.

Helene traf den Schweden im Café Museum. Wie beim ersten Mal. Helene wußte nicht, ob er in Wien geblieben war. Oder schon wieder aus Mailand gekommen. Er hatte Freitag angerufen. Er saß wieder am Fenster gleich links. Er sprang auf. Küßte sie auf die Wange. Er half ihr aus dem Mantel. Er bestellte eine Melange für sie, bevor sie noch etwas sagen hatte können. Ob das richtig gewesen sei, fragte er. Helene nickte. Lächelte. Wußte nicht, was reden. Henryk saß vor dem Fenster. Sie gegenüber. In der Operngasse draußen stauten sich die Autos. Blieben vor einer Ampel stehen. Setzten sich wieder in Bewegung. Glitten am Fenster vorbei. Wurden schneller. Sausten vorbei. Blieben wieder stehen. Es war zu laut im Café. Helene konnte die Autos nicht hören. »Wenn wir spazierengehen wollen, sollten wir fahren«, sagte Helene. Sie zahlten. Helene hätte die Kinder gerne zu diesem Spaziergang mitgenommen. Aber sie waren mit Gregor zu den Aichenheims gegangen. Johannes Aichenheim war ein Kollege von Gregor. Gregor nahm auch seine Frau Gärtner dorthin mit. Helene hatte verboten, die Kinder mit ihr zusammenzubringen. Sie war nicht sicher, ob er sich daran hielt. Und sie fragte die Kinder nichts. Sie sollten nicht lügen müssen. Susi Aichenheim würde sie ohnehin anrufen. Helene ging nicht mehr zu den Aichenheims.

Helene hatte das Auto am Schillerplatz stehen. Sie gingen hin. Sie redeten nichts. Im Auto dann. Schon auf der 2er Linie, fragte Helene, ob Henryk denn überhaupt Lust habe. Zum Spazierengehen. Sie führe immer sehr weit hinaus. Manchen Leuten sei das zu mühsam. Aber Landschaft. Landschaft fände man erst da. Und sie wüßte einen Weg, von dem man keinen einzigen Leitungsmast sehen müßte. »Das klingt doch interessant«, sagte Henryk. Helene fuhr über die Nordbrücke in Richtung Stockerau. Die Donau links. Die Auwälder. Was noch übrig war von ihnen. Die Bäume noch grau. Ohne Laub. Bei Stockerau fuhr Helene in Richtung Prag weiter. Die Hügel breiteten sich weiter aus. Alles sah aufgeräumt und sauber aus. Die Feldränder scharf gegen die Straßen und Böschungen abgesetzt. In Höbersdorf fuhr Helene auf die Landstraße. Im Ort war der Bahnschranken herunten. Helene blieb stehen und schaltete den Motor ab. Sie warteten. Hinter ihnen reihten sich andere Autos. Helene fragte Henryk, ob er sich erholt habe. Der Schwede hob erstaunt den Kopf. Dann sagte er, »Ja. Ja.« Bevor Helene weiterfragen konnte, kam der Zug gefahren. Er hielt in der Station. Fuhr dann weiter. Kaum war der Zug zu sehen gewesen, hatten alle Autofahrer hinter Helene wieder gestartet. Die laufenden Motoren hinter ihr drängten. Sie wurde angehupt, schon während der Zug an dem Schranken vorbeifuhr. Helene startete und fuhr los. Sobald es ging. Sie erinnerte sich an seine verwunderte Reaktion erst, da waren sie schon in Obermalebarn und bogen in die Kellergasse ein. Helene stellte das Auto vor einem der alten Kellereingänge ab. Das Tor zu diesem Weinkeller war seit Jahren nicht mehr geöffnet worden. Die Büsche waren hoch hinauf gewachsen. Verdeckten das Tor fast. Sie stiegen aus. Helene ging voraus. Gleich nach den Kellereingängen und den Bäumen zwischen ihnen lag der Weg vor ihnen. Er führte auf halber Höhe eine Hügelkette entlang. Nach rechts. Nach Süden. Stieg der Hang weiter an. Dahinter lag der Himmel. Nach links. Gegen Norden. Zogen sich die Felder in einer breiten Talsohle hin. Wäldchen. Hügel. Dann wieder Felder. »Die Kinder nennen ihn den Langen Weg«, sagte Helene. Die Sonne stand noch hoch. Die Hügelkette ragte in einen tiefblauen Himmel. Die Furchen auf den Feldern waren aufwärts gezogen. Als führten sie in den Himmel hinauf. Helene und Henryk gingen schnell. Helene hatte ihre Hände in die Jackentasche gesteckt. Sie kam sich leicht vor. Weiter weg von der Straße waren nur noch die Lerchen zu hören. Die Vögel warfen sich in den Himmel hinauf. Helene versuchte, eine Lerche im Auge zu behalten. Es gelang ihr nicht. Immer wieder ließ sich einer der Vögel aus dem Himmel fallen. Fiel wie ein Stein. Fing den Fall erst im letzten Augenblick auf und schleuderte sich wieder hinauf hoch in die Luft. Und das Tirilieren ging weiter. Ohne Unterbrechung. Helene hätte laufen mögen. Sie ging schweigend. Senkte den Kopf. Die Sonne und die Lerchen. Warum war sie nicht zu Hause geblieben. Sie hätte zu bügeln gehabt. Ob sie oft hier ginge, fragte Henryk. Viel zu selten, antwortete Helene. Sie gingen schneller. Redeten. Wieviel frische Luft Kinder bräuchten. Warum Henryk ein bestimmtes Hammerklavier benötigte. Wieso die italienische Küche der französischen vorzuziehen sei. Oder doch nicht? Sie kamen an eine Wegkreuzung. Helene kehrte an dieser Stelle sonst immer um. Henryk ging weiter. Helene zögerte. Sie wollte ihm sagen, sie ginge da nie weiter. Dann ging sie ihm nach. Sie redeten. Die Lerchen taumelten im Himmel oben. Ihr Gezwitscher erfüllte die Luft. Sie kamen zu einem Dorf. Henryk hängte sich bei Helene ein. Ob es hier Wein gäbe, fragte er. Hieße die Gegend hier nicht Weinviertel? Sie fanden keinen Heurigen. Der Ort wirkte verlassen. Sie trafen niemanden. Vor einem Gebäude stand ein Auto mit Wiener Kennzeichen. Ein anderes Bauernhaus war in ein spanisches Haus verwandelt worden. Gipssäulen waren angebaut. Weißgekalkt. Ein weiß gekalkter Steingarten davor, in dem spanische Szenen aufgestellt waren. Ein Stier stand da. Ein winziger Torero hielt ein zerfetztes rotes Tüchlein. Eine kleine Windmühle. Sie kehrten um und gingen den Weg zurück. Auf dem Hügelrücken war hin und wieder ein Auto zu sehen. Hören konnte man weiter nichts. Nur die Lerchen. An einer Stelle ragten Buxbaumsträucher in den blasser gewordenen Himmel. Zwischen den Sträuchern ein hohes schmiedeeisernes Kreuz. Ein Wind kam ihnen entgegen. Sie gingen sehr schnell. Es war kälter geworden. Henryk hatte Helene den Arm um die Schultern gelegt. Sie lachten über ihre Hast, der Kälte zu entkommen. Das Licht verlor die Klarheit. Am Talgrund begann Nebel aufzusteigen. Sie mußten zu einem Heurigen. Sie waren sich einig darin. Helene lachte. Ob Henryk wüßte, was ein Glühwein wäre. Nein? Ein Glühwein wäre eine Sünde. Der Wein würde erhitzt. Nelken und Zimt käme dazu. Grauenhaft. Ein Weinkompott. Für einen Weinkenner ungenießbar. Aber bei dieser Kälte unvermeidlich. Und dazu müßte ein Schmalzbrot gegessen werden. Sie sollte keine so dünne Jacke tragen, sagte Henryk. Helene lachte wieder. Ihr sei nicht kalt. Seit sie so viel abgenommen habe, sei ihr überhaupt nicht mehr kalt. Sie liefen die letzten Schritte zum Auto. In Hollabrunn fand sich dann ein Heuriger. Helene bestellte rote Glühweine. Und 2 Schmalzbrote. Ohne Zwiebel. Und ohne Knoblauch. Der Schwede sah die Brote zweifelnd an. Ob man das wirklich essen könne? Helene wollte nur noch lachen. Sie begann ihr Brot zu essen. Sie zeigte Henryk, wieviel Salz man auf das Schmalz streute. Und normalerweise äße man das mit Zwiebeln. Henryk wollte das ausprobieren. Am Ende hatte jeder 3 Viertel Glühwein getrunken und 3 Schmalzbrote gegessen. 2 davon mit Zwiebeln. Sie lachten nun beide nur noch. Es war dunkel geworden. Kichernd saßen sie im Auto und fuhren nach Wien zurück. Sie versuchten herauszufinden, wie schnell Helenes R5 fahren konnte. Viel mehr als 170 Stundenkilometer waren aus dem Wagen nicht herauszuholen. Sie fuhren zum Café Museum zurück. Derselbe Parkplatz vor der Akademie auf dem Schillerplatz war frei. Im Kaffeehaus bestellten sie große Braune. Zum Ausnüchtern. Henryk wollte ins Kino. Es war erst 7 Uhr, und gegessen hatten sie doch. Oder? Der Schwede sah in der Kronenzeitung das Kinoprogramm durch. Ja. Da wäre etwas, meinte er. Il deserto rosso.

Sie gingen zu Fuß. Über den Karlsplatz. An einer Stelle lag die U-Bahnbaustelle frei. Man konnte hinuntersehen. Baumaschinen dröhnten. Vibrierten im Licht weit unten. Sie gingen durch die Bruckner Straße. An der französischen Botschaft vorbei. Auf den Schwarzenbergplatz. Der Springbrunnen war noch unter Planken versteckt. Das Russendenkmal hell beleuchtet. Bei der 3. Säule von links hatte Ilona Faber gelegen. Helenes Großmutter hatte Ilona Fabers Schicksal zur Illustration aller Ermahnungen und Befürchtungen benutzt. Was man alles nicht tun dürfe. Sonst ginge es einem wie der. Niemand hatte genau gesagt, was damals geschehen war. Helene hatte sich vor jedem Strauch in der Dunkelheit zu fürchten begonnen, ohne zu wissen, warum. Die Sträucher rund um das Russendenkmal waren ausgeleuchtet. Helene konnte nicht über den Schwarzenbergplatz gehen oder fahren, ohne sich den zerstörten Leib des Lustmordopfers vorstellen zu müssen. Sie richtete sich gerader auf. Beim Gehen. Sie hatte nachgeforscht. Es hatte das Gerücht gegeben, Ilona Faber wäre bei einer Orgie in der französischen Botschaft umgekommen. Helene ließ die Schultern wieder fallen. Henryk faßte sie am Ellbogen. Helene hätte weinen mögen. Aber es hätte auch der Wein schuld sein können. Und Helene wollte nicht zugeben müssen, zu viel getrunken zu haben. Und zu schnell. Im Kino tranken beiden noch einen kleinen Braunen. An einen der hohen Tische im Foyer des Stadtkinos gelehnt, erzählte Helene Henryk die Geschichte von Ilona Faber. Nippte am Kaffee. Und erzählte. Wie man sie gefunden hatte. Nackt. Erwürgt. Und wie die Gerüchte nicht verstummen hatten wollen. Wegen der Orgie. Und wie nie etwas aufgeklärt worden war. Weil es in der Besatzungszeit gewesen war. Und Recht nach dem Krieg? Ilona Faber hatte zu den Kriegsverlierern gehört. Es waren ja viele Mädchen verschleppt worden. Nach dem Krieg. Helene kaufte Rum-Kokos-Kugeln für den Film. Sie saßen in der vorletzten Reihe. Es waren kaum Besucher da. Henryk holte eine Brille aus der Brusttasche seines Sakkos. Er sah ernst aus mit Brille. Seriös. Gescheit. Helene war schläfrig. Sie kuschelte sich in den Sessel. Es war warm. Sie versäumte den Anfang des Films. Verschwommen sah sie die vielen Einstellungen der Industrielandschaften in allen Tönen von Rot. Sie wachte wieder auf, als die Frau im Film mit einem kleinen Auto einen schmalen Damm ins Meer hinausfuhr. Auf dem sie nicht wenden konnte. Nur stehenbleiben. Knapp am Wasser. Es mußte eine Buhne sein, auf der sie dann stand. Draußen. Der Mann mußte kommen und helfen. Von da an haßte Helene den Film. An der Stelle, an der die Frau zum Geschäftsfreund des Mannes kam und einfach zu ihm ins Bett kroch, wollte Helene hinaus. Ihr war heiß. Es war zu heiß im Kino. Ihr Magen schmerzte. Das Genick. Ein Kopfschmerz begann vom Genick zur Stirn zu ziehen. Blieb im Scheitel. Sickerte dann hinter die Augen. Helene sah zum Schweden hinüber. Er verfolgte den Film. Helene konnte von der Seite seine Augen den Film verfolgen sehen. Helene beherrschte sich. Sie setzte sich gerade. Atmete tief und gleichmäßig. Sie sagte sich Atemübungen vor. Sie saß da. Bis zum Ende. Als der Film aus war und sie blinzelnd hinausgingen, sagte der Schwede, »Schön was? Toll!« Lüge, Lüge, Lüge, dachte Helene. Sie sagte nichts. Wie hätte sie erklären sollen, wie falsch alles war. Wie richtig. Deshalb. Sie hätte es nicht beschreiben können. Sie hatte nur ein Gefühl dafür. Ohnmacht. Sie fühlte sich ohnmächtig. Henryk wollte noch etwas trinken gehen. Helene verabschiedete sich. Sie standen vor dem Kinoeingang. Das Licht fiel von hinten auf ihn. Sie konnte ihn nicht genau sehen. Autos bogen vom Rennweg auf den Schwarzenbergplatz. Sie dröhnten über das Katzenkopfpflaster. Der Schwede hielt Helene an den Ellbogen. Er sah auf sie hinunter. »Ich dachte. Wir. Ich meine ...« Helene wurde elend. Sie hatte vollkommen vergessen. Diese Frage kam. Irgendwann. Und unvermeidlich. »Ja«, sagte sie. Sie versuchte zu scherzen. Aber ihre Stimme war nicht fest. »Ich glaube ...« Er hielt sie an den Schultern. In einem Film würden sie einander jetzt küssen, schoß es Helene durch den Kopf. Sie sah zu dem Mann auf. Er sah sie fragend an. Ein wenig verletzt. Ein wenig verlegen. Ob das nicht alles Zeit habe, gelang es Helene dann zu sagen. Und ihr sei nicht so gut. Die Schmalzbrote. Vielleicht wäre sie so etwas doch nicht mehr gewohnt. Henryk trat einen Schritt zurück. Er legte die Hände auf den Rücken. Tja! Er werde anrufen. Helene ging allein zum Auto zurück. Sie ging über den Platz. Am Russendenkmal entlang. Sie sah die dunklen Ecken am Weg herausfordernd an. Ihr war es gleichgültig. Sie würde einschlagen auf einen Angreifer. Sie würde sich wehren. Beißen. Reißen. Schlagen. Treten. Sie hatte keine Angst mehr. Sie würde sich wehren. Im Auto war sie wieder müde. Sie hatte Mühe, nach Hause zu kommen. Im Bett weinte sie dann. Ihr Mann war nicht gekommen, ihr zu helfen. Wäre nicht gekommen. War es, weil sie nicht so schön war wie Monica Vitti? Ihr Mann hatte sich weggedreht. Er war in sein Auto gestiegen. Und weggefahren. Am nächsten Morgen. Helene saß im Bademantel in ihrem Bett und trank Kaffee. Sie wollte lesen. Beim Aufwachen hatte Schnee gelegen. Schwerer feuchter Märzschnee, der gleich wieder schmolz. Helene lehnte sich in ihre Pölster zurück. Sie starrte vor sich hin. Das Buch auf den Knien. Im Grund, dachte sie, war der Film richtig gewesen. Alles war so, wie Männer es wollen. So lange sie es wollen. Der Unterschied war Monica Vitti. Die Frau im Film, die sie gespielt hatte, diese Frau war für alle begehrenswert gewesen. Nach Drehbuch. Jedenfalls. Und sie war ja auch schön. Helene stellte sich vor, wie es sein mußte, Monica Vitti zu umarmen. Die sanften Kurven gegen sich pressen. Die glatte Haut auf der eigenen. Brust gegen Brust. In die schrägen Augen sehen. Sie erinnerte sich. Sie mußte vor Scham die Beine ganz nah anziehen. Die Knie gegen die Brust gedrückt. Sie hatte auf Gregor gewartet. Er war damals schon nur mehr um 1 oder 2 in der Nacht nach Hause zurückgekommen. Jede Nacht so spät. Und er hatte anders gerochen. Helene hatte so getan, als wäre sie nach dem Bad im Sessel eingeschlafen. Sie hatte sich in einen der Fauteuils im Wohnzimmer gesetzt. Drapiert. Sie hatte den Bademantel davonrutschen lassen. Sie hätte auch nackt dasitzen können. Aber das wäre nicht zu erklären gewesen. Sie hatte Stunden gewartet. Unbeweglich. Sie hatte vor sich selbst so getan, als schliefe sie. Dann war Gregor gekommen. Lange nach 2 Uhr. Er war in das Zimmer getreten, hatte das Lieht aufgedreht und sie gefragt, was sie da mache. Sie werde sich verkühlen. Wenn sie so dasitze. Helene hatte so getan, als wache sie gerade auf. Sie hatte das geübt. Vorher. Sie hatte versucht, verschlafen liebevoll Gregor zu umarmen. Als könnte sie sich beim Aufwachen nicht an die Szenen erinnern, die sie einander machten. Gregor hatte sie in den Sessel zurückgeschoben und den Bademantel geschlossen. Was los wäre, hatte er wissen wollen. Helene hatte sich vorgestellt gehabt, er würde lange stehen und sie betrachten und dann hinsinken und sie in die Arme nehmen. Und dann. Er war dann bald danach überhaupt nicht mehr nach Hause gekommen. War nicht einmal telefonisch erreichbar gewesen. Aichenheim hatte das Telefon am Institut abgehoben und ihr gesagt, Gregor wäre im Augenblick nicht erreichbar. Wäre beschäftigt. Würde zurückrufen. Und wie es ihr ginge. Warum sie nicht mehr zu ihnen zu Besuch käme. Susi würde sich sehr freuen, sie wieder einmal zu sehen. Arschloch! dachte Helene. Sie trank ihren Kaffee. Die Kinder liefen ins Zimmer. Sie warfen sich zu ihr aufs Bett. Helene hatte Mühe, den Kaffee nicht zu verschütten. Die warmen kleinen Körper drängten sich unter der Decke an sie. Helene überlegte, ob sie Katharina jetzt wegen des Schaukelns in den Ringen befragen sollte. Aber es war zu angenehm. Sie fragte auch nicht, wie es bei den Aichenheims gewesen war. Wer aller da gewesen. Sie lagen eine Stunde herum. Kicherten. Dösten. Dann beschlossen sie, sich anzuziehen. Sie gingen in den Türkenschanzpark. Spuren in den Schnee machen, bevor er schmolz.

Im Büro war wieder alles so wie immer. Helene hatte den Text über Sonnenschutz im Sonnenstudio geschrieben. Sie hatte Professor Sölders ausgiebig zitiert. Herr Nadolny war zufrieden gewesen. Helene saß in ihrem Zimmer. Sie hatte wieder das Gefühl, überflüssig zu sein. Zu Mittag nahm sie sich vor, ernsthaft mit Gregor zu reden. Sie rief ihn an und sagte ihm das. Gregor ließ sie von Susi und Johannes grüßen. Und es sei gut, daß sie anriefe. Er habe auch gerade zum Hörer greifen wollen. Er werde zu Ostern nicht dasein. Ja. Es hätte sich so ergeben. Und er habe Erholung nötig. Sie müsse das verstehen. Und ... Helene legte auf. Sie hätte den Schreibtisch umwerfen mögen. Die Bücher zum Fenster hinaus. Und schreien. Und seine Augen auskratzen. Mit den Fingern auf seine Augen einstechen. Auf die Straße laufen und kreischen. Und alle sollten es wissen. Sie saß da. Ruhig. Sie legte die Hände vor sich auf den Schreibtisch. Sie sah die Hände an, bis das Zittern innen nicht mehr zu spüren war. Frau Sprecher kam in das Zimmer. Sprach sie an. Helene erschrak. Begann wieder zu zittern. Sie ging und holte sich einen Kaffee. Dem Kater von Frau Sprecher ging es besser. Seine Blutwerte waren nicht mehr so schlecht. Der Tierarzt bestand nicht mehr auf Einschläfern. Frau Sprecher war glücklich. Der Kater hatte Leberkrebs.

Die Kinder hatten Osterferien. Helene hatte nicht frei. Ihre Schwester wollte Barbara ins Waldviertel mitnehmen. Zu Bekannten. Mit Kindern. Auf einen Bauernhof. Die Hietzinger Großeltern wollten Katharina bei sich haben. Helenes Schwester holte Barbara ab. Das Kind hatte einen Rucksack gepackt. Helene hatte eine Tasche hergerichtet. Barbara wollte kein Frühstück. Sie trug den Rucksack den ganzen Morgen auf dem Rücken. Ihren Teddybären im Arm. Sie hüpfte auf und ab und erzählte Katharina, was sie alles machen werde. Im Waldviertel. Mit den anderen Kindern. Und den Tieren. Und Katharina käme nur zu den Großeltern. Wie langweilig. Katharina saß da. Lutschte an ihrem Daumen. Still. Helene sagte nichts. Sie schickte Barbara aufräumen und nahm Katharina auf den Schoß. Sie umarmte das Kind. Katharina saß still. Helene war wütend auf sich. Sie mußte eine glückliche Welt für diese Kinder machen. Das war ihre Aufgabe. Sie fragte Katharina, ob sie lieber bei ihr bleiben wollte. Sie könnte auch ins Büro mitkommen. Katharina saugte an ihrem Finger. Das Kind blieb lang gegen Helene gelehnt. Sagte nichts. Helenes Schwester klingelte. Barbara stürzte hinaus. Die Stiegen hinunter. »Tante Mimi, Tante Mimi«, schrie sie durch das Stiegenhaus. Sie stürzte auf die Straße hinaus. Stellte sich an die Autotür. Helene küßte sie. Trug ihr auf, achtzugeben. Gut zurückzukommen. Barbara kletterte so schnell wie möglich in das Auto. Ließ sich anschnallen. Saß da. Erwartungsvoll. Den Teddybären an sich gepreßt. Helene fragte ihre Schwester, ob sie Barbara Geld mitgeben sollte. Mimi zuckte mit den Achseln. Helene gab ihr 1000 Schillinge. Falls sie essen gingen. Und sie sollten die Bekannten einladen. Mimi rief Helene beim Einsteigen zu, daß die Großeltern die Telefonnummer hätten. Wo sie erreichbar wäre. Barbara rief im Auto, warum sie denn nicht endlich führen. Helene sah dem Wagen nach. Barbara war zu klein. Helene konnte nur den Kopf ihrer Schwester im Auto sehen.

Helene brachte Katharina nach dem Büro nach Hietzing. Zu ihren Eltern. Katharina hatte geflüstert, sie wolle zu den Großeltern. Sie hatte ihren Rucksack fertig, als Helene aus dem Büro zurückkam. Die Mutter von Gregor kam herüber. Sie lamentierte. Wie einsam sie sein werde. Ohne die Kinder. Helene meinte, es werde ihr auch gut tun, einmal ohne Kinder. Und am Sonntag wären ja alle wieder da. Helene fügte noch an, daß die alte Frau sich doch in letzter Zeit oft beklagt habe. Über die Anstrengung der Kinderaufsicht. Katharina saß still im Auto. Helene nahm die Johnstraße. Sie versuchte, mit Katharina zu reden. Das Kind gab nur kurze Antworten. Oder schwieg. Im Rückspiegel sah Helene das Kind beim Fenster hinausschauen. Schloß Schönbrunn sei jetzt zu sehen. Helene fuhr den Hügel von der Hütteldorfer Straße hinunter. »Der Papi kommt nicht.« Katharina schaute weiter zum Fenster hinaus. »Nein«, mußte Helene sagen. »Nein. Er kommt nicht. Er kann nicht. Er kommt nicht rechtzeitig zurück. Er kann nicht. Er ist verreist. Weißt du. Er braucht Ruhe. Sagt er. Aber. Du bleibst bei den Großeltern. Der Osterhase wird dorthin kommen. Am Samstag kommt die Barbara und die Tante Mimi. Und ich komme zum Ostereiersuchen. Und dann fahren wir wieder nach Hause. Was wünschst du dir eigentlich vom Osterhasen? Du hast mir noch gar nicht gesagt, was du dir wünschst. Du weißt. Er fragt mich. Einen neuen Malkasten? Wie wäre es mit einem ganz großen Malkasten? Würde dir das Spaß machen?« Helene redete und sah immer wieder in den Rückspiegel. Katharina schaute unverwandt aus dem Fenster, »Darf ich fernsehen? Beim Opi?« »Ja. Natürlich. Natürlich darfst du. Oder. Willst du lieber bei mir bleiben. Sag es jetzt. Wir müssen nicht dahin.« Katharina sagte nichts mehr. Bei den Großeltern setzte sie sich vor den Fernsehapparat. Helene blieb zum Abendessen. Sie wollte ihrer Mutter helfen, den Tisch zu decken. Sie fand nichts. Ihre Eltern hatten Küche und Eßzimmer umbauen lassen. Alles neu eingerichtet. »Jetzt. Wo wir allein sind«, sagten sie. Mimi lebte bei den Eltern. Weiterhin. Helene suchte das Besteck. Sie wollte ihre Mutter nichts fragen. Sie wollte mit ihrer Mutter nicht allein in der Küche sein. Ihre Mutter könnte Fragen stellen. Was hätte sie antworten sollen. Sie wußte, die Kinderbetreuung war als Eherettungsmaßnahme gedacht. Ein paar Tage ohne Kinder. Und das junge Ehepaar würde sich wieder finden. Ein bißchen Ruhe. Und alles ist gut. Und keine Störung durch die Kinder. Helenes Eltern wußten nichts von Gregors Auszug. Sie wußten nur von Unstimmigkeiten. Helene würde Gregor zu Ostern wieder einmal erkranken lassen müssen. Oder gar nichts sagen. Vielleicht fragte keiner. Was gab es auch für Gründe, die einen Hochschuldozenten für Mathematik daran hindern konnten, den Ostersonntag mit seiner Familie zu verbringen. Die richtige Antwort hätte gelautet, »die Sekretärin«.

Nach dem Essen fuhr Helene in die Lannerstraße zurück. Sie hatte Katharina umarmt. Hatte sie mitnehmen wollen. Hatte sie im Arm halten wollen. Das Kind war an ihrem Hals gehangen. Die Beine um Helenes Taille geschlungen. »Mein kleiner Klammeraffe«, hatte sie dem Kind ins Ohr geflüstert. »Ruf mich an. Wenn irgend etwas ist. Ich hole dich sofort ab.« Helene war um halb 9 Uhr wieder zu Hause. Sie versperrte die Wohnungstür und ließ den Schlüssel stecken. Niemand sollte hereinkönnen. Sie hätte Gregors Mutter besuchen sollen. Aber sie wollte die Frau nicht sehen. Helene setzte sich ins Wohnzimmer. Stand auf. Sie sollte ihre Freiheit ausnützen. Ausgehen. Lustig sein. Sie rief bei Püppi an. Es meldete sich niemand. Helene ging früh zu Bett. Sie konnte nicht schlafen. Der Schwede hatte nicht angerufen. Wahrscheinlich hatte er sich das alles schneller gedacht. Und einfacher, dachte Helene. Sie zog das Nachthemd aus und setzte sich nackt vor den Fernsehapparat. Sie holte sich einen Cointreau. Sie stellte sich vor den Bücherkasten und sah sich in den Glasscheiben gespiegelt. Sie war dünn geworden. Der Bogen von den Hüften zum Brustkorb war schärfer. Die Busen wieder klein. So wie vor den Kindern. Nur die Brustwarzen waren flacher. Weicher. Dunkler. Sie drehte sich zur Seite. Kein Bauch. Rund um den Nabel sah sie von oben die Haut lockerer werden. Noch nicht faltig. Wie Helene das bei älteren Frauen in der Sauna gesehen hatte. Es war nur zu sehen, wo sich die Falten einmal quer hinziehen würden. Helene setzte sich auf das Sofa. Der Stoff fühlte sich kühl an. Im Fernsehen lief ein Western. Helene haßte Western. Mit ihrer ewigen Reiterei. Dem Herumschießen. Hinschlagen. Helene versuchte, sich einen der Helden nackt vorzustellen. Sie griff sich zwischen die Beine.

Sie drehte Schamhaare um den Zeigefinger. Sie ließ den Mittelfinger weitergleiten. Es war warm. Fast trocken. Hart. Sie konnte das Schambein fühlen. Helene versuchte ihre Brustwarzen zu streicheln. Wenigstens das Kitzeln in der Kehle und unter dem Nabel wollte sie spüren. Die Brustwarzen stellten sich nur auf, wenn Helene sie fest drückte. Streicheln half nichts. Helene hatte einen Geschmack von Holz im Mund. Sie quetschte ihre Brustwarzen. Bis es schmerzte. Dann ließ sie es bleiben. Wenigstens funktionierte es mit der Regel halbwegs. Wieder. Ein halbes Jahr war die Periode ausgeblieben. Helene legte sich wieder ins Bett. Sie konnte sich auch nichts vorstellen. Sie konnte sich an nichts erinnern. Nicht, wie es mit Gregor gewesen. Die Männer vor ihm hatte sie schon längst vergessen. Und Alex. Wenn er angerufen hätte.

Am Karfreitag machte Helene Frühjahrsputz. Fenster putzen. Boden einlassen und polieren. Kasten auswischen. Die Stockbetten der Kinder abwaschen. Das Kinderzimmer gründlich aufräumen. Alles ordnen. Frisches Bettzeug. Helene schleppte sich durch die Aufgaben. Sie arbeitete bis weit in die Nacht. Hörte Los Paraguajos. Sie drehte den Plattenspieler laut auf. Bekam Fernweh von den Rhythmen. Gegen Mitternacht fiel sie ins Bett. Zufrieden sah sie vom Bett aus in das Wohnzimmer und von da weiter in die Küche. Ohne Kinder hatte sie alle Flügeltüren offenstehen lassen können. Die Wohnung blitzte. Sie hatte einen Teil von Gregors Kleidern und Büchern in Schachteln gepackt und in einen Kasten gesperrt. Osterputz mußte sein.

Am Karsamstag mußte Helene nur noch einkaufen und die Ostertorte machen. Zu Mittag aß sie eine Extrawurstsemmel. Helene machte einen besonders gierigen Biß. Da läutete das Telefon. Es war Henryk. Helene würgte an der Semmel. Ob sie krank sei? Sie klänge seltsam. Henryk wollte sie am Abend sehen. Essen gehen. Kein Heuriger. Ordentlicher

Wein. Richtiger Wein. Bitte. Helene sagte zu. Aber sie müsse früh nach Hause. Die Ostertorte müsse glasiert werden. Das ginge erst am Abend. Wenn die Torte ausgekühlt sei. Sie wollten einander im Sacher Café treffen. Diesmal käme er sicher. Er freue sich.

Helene fühlte sich jung. Sie hatte angerufen und gefragt, wie es den Kindern ginge. Sie hatte mit Katharina gesprochen. Das Kind war fröhlich gewesen. Die leere Wohnung war ein Vergnügen. Kein Spielzeug lag herum. Helene konnte sich die Haare waschen, ohne einen Streit der Kinder zwischendurch schlichten zu müssen. Sie zog wieder das Balmain-Kleid an. Sie hatte alles fertig für Ostern. Nur die Torte noch. Die Geschenke für die Kinder hatte sie den Großeltern schon am Mittwoch gegeben. Zum Verstecken im Garten. Helene verließ die Wohnung. Sperrte sorgfältig ab. Sie fühlte sich ganz anders als sonst. Niemand fragte, wann sie wieder nach Hause käme. Und ob sie etwas mitbringen könnte. Der Schwede saß im Sacher und wartete. Von dort gingen sie dann in das griechische Restaurant im Mailberger Hof. Sie saßen in einer Nische nahe beim Eingang. Helene hatte befürchtet, die Vorbeigehenden würden sie stören. Aber sie bemerkten bald nichts mehr von ihrer Umgebung. Am Ende störte der Kellner, wenn er kam, Wein nachzuschenken. Oder zu fragen, ob sie noch etwas wollten. Sie nahmen nur einander wahr. Helene war erhoben. Sie waren beide erhoben. Helene kam in seinem Schlafzimmer in der Wohnung von Freunden wieder zu sich. Sie waren in die Hofmühlgasse gefahren. Die Wohnung war im 2. Stock. Sie waren die Stiegen hinaufgegangen. Hatten weitergeredet. Den ganzen Abend hindurch hatten sie ununterbrochen miteinander geredet. Ohne Unterbrechung hatten sie ihre Gedanken fortgesponnen. Vollkommene Übereinstimmung entdeckt. Es gab kein Thema, auf das das nicht zugetroffen hätte. In der Wohnung war Henryk sofort zu seinem Zimmer durchgegangen. Die Möbel standen groß und dunkel im Weg. Beim Gehen durch die Zimmer hatte man diesen Möbeln immer wieder ausweichen müssen. Helene hatte sich das Schienbein an der vorspringenden Schnitzerei eines Büffets angeschlagen. Henryks Zimmer war hinter einer Tapetentür im Salon. Bett. Kasten. Kleiner Tisch. Sessel. Das Zimmer war ein großer Erker. Durch die Fenster konnte man in 3 Richtungen sehen. Entfernte Straßengeräusche klangen von unten herauf. Die Straßenlampen warfen silbergraues Licht in das Zimmer. Es gab keine Vorhänge. Henryk hatte keine Lampe eingeschaltet. Er hatte sich auf das Bett gesetzt. Die Schuhe ausgezogen. Und sich auf das Bett gelegt. Die Arme hinter dem Kopf verschränkt, hatte er Helene gefragt, ob sie sich nicht wenigstens zu ihm setzen könnte. Helene ging zu den Fenstern. Sie sah auf die Straße. Hinauf. Ging nach links. Schaute die Straße hinunter. Sah auf die Häuser gegenüber. Menschen gingen. Die Ampel durchlief ihre Phasen. Autos hielten an. Fuhren weiter. Es war nicht spät. Vielleicht halb 11. Helene konnte nichts sagen. Ihre Kehle war zusammengedrückt. Ihr Kopf war weit vom Körper entfernt. Der Leib ein schweres unförmiges Ding. Sie stand im Erker und wußte nicht, wie sich bewegen. Wie etwas sagen. Sie hätte die Hände vor ihr Gesicht schlagen wollen. Und zu jammern beginnen. Sie sah sich selbst kleine klagende Laute ausstoßen. Und hin und her schwanken dabei. Danach hatte sie keine Vorstellung mehr von sich. Weiter ging es nicht. Die Arme hingen hinunter. Sie konnte ihre Hände nicht fühlen. Im Kopf war es ihr dünn und ziehend. An der Grenze zu einer Ohnmacht. Festgewachsen. Die Beine unbeweglich. Sie wollte weg. Laufen. Eilen. Die Stiegen hinunterhasten. Und schon bei der Haustür lachen. Über das Entkommen lachen. Irgendwann sich umdrehen und sehen, der Feind hatte einem nicht folgen können. »Ich muß nach Hause«, sagte Helene. »Warum?« fragte er. »Ich muß die Ostertorte fertig machen. Die Glasur.« Sie ging auf die Tür zu. Der Schwede lachte leise. »Das sind doch alles Ausflüchte!« Dann saß sie plötzlich auf dem Bettrand und fiel in die Arme des Schweden. Sie sah sich selbst sich zu ihm beugen. Von ihm gezogen. Ihre Lippen auf seinen. Die Beine auf das Bett heben und neben ihm liegen. Langsam. Verlangsamt. Während des langen Hinsinkens dachte sie, wie sie ihm nun nichts erklärt hatte. Sie setzte zum Reden an. Hob den Kopf. Holte Luft. Henryk zog ihren Kopf wieder zu sich und küßte sie.

Helene begann die Ostertorte gegen halb 2 in der Nacht zu glasieren. Sie war verweint. Sie hatte danach geweint. Sie hatte ihren Körper gegen seinen gespürt. Heiß. Und jagend. Sie hatte geheult. Schluchzend das Zwerchfell gegen seinen Bauch gestoßen. Er hatte versucht, sie zu beruhigen. Helenes Hüften schmerzten noch von den ungewohnten Bewegungen. Die Oberschenkel innen waren wund von seinen Hüftknochen. Sie konnte sich nicht mehr erinnern. Sich nichts mehr vorstellen. Es war ihr alles ein Chaos an Gliedmaßen. Körperflächen. Haut gegen Haut. Drinnen haben. Sie war erschöpft und leer. Sie wärmte die Schokolade mit der Butter. Eine richtige Schokoladeglasur mit Zuckerspinnen war jetzt unmöglich. Sie goß die weiche braunschwarze Masse über die Torte. Ließ sie auf allen Seiten über den Rand laufen. Sie setzte kleine Marzipanosterhasen an den Rand. Und Marzipanhühner. Bunte Zuckerostereier. Sie stellte die Torte zum Festwerden ins Küchenfenster. Ging schlafen. Im Bett überlegte sie, ob sie es jetzt versuchen sollte. Ob es vielleicht jetzt funktionieren könnte. Sie legte ihren Mittelfinger zwischen die noch geschwollenen Schamlippen. Sie begann versuchsweise, die feuchte Furche entlangzufahren. Da fiel ihr ein. Sie hatte sich keine Gedanken über die Folgen gemacht. Als wäre diese Frage aus ihrem Gedächtnis gestrichen gewesen. Die Regel war ziemlich genau 2 Wochen her. Und wegen Aids. Was wußte sie denn über ihn. Helene drehte sich zur Seite. Sie nahm den 2. Polster in den Arm und schlief ein. Er hatte auch nicht darüber geredet.

Helene konnte erst spät am Abend des Ostersonntags wieder an Henryk denken. Und alles andere. Sie hatte den ganzen Tag mit Familie zugebracht. Sie hatte die Mutter von Gregor mitgenommen. Zu ihren Eltern. Sie hatte die Ostertorte abgeliefert. Sie hatte den Kindern beim Suchen der Ostergeschenke zugesehen. Es war ein kalter windiger Tag gewesen. Die Kinder sausten im Garten herum. Sie stand mit ihren Eltern und ihrer Schwester auf der Veranda. Gregors Mutter war bei den Kindern draußen. Sie waren bis zum Nachmittagskaffee in Hietzing geblieben. Helene hatte gleich bei der Begrüßung gesagt, Gregor könne nicht kommen. Niemand hatte reagiert. Wegen Gregors Mutter. Auch. Helenes Mutter hatte versucht, mit ihr allein zu sprechen. Aber Helene war die Flucht gelungen. In der Lannerstraße waren die Kinder dann über die Wohnung hergefallen. Die makellose Wohnung war in Kürze wieder ein Chaos. Die Kinder laut und glücklich. Sie verstreuten ihre Geschenke in alle Zimmer. Aßen Süßigkeiten. Warfen Verpackungen irgendwohin. Wurden grantig. Waren nicht zu Bett zu bringen. Die Großmutter wollte noch mit Helene sprechen. Sie solle zu ihr in die Wohnung kommen. Hinüber. Es ging dann um Geld. Die Telefonrechnung. In der Wohnung hatte es nur einen Anschluß gegeben. Nach der Teilung waren 2 Apparate installiert worden. Sie waren umzuschalten. Die alte Frau hatte gesagt, sie bräuchte ja kaum noch ein Telefon. Das würde schon gehen. So. Und sie hatte die Rechnung bezahlen wollen. Als ihren Beitrag. Jetzt plötzlich wollte sie von Gregor einen Anteil. Er solle zahlen. Aber sie könne ihn nicht erreichen. Dieser Aichenheim sage immer, er werde es ausrichten. Aber Gregor riefe nie zurück. Ob sie. Helene. Das verstünde. »Na. Er wird nicht mit dir sprechen wollen«, meinte Helene. Die Schwiegermutter antwortete, es müsse Regelungen geben. So ginge das alles nicht. Und überhaupt. Gregor habe ja wahrscheinlich Gründe dafür, daß er das Haus meide. Von ihr. Seiner Mutter. Da sei er ja nie weggegangen. Da sei er geblieben. Bis Helene aufgetaucht war. Helene antwortete, sie habe diesen Mann nicht erzogen. Verzogen. Doch wohl eher. Da liege doch wohl das Grundübel. In der Erziehung. Im Drill zum Egoisten. Mütter stellten sich eben zu viel vor. In ihren Söhnen. Besonders, wenn sie Witwen wären. Der Sohn als Mann-Ersatz. Das könne ja nicht gutgehen. Die Schwiegermutter verwies Helene ihrer Wohnung. Helene sagte, sie hätte ohnehin nie in diese Wohnung gewollt.

Helene lag im Bett. Sie starrte auf das Fenster. Ein helleres Viereck in der Dunkelheit. Sie war müde. Fand keine Ruhe. Sie warf sich von einer Seite auf die andere. Drehte die Decke um. Häufte Pölster auf. Schob sie wieder weg. Helene versuchte sich zu erinnern. Was das gewesen war. Mit Henryk. Was sie gesprochen hatten. Wie er sie umfangen. Wie geküßt. Wann hatte sie sich ausgezogen? Wie war sie nach Hause gekommen? Sie wußte nichts mehr genau. Alles taumelte ineinander. Und dann. Woher sollte sie das Geld nehmen. Für die Telefonrechnung. Und warum sollte sie zahlen. Wenn sie allein wäre. Allein. Und nichts wäre ein Problem gewesen. Aber was war noch zu verantworten? Den Kindern gegenüber. Gregor hatte alles an Chaos aufgebraucht. Verbraucht. Für sie blieb nur Ordnung übrig. Sie mußte alles in Ordnung bringen. Würde alles in Ordnung bringen müssen. Soweit das möglich war. Die Unruhe stieg aus dem Bauch gegen das Herz zu an. Pulsierte. Unregelmäßig. Breitete sich im Brustkorb aus. Formte einen zweiten Brustkorb. Der drückend auf ihr lag. Der Schwede hatte auch nicht angerufen. Nachher. Danach.

Helene wachte am Ostermontag mit einem schmerzenden Gesicht auf. Auf der rechten Seite war die Oberlippe bamstig und spannte. Helene tastete ihr Gesicht ab. Die rechte Seite war angeschwollen. Im Spiegel sah sie es dann. Sie hatte eine Fieberblase. Sie hatte so etwas noch nie gehabt. Gregor hatte immer darunter gelitten. Helenes Fieberblase war riesengroß. Die Wange war angeschwollen. Das rechte Auge sah klein aus. Helene starrte sich an. Sie sah aus, als hätte sie schreckliche Schläge gegen den Mund und die Wange bekommen. Es würgte Helene bei ihrem Anblick. Sie ging ins Bett zurück. Sie starrte auf die Decke hinauf. Blieb im

Bett liegen. Sie fuhr zu keiner Apotheke. Wenn es so sein mußte, mußte es so sein. Sie weinte nicht einmal. Sie sprach nicht mit den Kindern. Sie trug ihnen nur auf, den Schlüssel in der Wohnungstür stecken zu lassen und Cornflakes zu essen, wenn sie hungrig waren. Barbara kam immer wieder an die Schlafzimmertür und wollte Helene ans Telefon holen. »Ich bin krank«, schrie Helene, bevor das Kind etwas sagen konnte. »Ich bin krank. Verflucht noch einmal. Kann ich denn nicht einmal krank sein. In Ruhe!« Das Kind verschwand verschreckt. Helene lag da. Den ganzen Tag. Sie wollte nicht mehr. Wenn sie nun auch noch verunstaltet sein mußte, dann wollte sie nicht mehr.

Am Abend gegen 8 Uhr stürzte Barbara ins Zimmer. Ein Mann sei draußen. Und die Omi rede mit ihm. Aber er wolle zu ihr. Helene konnte sich nicht vorstellen, wer das sein sollte. Sie ging hinaus. Was hatte ihre Schwiegermutter sich wieder einzumischen. Helene hielt ein großes weißes Taschentuch vor den Mund. Draußen stand Henryk. Die Schwiegermutter lehnte gegen den Türstock. Sie lachte gerade über etwas, was der Schwede gesagt hatte. Helene stand in ihrer Tür. Die Schwiegermutter und der Schwede wandten sich ihr zu. Was denn los sei? Warum sie nicht ans Telefon ginge? Helene konnte nichts sagen. Beim ersten Wort hätte sie zu weinen begonnen. Henryk sagte zu der alten Frau, er werde sich um alles kümmern. Sie solle sich keine Sorgen machen. Helene wollte ihn wegschicken. Sie bräuchte niemanden. Sie wäre sehr gern allein. Und ihre Schwiegermutter solle endlich weggehen. Wie solle man das alles ertragen. Sie wolle niemanden sehen. Henryk schob sie in die Wohnung zurück. Er schloß die Tür hinter sich. Er nahm Helene das Tuch weg und sah sie an. Er mußte grinsen. Helene rannen sofort die Tränen über die Wangen. Sie drehte sich um und ging zu ihrem Bett zurück. Henryk ging ihr nach. Er fragte sie um ihre Autoschlüssel und nach Geld. Er habe kein österreichisches mehr. Wo die nächste Apotheke sei? Er schickte Helene ins Bett. Erklärte den Kindern, daß ihre Mutter krank sei.

Sie sollten leise sein. Helene vergrub sich unter der Decke. Sie hatte beim Gang durch die Wohnung gesehen, was die Kinder an einem Tag, sich selbst überlassen, angerichtet hatten. Sie lag auf der linken Seite. Die rechte schmerzte. Klopfte. Helene weinte über die Wohnung. Dann weinte sie darüber, über solche Trivialitäten zu weinen. Henryk kam zurück. Er brachte Salben und Tabletten. Er setzte sich zu ihr. Dann ging er zu den Kindern. Helene hörte sie reden. Meist Barbaras helle Stimme. Dann auch Katharina. Geschirr klapperte. Besteck. Helene döste. Die Kinder kamen gute Nacht sagen. Henryk habe Spaghetti gekocht, und sie hätten die Küche aufgeräumt. Sie gingen jetzt ins Bett. Und würden ganz leise sein. Katharina sah Helene entsetzt an. Nein, sagte Helene, es gäbe keine Bussis. Sonst sähen sie auch so aus. Das wäre sehr ansteckend. Und vielleicht sollte sie sich eine neue Arbeit suchen. Als Monster. Beim Film. Die Kinder lachten nicht. Sie gingen. Henryk brachte ihr einen Apfel. Er hatte ihn geschält und in schmale Schnitzen geteilt. Er hatte Zitronensaft darübergeträufelt. Es schmeckte wunderbar. Er saß am Bettrand. Wenn Helene etwas sagen wollte, verbot er ihr zu reden. Sprechen war mühsam für Helene. Die rechte Gesichtshälfte war im Lauf des Tages noch weiter angeschwollen. Wenn sic sprach, klang es, als wäre sie betrunken. »Ich werde noch deine Mutter beruhigen«, sagte Henryk. »Schwiegermutter«, murmelte Helene. »Schwiegermutter. Okay», lächelte Henryk. Er kam dann zurück. Es sei alles in Ordnung. Helene schlief.

Helene stieg aus dem Zug. Die Mitangekommenen schoben sie in Richtung Ausgang. Der Kurswagen aus Wien war in Mestre an einen Lokalzug angehängt worden. Helene mußte den Zug entlang nach vorne gehen. Mit Gregor war Helene immer mit dem Auto nach Venedig gefahren. Und von der Autorimessa zum Vaporetto gegangen. Helene hatte kaum geschlafen. Sie war am Fenster gesessen. Hatte in die Dunkelheit hinausgestarrt. Sie hatte Henryk die Ankunftszeit des Zugs sagen können. Dann war die Telefonverbindung so schlecht geworden, daß Helene nicht wissen konnte, ob er sie hatte hören können oder nicht. Henryk hatte geschrien, er werde dasein. Das hatte sie noch gehört. Danach war die Verbindung abgerissen. Und Henryk hatte nicht mehr angerufen. Was sollte sie tun, wenn er nicht da wäre. Die Vorstellung, auch nur einen Tag in Venedig verbringen zu müssen. Und ihn nicht zu treffen. Wissen, Henryk wäre in dieser Stadt. Irgendwo. Und keine Möglichkeit, ihn zu erreichen. Diese Vorstellung war unerträglich. Warum hatte sie ihn nicht nach dem Hotel gefragt, in dem er wohnte? Helene ging die braunen italienischen Waggons entlang. Wenigstens hatte sie kein schweres Gepäck. Einen Kaffee, dachte Helene. Einen Cappuccino im Bahnhofsbüffet. Und gab es nicht einen Zug noch am Vormittag nach Wien zurück. Und warum hatte er ihr nicht seine Telefonnummer gegeben. Warum hatte er nicht noch einmal angerufen. Henryk stand am Anfang des Perrons. An eine gußeiserne Säule gelehnt. Suchte die Menge der Ankommenden nach ihr ab. Helene sah ihn zuerst. Ging auf ihn zu. Er sah sie dann. Stieß sich von der Säule ab. Ging in großen Schritten auf sie zu. Nahm ihr die Tasche von der Schulter. Legte den Arm um sie. Küßte sie auf die Wange. Helene legte den Arm um seine Hüfte. »Du brauchst sicher einen Kaffee!« Sie gingen ins Bahnhofsbüffet. Helene stand vor ihrem Cappuccino. Der Kaffee schmeckte wunderbar. Sie hatte das Gefühl, wenn sie den Mund ein wenig offenstehen ließ, würde man es vor Glück glucksen hören können. Sie kicherte. Sie machte dann böse Bemerkungen über die Mitreisenden. Und über die Leute rund um sie. Sie wollte nicht verraten, wie glücklich sie war. Wie triumphierend. Es war gelungen. Sie hatten einander gefunden. Nach Venedig für einen Tag. Ein vernünftiger Mensch hätte das nicht gemacht. »Du mußt schrecklich müde sein«, sagte Henryk. Sie tranken den Kaffee. Dann gingen sie zur Pension. Henryk hatte ein Zimmer in einer Pension nahe der Kirche Ognissanti. Helene ging in den schmalen Gassen hinter Henryk. Sie hatte neue Schuhe an. Nach kurzem fühlte sie die brennende Feuchtigkeit an der linken Ferse. Eine Blase. Helene bemühte sich, nicht zu hinken. Sie versuchte, bei jedem Schritt im Schuh nach vorne zu fahren. Den Kontakt mit dem Schuhrand zu vermeiden. Es funktionierte nicht. Helene war mit dem Gehen beschäftigt. Sie verlor so bald die Orientierung. Sie wußte nur, Ognissanti war in Richtung Zattere. Die Sonne brannte. Die weißen Wände der Häuser machten ihr Kopfschmerzen. Und Henryk immer voran. Er ging schnell. Lange Schritte. Am Anfang hatten sie miteinander geredet. Aber es war mühselig. Die Wege entlang der Kanäle waren zu schmal, um nebeneinander gehen zu können. Henryk mußte sich beim Reden halb zu ihr zurückwenden. Helene mußte ihm die Antworten zurufen. Helene hinkte hinter Henryk drein. Beim Hotel atmete Helene auf. Sie stiegen 3 Stockwerke hoch. Eine enge Treppe. Beim Stiegensteigen sah Henryk Helenes Ferse. Er hatte ihr den Vortritt gelassen. Warum sie nichts gesagt hätte. Das wäre doch dumm. Im Zimmer hieß er sie aufs Bett setzen. Er holte Pflaster aus dem Badezimmer. Ließ Helene die Strümpfe ausziehen. Klebte das Pflaster auf die aufgesprungene Blase. Die Ferse sah häßlich aus. Unappetitlich. Helene genierte sich. Neue Schuhe auf einer Reise. Sie war ja doch unfähig. Helene saß auf dem Bett. Sie sah auf ihre nackten Füße. Weiß. Auf dem weinroten Spannteppich, der alt und abgetreten war. Rauh gegen die Fußsohlen. Helene wußte plötzlich nicht, wieso sie da war. In diesem Zimmer. In dieser Stadt. War das nicht alles übertrieben? Helene wurde rot. Sie fühlte die Blutstöße wie Wellen über die Wangen und die Augen. Sie hatte es sich so sehr gewünscht. Ihn zu sehen. Mit ihm zu reden. Und. In Venedig. Aber. So etwas tat man nicht. Mußte nicht der Mann die Strapazen auf sich nehmen? Helene sah von ihren Füßen auf ihre Hände, die, ineinander gelegt, auf den Oberschenkeln lagen. Henryk lehnte sich gegen sie. Gemeinsam fielen sie in die Polster zurück.

Helene verschlief das Mittagessen. Gegen 4 Uhr kamen sie dann auf den Markusplatz. Bei einem Tee im Florian erzählten sie einander, was seit dem letzten Treffen geschehen war.

Henryk hoffte, bei der Fiat-Stiftung ein Projekt einreichen zu können. Deshalb wäre er in Venedig. Und wäre es nicht vollkommen gleichgültig, warum man da war. Hauptsache, man wäre da. Henryk hielt Helene an der Hand. Oder lehnte sich gegen sie. Sie ließen keinen Augenblick voneinander.

Am nächsten Tag wachte Helene auf. Das Zimmermädchen stocherte mit ihrem Schlüssel im Schloß. Henryk rief verschlafen »No!«. Sie wandten sich einander zu. Rollten einander in die Arme. Helene kannte Henryk mittlerweile gut. Wußte, wo sie streicheln mußte. Um kleine hastige Atemzüge auszulösen. Und wo, um tiefe. Sie wußte, wie sein Schwanz sich angriff. Wie es sich anfühlte, die Hand um ihn zu schließen. Wie seine Härte pulsierte. Und wie ihn in sich gleiten spüren. Und nichts mehr wissen konnte. Nur noch dort existierte. Unten. Weit weg. Aber sie. Henryk legte seine Hand über ihren Mund. Sie konnte sich nicht erinnern, geschrien zu haben. Sie schämte sich. Und mußte lachen. Verbarg ihren Kopf an seiner Schulter. Seiner Brust. Helene ließ alles Weitere über sich ergehen. Mußte immer wieder lachen. Sie lagen dann aneinandergepreßt. Sonnenschein fiel durch das Fenster herein. Ein Frühlingswind blähte die Vorhänge. Und Glocken begannen zu läuten. Von allen Seiten läuteten Glocken. Es war Sonntag. Helene fühlte sich von dem Glockengeläut getragen. Und dann traurig. Helene kannte diesen Mann neben sich gar nicht richtig. Sie hätte ihn bestürmen mögen, sie nicht zu verlassen. Sie nie zu verlassen. Sie immer so zu halten. Überhaupt nie aus diesem Bett zu steigen. Nicht mehr. Nie mehr. Sie hätte sich vor ihn hinwerfen wollen. Ihm zu Füßen liegen und ihn anflehen. Jetzt. Gerade jetzt war es möglich. Ein anderes Leben zu beginnen. Nur jetzt. Helene lag neben ihm. Die Worte drängten ihre Kehle herauf. Um den Nabel ein Schmerz. Die Brust dumpf und schwer. Und ein Wohlgefühl. Helene lächelte darüber, wie alles gekommen war. Sie wandte sich Henryk zu. Sah ihn an. Henryk weinte. Seine Augen waren naß. Er flüsterte etwas.

Helene mußte erst den Kopf heben, es verstehen zu können. »Ich glaube, das war der schönste Vormittag in meinem Leben«, wisperte Henryk. Wieder steckte das Zimmermädchen den Schlüssel ins Schloß. Es wurde laut an der Tür geklopft. »Es ist nach 11«, sagte Helene. Henryk rief wieder »No!«. Energisch. Das Zimmermädchen zischte etwas hinter der Tür. Böse. Henryk lachte. Schrie: »No. Grazie!« und zog Helene in seine Arme zurück. »Wer braucht gemachte Betten?« fragte er. Sie lachten.

Helene fuhr mit dem Nachtzug zurück. Am Montagmorgen taumelte sie ins Büro. Zu Hause war alles in Ordnung gewesen. Gregor hatte nicht abgewaschen. Die Küche war voll mit gebrauchtem Geschirr. Im Büro waren alle schlecht aufgelegt. Der Kater von Frau Sprecher hatte nichts gefressen. Herr Nadolny kam erst um 11 Uhr. Er ging gleich in sein Zimmer. Verschloß die Tür hinter sich. Frau Sprecher steckte den Kopf in Helenes Zimmer und zog die Augenbrauen hoch. Beziehungsvoll. Helene wollte nichts als Ruhe haben. Aber sie lächelte. Sie wußten beide, was Nadolny hinter seiner verschlossenen Tür tat. Er hob das Telefon ab. Drückte auf den Knopf für eine Außenleitung. Dann ging er zum Bücherschrank und holte Knaurs Lexikon aus dem Jahr 1934 aus dem Regal. Er füllte sich aus der Flasche Four Roses dahinter ein paar Fingerbreit Bourbon in ein Wasserglas. Stellte die Flasche zurück und schob das Buch davor. Dann trank er, am Fenster stehend, das Glas aus. Er machte alles laut und brummelte sich währenddessen selbst Befehle zu. Helene und Frau Sprecher waren einmal vor Nadolnys Tür gestanden und hatten ihm zugehört. Sie hatten vor Lachen auf die Toilette laufen müssen. Die eine war auf dem Klo gewesen, während die andere vor dem Spiegel von einem Fuß auf den anderen hüpfen hatte müssen. Seither wurde gelacht, wenn Nadolny schon am Vormittag zu trinken beginnen mußte. Am Nachmittag. Helene hatte die Kinder von der Schule abgeholt. Ihnen Wurstsemmeln zum Mittagessen gegeben. Und Kakao. Hatte mit dem Geschirrabwasch begonnen. Die Spülmaschine war noch immer nicht gerichtet. Am Nachmittag. Wieder im Büro, rief Nadolny Helene zu sich. Es gäbe eine neue Aufgabe. Eine große Aufgabe. Alles werde sich ändern. Ihre erste Aufgabe werde es sein, mit einem Dr. Stadlmann zu reden. Einem Dr. Justus Stadlmann. Ein sehr schwieriger Mensch. Nach allem, was er, Nadolny, gehört habe. Ein Wissenschaftler. Und man verspräche sich viel von ihren verbindlichen Fähigkeiten. Ihrem Charme. »Ihr Charme, Frau Gebhardt«, sagte Nadolny, »ist auch ein Kapital. Unterschätzen Sie das nicht.« Er. Nadolny. Er werde sich um Herrn Nestler kümmern. Der wäre ein Geschäftsmann aus der Schweiz. Er wolle die Erfindung von Dr. Stadlmann groß herausbringen. Helene wollte wissen, was diese Erfindung wäre. »Medizinisch. Frau Gebhardt. Das ist etwas Medizinisches. Sie werden sehen. Interessant.« Helene machte einen Termin mit Dr. Stadlmann aus. Er habe erst gegen Ende der Woche Zeit, sagte ihr die Mutter von Dr. Stadlmann. Nein. Ihren Sohn könne sie nicht sprechen. Wenn sie mit ihm reden wolle, dann müsse sie am Freitag um 12.30 kommen.

Nach dem Büro fuhr Helene auf den Markt auf dem Sonnbergplatz. In der Obkirchergasse. Sie kaufte dort Obst und Gemüse beim Gemüsehändlerehepaar Leonhard. Fleisch bei dem Fleischhauer, bei dem Thomas Bernhard seinen Schinken gekauft hatte. Wie der Fleischhauer immer wieder erzählte. Helene ging mit zwei Einkaufstaschen mit Gemüse und Obst noch in die Fischhandlung. Sie wollte den Kindern etwas Ordentliches kochen. Als Ausgleich für die Wurstsemmeln zu Mittag. Der Fischhändler stand an der Kasse. Er ging von dort nur weg, wenn ein Fisch zu filetieren war. Dann schleppte der schwere Mann sich zum Hackstock. Die Fischhändlerin stand an der Friteuse. Helene bestellte 3 Portionen gebackene Scholle. Die Fischhändlerin griff nach den panierten Schollestücken auf einem Tisch hinter sich. Einen Augenblick sah sie zu Helene auf. Die Frau hatte rot verquollene Augen. »Ja«, sagte sie, »ein Onkel ist gestorben.«

»O! Das tut mir aber leid.« Helene kam sich dumm vor. Und oberflächlich. Die Fischhändlerin hatte die Schollen in die Friteuse gelegt. Sie sah beim Fenster hinaus. »Und dann redet keiner mehr über einen«, sagte sie. Der Fischhändler räusperte sich. Er ließ die Kassenlade schnalzen. Nein. So wäre das doch nicht. Man dachte doch noch lange an die Verstorbenen. Immer. Oder? Helene versuchte, etwas Tröstliches zu finden. Die Fischhändlerin ging auf Helene zu. Hielt sich an der Glasvitrine fest. Beugte sich über die Vitrine Helene zu. Helene mußte sich zwingen, nicht zurückzutreten. Das Gesicht der Frau war ihrem ganz nahe. Sie spürte den Atem der Frau. »Am Anfang. Ja. Da reden alle. Und heulen. Und dann?« Die Frau wandte sich ab. Sie stellte sich wieder zur Friteuse. Holte die Schollenfilets heraus. Sie waren noch zu hell. Sie legte sie in das Fett zurück. »Vergessen wird man. Vergessen. Und wozu das Ganze?« Die Frau starrte wieder zum Fenster hinaus. Der Fischhändler knallte wieder mit der Kassenlade. Alle schwiegen. Das Fett zischte leise. Helene zahlte. Der Mann kassierte. Sie nahm ihren weißen Plastiksack mit dem gebackenen Fisch, der in Folie gewickelt war. Auf dem Weg zum Auto überfiel Helene Sehnsucht nach Henryk. Was er wohl gerade machte? Sie sehnte sich nach dem Neben-ihm-Gehen. Seine Beine fielen ihr ein. Seine schönen schlanken Beine. Was muß er auch noch ein schöner Mann sein, dachte Helene. Sie wurde wütend. Warum wurde sie von ihm ferngehalten. Sie warf den Fisch in den Kofferraum. Schleuderte den Sack hinein. Sollten sie zerbröselten Fisch essen. Und was hatte sie für Blödsinn geredet. Natürlich wurde man vergessen. Sie hätte mit der Frau mitweinen sollen. Vielleicht sollte man nur mehr heulen. Noch mehr, als sie es ohnehin schon tat. Und nach Venedig fahren. Und dort bleiben. Helene fuhr über die Höhenstraße nach Hause. In Grinzing hinauf. In Neustift herunter. Die Sonne schien. Die Forsythien und Mandelbäume blühten. Um die Weiden hingen grüne Schleier der jungen Blätter. Sonst war alles noch kahl. Helene fuhr unter den nackten Buchen. Der Himmel leuchtete blau zwischen den Ästen durch. Henryk sollte nächste Woche wieder nach Wien kommen. Hatte er in Venedig gesagt. Wann würde er anrufen. Bis jetzt hatte sie nichts von ihm gehört. Sie mußte nach Hause. Was war, wenn er anrief. Eben. Jetzt. Helene fuhr so schnell wie möglich zurück.

Helene sollte Dr. Stadlmann zu Hause treffen. Bei ihm. Auf der Linken Wienzeile. Fast beim Gürtel oben. In der Nähe der Mollardgasse. Helene fuhr vom Büro weg. Sie hatte überlegt, mit der Straßenbahn zu fahren. Sie hatte einen Parkplatz vor dem Haus gehabt. Sie fuhr mit dem Auto. Sie wollte keine anderen Leute neben sich. Eingeschlossen in ihr Auto, schlich sie mit der Kolonne über die Brücke bei der Urania. Über den Ring. Die Operngasse. Und die Linke Wienzeile hinaus. Schon auf der Brücke verfiel Helene in tiefe Abwesenheit. Sie bewegte den Wagen nach vorne. Schaltete. Bremste. Helene rutschte mit dem Verkehrsstrom mit. Automatisch. In ihr zog sich entlang der Bauchdecke innen ein Schmerz. Wie von einem langen Schnitt. Brennend. Henryk hatte nach Venedig nicht mehr angerufen. Helene hatte die Nummer in Mailand versucht. Zögernd erst. Sie hatte die Ziffern vorsichtig eine nach der anderen gewählt. Am Dienstag das erste Mal. Sie hatte wissen wollen, ob er gut zurückgekommen war. Niemand hob ab. Am Mittwoch hatte sie dann 20 Mal angerufen. Auch aus dem Büro. Privatgespräche ins Ausland waren selbstverständlich verboten. Sie war in ihrem Zimmer gesessen. Frau Sprecher war draußen zu hören gewesen. Nadolny war nicht im Büro. Helene hatte dem Läuten des Telefons in Mailand zugehört. Sie hatte keine Vorstellung, wie es aussah, wo das Telefon stand. Sie wußte nicht einmal, wie Mailand aussah. Helene war nie in Mailand gewesen. Sie hatte sich zwingen müssen, den Telefonhörer abzulegen. Mit jedem Klingeln waren die Erinnerungen weit weg geglitten. Weg. Davon. Helene hatte auf die Tischplatte gesehen und dem Telefon zugehört. Sie hatte das Gefühl gehabt, sie selbst verginge. Wie die Erinnerungen. Das Auflegen war eine Anstrengung geworden. Sie hätte dem Telefon zuhören wollen. Immer weiter. Im Auto.

Auf dem Ring fahrend, war es wieder so. Der Verkehr trug sie. Schob sie weiter. Zwang sie einmal, etwas schneller zu fahren. Dann wieder stehenzubleiben. Irgend etwas hinter den Augen verhinderte das Scharfsehen. Die Augen starrten. Stellten sich auf nichts genau ein. Helene sagte sich vor, daß sie einander nichts versprochen hätten. Sie beide erwachsene Personen seien. Und nicht das erste Mal so. Hatte sie es nicht jedes Mal überlebt? Und war es nicht jedes Mal richtig gewesen? Die Sätze blieben im Kopf. Hoch oben. Die Augen starr. Der Schmerz im Leib. In der Wienzeile suchte Helene die richtige Hausnummer. Sie hielt den Verkehr auf. Wütend überholten sie Autofahrer. Hupten. Deuteten. Helene schrie im Auto, sie sollten zum Teufel gehen. Sie hätte es sich ja nicht ausgesucht, hier nach einer Adresse zu suchen. Sie wolle hier nicht halten. Sie beugte sich nach rechts, die Hausnummer herauszufinden.

Die Wohnung Stadlmanns war im 2. Stock. Helene läutete. Sie hörte Stimmen hinter der Tür. Erst beim 3. Läuten kam jemand auf die Tür zugegangen. Eine Kette wurde zurückgeschoben. 2 Schlösser aufgesperrt. Die Tür geöffnet. Eine ältliche Frau stand da. Sah Helene an. Desinteressiert. Ablehnend. »Sie wollen zu meinem Sohn«, sagte sie. Helene nickte nur. Die Frau wies Helene einen Sessel im langen schmalen Vorzimmer an. Helene setzte sich. Die Frau verschwand nach links. Das Vorzimmer führte tief nach hinten. Von dort hörte Helene die Stimmen deutlicher. Ein Mann erklärte etwas. Eine Frau fragte dazwischen. Türen führten im Gang nach rechts. Nach links waren Fenster. Man konnte in einen Hof sehen. In eine Baumkrone von oben. Zwischen den Türen und Fenstern standen Stellagen und Kästchen. Technische Geräte waren übereinandergestapelt. Meßgeräte. Computerbestandteile. Bildschirme. Medizinisch aussehende Geräte. Apparate für EKGs. Auf allem lag Staub. Die Fenster waren fleckig. Es roch nach gerösteten Zwiebeln. Die Tür am Ende des Gangs wurde geöffnet. Ein dunkelhaariges Mädchen trat heraus. Ihre langen Haare fielen nach vorne. Verdeckten ihr Gesicht. Sie ging langsam. Zog ein Bein nach. Hinter ihr kam eine Frau. Älter. Elegant. Sie redete zu jemandem hinter sich. »Vielen Dank. Herr Doktor«, sagte sie. »Ach. Sie wissen ja gar nicht, wie dankbar wir sind. Wo wir schon überall waren!« Helene hörte den Mann immer wieder »Küß die Hand, gnädige Frau« sagen. Die beiden Frauen gingen an Helene vorbei. Die jüngere sah sich nicht um. Die ältere nickte Helene zu. »Sind Sie Frau Gebhardt?« fragte der Mann. Er war hinten im Gang geblieben. Rief nach vorne. Helene stand auf und ging nach hinten. Der Gang war schmal. Helene mußte sich an den Stellagen vorbeidrängen. Der Mann stand in der Tür zu einem Zimmer. Die Mutter Stadlmann war aufgetaucht und sperrte den beiden Frauen auf. Verschloß die Schlösser hinter ihnen. Laut und rasselnd. Helene ging auf den Mann zu. Es war dunkel so weit hinten im Gang. »Dr. Stadlmann?« fragte sie und folgte dem Mann in das Zimmer. Dr. Stadlmann schleuderte sich 3 Schritte in das Zimmer. Dann ließ er sich in einen großen gepolsterten Bürosessel fallen. Er trug orthopädische Schuhe, die über den Knöchel reichten. Fast bis zu den Knien. Im Sitzen rutschte seine Hose weit hinauf. Beide Schuhe waren mit Schienen verbunden. Beim Gehen mußte er die Beine vorschleudern und dann mit einer Schlenkerbewegung aufsetzen. »Kinderlähmung«, sagte Dr. Stadlmann. Helene nickte »ach!« und »ein Mädchen im Kindergarten hatte das auch. Sie ist Ärztin geworden.« »Sehen Sie«, antwortete Dr. Stadlmann. Er saß da und wartete, bis sich sein Atem beruhigt hatte. Helene saß auf einem weißen Sesselchen. Es sah aus in diesem Raum wie in einer Ordination. Es war alles weiß lackiert. Es war nur alles verstaubt. Helene wußte aus ihren Unterlagen, daß Dr. Stadlmann Physiker war. Helene schaute sich um. Sie verstand nicht, warum er wie ein Arzt auftrat. Stadlmann sah ihren Blick. »Was wissen Sie nun schon?« fragte er. »Ich weiß überhaupt nichts. Herr Nadolny hat gemeint, ich sollte alles von Ihnen erfahren.« »Das wird auch besser sein«, sagte Dr. Stadlmann. Er hielt Helene einen Vortrag. Es ging um Magnetpflaster. Die heilende Wirkung von

Magnetfeldern. Dr. Stadlmann hatte in Japan eine magnetisierte Folie entwickelt und die Patente für deren medizinische Anwendung eingereicht. Herr Nestler finanziere das alles. Ob Helene Herrn Nestler schon kenne? Helene schüttelte den Kopf. Ja. Also. Mit diesen Magnetpflastern ginge das so. Bald hatte Helene goldglänzende dicke Folienstücke im Genick kleben. An den Handgelenken. Sie mußte zugeben, es wurde wärmer darunter. Ob sie sich angenehmer fühlte, konnte sie nicht sagen. Bei Arthritis, Gelenksveränderungen wie Tennisarm. Und überhaupt bei Entzündungen der Weichteile und Gelenke wirke das Magnetpflaster beruhigend. Ausgleichend. Heilend. Man klebe diese Pflaster in einer bestimmten Richtung auf. Die Richtung hinge mit den Meridianen für die Akupunktur zusammen. Also. Man klebe das so. Die Tür ging auf. Die Mutter von Dr. Stadlmann trat herein. Sie stellte einen Teller Suppe auf den Schreibtisch. Dr. Stadlmann rollte den Bürostuhl hinter seinen Schreibtisch und begann zu essen. Helene mußte Speichel schlucken. Sie hatte Hunger, und die Suppe roch gut. Dr. Stadlmann wies mit dem Suppenlöffel auf einen Poster an der Wand. Ein nackter Mann war abgebildet. Von vorne und von hinten. Die Akupunkturpunkte und Meridiane waren eingezeichnet. Mit schwarzem Filzstift waren Pflaster aufgemalt. Im Genick. Am Rücken. An der Wirbelsäule. Und an allen Gelenken. Man müsse diese Pflaster nur lange genug tragen. Dann wäre alles gut. Dr. Stadlmann aß seine Suppe. Rindfleisch mit Gemüse. Alles war schon geschnitten. Er aß mit dem Suppenlöffel. Helene saß pflasterbedeckt vor ihm. Tiefer als er. Dr. Stadlmann sprach ununterbrochen weiter. Helene konnte den Speisebrei in seinem Mund sehen. Wie er ihn herumschob, wenn er kauend weitererklärte. Helene solle das Material gründlich studieren. Er werde ihr alles mitgeben. Sie würden dann gemeinsam eine Informationsbroschüre machen. Und einen Film. Ein Video. Damit alles so verständlich wie möglich würde. Es ginge ja vor allem darum, den Eindruck von Unseriosität zu vermeiden. Von Scharlatanerie. Er sei sich der möglichen Gefahren durchaus bewußt. Also! Er. Er habe nun gegessen. Er müsse sich hinlegen. Er müsse sich regelmäßig hinlegen. Leider. Es koste so viel Zeit. Aber. Man könne ja auch im Liegen denken. Oder? Helene sprang von ihrem Sesselchen auf. Sie löste die Folien ab. Schwarze Ränder blieben auf der Haut zurück. Das wäre noch eine Schwachstelle, bemerkte Dr. Stadlmann. Aber eine Bagatelle. Das Pflaster im Genick hatte Härchen mitgerissen beim Abnehmen. Dr. Stadlmann gab Helene einen Stapel Unterlagen. Er brachte sie zur Tür. Hinkte vor ihr den Gang entlang. Blieb vor jedem Gerät stehen und erklärte Helene den Nutzen davon. Wofür man es brauchte. Was es gekostet hatte. Sein ganzes Geld stecke in diesen Geräten. Und das seiner Mutter. Und. Die Geräte seien alle schon wieder veraltet. Das könne innerhalb von Monaten geschehen. Unter Umständen. Und. Die Frau, die Helene mit ihrer Tochter weggehen habe sehen. Vorhin. Wie sie gekommen sei. Die sei eine Gräfin. Die Tochter leide an Hüftarthrose. Das arme Kind. Hätte Model werden wollen. Hübsch genug wäre sie ja gewesen. Aber mit einem solchen Defekt. Die Folie helfe. Zumindest die Schmerzen seien nicht mehr so schlimm. Das Kind könne immerhin ohne Stock gehen. Wieder. Helene. Jedenfalls. Helene solle sich glücklich schätzen, an einem solchen Projekt mitzuarbeiten. Sie solle ihn anrufen. Am Montag. Oder hätte sie am Sonntag Zeit. Nein. Sie habe Kinder. Ja. Dann! Helene versprach, am Montag anzurufen. Sie lief die Stiegen zur Straße hinunter. In einem kleinen Geschäft gleich um die Ecke kaufte sie 2 Wurstsemmeln mit Essiggurkerln. Sie setzte sich ins Auto und aß. Hastig. Stopfte. Mampfte die Semmeln. »Magnetfolien«, sagte Helene laut vor sich hin. »Magnetfolien?«

Am Samstagmorgen kamen die Kinder früh zu Helene ins Bett. Helene hatte nicht schlafen können. Sie war vor dem Telefon gesessen. Lange. In die Nacht hinein. Sie hatte nicht mehr angerufen. Dort. In Mailand. Sie hatte dann das Telefon neben das Bett gestellt. Sie hatte sich an den Bettrand gelegt. Auf der Seite liegend, hatte sie das Telefon angesehen. Es läutete gegen 11. Helene ließ es 3mal läuten. Damit es nicht so aussähe, als wartete sie auf den Anruf. Sie war sicher gewesen, Henryk wäre am Apparat. Gregors Stimme löste sofort den Gedanken aus, nun könnte Henryk sie nicht erreichen. Ja? Fragte sie. Ja. Gregor solle kommen. Er käme doch immer. Samstagvormittag. Ja. Sie habe schon geschlafen. Ja. Manchmal gehe sie eben früh schlafen. Helene legte auf. Sie hatte versucht, das Gespräch so kurz wie möglich zu halten. Es war dann lang geworden. Gregor hatte gemerkt, wie sie ihn loswerden hatte wollen. Helene war sicher, Henryk hatte es genau zu diesem Zeitpunkt versucht. Und er würde nun nicht mehr anrufen. Sie hatte in die Dunkelheit geschaut. Auf Schlaf gewartet. Sie hatte versucht, sich vorzusagen, andere Menschen hätten viel schwerere Schicksale. Die wären immer allein. Einsam. Hätten nicht mal das Nötigste. Es half nichts. Am Morgen war sie müde. Die Kinder krochen zu ihr unter die Decke. Sie versprachen still zu sein. Sie lachten. Kicherten. Beruhigten sich dann. Krabbelten noch herum. Katharina holte sich ein Buch und setzte sich ans Bettende. Sie steckte ihre Füße unter die Decke. Sie kitzelte Helene an den Fußsohlen. Aber dann war Ruhe. Katharina las. Barbara schlief wieder ein. Helene döste. Sie hörte Gregor nicht in die Wohnung kommen. Gregor stand plötzlich im Schlafzimmer. Er hatte Semmeln mitgebracht. Schwenkte das Säckchen mit dem Gebäck. Er wolle frühstücken. Sei hungrig. Helene setzte sich langsam auf. Barbara verkroch sich unter der Decke. Katharina lutschte an ihrem Daumen. Helene fühlte sich schwer und benommen. Ob man nicht besser in ein Kaffeehaus führe. Zum Haag in die Währingerstraße. Da gäbe es Eibrötchen. Wozu er dann die Semmeln gekauft hätte, wollte Gregor wissen. Es sei fast 10 Uhr. Da könne man auch einmal aufstehen. Helene saß in ihre Pölster gelehnt. Barbara schmiegte sich an ihre Seite. Helene sagte, »warum machst du uns kein Frühstück? Wir ziehen uns an. Und du fängst an mit dem Frühstück. Inzwischen.« Gregor stand in der Mitte des Zimmers. Dazu wäre er nicht hergekommen. Wenn er sich selbst ein Frühstück kochen wollte, dann könnte er das. Er wolle mit ihnen frühstücken. Und nicht Frühstück kochen. Helene war schon dabei, aus dem Bett zu steigen. Und in die Küche zu gehen. Da kam Katharina zu ihr gekrochen. Setzte sich auf ihren Schoß. Schlüpfte unter die Decke. Kuschelte sich in ihre Arme. Lutschte heftig an ihrem Daumen. »Ach. Gregor. Du siehst doch, wie müde wir sind.« Ob sie nun endlich Frühstück mache, fragte Gregor gelangweilt. »Nein«, sagte Helene. Sie wolle im Bett bleiben. Und dann ins Kaffeehaus gehen. Er könne mitkommen. Das wäre lustiger. Die Semmeln kämen schon weg. Irgendwann. Und überhaupt. Seine Mutter wolle mit ihm sprechen. Er solle zu ihr hinübergehen. Ob Sie nun Frühstück mache? Gregor sprach mit Helene, als wäre sie die Schwester ihrer kleinen Kinder. »Nein«, sagte Helene. Gregor stand am Bettrand. Sah auf sie hinunter. Barbara war hochgekrochen. Saß verschlafen, an Helene gedrängt. Die Haare wirr. Die Wangen rot. Gregor fragte wieder. Er sah Helene verärgert an. Trat knapp an das Bett heran. Helene zog die Kinder enger an sich. Preßte sie an sich. »Zum letzten Mal. Machst du jetzt Frühstück?« Gregor hatte sich vorgebeugt. Über das Bett. Helene löste ihre Arme von den Schultern der Kinder. Schob Katharina zur Seite. Beugte sich vor. Sie fühlte sich ausgesetzt im Nachthemd. Sie sagte »nein!« und wartete auf den ersten Schlag. Gregor stand über sie und die Kinder gebeugt. Regungslos. Angespannt. Seine Augen schmale Schlitze. »Du Arschloch!« zischte er. Helene sah ihn an. Gregor war rotgeschwollen im Gesicht. Er warf die Semmeln auf den Boden und stampfte aus dem Zimmer. Die Wohnungstür wurde zugeschlagen. Die Glasscheiben in der Tür klirrten. Helene und die Kinder saßen still. Dann begannen sie zu kichern. Vorsichtig erst. Dann laut. Sie konnten gar nicht aufhören. Sie lagen im Bett. Schlugen um sich vor Lachen. Sie beruhigten sich lange nicht. Immer wieder begann die Lacherei. Helene fuhr mit den Kindern ins Café Landtmann. Sie bestellte alles, was die Kinder wollten. Kuchen. Säfte. Schokolade. Danach fuhren sie nach Schönbrunn und schauten die Schmetterlinge im Schmetterlingshaus an. Sie besuchten ein neugeborenes Flußpferd. Und einen jungen Elefanten. Sie gingen zum Dommayer. Aßen Frankfurter. Tranken Almdudler. Sie kamen um 5 Uhr wieder nach Hause. Helene fand einen Zettel von der Schwiegermutter. Ein Herr Heinrich habe angerufen. Er melde sich wieder. Und Helene solle bitte das Telefon umstellen, wenn sie das Haus verließe. Helene interessierte das alles nicht. Sie zog das Telefon heraus. Sie sah fern mit den Kindern. Brachte sie ins Bett. Setzte sich ins Wohnzimmer. Drehte den Fernsehapparat auf. Laut. Helene wollte nichts mehr wissen. Niemanden sehen. Oder sprechen. Sie wollte allein sein. Die Kinder hatten nichts mehr gesagt. Zu dem Vorfall am Morgen. Helene verbot sich, den Satz zu sagen. Und dann wieder zu heulen zu beginnen. Dieses: Jetzt weißt du das auch! Gut. Sie wußte jetzt, wie es war, wenn der Mann einen schlagen will. Gut. Das kannten viele. Mußten viele ertragen. Sie sollte sich nicht so aufregen. Immerhin hatte er sie ja nicht wirklich geschlagen. Ihr Vater war da weniger zurückhaltend gewesen. Immerhin. Er hätte nie Arschloch zu ihr gesagt.

Am Sonntag mußte Helene mit den Kindern bei Gregors Mutter essen. Die Kinder wollten die Wiener Schnitzel nicht. Gregors Mutter kochte nicht mehr gut. Plötzlich konnte man nicht mehr essen, was die alte Frau zubereitete. Sie selbst schien nicht zu merken, wie ungenießbar die Speisen waren. Die Kinder saßen vor den Wiener Schnitzeln, die außen verbrannt waren und innen roh. Das Fleisch war nicht zu kauen. Es roch unangenehm. Am Ende versteckte Helene das Fleisch in ihrer Serviette. Die Kinder kicherten. Die alte Frau lief zwischen Küche und Zimmer hin und her. Helene hielt die Serviette mit dem Fleisch unter dem Tisch. Sie fühlte, wie die Serviette immer feuchter wurde. Sie wollte das Fleisch in ihre Wohnung hinüberschmuggeln. Und wegwerfen. Als Nachspeise hatte die Großmutter Eis gekauft. Das Mittagessen endete so friedlich. Helene brachte die Kinder in die Wohnung hinüber. Helene legte die Serviette in die Küche und ging zur Großmutter zurück.

Die alte Frau wollte aber keine Hilfe. Helene brachte es wieder nicht fertig, etwas über das Essen zu sagen. Die alte Frau hastete herum. Sie sagte immer wieder, wie mühsam ihr das alles wäre. Zu viel. Viel zu viel wäre das für jemanden in ihrem Alter. Helene hätte gerne gesagt, dann wäre es doch besser, sie kämen nicht mehr zum Essen. Und die alte Frau sollte doch nur zugeben, alt zu sein. Und sich danach richten. Es klang plötzlich so, als hätten Helene und die Kinder sich zum Essen aufgedrängt. Helene überlegte, ob sie hinübergehen sollte. Das Fleisch holen. Und der alten Frau unter die Nase halten. Helene ging dann und warf das Fleisch weg. Sie schenkte sich einen Whisky ein und setzte sich ins Wohnzimmer. Sie brauchte eine eigene Wohnung. So ging das nicht. Die alte Frau war nicht zu ertragen. Helene spürte Zorn in sich aufsteigen. Der Satz der alten Frau, sie mache doch ohnehin alles für Helene. Und die Kinder. Dieser Satz. Dieser Vorwurf. Helene hätte schreien können. Sie saß im Wohnzimmer. Sie trank noch einen Whisky. Sie verstand, wie ein Mord entstand. Es mußte nur das Messer in die in diesem Augenblick schlagen wollende Hand fallen. Und getan war es. Helene holte sich einen dritten Whisky. Ob es Gregor träfe. Wenn sie seine Mutter. Gregor würde sagen, er hätte das alles längst gewußt. Geahnt. Vorausgesagt. Und weil er es ja immer gewußt hatte, überraschte ihn nichts. Und schmerzte ihn nicht. Helene wurde im Kopf leicht. Sie trank einen 4. Whisky. Sollte sie die Flasche zur Couch nehmen? Sie ließ die Flasche stehen. Legte sich auf die Couch. Sie stellte sich vor, wie das wäre. Sie betränke sich. Und ginge zu Gregor ins Institut. Und sagte allen, wie Gregor wirklich sei. Wie er sie betrüge. Mit der Institutssekretärin. Daß er ihr kein Geld gebe. Daß sie nicht wisse, wo er wohne. Daß er sie schlage. Schlagen wolle. Und wie er über alle am Institut geredet habe. Alle sollten wissen, was Gregor für ein Schwein sei. Barbara weckte Helene auf. Die Großmutter lasse fragen, was mit dem Telefon los sei. Helene stand auf. Sie wußte einen Augenblick nichts. Sie erkannte nicht einmal ihr Wohnzimmer. Sie stöpselte das Telefon wieder ein. Die Großmutter müsse doch nur auf ihren Apparat umschalten. Sie sähe nicht ein, warum sie immer erreichbar sein sollte. »Die Oma hat gesagt, es ist verboten, das Telefon herauszuziehen!« Barbara sagte das vorwurfsvoll. Die Großmutter nachahmend. Helene schrie das Kind an. Sie wolle Ruhe haben. Ruhe! Alleinsein. Hier. Einmal. Und nachdenken, Das müsse sie nämlich auch manchmal. Das Telefon läutete. Helene hob ab. Sie sagte scharf: »Ja. Bitte.« »Helene. Bist du das?« Henryk. Er sei schon wieder im Aufbruch. Wo sie gewesen sei. Er hätte doch früher anrufen können, sagte Helene. Dann hätte man etwas vereinbaren können. Rechtzeitig. Er wüßte doch, wie das alles sei. Bei ihr. Helenes Kopf schmerzte. Hämmerte. Eine Migräne zog sich vom Genick über den Kopf. Ob sie nicht wenigstens zum Bahnhof kommen könne, fragte Henryk. Sein Zug ginge um 19.30. Er wolle sie sehen. Er liebe sie. Helene sagte zu. Sie wollte das Gespräch einmal beenden. Und sich setzen. Sie war verwirrt. Zittrig. Elend. Sie kochte Kaffee. Löste 3 Aspirin im Kaffee auf. Goß Zitronensaft in den Kaffee. Trank die Mischung. Zitternd. Konnte nicht klar sehen. Die Kinder hatten sich im Kinderzimmer verkrochen. Katharina hatte sich an sie drängen wollen. Helene hatte sie weggeschoben und »du kannst dich bei deinem Vater bedanken. Für das alles« gesagt. Sie wußte, sie sollte so etwas nicht sagen. Wollte auch nicht. Durfte nicht. Sie sagte es mit besonderem Vergnügen. Das Kind verschwand. Helene legte sich Wattebäuschchen, die sie in kaltes Wasser getaucht hatte, auf die Augen. Sie rief Katharina. Sagte ihr, sie sollte ihr heute nicht zuhören. Sie wäre heute. Nun. Sie wüßte nicht. Es täte ihr leid. Sie führe jetzt kurz weg. Und dann unternähmen sie etwas gemeinsam. Sie sollte sieh etwas ausdenken. Helene hob die Wattebäuschchen. Das Kind war nicht da. Helene ging ins Badezimmer. Ihre Augen waren verschwollen. Helene kämpfte mit Lidschatten und Wimperntusche gegen die Röte an. Sie konnte sich nicht erinnern, geweint zu haben. Aber es sah so aus, als hätte sie. Helene blieb lang vor dem Spiegel. Trödelte herum. Sie mußte schnell fahren, um sich nicht allzusehr zu verspäten. Sie fuhr den Gürtel entlang. Fuhr schnell. Schwindelte sich in jede Lücke. Überholte, wo es nur ging. Wechselte die Spur. Der Fahrer eines dunklen Mercedes hupte sie an. Seine blonde Frau saß vorne. Hinten 2 kleine Kinder. Helene zeigte ihm den Finger. Die beiden Autos kamen in der Kolonne vor einer Ampel nebeneinander zu stehen. Die Frau auf dem Beifahrersitz sah Helene empört an. Wandte den Kopf dann nach vorne. Empört über Helene. Der Mann sah zu Helene herüber. Sagte etwas zu der Frau. Helene lächelte ihn an. Sie fuhr sich mit der Zunge über die Lippen. Vielsagend. Der Mann wandte sich kopfschüttelnd ab. Helene lachte. Sie schnitt den Mercedes. Der Mann mußte scharf bremsen. Helene schickte ihm eine Kußhand.

Helene setzte sich die Sonnenbrille auf. Im Rückspiegel hatten die Augen normal ausgesehen. Aber im Innenspiegel sah man ja immer gut aus. Henryk stand in der Kassenhalle. Beim venezianischen Löwen. Wie er gesagt hatte. Helene sah ihn zuerst. Sie kam vom Parkplatz. Von der Seite. Er schaute zum Haupteingang auf der anderen Seite. Er stand neben der braunledernen Reisetasche, die Helene im Kasten stehen gesehen hatte. Er hatte die Hände in den Hosentaschen. Sein Tweedsakko war hochgeschoben. Schlank und groß stand er da. Entspannt. Sicher. Der Burberry hing über dem Arm. Helene ging nah an ihn heran. Blieb hinter ihm stehen. »Hallo«, sagte sie leise. Henryk fuhr herum. Er riß sie in seine Arme. Der Mantel flatterte zu Boden. Kam zwischen ihnen zu liegen. Henryk nahm ihr die Sonnenbrille ab. Steckte sie in seine Brusttasche und küßte sie. Am Ende standen sie engumschlungen auf dem Mantel. Helene atemlos. Sie hatte ihn nicht küssen wollen. Sie hatte ihm nicht nahekommcn wollen. Sic hatte ihn nur fragen wollen, warum er sie nicht angerufen hatte. Nur den Grund erfragen. Und dann gehen. Sie wollte nicht mehr warten. »Ich liebe dich«, flüsterte Henryk. Helene hob seinen Mantel auf. Henryk nahm seine Reisetasche. Sie gingen in das Bahnhofsrestaurant. Verrauchte Luft. Geruch nach Knackwurst und Leberkäse. Gulasch. Tische ohne Tischtuch. Die Kellnerin fuhr mit einem feuchten Tuch über den Tisch. Sie bestellten. Helene wollte einen gespritzten Weißwein. Henryk Kaffee. Eine Melange. »Stütz dich nicht auf«, sagte Helene. »Sonst bleibst du kleben.« Henryk nahm ihre Hand. Legte sie auf den Tisch. Und seine darüber. Die Kellnerin brachte die Getränke. Helene wollte ihre Hand zurückziehen. Henryk hielt sie fest. Drückte die Hand. »Helene. Ich habe nicht angerufen, weil ich über alles nachdenken muß.« Henryks Augen waren grünbraun. Sein Tweedsakko hatte dieselbe Farbe. Helene sah in seine Augen. »Und?« fragte sie. »Warum macht ihr das nicht vorher? Warum macht ihr alles. Und dann müßt ihr nachdenken. Könnt ihr das nicht vorher machen?« »Helene!« rief Henryk. »Hör mir zu.» Er sei nicht so frei, wie es ausgesehen habe. Und. Er habe sich verliebt. In sie. Und. Er werde jetzt zurückfahren. Und alles in Ordnung bringen. Und. Er werde sich dann melden. Ob sie eine Ahnung habe, was das für ihn geheißen habe, sie nicht erreichen zu können. Diese 2 Tage jetzt. Er sei schließlich ihretwegen nach Wien gekommen. Helene dachte an die Tage, die sie auf einen Anruf gewartet hatte. Die Wochen. Sie sagte nichts. Sie zog ihre Hand zurück. Er sei zu nichts verpflichtet. Das müsse er wissen. Sie wüßte es auch. Und. Es gäbe keinen Grund. »Aber Helene. Ich will ja. Ich verspreche es. Ich verspreche es dir«, rief Henryk. Er wüßte genau, wie alles gehen sollte. Und sie müßten einander so bald wie möglich wiedersehen. Am besten gleich am nächsten Wochenende. Helene konnte nicht sagen, ob sie Zeit hätte. Sie dachte an Gregor. Ihm konnte sie die Kinder nicht mehr lassen. Er würde sie auch nicht nehmen. Das wußte sie. Sie konnte ihn hören, wie er sagen würde, sie hätte nun endgültig alles kaputtgemacht. Wenn er etwas nicht mehr wollte, begann er diesen Vorwurf zu machen. Daß sie jetzt alles ruiniert hätte. Vielleicht konnte sie die Kinder ihrer Schwester überlassen. Helene fragte Henryk, ob er nicht noch etwas essen wolle. Wie lange die Zugfahrt dauern würde. Henryk bestellte ein Gulasch und noch einen Kaffee. Helene sah ihm beim Essen zu. Sie solle ihm schreiben. Meinte er. Er werde anrufen. Und auch schreiben. Er müsse von ihr hören. Regelmäßig. Täglich. Helene nippte an ihrem Wein. Sie hätte ihn gerne aufgehalten. Er würde nicht anrufen. Und er würde nicht schreiben. Wenn er das gewollt hätte, hätte er es ja schon machen können. Warum sagte er es dann? Henryk mußte zum Bahnsteig hinauf. Er hatte keine Platzreservierung. Er wollte so früh wie möglich dasein. Und einen Platz besetzen. Sie fuhren mit der Rolltreppe hinauf. Er habe ihre Freundin gesehen. Gestern abend. In der Nacht. Spät. Er habe sie nach Helene gefragt. Aber sie hätte nichts gewußt. Und Püppi hätte gesagt, sie glaube, Helene sei weggefahren. Ihr Mann. Helenes Mann habe ihr das gesagt. Helene fühlte das Blut ins Gesicht steigen. Und den Stich in der Brust. Was hatte Henryk mit Püppi zu reden. Was hatte Püppi mit Gregor zu reden. Was hatte Gregor mit dem allem zu tun. Zorn. Ohnmächtige Wut stieg in ihr auf. Zorn. Sie hatte die Kinder nicht allein lassen können. Nach der Szene gestern morgen. Aber Gregor schon. Er konnte in der Stadt herumlaufen und mit Püppi quatschen. Helene senkte den Kopf. Ihr war kalt. Sie trug Henryks Mantel. Henryk hatte seinen Arm um ihre Schulter gelegt. Ihr Oberschenkel lag an seinem. Sie konnte seine Muskeln spüren. Beim Gehen. Sie gingen aneinandergedrängt. Helene wäre sofort mit ihm mitgegangen. Auf eine Toilette. In ein Stundenhotel. Wenn er sie gefragt hätte. Sie sah ihren und seinen Füßen beim Gehen zu. Sie sehnte sich nach ihm. Verzweifelt. Plötzlich. Und dringend. Sie konnte sich aber weiter nichts vorstellen. Ihre Vorstellungen endeten mit seinem Schwanz in ihr. Was danach. Wie weiter. Und wie überhaupt. Sie konnte sich nichts denken. Helene trottete neben Henryk. Fühlte ihre Knie weich werden. Sie hätte keinen Wein trinken sollen. Henryk fand einen Fensterplatz. Er stellte seine Reisetasche auf die Gepäckablage. Hängte den Mantel auf. Nahm eine Zeitung aus der Manteltasche. Legte sie auf den Nebensitz. Helene hatte sich ihm gegenüber hingesetzt. Sie wäre am liebsten dageblieben. Mitgefahren. Weg. In ein anderes Leben. Und ins Bett. Mit ihm. Sie küßte ihn zum Abschied auf die Wange. Beim Einsteigen ins Auto fiel ihr ein, Henryk hatte ihre Sonnenbrille. Es wäre noch Zeit gewesen, zum Bahnsteig hinaufzugehen. Helene fuhr weg. Sie wollte Henryk nie wiedersehen.

Montag ließ Nadolny Helene wissen, Herr Nestler käme Mittwoch nach Wien. Donnerstag dann ins Büro. Sie solle bis dahin einen Überblick über die Sache haben. Und sie solle mit Herrn Nestler Mittagessen gehen. Er könne nicht. Und. Sie solle nett aussehen. Helene studierte die Unterlagen von Dr. Stadlmann. Es war alles sehr medizinisch. Helene konnte die Artikel und Studien nur lesen. Sie wußte nicht, was sie von ihnen halten sollte. Es klang, als wäre mit den Magnetfolien die Menschheit zu retten. Helene kannte niemanden, den sie fragen hätte können. Die Ärzte, die sie gekannt hatte, waren alles Freunde von Gregor. Und Gregor hätte schallend gelacht, hätte er gewußt, was sie da machte. Sie saß im Büro. Die Unterlagen vor sich gestapelt. Sie sollte Gregor anrufen. Wegen des nächsten Wochenendes. Und wegen des Geldes. Und. War Henryk in Mailand gut angekommen? Sie wählte die Nummer. Während des Wählens fand sie heraus, daß sie die Nummer auswendig konnte. In Mailand war besetzt. Schon nach der Vorwahl von Italien war besetzt. Helene begann eine Liste der Krankheiten zu machen, gegen die die Magnetfolie wirken sollte. Dr. Stadlmann mußte sie vervollständigen. Fotos von der Anwendung würden notwendig sein. Und Berichte über die Wirkung. Helene schrieb ein Konzept. Auf ihren Entwurf schrieb sie am Ende dazu: Und 1 Marienerscheinung jeden Tag um 11.30 zu einem frühen Mittagessen. Club der Geheilten jeden Dienstag. Café Hawelka. Geschlossene Gesellschaft. Keine Krüppel. Helene mochte nicht weiter nachdenken, was das für eine Beschäftigung war, der sie da nachging. Choosers are loosers, dachte sie. Wahrscheinlich war man mit der Sache knapp am Kriminellen. Sie sollte ihren Vater zum Kurpfuscherparagraphen befragen. Der Herr Senatspräsident sollte alles darüber wissen. Er würde ihr raten, da nicht weiter mitzutun. Und würde darauf warten, um Geld gebeten zu werden. Er hatte sie immer schon für unfähig gehalten. Weil er so von ihrer Unfähigkeit überzeugt war, dachte er offensichtlich, er hätte ihr bereits Geld gegeben. Jedenfalls redete er immer so. Helene hatte keinen Groschen von ihm bekommen. Sie wußte gar nicht, ob sie es nehmen würde. Er aber redete, als füttere er sie schon die längste Zeit durch. Helene fand das sehr geschickt von ihm. Wie sollte sie ihn noch um etwas bitten, von dem er glaubte, es ihr schon gegeben zu haben. Er war in seiner Selbstgerechtigkeit bestätigt. Er sparte sich das Geld. Und sie bekam nichts. Das war ja auch das eigentliche Ziel, dachte Helene. Sie war im Brautkleid dagestanden. Die ganze Hochzeitsfeier nur für die Eltern und Gregors Mutter veranstaltet worden. Der Vater in der Tür. Er hatte ihr den Schlüssel zum Haus weggenommen. »Du weißt«, hatte er gesagt. »Du weißt, wenn du da hinausgehst, dann kannst du nie mehr zurück«, hatte er gesagt. Aber. Ich weiß, worum es gegangen ist, Herr Rat, sagte Helene sich vor. Ich weiß, worum es geht. Vergessen soll ich. Hätte ich sollen. Alles vergessen. Und dankbar sein. Ich soll dankbar sein, nur verprügelt worden zu sein. Wie schnell ist man bei so einer Prügelorgie aufs Bett geworfen. Wahrscheinlich ist er noch stolz, daß er sich beherrscht hat, dachte Helene. Helene wußte nicht einmal, ob ihr Vater ihre Schwester auch geschlagen hatte. Man hätte gesagt, sie solle sich halt besser einfügen. Die Helene solle sich halt nicht so aufführen. Dann wäre es ihr auch besser gegangen. Helene holte sich einen Kaffee. Dann lieber Marienerscheinungen. Helene fragte Frau Sprecher, was der Kater mache. »Sterben!« sagte Frau Sprecher. Helene ging in ihr Zimmer zurück. Sie versuchte wieder die Nummer in Mailand. Wieder besetzt. Der Kaffee schmeckte dünn. Helene wollte flüchten. Büromaterial. Es müsse dringend Büromaterial gekauft werden. Sie ging ins Café Prückl. Sie aß ein kleines Gulasch und trank ein Bier. Würde sie nun zur Trinkerin? Das Bier war gut gegen dieses elende Gefühl im Hals. Helene versteckte sich hinter der Süddeutschen Zeitung. Einen Augenblick atmete sie nur vor sich hin und schloß die Augen. Vielleicht ginge es ihr wirklich besser, wenn sie etwas zunähme. Das Gulasch hatte sie gegessen, weil man essen mußte. Und sie sonst das Bier nicht vertragen hätte. Also doch Trinkerin. Auf dem Rückweg ins Büro kaufte Helene Büromaterial. Großpackungen Büroklammern.

Herr Nestler kam aus Zürich angeflogen. Helene hatte noch Kaffeelöffelchen kaufen müssen. Die alten seien schäbig, hatte Nadolny gesagt. Ob sie das nicht bemerkt habe. Das sei schließlich ihre Aufgabe. Kultur. Helene hatte dann beim Rasper am Graben Kaffeelöffel gekauft. Die Rechnung hatte Herrn Nadolny nicht gefallen. Ob es gleich so teuer sein müsse. »Schönheit hat ihren Preis, Herr Nadolny«, hatte Helene gesagt und ihn strahlend angelächelt. Nestler kam Donnerstagvormittag ins Büro. Er war mittelgroß. Sehr schlank. Sehr teuer angezogen. Anzug mit Weste. Genau passende Krawatte. Er trug leichte italienische Schuhe. Und kräftig gemusterte Designersocken. Er setzte sich, und seine Hose rutschte hoch. Schwarzbehaarte braune Waden waren zu sehen. Er war überhaupt sonnengebräunt. Helene brachte Kaffee. Die Männer steckten die Köpfe zusammen. Helene sollte zum Telefon. Frau Sprecher stand in der Tür und deutete geheimnisvoll. Es war Henryk. Es wäre unmöglich mit dem Telefon, sagte er. Er wäre nie durchgekommen. Am Abend. Ob sie ihn am Abend anrufen könne. Er liebe sie. Er brauche sie. Helene hörte ihm zu. Sie konnte nicht viel sagen. Frau Sprecher hörte ihr zu. Ja. Sie werde anrufen. Sie könne jetzt nicht. Und legte auf. Sie hatte wieder 4 Tage gewartet. Sie sollte das abbrechen. Sie konnte das nicht. Warten. Sie konnte nicht nur noch warten. Anderen schien das nichts auszumachen. Püppi hatte noch nie auf jemanden gewartet. Helene beneidete sie darum. Helene hatte das Gefühl, vom Warten ausgehöhlt zu sein.

Helene mußte mit Herrn Nestler ins Sacher essen gehen. Der Mann wohnte auch da. Helene erklärte ihm alles über den

Tafelspitz und die Fehde um die richtige Sachertorte. Ob die Sachertorte eine Sachertorte sei, wenn sie die Marmelade unter der Glasur oder in der Mitte der Torte habe, das sei die Frage, um die es da gehe. So etwas entschieden in Österreich Gerichte. Es gäbe keinen Streit um die Marmelade. Darin waren sich alle einig. Es mußte Marillenmarmelade sein. Aprikose. Herr Nestler war Deutscher und nicht Schweizer, wie Helene gedacht hatte. Er lebe in der Schweiz wegen der Steuern, erklärte Herr Nestler. In der Schweiz gelte Geld noch etwas. Er habe sein Vermögen in Kanada gemacht. Holz und Landwirtschaft. Und in Südafrika. Und jetzt finanziere er Projekte, die vielversprechend aussähen. Wie die Magnetfolien. Was Helene denn von Herrn Dr. Stadlmann halte. Dr. Stadlmann sei nämlich von ihr total begeistert, sagte Herr Nestler. Stadlmann halte sie, Frau Gebhardt, für einen guten Menschen. Ob sie das sei? Aber er dächte auch, daß sie. Daß Helene. Er dürfe doch Helene sagen, er habe sich das in den U.S.A. angewöhnt. Also. Er dächte auch. Es müsse funktionieren mit ihr. Herr Nadolny habe recht. Sie sei gut für diesen Job. Er verlasse sich also auf sie. Dr. Stadlmann wäre ja nun ein genialer Wissenschaftler. Aber Genies! Sie wüßte doch sicher auch, was das hieße. Mit dem Praktischen wäre es da nicht so gut. Das Geschäftliche. Die Geschichte mit dem Geld. Die würde von solchen Menschen gerne übersehen. Und das sei dann ihre Aufgabe. Dr. Stadlmann müsse betreut werden. Und er, Nestler, wolle immer unterrichtet sein. Auch wie Dr. Stadlmann sich so fühle. Das sei alles wichtig. Für einen Erfolg. Ob sie die Frau von Stadlmann kenne? Helene verneinte. Sie hatte gar nichts von einer Frau gewußt. Ja. Ja. Nickte Nestler. Eine Frau und 2 Kinder. Aber diese Frau. Die habe wenig Sympathien für die Angelegenheit. Sie wirke geradezu bremsend auf ihren Mann. Ein Wissenschaftler brauche ganz einfach jemanden, der an ihn glaube. Ihn fördere. Vorantriebe. Sozusagen. Und es sei doch eine wichtige Sache, das mit den Magnetpflastern. Gewinnträchtig auch noch. Aber sonst könne die Entwicklung ja auch nicht betrieben werden. So seien die Marktgesetze. Wenn es keine Aussichten für ein Geschäft gäbe, dann gäbe es kein Geld. Dafür wäre er ja auch Geschäftsmann. Während Nestler aß, sah er sich im Marmorsaal des Sacher um. Helene kam sich dumm vor. Der Mann hielt ihr Vorträge. Sie hatte nichts zu sagen. Gut. Sie war seine Angestellte. Aber. Während er ihr den Auftrag gab, Dr. Stadlmann zu bespitzeln und zu beflügeln, verschlang er mit seinen Augen eine aufgedonnerte Blondine. Sie saß in einer Ecke! Mit einem älteren Mann. Helene lehnte eine Nachspeise ab. Nestler bestand auf Cognac. »Auf gute Zusammenarbeit«, sagte er.

Am Abend rief Helene in Mailand an. Eine Frauenstimme sagte »pronto«. Helene legte auf. Wählte noch einmal. Sagte sich laut die Ziffern vor, Wieder hörte sie die Frau »pronto« sagen. Wieder legte Helene auf. Als die Kinder schliefen, fuhr Helene weg. Helene fuhr nach Laxenburg. Sie ging eine große Runde im Park. Es war gegen Mitternacht. Alles war leer. Keine Autos. Der Mond eine liegende Sichel nach Südwesten. Es war dunstig. Keine Sterne zu sehen. Ein paar Wolkenbänder warfen blaßorangerot die Lichter von Wien zurück. Gleich nach dem Schloß begann der Weg. Die Bäume umschlossen ihn. Helene trat in ein schwarzes Tunnel. Sie blieb kurz stehen. Die Augen stellten sich auf Dunkelheit ein. Aber Helene konnte nur ahnen, wo der Weg unter den Bäumen verlief. Sie hatte Tennisschuhe an. Es war nichts zu hören von ihrem Gehen. Lautlos ging sie durch die Finsternis. Die Gebäude und Denkmäler fahle Schatten. Der Teich eine dunkelglitzernde Ebene. Die Bäume knarrend und ächzend. Ein Wind im Laub. Das gleichmäßige Summen von der Autobahn. Hin und wieder ein Käuzchen. Helene setzte sich auf die Brüstung der Brücke. Gleich neben einen der riesengroßen Ritterhelme, von denen einer in den Hof von Otranto gefallen sein mochte. Sie mußte wohl kündigen, dachte Helene. Sie baumelte mit den Beinen. Die Dunkelheit lag ihr im Rücken. Sie arbeitete noch nicht lange genug. Sie würde kein Arbeitslosengeld bekommen. Und andere Jobs gab es nicht. Sie hatte es ja versucht. Dieser war schon ein

Zufall gewesen. Sie mußte Gregor verklagen. Auf Unterhalt klagen. Aber Gregor hatte ihr gedroht. Er würde sie fertigmachen, unternähme sie etwas derartiges. Die Kinder würde sie nicht behalten, hatte er gedroht. Sie würde es durchstehen müssen. Sie wußte nicht, wie. Und. Zu ihrem Vater gehen. Zugeben, daß es falsch gewesen war, zu heiraten. Obwohl eigentlich ihr Vater auf der Heirat bestanden hatte. Und ja. Es war falsch gewesen, diesen Mann zu heiraten. So jung zu heiraten. Und ja. Man hatte ihr von ihm abgeraten. Man hatte ihr gleich gesagt, wie stadtbekannt Gregors Affairen gewesen waren. Und ja. Es war falsch gewesen, so jung Kinder zu bekommen. Helene schwang die Beine auf die Brüstung. Sie stand auf der Brüstung. Gegen den Ritterhelm gelehnt. Sie sah auf den Teich und die gotische Burg hinunter. Dann sprang sie auf den Weg. Sie konnte nicht kündigen. Es war nicht falsch gewesen. Es war nicht unrichtig gewesen. Es war richtig gewesen. Diese Kinder waren richtig. Und sie hatte es richtig gemacht. Helene ging eine große Wiese entlang. Sie setzte sich unter einen Baum. Über der Wiese war es eine Spur heller. Unter den Bäumen herrschte Finsternis. Helene blieb da sitzen. Niemand auf der Welt wußte, wo sie jetzt war.

Henryk rief nicht an. Helene hätte niemanden für die Kinder gehabt. Die Großmutter war auf einen Pfarrausflug gefahren. Von Gregor hatte sie nichts gehört. Sie fuhr mit den Kindern zur Burg Kreuzenstein. Sie konnten die Burg schon von der Autobahn aus sehen. Die ganze lange Strecke zwischen Korneuburg und Stockerau lag die Burg vor ihnen. Die Kinder hüpften vor Erwartung auf ihren Sitzen. Sie erzählten alles, was sie über Ritter wußten. Aus Micky Maus und Asterix. Aus Kinderbüchern. Und Sagen. Sie liefen die letzten Schritte zum Eingang der Burg. Ein warmer Aprilwind ließ die frischgrünen Äste tanzen, Weiße Blüten auf Sträuchern. Primeln und Veilchen im Gras. Die Kinder standen auf der Zugbrücke. Barbara wollte sofort auf die Brüstung klettern. Helene mußte sie an die Hand nehmen. Im Vorhof warteten andere Eltern mit Kindern. Eine Führung würde gleich beginnen. Ohne Führung könne man nicht in die Burg. Helene zahlte. Der Führer. Ein älterer Mann. Dick. In Kniebundhosen und einer roten Weste über einem weiß und rot karierten Hemd. Er blickte väterlich auf die Kinder. Er mache diese Führung nur für sie. Nur für die Kinder. Die Eltern sollten hintennach kommen. Jetzt einmal wären die Kinder die Hauptpersonen. Alle Kinder drängten sich an ihre Eltern. Der Mann führte sie in den Hof. Er erklärte die allgemeine Geschichte. Wie die einzelnen Teile im vorigen Jahrhundert von einem Sammler zusammengekauft worden waren. Und dann zu diesem beeindruckenden Gesamtgebäude zusammengefügt. Dann führte er die Kinder zu einer hölzernen Streckbank im Hof. Er habe da gleich etwas, was sie sehr interessieren werde, sagte der Mann. Er hieß Barbara sich auf das Bett legen. Dann erklärte er den anderen Kindern, wie die Hexen da festgebunden worden waren. Und wie mit dem Rad da. An der Seite. Mit diesem Rad fast auseinandergerissen worden waren. Die Hexen hatten dann rasch alles zugegeben. Die Buben interessierten sich für die Technik. Wie die Seile mit dem Rad verbunden waren. Barbara stand auf. »Es gibt keine Hexen«, sagte sie und klopfte sich den Staub von den Jeans. »Ach«, sagte der Führer. »Was weißt du denn schon. So ein kleines Ding wie du.« Barbara sah ihn an. »Und was weißt du? Hast du das studiert?« fragte sie ihn. »Ich lebe hier«, belehrte sie der Mann und führte die Gruppe durch den Hof. Nannte Daten. Wann welcher Teil der Burg wo gekauft worden war. Dann ging es in die Waffenkammer. In einem langgezogenen breiten Stollen standen Speere und Spieße rechts und links eines schmalen Gangs. Die glitzernden Spitzen waren auf burgunderrote Schäfte gesteckt. Ein dunkelroter Wald von Mordwerkzeugen säumte den Weg. Der Führer erklärte den Gebrauch jeder Waffenart. Dann kamen die Foltergeräte. Die Halskrausen und alle die anderen Vorrichtungen, Frauen Stille beizubringen. Hier wandte sich der Führer besonders an die Ehemänner. Gab ihnen allerhand Anleitungen, wie mit der Frau Gemahlin verfahren hätte werden können. Damals. Herzhaft einverständiges Gelächter folgte den Erläuterungen. Helene konnte kaum schlucken. In ihrem Bauch. Hinter dem Nabel. Zog es sich bei jedem Gerät schmerzhaft zusammen. Die Geräte waren echt. Alle gebraucht. Auch die Waffen. Das versicherte der Führer immer wieder. »Und das hier. Meine Herrschaften. Das hier ist die Kapuze vom letzten Scharfrichter«, dröhnte er. »Jungfrauen, die sich getrauen, diesen Stoff anzugreifen. Die sind in einem Jahr verheiratet. Mit Kind.« Gelächter. Helene griff nach dem Ding. Es war Filz. Und staubig. Katharina drängte sich an sie. Helene nahm sie und trug sie ein Stück. Katharina nestelte sich an sie. Klammerte sich an. Barbara kam zu ihnen. Es wäre so langweilig. Helene gab ihr recht. Einige Kinder hatten begonnen, kleine Zweikämpfe zu simulieren. Um so die Aufmerksamkeit des Führers auf sich zu ziehen. Der Rest war zu den Eltern geflüchtet. In der Küche wurde es erträglicher. Wieviele Hühner gebraten werden konnten. Und Aschenputtel habe wahrscheinlich in einer solchen Küche arbeiten müssen. Die Kinder waren gereizt. Alle Kinder waren quengelig. Mittelalterliche Toiletten. Boudoirs. Himmelbetten. Bibliotheken. Möbel. Sie wollten nichts mehr sehen. Wollten essen. Helene blieb kurz stehen. Sie wollte einen Kasten genauer ansehen. Die Gruppe war weitergegangen. Helene fand nicht mehr den richtigen Weg. Katharina und Barbara hielten einander an den Händen. Katharina lutschte an ihrem Daumen. Barbara fragte immer wieder, wann es denn etwas zu essen gäbe. Wann man in das Gasthaus gehen könne. Sie müsse aufs Klo. Unbedingt. Helene ging falsch. Sie waren beim Ausgang. Das Tor war versperrt. Die anderen kamen erst nach 10 Minuten. Sie habe die Geschütze versäumt, sagte der Führer. Er stand im Torbogen und hielt die Hand vor sich ausgestreckt. Helene mußte nach rechts ausweichen. Sie gab ihm kein Trinkgeld. Der Mann sah sie spöttisch an.

Helene ging in das Gasthaus gleich neben der Burg. Durch große Glasfenster konnte man über das Tullner Feld blikken. Barbara wollte ein Wiener Schnitzel. Was gebackenes Huhn sei, fragte Katharina. Wie ein Schnitzel paniert und in Fett gebacken. Katharina sah von der Speisekarte auf, die sie langsam entziffert hatte. »Töten die hier Hühner?« fragte sie. Der Satz war im ganzen Lokal zu hören. Helene bestellte Suppe für Katharina. Dann Kaiserschmarrn. Alle Leute sahen nach ihnen. Lächelten. Oder schauten unfreundlich. Die Kinder redeten sehr laut. Wie das mit den Hexen gewesen sei. Ob sie wirklich in der Mitte auseinandergerissen worden wären. Helene bereute es, diesen Ausflug gemacht zu haben. Sie war mit Erklärungen noch während der Fahrt nach Wien zurück beschäftigt. Zur gleichen Zeit mußte sie darüber nachdenken, was nun wirklich geschehen. Wenn eine am Pranger gestanden. Was war in der Nacht gewesen. Wie weit waren Überschreitungen der anderen Teil der Strafe gewesen? Und wie kleinen Mädchen beibringen, was zu erwarten war? Zu Hause sagte sie den Kindern, sie glaube, sie habe sich in der eiskalten Burg verkühlt. Sie legte sich hin. Keine Störung bitte. Helene kroch ins Bett. Ihr war kalt. Die Burg hatte die gesamte Kälte des Winters gespeichert gehabt. Helene zog Wollsocken an. Der Druck legte sich auf sie. Legte sich schwer über sie. Ihre Brust ließ sich nicht heben und senken. Helene drehte sich zur Seite. Rollte sich ein. Henryk hatte nicht einmal abgesagt.

Montagnacht rief Püppi an. Es war halb 12. Helene lag schon im Bett. Döste. Püppi fragte, ob sie nicht kommen wolle. Sie gingen alle ins Café Alt Wien. Püppi klang wie früher. Als sie noch in der Veltlinergasse gewohnt hatte, Sophie großziehen und malen hatte wollen. Bevor der Philosophieprofessor aus Graz aufgetaucht war. Helene stand auf. Zog sich an. Richtete sich her. Setzte sich ins Auto und fuhr in die Stadt. Es war lebhafter Verkehr um die Innenstadt. Helene fand einen Parkplatz in der Bäckerstraße. Bei der Jesuitenkirche. Sie blieb einen Augenblick im Auto sitzen. Menschen gingen auf der Straße. Schlenderten. Meist paarweise. Eng umschlungen. Es war eine milde Nacht. Die Schanigärten in

Betrieb. Eine Polizeistreife fuhr langsam vorbei. Helene stieg aus. Sie wußte keinen Grund, hier zu sein. Und schon gar keinen, ins Alt Wien zu gehen. Ihre Befürchtungen waren berechtigt gewesen. Püppi war nicht da. Helene ging in dem Lokal bis ganz nach hinten. Sollte sie auf der Toilette nachschauen? Zigarettenrauch hing dicht im Raum. Erschwerte das Sehen. Helene kniff die Augen zusammen. Sie sah kein bekanntes Gesicht. Sie ging zum Eingang zurück. Musterte die Menschen. An den Tischen. An der Bar. In dichten Trauben standen Gruppen zusammengedrängt. Die Menschen sahen Helene an. Helene fühlte sich angestarrt. Gemustert. Sie wollte gehen. Einfach wieder umkehren und nach Hause zurück. Niemanden sehen. Und von niemandem gesehen werden. Da wurde ein Tisch frei. Links vom Eingang. Am Fenster. Helene fragte, ob dieser Tisch frei würde. Eine junge Frau nickte. Lächelte. Helene setzte sich. Sie bestellte eine heiße Schokolade. Holte sich eine Zeitung. Saß in der Nische. Las. Nippte an ihrer Schokolade. Das laute Gerede und Gelächter. Der Zigarettenrauch, ein angenehmer Hintergrund. Wie aufgehoben. Helene war zufrieden. Mochte plötzlich alle Leute rundherum. Als Püppi eine Dreiviertelstunde später kam, fühlte Helene sich gestört. Püppi brachte noch dazu Leute mit. 3 Männer und 1 Frau. Helene kannte die Frau vom Sehen. Sie war Lehrerin und erzählte jedem, wie ihr Mann sie prügelte. Helene hatte sie einmal auf der Wollzeile auf allen vieren kriechen gesehen. Am Ende einer Nacht. Die Frau war Trinkerin. Püppi flüsterte Helene zu. Der eine. Der mit dem Bart. Der sei der Starfriseur mit der Filmkarriere. Helene erinnerte sich, von so jemandem gelesen zu haben. In der Kronenzeitung beim Adabei. Es wurde bestellt. Alle schwiegen. Rauchten. Redeten nichts. Helene saß da. Sie war die einzige nüchterne Person am Tisch. Das Schweigen war unangenehm. Helene hätte lieber Zeitung gelesen. Sie machte einen Versuch. Sie fragte, wo alle gewesen wären. Vorher. Püppi antwortete. Sie hätten einander alle im Kalb getroffen. Und. Ja. Übrigens. Der Karl habe nach ihr gefragt. Aber der Karl sei im Kalb geblieben. Sie könne da noch hingehen. Sie fände ihn sicherlich noch da.

Dann verfiel Püppi wieder ins Schweigen. Saß da. An ihrem Weißwein nippend. An der Zigarette saugend. Alle schauten vor sich hin. Helene fragte Püppi, wie es ihr ginge. Was nun los wäre. Mit der Hochzeit. Püppi zuckte mit den Schultern. Plötzlich richtete sich der Friseur-Filmregisseur auf. Er sah Helene an. Sagte in breitem Wienerisch, »herst. Dich sollt ma nehmen. Und dir a Nacht lang zeigen, was a Dreck is. Damitst waßt, was des Leben is.« Er lächelte Helene freundlich an. »Gö. Hast imma alles vom Papa.« Püppi lachte. Die Lehrerin hatte einen Hustenanfall. Die 2 anderen Männer standen auf. Gingen an die Bar. Der Friseur blinzelte Helene an. »Na. Was is?« Püppi lachte. Dann wandte sie sich Helene zu. Wie denn das mit dem Schweden sei. Sie hätte gedacht. Aber. Offensichtlich nicht. Wieder nicht. Helene werde noch den Anschluß versäumen, Wenn sie immer so feig wäre und vor den Männern davonliefe. Sie hätte ihn jedenfalls gestern. Oder war es am Samstag? An einem dieser Tage hätte sie ihn gesehen. Helene fühlte sich versteinern. Sie legte ihre Hände vorsichtig auf die Oberschenkel. Helene hatte plötzlich Angst, nicht aus dem Lokal hinauszukommen. Sie holte tief Luft. Sie müsse gehen. Sagte sie. Sie legte 50 Schilling auf den Tisch. Für die heiße Schokolade. Sie versuchte aufzustehen. Ihre Oberschenkel lagen wie Holzklötze auf dem Sessel. Helene atmete durch. Es fiel ihr keine der Formeln aus dem autogenen Training ein. Sie zog sich am Rand des Marmortischchens hoch. Mit einem Ruck. Im Stehen war es besser. Sie stakste vom Tisch weg. Es war, als hätte sie einen fürchterlichen Muskelkater in den Oberschenkeln. Sie ging hinaus. Sie dachte, die Leute müßten sie für vollkommen betrunken halten. Sie stützte sich am Türrahmen ab. Draußen ging es dann. Sie wanderte die Straße hinunter. In Richtung Jesuitenplatz. Sie hatte Angst, Karl könne aus dem Kalb herauskommen. Sie wollte ihn nicht sehen. Ihn schon gar nicht. Sie hörte Schritte hinter sich. Püppi kam gelaufen. Was los sei. »Du hast ihn nicht gesehen. Voriges Wochenende muß das gewesen sein.« Püppi sah Helene an. »Wenn es dir hilft. Dann habe ich ihn halt nicht gesehen«, sagte Püppi. Drehte sich um und ging zurück.

Helene bekam einen Brief von der Bank. Sie ließ ihn liegen. Öffnete ihn nicht. Warf ihn aber auch nicht weg. Sie legte ihn auf den Fernsehapparat. Helene konnte sich vorstellen, was die Bank ihr zu sagen hatte. Sie wollte nicht wissen, wie schlimm es war. Bei der Vorstellung, dem Bankbeamten ihre Situation zu erläutern, wurde ihr heiß vor Scham. Sollte sie den Mann traurig ansehen. Und ihm sagen, er müsse wissen. Ihr Mann sei weg. Gegangen. Habe sie verlassen. Sie erhalte sich und die Kinder. Von einem 20 Stunden Job in einer obskuren PR-Agentur. Und der Bankbeamte würde sofort Verständnis haben. Für sie. Dieses traurige verlorene Wesen. Wie sie dasaß, schön und verwundet. Er würde sofort den Kreditrahmen vergrößern. Helene mußte mit Gregor sprechen. Sie wollte ihn vom Büro aus anrufen. Sie würde da nicht so kläglich klingen. Auf seiner Klappe meldete sich Johannes Aichenheim, Helene legte auf. Er würde lange mit ihr plaudern. Aber Gregor wäre nicht da. Leider. Er wäre in einer Besprechung. In einer Übung. In einer Vorlesung. In einem Seminar. Nicht da. Jedenfalls. Im Sekretariat würde sich Frau Gärtner melden. Ilse Gärtner. Helene störte es besonders. Fand es empörend. Daß sie sich vorstellen mußte, wie Gregor sich mit einer Frau im Bett wälzte, die Ilse hieß. Helene überlegte. Frau Sprecher war weg. Etwas besorgen. Nadolny nicht da. Sie faßte sich ein Herz. Die Gärtner meldete sich. Helene sagte ihren Namen. So deutlich wie möglich. Sie wolle Professor Freier sprechen. Der wäre nicht da, war die Antwort. Dann wolle sie ihren Mann sprechen. Sie mußte warten. Dann war Gregor am Apparat. Helene hatte gewußt, Freier nicht am Institut finden zu können. Es war Mittwoch. Und Professor Arnim Freier war Mittwoch immer Radfahren. Kreativität erstrampeln, nannte er das. In den U.S.A. mache das jeder Akademiker so. Freier kam immer noch manchmal zu Helene in die Lannerstraße. Besuchte sie. Setzte sich zu ihr. Unangemeldet. Wollte sie in die Sauna mitnehmen. Alle anderen vom Institut sprachen nicht mehr mit ihr. Grüßten rasch. Liefen weiter. Fragten höchstens flüchtig, warum man sie gar nicht mehr sähe. Bei den Institutsfesten. Keiner wartete eine Antwort ab. Gregor war weiter am Institut. Die Gärtner auch. Und die Gärtner wußte alles über alle. Die nächste Professur sollte an Gregor gehen. Aber noch war die Habilitation nicht durch. Hing mit von Freiers Entscheidung ab. Helene bekam ihren Mann an den Apparat, weil die Gärtner von Freiers Schwäche für Helene wußte. Sie wolle es kurz machen, sagte Helene zu Gregor. Aber. Die Geldangelegenheiten müßten geklärt werden. Sie wolle zuerst einmal die Kinderbeihilfe überwiesen bekommen. Denn daß Gregor dieses Geld kassierte und dann nicht weitergab. Das könnte ja nun nicht der Sinn der Sache sein. Gregor hörte zu. Helene kam in Schwung. Ob Gregor wisse, wie hoch verschuldet er sei. Bei ihr. Und den Kindern. Gregor unterbrach Helene. Ja, Ja. Sie würde von seinem Anwalt hören. Helene legte auf. Sie starrte vor sich auf ihren Schreibtisch. Ihr Herz jagte, in ihr stieg wieder die Wut hoch. Diese wütende Ohnmacht. Warum war Gregor nicht gestorben? Bei einem Autounfall. Dann wäre er auch weg. Lebte nicht mehr. Lebte vor allem nicht glücklich. Von Freunden umgeben. Mit einer Geliebten. Und niemand könnte sagen, es gehörten eben immer 2 dazu, wenn es schiefging. Tragisch wäre das. Wirklich tragisch. Und sie dürfte öffentlich weinen. Aber. Es war nichts anders geworden. Nichts verändert. Nichts hatte sich geändert. Helene hatte oft wochenlang nicht schwimmengehen können. Oder mitturnen. Wegen der blauen Flecken auf Armen und Schenkeln. Wenn der Vater sie. Niemand hatte davon erfahren dürfen. Davon. Dafür hatte es immer extra Schläge gegeben. Sie hatte immer nur heimlich weinen dürfen. Und jetzt. Jetzt war überhaupt alles verwehrt. Nicht nur das Schwimmbad. Oder eine Turnstunde. Jetzt war es das Leben. Das ganze Leben. Helene saß lange still. Sah vor sich hin. Nach langem ging Helene einen Kaffee holen. »Na. Wie ist es denn?« fragte Frau Sprecher. Helene hatte nicht bemerkt, wie sie zurückgekommen war. Nein. Nein. Helene schüttelte den Kopf. Es wäre nichts. Nur die Tage. Sie wüßte ja. Frau Sprecher rief sich Tage kompletter Lähmungen, Krämpfe, und Migränen in Erinnerung. Helene ging in die Küche. Sie fühlte ihre Beine weit weg von sich. Der Kreislauf. Helene beeilte sich, wieder hinter den Schreibtisch zu kommen, Der heiße Kaffee verbrannte den Gaumen. Dr. Stadlmann rief an. Er fragte sofort, was los sei. Mit ihr. Ihre Stimme klinge seltsam. Helene sagte, sie glaube, sie bekomme einen Schnupfen. Das sei wohl der Grund. Dr. Stadlmann wollte das nicht glauben. Sie sei doch eine gesunde kräftige Person. Was wolle sie mit einem Schnupfen. Er vereinbarte einen Termin mit ihr. Sie sollten den Prospekt besprechen. Er wäre froh, wenn sie wieder zu ihm kommen könnte. Er hätte dann weniger Mühe. Helene fragte noch, ob er nicht früher Zeit hätte. Einer der Aufträge von Nestler war es gewesen, so rasch wie möglich brauchbares Informationsmaterial herzustellen. Dr. Stadlmann blieb dabei. Früher hatte er keine Zeit.

Helene fuhr vom Büro weg ins Weinviertel. Vom Telefonat mit Gregor war eine Unruhe zurückgeblieben. Angst. Helene hätte nicht eine Sekunde länger sitzen bleiben können. Sie hätte nach Hause fahren sollen. Die Küche in Ordnung bringen. Bügeln. Der Gedanke daran ließ die Nervosität bis in die Fingerspitzen pulsieren. Ein trockener Brechreiz kratzte in der Kehle. Die Kinder waren bei einer Freundin. Sie mußten erst um 7 Uhr abgeholt werden. Helene fuhr den Donaukanal entlang auf die Autobahn nach Stockerau. Dann weiter Richtung Prag. In Schönborn fuhr sie von der Straße. Fuhr unter der Straße durch auf einen Feldweg. Ließ das Auto stehen. Ging einen steilen Hang hinauf und setzte sich an den Waldrand. Es war besser unter dem Himmel. Sie bekam besser Luft. Der Himmel war hellblau mit weißen runden Wölkchen. Die Obstbäume an den Straßenrändern schwarz und von rosigem Flor der Blüten umgeben. Der Wald rund um Schloß Schönborn hellgrün. In allen Schattierungen. Das Dach des Schlosses fast verdeckt. Die Pappeln am Feldweg links wie Federn. Durchsichtig hochragend. Der Tempietto zu sehen. Noch nicht hinter dem vollen Sommergrün der Büsche versteckt. Helene starrte auf das Gebäude. Das Tempelchen stand da.

Wie ewig. Die Hügel lagen in Wellen voreinander. Sie waren einmal der Boden eines Meeres gewesen. Und dann unter Eis verschwunden. Und geschliffen worden. Helene fiel die Reise nach Prag ein. Mit Gregor. Sie war damals das erste Mal durch diese Landschaft gefahren. Die Straße gerade. Hügelauf. Hügelab. Zwischen blühenden Kirschbäumen hindurch. Sie waren damals noch nicht verheiratet gewesen. Wie glücklich sie damals gewesen war. Wie außer sich vor Glück. Wie hatte so ein Glück enden können. Und Gregor war genauso glücklich gewesen. Das wußte sie. Sie hatte die erste Zeit, in der er nicht mehr nach Hause gekommen war. Sie hatte damals gehofft, es werde vorbeigehen. Er würde sich erinnern. Er würde sich erinnern an dieses Glück. Und es wieder haben wollen. Mit einer anderen konnte er es nicht haben. Dieses Glück. Hatte sie gedacht. Helene verbarg ihren Kopf unter ihren Armen. Was hatte sie wirklich gedacht. Sie würde auf die Probe gestellt? Wie Frau Psyche? Und wenn sie alle Prüfungen bestanden hätte, dann würde er dastehen? Sie anlächeln? Und umarmen? Und alles wäre gut? Vergessen. Womöglich. Helene sah auf die Landschaft. Sie wußte, sie hatte ihren katholischen Gefühlsüberschwang auf diese Liebe übertragen. Sie hatte Gregor zu ihrem Gott gemacht. Zu ihrem Vater. Und wie der Vater sie enttäuscht hatte, so hatte Gregor sie enttäuschen müssen. Es gab sicher eine Theorie, nach der sie, das Opfer, die Situation erzwungen hatte. Aber Helene fühlte sich nur aus der Täuschung entlassen. Und keine Erkenntnis daraus zu beziehen. Helene lachte. Sie wußte das alles. Man wußte das alles. Den Schmerz betraf das nicht. Und nicht ihre Gefühle. Und nicht das Gefühl, am Ende zu sein. Sie kam nur noch ans Ende. Mit dem einen Ende schienen alle anderen eingeleitet worden. Und. Wie das aushalten? Wie das ertragen? Helene fühlte die Kälte des Bodens ihren Rücken hochkriechen. Sie mußte zurück. Die Kinder holen. Sie hatte nichts eingekauft. Es war nichts zu essen zu Hause. Sie hätte irgendwo auf dem Weg stehenbleiben sollen. Wenigstens Milch kaufen. Helene blieb sitzen. Sie hielt ihre Knie umschlungen. Das Kinn auf die Knie gestützt. Sie saß mehr als eine Stunde so. Um halb 7 stand sie dann auf. Sie konnte sich kaum bewegen. Sie wackelte den Hang hinunter. Der Rücken schmerzte. Arme und Beine waren kalt und steif. So mußte es mit 80 sein, dachte sie. Sie würde die Kinder nicht rechtzeitig abholen können. Was würde die Freundin sagen. Sie fuhr, was das Auto an Geschwindigkeit leisten konnte. Sie wünschte sich ein Strafmandat. Eine Funkstreife, die sie aufhielt. Einen Streifenpolizisten. »Herr Inspektor. Ich fahre wegen meiner Kinder so schnell. Sie wissen doch. Immer müssen sie irgendwo abgeholt werden.« Und er würde reden mit ihr. Sie nach ihren Papieren fragen. Nach der Autoapotheke. Dem Pannendreieck. Er würde reden müssen mit ihr. Und das Strafmandat. Wäre das nicht eine Bestätigung. Sie war an dem und dem Tag um die und die Zeit an dem und dem Ort zu schnell gefahren. Sie war da gewesen. Hatte existiert. Helene verspätete sich um 20 Minuten. Die Kinder wollten noch nicht weg. Ihre Verspätung war von niemandem bemerkt worden. Aber die Kinder waren hungrig. Sie ging mit ihnen zum Heurigen. In die Agnesgasse. Zum Haslinger. Die Heurigenwirtin freute sich. Wunderte sich wie immer über das Wachstum der Kinder. Sie setzte sich kurz zu ihnen. Fragte nach dem Gatten. »Der Papa hat zur Mama ›du Arschloch‹ gesagt«, sagte Barbara. Helene seufzte. Die Heurigenwirtin schaute besorgt. Und ging dann. So etwas interessiere andere Leute nicht, versuchte Helene Barbara zu erklären. Sie wollte fragen, ob Barbara das nun schon überall erzählt hätte. Aber sie tat es nicht. Was hätte sie schon sagen sollen. Barbara sagte ja die Wahrheit.

Henryk rief am Donnerstag an. Im Büro. Helene war allein. Herr Nadolny unterwegs. Frau Sprecher kaufte ihr Mittagessen ein. Helene hob ab. Henryk verlangte Frau Gebhardt. Helene erkannte ihn sofort. Aber das sei sie doch, sagte sie. Ob er sie denn nicht erkenne? Henryk sagte, er müsse sie sehen. Unbedingt. Es sei alles schwierig, und Helene müsse das einsehen. Er müsse reden mit ihr. Ob sie nach Bozen kommen könne. Man könne da in Ruhe über alles sprechen. Am Samstag. Um 7. Am Abend. Er habe kein Auto. Er komme mit der Bahn. Er warte da. Am Bahnhof. Und es sei wirklich wichtig. Helene wußte nicht, was sie sagen sollte. Sie zögerte. Sie hatte niemanden für die Kinder. Und sollte sie immer einfach kommen, wenn er es wollte? Helene hörte Frau Sprecher die Eingangstür aufsperren. Ja. Sie werde da sein, sagte sie schnell. Henryk legte auf. Helene saß mit dem Hörer in der Hand da. Frau Sprecher brachte Helene den Apfel, den Helene hatte haben wollen. Sie fragte Helene, ob sie sich in den Hörer verliebt habe. Weil sie ihn so innig ansähe. Helene legte schnell auf. Sie bezahlte den Apfel. Frau Sprecher plauderte vor sich hin. Wie das Wetter schön sei. Wen sie beim Greißler gesehen. Wie die Frau in dem Geschäft wieder schlecht ausgesehen. Die mußte eine schreckliche Krankheit haben. So. Wie die aussah. Wann sie am Wochenende ihre Mutter im Altersheim besuchen würde. Wie anstrengend der Weg nach Lainz immer sei. Helene starrte den Apfel an. Sie wußte nicht, was sie tun sollte. Der vernünftige Weg war klar. Nicht hinfahren! Helene stellte sich den Samstagabend vor. Wie er wartete. Vor dem Bahnhof stand. Sie könnte in Mailand anrufen. Sie käme nicht. Hätte keine Lust. Ob Henryk das ausgerichtet werden könnte. Ja? Danke! Helene wählte die Mailänder Nummer. Sie konnte sie ja auswendig. Die Frau meldete sich, »pronto«. Helene legte auf. Sie rief ihre Schwester an. Ob sie am Samstag in der Lannerstraße schlafen könne? Sie müsse weg. Ja. Es müsse sein. Ja. Nur die eine Nacht. Sie müsse nichts tun. Nur dasein. Nein. Gregor könne sie nicht fragen. Sie sprächen nicht miteinander. Nein! Jetzt gar nicht mehr. Sie würde alles besorgen. Und vorkochen. Die Kinder würden sich freuen. Sie müsse um 12 Uhr wegfahren. Ja. Das wäre nett. Vielen Dank. Helene legte auf. Auf dem Weg nach Hause löste Helene in verschiedenen Bankfilialen Euroschecks ein. Zur Kreditanstalt konnte sie nicht mehr gehen. Der Brief lag auf dem Fernsehapparat. Sie mußte ihn in eine Lade legen, wenn ihre Schwester dawar. Helene hatte noch 7 Schecks. Bis jetzt stand sie noch nicht auf der Liste, auf der die Schalterbeamten nachsahen, bevor sie 2500 Schillinge für den Scheck auszahlten.

Helene war um halb 7 an der ersten Autobahnausfahrt nach Bozen. Sie nahm sie. Sie hatte nicht nachgesehen, wie man nach Bozen hineinkäme. Oder wo der Bahnhof läge. Sie wußte nicht einmal, wie groß Bozen war. In Geographie hatte sie nicht achtgegeben. Und einmal im Auto fahrend, hatte sie den Straßenatlas nicht mehr aufgeschlagen. Sie hoffte, der Weg zum Bahnhof würde ausgeschildert sein. Obwohl ihr das sinnlos vorkam. Wozu sollte man für Leute, die im Auto fuhren, den Bahnhof ausschildern? Helene schüttelte den Kopf über ihre Gedanken. Verfolgungswahn, dachte sie. Die Autobahnausfahrt wurde zu einer schmalen Straße. In einem großen Bogen an den Felsen gedrängt. Die Flußbiegung entlang. Über eine Brücke. Zwischen Weingärten und Obstgärten durch. Rosig blühende Bäume. Gelb und weiß blühende Sträucher. Frisches Frühlingsgrün. Noch Licht um die Äste. Die Sonne noch über den Berggipfeln. Dann enge Gassen. Es gab Schilder mit der Aufschrift Bahnhof. Und Stazione. Helene fuhr 10 vor 7 auf den Platz vor dem Bahnhof. Ein riesiger runder Platz. Platz und Bahnhof unverkennbar k. u. k. Monarchie. Bis zum Schönbrunnergelb des Bahnhofsgebäudes. Henryk stand auf den Stufen zum Bahnhof. Die Reisetasche zu Füßen stand er da. Sah den Autos zu, wie sie im Kreisverkehr den Platz umrundeten. Helene fuhr an die Stufen. Hupte. Henryk lächelte und nahm seine Tasche auf. Er ging zu ihr. Langsam die Stufen herunter. Als holte sie ihn jeden Tag hier ab. Als wäre es selbstverständlich. Helene war plötzlich elend. Er hätte nicht dasein können. Und. Sollte sie nicht noch rasch auf das Gaspedal steigen. Und davon. Henryk schob seine Tasche auf den Rücksitz. Dann setzte er sich neben sie. Er sah vor sich hin. Ernst. »Du bist unpünktlich! Du bist zu früh!« Dann riß er sie an sich. Lachte. Küßte sie. Helenes Fuß rutschte vom Kupplungspedal. Der Motor starb ab. Das Auto machte einen kleinen Sprung. Henryk bedeckte Helenes Gesicht mit heftigen Küssen. Biß sie in die Ohren. Ob sie wüßte, wie er gewartet hätte. Und wenn sie nicht gekommen wäre! Er hätte schon gefürchtet, sie würde nicht kommen. Und jetzt sollte sie fahren. Schnell. Schnell. Helene startete. Er sagte ihr, wie sie fahren sollte. Sie fuhren den Weg zurück, den Helene gekommen war. Sie bogen nach links in die Weinberge ab und fuhren hinauf. Steil. Helene mußte immer wieder nach rechts schauen. Ob Henryk wirklich dasaß. Sie sahen einander an. Henryk beugte sich zu ihr. Küßte sie auf den Hals. Helene redete die ganze Zeit. Über ihre Fahrt. Wie das Wetter gewesen. Wie lange sie an der Grenze gestanden. Wie der Lirakurs stünde. Was sie denn nun machten? Helene hätte lachen mögen. Hell lachen. Das Glücklichsein drückte in der Kehle.

Sie gelangten auf ein Hochplateau. Weingärten zogen sich über die leicht abfallenden Flächen hin. Felsen stiegen hinten steil an. Talabwärts standen Häuser. Und ein kleines Hotel. Eine alte Villa. Umgebaut. Henryk schien zu wissen, wohin er wollte. Er sagte Helene, sie solle einbiegen, um zu diesem Hotel zu gelangen. Sie wollte ihn fragen, woher er das Hotel kenne. Sie fragte nicht. Sie wollte keine von Henryks Geschichten erfahren. Das Hotel war das erste Wochenende nach der Winterpause geöffnet. Es roch feucht und abgestanden in der Halle. Sie könnten ein Zimmer haben. Ob sie auch Abendessen wollten im Haus. Henryk sah Helene an. Helene nickte. Sie wollte diese Straße nicht noch einmal fahren. In der Dunkelheit jedenfalls nicht. Sie wollte im Haus bleiben. Sie gingen auf das Zimmer. Es hatte einen Balkon. Er lag über einer Terrasse nach Süden. Gleich nach der Terrasse fiel der Berghang senkrecht ab. Fing sich in kleinen Vorsprüngen. Sanfteren Hängen. Bis tief nach Bozen hinunter. Vom Balkon aus konnte man weit sehen. Die Abendsonne färbte den Dunst über dem Tal rosig. Henryk trat zu Helene auf den Balkon. Umarmte sie. Zog sie ins Zimmer.

Das Abendessen wurde im Salon serviert. Von dort führten französische Fenster auf die Terrasse. Man konnte die Lichter im Tal blinken sehen. Es waren nur 3 andere Tische besetzt. Es gab Tomatensuppe, Forelle und ein Zimtparfait. Oder Käse. Ein älteres Ehepaar verlangte gekühlten Rotwein. Die Hotelbesitzerin wurde geholt. Gekühlten Rotwein hätten sie nicht. Das tue man doch nicht. Rotwein kühlen. »Doch. Doch«, sagte der Mann. »Wir haben das bei 2 Schwestern am Gardasee gelernt. Die haben uns gesagt, wir sollten den Rotwein immer schön kalt trinken.« Die Ehefrau nickte dazu. Die Hotelbesitzerin konnte ein Lächeln nicht unterdrücken. Ja. Wenn die Herrschaften das so wünschten. Sie sah die anderen Gäste an. Daß sie auf einen solchen Wunsch eingehen müsse. Dann zuckte sie mit den Achseln. Verächtlich. Ließ einen Kübel mit Eis bringen und stellte die Flasche Rotwein hinein. Das Ehepaar wandte sich dem Essen zu. Zufrieden. Alle anderen im Raum tauschten Blicke aus. Helene hatte Henryk um eine Erklärung der Frauenstimme in Mailand fragen wollen. Die Szene mit dem Rotwein ließ sie still dasitzen. Dann fragte sie Henryk, was er für Pläne habe. Henryk erzählte von einem Konzert in Stresa. Und eines sei für Mailand geplant. Vielleicht. Sein Problem sei ganz einfach, kein eigenes Hammerklavier zu besitzen. Er sei vom Vorhandensein eines solchen Instruments abhängig. Er brauche ein eigenes. Das er dann mitbringen könne. Das Essen war rasch vorbei. Helene wollte spazierengehen. Die Nacht war kühl. Sie gingen die Straße entlang. Es gab keine andere Möglichkeit. Immer wieder mußten sie Autos ausweichen. Das Gespräch wurde immer wieder unterbrochen. Sie mußten hintereinander gehen. Sie kehrten ins Hotel zurück. Helene wußte plötzlich nicht, was sie tun sollten. Es war noch früh. Zu früh, um schlafen zu gehen. Sie hatte kein Buch mit. Es gab keinen Fernsehapparat im Zimmer. Sie wußte nicht, was sie mit Henryk reden sollte. Im Zimmer setzte Helene sich in den einen bequemen Sessel. Henryk setzte sich aufs Bett. Er sah sie an. Was los sei, fragte er. Helene antwortete nicht. Sie hätte weinen wollen. Oder schreien. Kam sich verloren vor. Fragte sich, was sie hier tat. Haßte Henryk. Wie er dasaß und sagte, sie sei wahrscheinlich überanstrengt. Solle ins Bett gehen und schlafen. Helene wollte ins Bett mit ihm. Er schien keine Lust zu haben. Helene begann auf und ab zu gehen. Er müsse verstehen. Sie sei nervös, sagte sie. Schließlich wäre das alles ziemlich schwierig. Auch die Geschichte mit ihm. Oder meinte er nicht, es wäre mißverständlich, wenn sich unter seiner Telefonnummer eine Frau meldete. Und sie wüßte auch nicht. Eigentlich. Warum sie so weit gefahren war. Es wäre alles zu viel. Henryk saß stumm da. Sah ihr zu. Helene ging auf und ab. Redete sich in einen Weinkrampf. Unterdrückte den Weinkrampf. Versuchte Henryk zu beleidigen. Ihn zornig zu machen. Damit er irgend etwas sagen würde. Aber Henryk sagte nur, er habe ihr doch nichts versprochen. Er könne sie nicht verstehen. Es handle sich doch um Liebe. Und nicht um Buchhaltung. Oder? Helene ging auf den Balkon hinaus. Sie verstand nichts mehr. Sich nicht. Ihn nicht. Nicht, was sie eben gesagt hatte. Ein fast voller Mond stand am Himmel. Im Tal glitzerten die Lichter der Ortschaften. Ein kühler Wind raschelte den Hang herunter. Henryk kam auf den Balkon. Helene stand still. Henryk sagte hinter ihr, sie solle sich hinlegen. »Nein!« rief Helene. Ob er sich ein anderes Zimmer nehmen solle. Helene erstarrte. »Nein«, flüsterte sie dann. Ärgerte sich sofort über sich. Stürzte ins Zimmer. Warf sich auf das Bett. Sie weinte nicht. Das Gefühl, alles falsch gemacht zu haben und falsch zu machen, verschloß ihr den Mund. Henryk ging zu Bett. Er küßte sie auf die Wange. Sie solle fröhlicher wieder aufwachen, sagte er. Er ließ sie ungestört. Und schlief ein. Helene lag angezogen auf dem Bett. Sie hörte ihm beim Atmen zu. Sie hätte sich gewehrt, hätte er sie berührt. Aber sie wünschte sich nichts mehr, als ihn über sich zu wissen. Irgendwann ging sie schlafen. Sie stand im langen dünnen Nachthemd auf dem Balkon. Sie hoffte, er würde aufwachen. Und sie suchen. Weil er sie begehrte. Sie würde eingeben. Dann. Und alles wäre gut. Henryk schlief ruhig. Helene lag wach. Sie überlegte, was die Kinder machten. Sie mußte ihr Leben in Ordnung bringen. Sich bescheiden. Zufrieden sein. Helene wachte auf, weil Henryks Hand auf ihrem Bauch lag. Helene versank in der Wärme des Betts in seine Liebkosung. Sie konnte Schlaf und Wachen nicht voneinander unterscheiden. Wußte nichts. Wußte, es würde wieder weitergehen. Dann. Aber erst später. Sie ließ sich von ihm herumschieben. Rollen. Tat nichts. Als es vorbei war, lag sie da, als wäre es ihr erster Augenblick auf der Welt. Henryk richtete sich auf. Lachte leise. Helene fragte ihn, worüber er denn lache. Er antwortete nicht. Helene setzte sich auf. Das Leintuch und die Bettdecke waren blutdurchtränkt. Riesige hellrote Flecken. Mit dunkleren Rändern. Glänzend vor Feuchtigkeit. Helene ließ sich zurückfallen. Ihr wurde schlecht. Jetzt erst spürte sie die Nässe. Und so viel Blut. Und gar nicht der richtige Termin. Zu früh. Henryk schob Helene aus dem Bett. Er drapierte die Bettücher zu einer scharlachroten Rosette.

Helene sollte Henryk bis Kufstein mitnehmen. Er wollte von dort nach München weiterfahren. Helene frühstückte nicht im Hotel. Sie genierte sich für das blutbefleckte Bett. Henryk lachte über sie. Und ob sie zahlen könne. Er habe nicht genug Geld mit. Er werde ihr das erklären. Im Auto. Dann müßten sie reden. Ohnehin. Helene zahlte. Während sie auf die Rechnung wartete, addierte sie im Kopf. Hatte sie genug Geld? Und was tun, wenn es nicht reichte. Und. Dann war alles weg. Aber. War das nicht ein Zeichen von Vertrauen. Irgendwie? Draußen war ein strahlender Sonntagmorgen. Ein warmer Lufthauch wehte durch die offene Tür in die kleine Halle. Die Hotelbesitzerin hatte die Rechnung fertig geschrieben. Helene legte ihr Geld hin. Ob es so ginge. Sie hätte nicht mehr gewechselt. Ob sie mit Schillingen zahlen könnte? Die Frau nahm das Geld. Ob sie wirklich nicht im Hotel frühstücken wollten, fragte die Frau. Helene spürte wieder, wie sie rot wurde. Sie versicherte der Frau, es sei unbedingt notwendig, schnell wegzukommen. Ein Termin. Henryk drehte sich weg. Er lachte. Helene beeilte sich, aus dem Haus zu kommen. Henryk trug das Gepäck zum Wagen. Er blieb noch stehen. Bewunderte die Aussicht. Wollte einen Spaziergang machen. Wenigstens einen Kaffee trinken. Helene wollte fahren. Wollte weg. So schnell wie möglich. Sie saß im Auto. Henryk nestelte noch im Kofferraum. Helene sah die Hotelbesitzerin aus der Tür kommen. Sie startete, und Henryk stieg ein. Helene fuhr ab. Sie sah noch im Rückspiegel die Frau an der Tür stehen. Ihnen nachsehen. Henryk schüttelte den Kopf und lachte. Helene nahm die Kurven zu schnell. Die Reifen quietschten. »Ja« rief Helene über das Quietschen. »Ja. Ich weiß. Die haben das jeden Tag. Aber das hilft mir nichts. Und du hast recht. Es hat etwas mit meiner Mutter zu tun. Die ist genauso fett wie die Frau im Hotel. Und ich mag sie nicht. Ich hasse meine Mutter. Aber das hilft nichts. Es hilft nichts, es zu wissen. Ich hätte das Bett abziehen sollen. Ich hätte mich von dir nicht abhalten lassen sollen. Und jetzt möchte ich einen Kaffee.«

Sie tranken einen Cappuccino in einer Bar in einem Dorf. Sie fuhren nicht auf die Autobahn. Weil es schöner wäre. Helene wollte die Autobahngebühr sparen. Sie hatten den ganzen Tag. Blieben bei jeder kleinen Kirche am Weg stehen. Und gingen hinein. Sie fuhren ins Grödner Tal. Aßen in St. Magdalen Schlutzkrapfen. Eine Portion. Sie schauten auf die 3 Jungfrauen. Kletterten langsam zum Brenner hoch. Bei der Durchfahrt durch Brixen dachte Helene an Alexander. Helene hätte Lust gehabt, ihm zu sagen, wie gut es ihr ginge. Wie glücklich sie wäre. In Brixen hielt sie Ausschau nach einem Telefonautomaten. Sie wollte die Kinder anrufen. Sie sah keinen. Und sie wollte nicht suchen. Bevor sie nach Österreich kamen, tranken sie noch einen letzten italienischen Kaffee. Helene fuhr auch in Österreich die alte Paßstraße. Sie war nicht sicher, ob ihr Geld für Tanken und Maut reichte. Helene und Henryk plauderten die ganze Zeit. Ohne Pause. Das Gespräch hüpfte von Thema zu Thema. Henryk erzählte von seinen Großeltern in England, bei denen er aufgewachsen war. Helene von ihrer Großmutter, bei der sie oft gewesen. Sie rollten durch die Spätfrühlingslandschaft. Ein Wind kühlte die Sonnenhitze im Wagen. Helene hatte das Gefühl, mit dem Autofahren die Welt in Besitz zu nehmen. Für den Augenblick war die Welt da, wo sie war. Und er. Sie fuhren die Brennerstraße hinunter. Die Europabrücke hoch über sich. Henryk verstand Selbstmörder nicht. Helene schwieg. »Unglück ist ziemlich kitschig. Meinst du nicht?« sagte sie dann. Henryk antwortete nicht. Bei Innsbruck fuhr Helene auf die Autobahn. Bis Kufstein sprachen sie kaum.

Auch in Kufstein fand sich der Bahnhof rasch. Helene parkte vor dem Eingang. Henryk würde jetzt aussteigen. Und weg sein. Helene verschwamm alles vor den Augen. Sie mußte nicht weinen. Sie hätte nicht weinen können. Das Verschwimmen begann im Kopf. Weit hinter den Augen. Sie solle mitkommen, sagte Henryk und stieg aus. Kurz schien es Helene unmöglich, sich zu bewegen. Mit eckigen Bewegungen und brennend trockenen Augen ging sie Henryk nach. Bis zu seinem Zug nach München war es noch eine Dreiviertelstunde. Henryk ging zum Bahnhofsrestaurant. Drinnen war es verraucht, es roch nach Zwiebeln und ranzigem Fett. Helene ging wieder hinaus. Setzte sich an einen der grünen Gartentische vor dem Lokal. Es war kühl. Helene fröstelte. Die Sonne stand noch hoch. Henryk bestellte ein Bier. Helene auch. Es fiel ihr nichts anderes ein. Kaffee hatte sie genug gehabt. Die Kellnerin brachte 2 große Biere. Helene nahm einen großen Schluck. Es schmeckte scheußlich. Sie lehnte ihren Kopf gegen die Hausmauer hinter sich. Sah auf den Berghang gegenüber. Zwischen den Tannenbäumen leuchteten hellgrün die Lärchen. Helene begann zu summen. »Wenn ich ein Vöglein wär.« Sie summte leise vor sich hin. Henryk hatte sein Bier halb ausgetrunken und beugte sich zu ihr herüber. Ob sie ihn liebe. Helene begann die Lärchen auf dem Hang gegenüber zu zählen. Für ihn sei das sehr wichtig. Sagte er. Er müsse sein Leben in Ordnung bringen. Und dann käme er zu ihr. Ob sie das wolle. Überhaupt. Helene hatte die 21. Lärche gefunden. Sie fixierte den Baum. Machte die Augen schmal. Ja. Sie liebe ihn auch. Glaube sie. Aber dann. Sie verstünde nichts mehr. Und jetzt. Sie müßten ja wieder auseinander. Und so wäre es wohl immer. Henryk nahm Helenes Hand und stützte sich auf den Tisch. Helene konnte die 21. Lärche nicht mehr sehen. Ob sie warten würde. Helene sagte trotzig, sie müsse ja ohnehin da sein, wo sie immer sei. Und da sei sie auch zu finden. Helene stand auf. Sie sah auf ihn hinunter. Ein unbändiger Haß erfüllte sie. Sie nahm ihre Handtasche und wandte sich ab. Henryk stand auf. Umarmte sie. Er wäre nicht so zuverlässig, wie er wollte. Aber er liebe sie. Sie müsse das glauben. Flüsterte er ihr ins Ohr. Und sie solle ihn lieben. Er drückte sie an sich. Helene konnte seinen Schwanz spüren. Verlangen nach ihm überflutete sie. Sie lief davon. Stürzte durch die Halle. Riß an den Türen, die zu stoßen waren. Stieß an den Türen, die zu ziehen waren. Sie konnte den Schlüssel kaum ins Autoschloß stecken. Sie sah sich nicht um. Sie hoffte, Henryk käme und umfinge sie und ließe sie nicht mehr fort. Nie mehr. Helene wühlte im Handschuhfach. Tat so, als müßte sie etwas suchen. Henryk kam nicht. Helene überlegte einen Augenblick, wieder zurück zu gehen. Er hatte ja auch kein Geld. Und sie sollte mit ihm reden. Sie hatte überhaupt nicht geredet mit ihm. Helene ging nicht zurück. Sie saß da. Sah vor sich hin. Startete dann. Und fuhr.

Helene fuhr über die Autobahn dahin. Sie machte automatisch alles, was notwendig war. Wußte aber gleich nicht mehr, was sie getan. Konnte sich nicht erinnern, wie sie an die Stelle gekommen, an der sie war. Und dann gleich daran nicht mehr. Sie hatte die Kinder nicht angerufen. Es konnte alles geschehen sein. In der Zwischenzeit. Sie konnte nach Hause kommen und die Leichen der Kinder vorfinden. Und sie hätte sich nicht gemeldet. Nicht angerufen. Nicht erfahren, was geschehen. Verantwortungslos. Ein Kind hätte ins Spital eingeliefert worden sein können. Und die Mami sehen wollen. Aber. Es hatte sterben müssen. Die Mami dieses armen Kindes wäre nicht zu erreichen gewesen. Fand es nicht notwendig, sich zu melden. Fand es wichtiger, einem Liebhaber nachzufahren. Sich ihm an den Hals zu werfen. Und wenn es so wäre, geschähe es ihr recht. Und sie müßte es ihr Leben lang büßen.

Helene kam in Wien an. Katharina hatte sich einen Zahn ausgeschlagen. Sie war von einem Tisch heruntergefallen. Helenes Schwester hatte in die Kinderklinik fahren müssen. Katharina hatte geschwollene Lippen und weinte vor sich hin. Helene bedankte sich bei Mimi. Sie würde ihr morgen das Geld für die Taxifahrten vorbeibringen. Jetzt gerade habe sie keinen Groschen. Und nein. Sie habe noch immer keine Bankomatkarte. Helene legte Katharina ins Bett. Sie hätte Mimi schlagen mögen. Wie konnte so etwas passieren. Und Mimi war ihre ältere Schwester. Hatte immer alles besser gewußt. Helene ging selbst gleich schlafen. Sie schaltete das Telefon ab. Barbara kroch zu ihr und Katharina ins Bett. Die Kinder schliefen dicht an sie gedrängt. Helene wachte immer wieder auf. Döste mehr als sie schlief. Aber sie wollte die Kinder nicht im Schlaf stören. Sie lag da. Die kleinen Körper an sich gedrängt. Zu müde. Alle Gefühle weit weg. Der Tag mit Henryk wie ein anderer Tag und vor langer Zeit. Helene dachte, sie sollte wieder Tagebuch schreiben. Sie war schon jetzt nicht mehr sicher, ob sie sich diesen Tag würde merken können, Ob sie sich erinnern könnte, was das für ein Glück gewesen. Diesen Hügel hinauffahren. Und oben drei weißblühende Bäume. Und eine Bank davor. Wie es gewesen, die Bäume zu sehen. An ihnen vorbeizufahren und Henryk neben sich zu haben. Sie liebte ihn. Ja doch. Wahrscheinlich.

Montag hatte Helene die Besprechung bei Dr. Stadlmann. Helene kopierte ihre Unterlagen. Sie stellte kleine Mappen zusammen. Tratschte mit Frau Sprecher. Der Kater hatte wieder ein Stück Leber gefressen. Ob das nicht ein gutes Zeichen wäre. Bei Leberkrebs? Dann fuhr Helene zur Wohnung von Dr. Stadlmann. Zur Wohnung der Mutter von Dr. Stadlmann. Auf dem Weg zur Linken Wienzeile kaufte Helene rasch ein. Während sie im Supermarkt mit dem Einkaufswagen an der Kasse wartete, spürte sie wieder Krämpfe im Unterleib. Sie überlegte, ob sie noch eine Pakkung Binden holen sollte. Hinter ihr warteten schon andere. Sie hätte sich wieder neu anstellen müssen. Und sie wußte gar nicht, wo Hygieneartikel in diesem Supermarkt zu finden waren. Bei Dr. Stadlmann öffnete wieder die Mutter. Dr. Stadlmann saß in seinem weißen Ordinationszimmer am Ende der Wohnung. Helene gab ihm ihre Vorschläge und setzte sich. Sie arbeiteten. Dr. Stadlmann setzte Helene genau auseinander, welche Anwendungen der Magnetfolie wie funktionierten. Sie diskutierten, wie das dargestellt werden könnte. Und dabei keine übertriebenen Hoffnungen wachgerufen würden. Dr. Stadlmann erklärte Helene die Wirkungsweise. Helene verstand nicht alle physikalischen Begriffe. Während er es erklärt hatte, war ihr alles vollkommen klar. Es klang glaubhaft. Überzeugend. Dr. Stadlmann lehnte sich zufrieden zurück. Er rief nach seiner Mutter. Er fuhr mit seinem Bürosessel auf Rollen zur Tür und rief. Die Mutter antwortete nicht. Er bat Helene, nach vorne zu gehen und seine Mutter zu fragen, ob sie Kaffee haben könnten. Sie wolle doch sicher auch einen. Helene ging. Sie klopfte an die Küchentür. Die Mutter kam an die Tür. Helene richtete der Frau den Wunsch ihres Sohnes aus. Die Frau nickte nur. Helene hatte versucht, besonders freundlich zu sein. Die Frau lächelte nicht zurück. Sie schloß die Küchentür. Helene ging. Beim Eintreten in das Zimmer von Dr. Stadlmann sah sie den Fleck auf dem Sessel. Sie sah den Fleck sofort. Sie war auf einem Sessel gesessen, der mit weißem Lederimitat bespannt war. Helene setzte sieh rasch wieder hin. Den braunroten Fleck zu verdecken. Helene trug einen dünnen dunklen Seidenrock. Sie fühlte vorsichtig mit der Hand. Ohne das Gespräch mit Dr. Stadlmann zu unterbrechen. Der Stoff ihres Rocks war feucht. Helene sprach weiter. Es war ungeheuer wichtig, das Gespräch nicht aufhören zu lassen. Helene wurde es heiß. Die Krämpfe waren nicht so schlimm gewesen. Oder doch. Helene dachte verzweifelt, was sie tun sollte. Aufstehen. Und so tun, als müßte sie etwas aufheben. Und dabei den Sessel mit dem Rock abwischen? Die Mutter brachte Kaffee und Kuchen. Einen Marmorguglhupf von Anker. Der Kaffee schmeckte besonders gut. Dr. Stadlmann erläuterte Helene seine Pläne. Wie das auszubauen wäre. Das mit den Magnetfolien. Helene überlegte, ob Kaffee die Blutungen verstärken würde oder nicht, Je länger sie sitzen blieb, desto schlimmer würde es werden. Helene fühlte, wie ihr das Blut aus dem Kopf verschwand. Versank. Sie konnte nur noch ganz dünn denken. Irgendwie weit oben. Sie sagte, sie müsse zurück. Und seine Zeit solle nicht länger von ihr beansprucht werden. Sie werde die Texte vorbereiten. Und die Fototermine. Und es werde nichts ohne Dr. Stadlmann stattfinden. Sie verspräche ihm das. Sie wüßte ja auch gar nicht, wie das alles funktioniere. Dr. Stadlmann saß in seinem Chefsessel. Er war nicht aufgestanden. Helene plapperte weiter. Stand auf. Suchte in ihrer Handtasche. Kramte ihr Taschentuch heraus. Sie ging zu dem kleinen Waschbecken an der Wand hinter Dr. Stadlmann. Sie machte das Tuch naß. Ging zum Sessel. Begann zu putzen. Das Blut ließ sich leicht vom Plastikbelag entfernen. Helene mußte das Tuch einmal auswaschen und dann noch einmal über den Sessel wischen. Helene sprach weiter. Ununterbrochen. Hätte sie nicht gesprochen, hätte sie zu weinen begonnen. Oder der Schwindel hätte sich durchgesetzt. Sie fühlte, wie weiß sie sein mußte. Ihre Stirn war kalt und feucht. Helene wagte nicht, den Blick zum Spiegel über dem Waschbecken zu heben. Dr. Stadlmann sah ihr zu. Er begriff erst gar nicht, was sie tat. Dann machte er Anstalten aufzustehen. Sank aber in seinen Stuhl zurück. Er begann in seiner Schreibtischschublade zu suchen. Helene putzte. Redete vor sich hin. Was für ein Glück die Entwicklung dieser Magnetfolie doch wäre. Wie dankbar man Dr. Stadlmann noch sein würde. Und mit dem Nestler würde man schon auskommen. Dr. Stadlmann hatte eine Medikamentenschachtel in der Hand. Er öffnete die Packung. Sah hinein. Schloß sie wieder. Er hielt sie Helene hin. Sie solle nach Hause fahren. Sich hinlegen. Und ein Valium nehmen. So starke Blutungen seien doch meistens auf Nervosität zurückzuführen. Ob sie Probleme habe. Seine Frau hätte das immer vor Prüfungen gehabt. Stumm stand Helene da. Das nasse Taschentuch in der Hand. Ihre Handtasche und die Unterlagen in der anderen. Dr. Stadlmann fuhr auf seinem Sessel an sie heran, öffnete ihre Handtasche. Steckte die Packung Valium hinein. Er fuhr wieder hinter seinen Schreibtisch. Helene warf einen Blick auf den Sessel, auf dem sie gesessen. Sie konnte nichts mehr sehen. Helene ging. Sie sah Dr. Stadlmann an und nickte. Sie zog hilflos die Schultern hoch. Sie durfte nichts sagen. Der erste Laut hätte die Beherrschung gekostet. Sie wandte sich ab. Schloß die Tür so schnell wie möglich hinter sich. Er sollte den Rock nicht von hinten sehen. Sie hatte beim Abwischen des Sessels immer darauf geachtet, ihm nicht den Rücken zuzukehren. Helene nahm den Standard, den sie im Supermarkt gekauft hatte und legte ihn auf den Autositz. Beim Aussteigen waren hellrote Flecken über den Nachrichten von einem Erdbeben in Los Angeles.

Helene fuhr nach Hause. Sie beeilte sich. Sie konnte vielleicht noch die Kinder von der Schule abholen. Zu Hause im Badezimmer sah sie, wie stark ihre Blutungen waren. Einen Augenblick erschien ihr das bedrohlich. Dann zog sie sich schnell um. Stopfte eine zweite Binde in den Slip und fuhr zur Schule. Katharina sah arm aus mit ihrer geschwollenen Lippe. Katharina lief sofort auf Helene zu. Barbara mußte gerufen werden. Sie sprach noch weiter mit dem Mädchen, mit dem sie aus dem Schultor gekommen war. Dann kam auch sie, und sie fuhren in die Lannerstraße. Helene war froh, die Kinder abgeholt zu haben. Die Vorstellung, die Kinder über die Hasenauerstraße gehen lassen zu müssen, ängstigte sie jedesmal. Kein Autofahrer fuhr auf dieser Straße weniger als 80 Stundenkilometer. Und keiner blieb stehen, die Kinder über die Straße gehen zu lassen. Helene selbst fuhr dort so schnell. Helene rief von zu Hause im Büro an. Frau Sprecher konnte sie ihr Malheur erzählen. Frau Sprecher war ähnliches passiert, erzählte sie gleich. Bei Vorstellungsgesprächen. Und ersten Rendezvous war es ihr passiert. Aber dann. Früher war es mit den Binden ja viel schwieriger gewesen. Das sei ja heute kein Problem mehr. Und Helene solle sich keine Sorgen machen. Sie werde dem Nadolny schon etwas sagen. Helene legte auf und fühlte sich befreit. Eigentlich waren es immer Leute wie Frau Sprecher, die einem halfen. Und wieder stieg der Zorn auf ihre Schwester in ihr hoch. Hatte die nicht achtgeben können. Die blöde Kuh! Zum Mittagessen hatte Helene Gläschen mit Babynahrung gekauft. »Wir müssen alle Baby spielen«, sagte Helene. »Weil Katharina nichts anderes essen kann.« Sie wärmte Huhn mit Nudeln auf. Sie fütterte die Kinder abwechselnd. Sie sprachen Babysprache. Sie verfielen alle drei in ein Geschrei von Lauten und Gesten. Sie konnten vor Lachen bald nicht mehr essen. »Jetzt seid ihr aber schon 3 Jahre alt und wollt selber essen.« Helene verteilte die Gläschen mit Pfirsichen, Orangen und Bananen. Gehorsam löffelten die Kinder den Brei vor sich hin. Sie machten Flecken und patzten absichtlich auf die umgebundenen Servietten. »Und jetzt muß geschlafen werden. So kleine Kinder müssen Mittagschlaf halten.« »Ich bin wieder alt«, sagte Barbara. »Ich lese.« Katharina wollte zu Helene schlafen kommen. Sie stand mit ihrer Decke im Arm daumenlutschend da. Helene führte sie in ihr eigenes Bett zurück. Hob sie hinein und deckte sie zu. Mamis müßten auch einmal allein schlafen. Und sie habe Kopfschmerzen. Katharina spielte noch das Jahre alte Kind. Sie stand auf und kletterte zu Helene ins Bett. »Nicht schlafen kann«, sagte sie immer wieder. Helene spielte noch zweimal mit. Dann bat sie um Ruhe. Sie werde die Tür zum Schlafzimmer offen lassen. Ob das nicht reiche? Katharina war des Spiels ohnehin überdrüssig und holte sich ein Buch. Helene legte sich hin. Im Liegen spürte sie erst, wie das Blut aus ihr rann. Sie lag ganz still.

Am nächsten Morgen berichtete Helene Nadolny und Nestler von ihrem Gespräch mit Dr. Stadlmann. Nadolny und Nestler saßen auf der Couch in Nadolnys Zimmer. Helene ihnen gegenüber. Auf der Glasplatte des Couchtisches lagen dicke Mappen und Kataloge. Helene war rasch fertig. Die Herren waren zufrieden. Herr Nestler wollte noch einmal hören, wie das mit Stadlmanns Mitarbeit wäre. Es dürfe kein Schriftstück, Foto oder sonst etwas hinausgehen, das er, Stadlmann, nicht abgezeichnet habe? Nestler sah Nadolny fragend an. Nadolny zuckte mit den Achseln. Das müsse man halt machen. Zuerst einmal. Wenn Stadlmann nicht ganz hinter allem stünde, könnte es mit der Zulassung der Folien schwierig werden. Sogar in Österreich nähme man die Zulassung von Arzneimitteln ernst. Frau Gebhardt solle Stadlmann beruhigen. Sie könnten doch miteinander. Die Frau Gebhardt mit dem Dr. Stadlmann. Offensichtlich funktioniere das doch. Oder? Nadolny grinste Helene an. Aber das sei nicht das Problem. Im Augenblick. Da hätten sie andere. Die Männer lachten bedeutungsvoll. Nadolny und Nestler saßen vor einem Stoß von Mappen und Katalogen. Sie schienen in die Hände klatschen zu wollen. Vor Vergnügen. Helene konnte sich plötzlich vorstellen, wie Nadolny als kleiner Bub vor dem Christbaum gestanden. Helene wollte gehen. Nein. Nein. Sie müsse hierbleiben. Nadolny holte einen Cognac für sich und Nestler. Dann begannen sie, die Setkarten und Fotos der Models und die Kataloge der Modellagenturen durchzusehen. Nestler begann mit den losen Fotos, auf denen Name und Telefonnummer der Models aufgestempelt oder mit Kugelschreiber aufgeschrieben waren. Das seien die ohne Agentur. Dafür mit Telefonnummer. Herr Nadolny lachte Herrn Nestler selig an. Die Männer gaben Helene die Bilder weiter, die sie schon angesehen hatten. Sie machten ernste Gesichter. Mit jedem Nippen am Cognac wurden die Männer gesprächiger. Es wurde die Frage der Bekleidung des Models für die Aufnahmen besprochen. Nadolny war für nackt. Nein. Keine Unterwäsche. Bitte. Um nicht vom Produkt abzulenken. Nestler beugte sich sofort Nadolnys logischer Argumentation. »Gesicht brauchen wir auch keines. Eigentlich.« Meinte Nadolny. Ob sie wirklich gebraucht würde, wollte Helene wissen. Ja. Ja. Sie müsse den weiblichen Blick liefern. Schließlich würde das Produkt von Frauen gekauft werden müssen. Nestler und Nadolny beugten sich über einen Katalog von Nacktaufnahmen. Wie man diese Girls kennenlernen könnte, seufzte Nestler. Ob denn unter den freien Models gar keine gewesen wäre, die ihm gefallen hätte. Nadolny schenkte Cognac nach. Das sei kein Problem. Aber. Er kenne einen Agenturinhaber. Er gehe jagen mit ihm. Nestler solle sagen, welche. Alles weitere könne Nadolny regeln. Es sei nicht einfach. Aber zu machen. Für Nestler. Kennenlernen werde er sie können. Und ab da. Die beiden Männer lachten. Ab da sei es dann Nestlers Aufgabe. Helene stapelte die Flut von Aufnahmen und Blättern. Broschüren. Plakaten. Sie konnte kein Gesicht mehr vom anderen unterscheiden. Helene vermied es, die beiden Männer anzusehen. Die hüpften auf der Couch auf und ab. Sie machten nicht einmal den Versuch, ihre Erektion zu verbergen. Sie schienen sogar die des anderen zu genießen. Helene haßte diese beiden Männer. Sie fand die ausgebeulten Hosenschlitze widerlich. Und ärgerte sich, selbst nicht mehr vorhanden zu sein. Als Frau jedenfalls nicht. Ob sie ihren weiblichen Blick nun lange genug auf die Fotos geworfen habe? Sie schlage diese Models vor. Normale Figuren. Von denen man ohnehin nur Nacken, Hüfte, Knie und Ellbogen sehen würde. Ihrer Meinung nach sollte man einen Mann nehmen. Die Heilung eines männlichen Körpers würde überzeugender wirken. Nadolny beugte sich über den Tisch. Sie solle nicht egoistisch sein, zwinkerte er ihr zu. Was habe er von einem nackten Mann. Beim Fotografieren. Und an den Herrn Nestler dächte sie wohl überhaupt nicht. Was? Helene wurde zum Telefon geholt. Ihre Schwiegermutter war am Apparat. Ob sie für die Kinder kochen solle. Sie könne sich nicht erinnern, wie es ausgemacht sei. Dienstag und Donnerstag sollte sie kochen, sagte Helene. Weil sie im Büro bleiben müßte. Über Mittag. Aber wenn sie keine Zeit habe? Nein. Nein, beeilte sich die alte Frau.

Es sei nur alles so schwierig. Und die Sorgen wegen Gregor. Und er habe sich wieder nicht gemeldet. Bei ihr. Eigentlich wisse sie gar nicht einmal, ob er noch auf der Welt sei. Sie sei am Ende. Helene stand neben ihrem Schreibtisch. Wenn sie die beiden Tage auch um 12 wieder nach Hause fahren müßte und erst um 2 Uhr wieder ins Büro käme. Dann könnte sie den Job vergessen. Es bräuchte sie natürlich niemand um diese Zeit. Aber Nadolny wollte sie da sitzen haben. Falls etwas wäre. Und er war über Montag und Mittwoch jedesmal verärgert. Als verließe sie ihn persönlich. Helene bat die alte Frau, doch an die Kinder zu denken. Und es genügte Erdäpfelpüree. Oder eine Wurstsemmel. Und ein Glas Milch. Sie müsse nichts kochen. Und in ihrem Eiskasten sei alles. Katharina könne ohnehin nicht richtig essen. Wegen der geschwollenen Lippe. »Ja«, fiel die alte Frau Helene ins Wort. Was denn das gewesen sei. Sie hätte ja nichts gegen Helenes Schwester. Aber warum habe Helene sie nicht gefragt. Bei ihr sei so etwas noch nicht geschehen. Helene versuchte das Gespräch zu beenden. In Nadolnys Zimmer lachten Nestler und Nadolny. »Die! Ja! Die! Unbedingt!« rief Nestler. Nadolny gratulierte Nestler zu seiner Wahl und ging quer durch das Zimmer zur Cognacflasche. Helene fiel der Schwiegermutter ins Wort. Sie müsse aufhören. Sie käme dann um 4. Frau Sprecher steckte den Kopf ins Zimmer. Ihre Schwiegermutter sei eine wirklich nette Frau, sagte Frau Sprecher, während sie bedeutungsvolle Blicke in Richtung von Nadolnys Zimmer warf. Ja. Ihre Schwiegermutter sei nett. Helenes Schwiegermutter erkundigte sich bei Frau Sprecher immer nach dem Befinden des Katers. Gleich danach berichtete sie dann von ihrer Katze Murli. Der es trotz hohen Alters ganz wunderbar ginge. Nadolny und Nestler gingen zu Frau Sprecher an den Empfang. Helene setzte sich und versuchte zu überlegen, was nun zu tun sei. Nadolny hatte die Tür zu Helenes Zimmer geschlossen. Sie hörte Nadolny Frau Sprecher Anweisungen geben. Helene versuchte Formulierungen für Magnetfolienheilungswirkungen zu finden, die nicht zu schlimm nach Wunderheilung klangen. Die Männer gingen Mittagessen und würden nicht mehr zurückkommen. Kaum waren sie gegangen, stürzte Frau Sprecher in Helenes Büro. Frau Sprecher war empört. Sie hatte von Nadolny den Auftrag bekommen, 5 Models zu Vorstellungsgesprächen einzuladen. In die Halle vom Sacher. In halbstündigen Abständen. Und sie hätte genaue Anweisungen, in welcher Reihenfolge. Aber die ersten 3 waren ohnehin ausgebucht. Was sie tun solle. Und was Helene glaube, wozu die ins Sacher kommen sollten. Helene zuckte mit den Achseln. Sie solle nur nachdenken. »Frau Sprecher. Sie haben die zwei doch gesehen. Was glauben Sie, haben die sich vorgestellt.« Frau Sprecher schaute beleidigt und ging, die restlichen Models anrufen. Auch diese beiden waren nicht zur Verfügung. Anrufbeantworter. Frau Sprecher wußte nicht, wie sie diesen Maschinen die Sachlage klarmachen sollte. Sie legte auf. Saß hilflos hinter ihrem Empfangspult. Helene tröstete sie. Sie solle im Sacher eine Nachricht hinterlassen. Mehr könne sie nicht tun. Es sei auch nicht zu erwarten. Niemand habe hier auf Herrn Nestler gewartet. Helene und Frau Sprecher waren am Ende sehr zufrieden über das Mißlingen der Modelrevue in der Halle des Hotel Sacher. Sie tranken noch einen Kaffee miteinander. Helene goß ihnen beiden einen guten Schluck Bourbon aus Nadolnys Bücherschrank in den Kaffee. »Heißt das nicht Pharisäer?« fragte sie. Sie mußten beide lachen.

Freitagnachmittag läutete es bei Helene. Ein junger Mann stand draußen. Er war dünn und groß. Er fragte Helene, ob sie Helene Gebhardt hieße. Helene sagte, »ja. Geborene Wolffen.« Der Mann war nervös. Ängstlich. Helene stand in der Tür. Sie fragte ihn, was er denn wolle. Er schien keinen Anfang zu finden. Wie er ins Haus gekommen wäre? Er hätte bei Gebhardt geläutet. Und es wäre ihm aufgemacht worden. Die Mama, dachte Helene. Ja, sagte der Mann, er käme von der Bank. Ja. Also. Der Creditanstalt. Der Creditanstalt-Bankverein. Und. Er machte eine lange Pause. Er sah Helene bedeutungsvoll an. Helene hatte das Gefühl, sie sollte etwas begreifen. Begriffen haben. Sie wußte aber nicht, was. Sie sah den Mann fragend an. Der Mann sah sie weiter auffordernd an. Helene wurde ungeduldig. Sie hatte das Bügeleisen nicht ausgeschaltet. Worum es ginge. Ja. Also. Er müsse die Scheckkarte einziehen. Er sagte »einziehen« und war plötzlich böse. Er machte einen Schritt auf Helene zu. Helene schloß sofort die Wohnungstür. Sie stand hinter der Tür. Der Mann draußen rief: »Ich muß sie haben. Sonst gibt es gerichtliche Folgen.« Helene holte tief Luft. Barbara kam aus dem Kinderzimmer. Was denn los sei? Helene schickte sie zurück. Sie holte die Scheckkarte aus der Handtasche. Die Handtasche lag auf einer Kommode im Vorzimmer. Über der Kommode hing ein Spiegel. Nachgemachtes Empire. Goldrahmen mit Maschen über Ährenbündeln. Helene sah sich in der Handtasche suchen. Der Mann klopfte gegen die Tür. »Frau Gebhardt.« Rief er. Und: »Ich weiß ja, daß sie da sind.« Das hat der Arsch im Fernsehen gesehen, dachte Helene. Sie ging wieder zur Tür. Sie öffnete sie nur einen Spalt. »Genieren Sie sich nicht, so etwas zu machen? Mit so etwas Ihr Geld zu verdienen?« fragte sie den Mann. Helene sah die Karte an. Sie brach die Karte. Bog sie in der Mitte. Ihr war gerade noch eingefallen, es könnte sich um einen Schwindler handeln. Einen, der Scheckkarten einsammelte. Sie hätte nach einem Ausweis fragen sollen. Aber dazu war es zu spät. Der Mann stand nun drohend vor der Tür. Helene hielt ihm die Karte hin. Ein weißer breiter Streifen lief quer durch. An einer Seite klaffte ein Riß. Die Karte war wirklich kaputt. Helene lächelte den Mann an. Strahlend. Sie hatte ohnehin keine Schecks mehr. Sie hätte mit dieser Karte nichts mehr bekommen können. Der Mann nahm die kaputte Karte. Beleidigt. »Das wäre nicht notwendig gewesen«, sagte er. »Aber. Es ist doch korrekter so. Oder?« Helene fand die Situation plötzlich lustig. Es hätte sie gefreut, wenn ihre Schwiegermutter den Kopf aus ihrer Wohnungstür gesteckt hätte und gefragt, was denn los sei. Helene war sicher, die alte Frau hörte zu. Hinter der Wohnungstür. Der Mann war wieder nervös. Er tänzelte ein wenig. Schien zu einer Entschuldigung anzusetzen. Helene wollte nicht hören, warum oder wie jemand seine Arbeit machte. Sie schloß die Tür. Der Mann stand noch lange da. Helene hörte, wie er die Schlösser seines Aktenkoffers zuschnappen ließ. Dann ging er. Helene war erleichtert. Sie mußte lachen. Sie hatte 8000 Schilling. Und dann nichts. Ihr Gehalt würde sich im Minus der Kontoüberziehung auflösen. Sie mußte das regeln. Helene ging ins Wohnzimmer. Sie bügelte noch bis spät in die Nacht. Während des Bügelns lief ein Derrick im Fernsehen. Im Kreis von Münchner Nobelärzten tobte Eifersucht und Besitzgier. Die Häuser waren perfekt präsentabel. Und bügeln mußte niemand.

Samstag rief Püppi an. Ob sie nicht alle in den Park gehen sollten? Helene zögerte. Aber Püppi klang normal. Freundlich. Die Kinder wollten ohnehin ein Eis und mußten an die Luft. Sie fuhr zum Belvedere. Die Straßen waren leer. Die Wiener alle draußen. In ihren Wochenendgartenhäuschen. Helene fand einen Parkplatz weit oben in der Prinz Eugen Straße. Fast beim Südbahnhof. Sie gingen von oben in den Park. Am Oberen Belvedere vorbei. Sie suchten Püppi und Sophie. Barbara und Katharina liefen die Stiegen zum Unteren Belvedere hinunter und hinauf. Und wieder hinunter. Der Brunnen lief. Das Wasser plätscherte und sang. Die Sonne schien. Die Bäume waren grün. Aber noch hell. Späte Tulpen blühten. Die Fliederdolden verblüht. Helene ging langsam den Weg hinunter. Henryk hatte nur einmal kurz angerufen. Sie sollte Geduld haben. Noch. Bitte. Das singende Ziehen in der Magengrube hatte sich noch verstärkt nach dem Anruf. Sie wollte ihn sehen. Ihn neben sich haben. Im Bett. Beim Essen. Bei jedem Schritt. Immer. Und ganz sicher sein können, er existiere. Und sonst nichts. Nicht denken. Keine Zeit. Keine Zeit mehr. Die Sonne. Das glitzernde Wasser. Die lachenden Kinder. Das alles wäre zu ertragen gewesen, wäre er da. Der jubelnde Tag war allein nicht auszuhalten. Helene ging langsam. In sich trug sie diesen Schmerz eingeschlossen. Diesen drückenden ziehenden Schmerz. Sehnsucht. Helene ging langsam nach unten. Püppi war mit Sophie meist unten. Zwischen den geometrisch gestutzten Hecken und Baumreihen. Helene hatte einen Augenblick lang das Gefühl, jeder sähe sie an. Käme näher, und die Augen würden übergroß. Genau und forschend. Im nächsten Moment dachte sie, keiner nähme sie zur Kenntnis. Ja. Blickte weg. Absichtlich. Verächtlich. Als gäbe es sie gar nicht. Sollte sie nicht geben. Der Wunsch auf ein Ende stieg wieder auf in Helene. Nicht sich. Helene hätte nie die Absicht gehabt, sich selbst umzubringen. Sie wollte dem ein Ende machen. Dem allem. Die Kinder hatten Püppi gefunden. Sie hörte Katharina »Tante Püppi. Tante Püppi« rufen. Helene ging auf die Rufe zu. Sie konnte die Kinder und Püppi und Sophie nicht sehen. Sie waren hinter den Hecken. Im Labyrinth. »Hallo! Hallo!« rief sie. »Wo seid ihr. Ich kann euch nicht finden.« Die Kinder kicherten. Sie konnte sich vorstellen, wie die Kinder an die Hecke gedrängt standen und vor Lachen fast platzten. Helene rief noch einmal. Sie blieb vor der Hecke stehen, hinter der sie das unterdrückte Kichern hörte. Sie sagte »wo sind meine Kinder« vor sich hin. Immer wieder. Traurig. Den Satz, den sie von ihren Eltern nie gehört hatte. Erst blieb es still. Einzelne Kicherlaute. Die nicht unterdrückt werden konnten. Sie hörte Püppi »pscht!« zischen. Dann rief Katharina »Mami!« und lief um die Ecke. »Mami!« Sie lief in Helenes Arme und ließ sich hochschwenken. Helene trug das Kind auf der Hüfte balancierend um die Ecke. Sophie und Barbara saßen kichernd auf der Bank. Püppi kniete vor ihnen und fotografierte Sophie. Die Kinder lachten. Püppi machte unzählige Fotos. Helene setzte sich auf die Bank gegenüber. Katharina blieb auf ihrem Schoß sitzen. Sie begann wieder Daumen zu lutschen. Helene zog den Finger vorsichtig aus dem Mund. Ob das sein müsse, flüsterte sie Katharina zu. Das Kind nickte und steckte den Finger zurück. Sie sah Helene ernsthaft an. Helene umarmte sie und zog ihren Kopf an die Brust. »Ja. Wenn es sein muß«, sagte sie. Katharina nestelte sich an sie. Barbara und Sophie waren auf die Bank gestiegen und verrenkten sich für Püppis Fotos. Sie kicherten unentwegt. Barbara, von dem viel kleineren Mädchen angefeuert, alberte herum. Katharina flüsterte »Mami. Mami. Wann bekommen wir unser Eis?« Helene versprach Katharina, gleich eines zu kaufen. Wenn sie aus dem Park wieder draußen seien. Hier könne man nichts bekommen. O doch. Katharina hatte beim Eingang einen Kiosk gesehen. Dort gäbe es Eis. Katharina wollte ein Cornetto. Das gäbe es da. »Ja. Wir holen eines. Beim Zurückgehen.« Aber Katharina wollte es gleich. Ob sie nicht gehen könnte. Sie könnte es sich doch holen. Oder? Allein! Helene überlegte. Was konnte passieren. Sie sollte mitgehen. Aber sie war müde. Sie wollte nicht gehen. Sie wollte sitzen. Helene zögerte noch. Katharina hatte schon begonnen, Geld aus ihrer Geldbörse zu nehmen. Barbara sah Katharina an. Fragte, was los sei. Und wollte mit. Die Kinder waren weg, bevor Helene ihnen noch sagen konnte, wie sie gehen sollten. Die Kinder stürmten davon. Sophie begann zu weinen. Püppi tröstete sie. Helene saß auf der Bank gegenüber. Püppi beruhigte Sophie. Die großen Kinder wollten eben weglaufen. Sie sei zu klein. Es könne viel zu viel geschehen. Helene überlegte, ob sie gehen sollte. Eine Auseinandersetzung konnte sie nicht vertragen. Wollte sie nicht. Dann kam Sophie zu ihr. Zeigte ihr rosarote Kieselsteine, die sie auf dem Weg gefunden hatte. Helene bewunderte die Steinchen. Sie begann mit Sophie, Muster auf der Bank mit den Kieselsteinchen zu legen. Sie machte einen Stern. Einen Mond. Eine Blume. Und ein großes S für Sophie. Püppi fotografierte Sophie dabei. Dann setzte sie sich zu Helene.

Sophie spielte mit ihren Steinchen auf der Bank zwischen ihnen. Helene fragte Püppi, wie es ihr ginge. Was sie so mache. Püppi lächelte geheimnisvoll. Helene könne zufrieden sein mit ihr. Sie solle dann mitkommen. In die Karolinengasse. Sie werde staunen. Sie habe sich Helenes Rat zu Herzen genommen. Nun wirklich! Helene wollte Näheres wissen. Püppi schüttelte den Kopf. Sie werde schon sehen. Aber sonst. Es gäbe auch sonst gute Nachrichten. Jack sei wieder aufgetaucht. Und habe alles gebeichtet. Die Smaragdringe. Und den Hirschfänger. Der das einzige andere Erinnerungsstück an ihren Vater gewesen war. Er habe Püppi auch 30 000 Schilling gegeben. Aus dem Verkauf der Ringe. »Aber. Die waren doch ein Vermögen wert!« rief Helene. Püppi schüttelte den Kopf. Das wäre schon möglich. Aber Jack hätte ja gar nicht mehr auftauchen müssen. Hätte ihr gar nichts geben müssen. »Du hättest ihn anzeigen sollen. Von dem weiß man doch viele solche Geschichten. Wenigstens wird das mit dem Heiraten nichts.« Püppi lächelte. Jack würde viel verleumdet. Und die Polizei. Helene glaube doch nicht, die Polizei interessiere sich für ihre Ringe. Versichert waren sie nicht. Und sie hätte niemanden, der Jack niederschlagen hätte können. Das wäre die einzige Sprache, die Jack verstünde. Verstehen könne. Püppi klang stolz. Und überhaupt. Sie liebe ihn. Nein. Heiraten wolle sie ihn auch nicht mehr. Aber man müsse ihn verstehen. Er hätte schon ein schweres Leben. Er arbeite für diesen Hugo Korpsch. Und diese Reisen. Das wäre schon hart. Waffen würden nicht an Lämmer verkauft. Schließlich. Helene hätte ja keine Ahnung. In der Wüste. Irgendwo. Da hätte Jack aus einem Wasserbeutel getrunken. Und der hätte seltsam ausgesehen. Er hätte gefragt. Was denn das für ein seltsamer Sack wäre. Da hätten die anderen Männer furchtbar gelacht. Der Hugo hätte dann zu ihm gesagt, er solle sich nicht anscheißen. Natürlich sei dieser Wassersack aus einem Bimbo gemacht. Die Arme und Beine hätte man abschneiden und zusammennähen müssen. Und alle anderen Löcher auch. Ha. Ha. Und der Jack hätte erbrechen müssen. Er hätte da aus dem Hals eines Menschen getrunken. Von einem Menschen, der zu einem Wassersack verarbeitet worden wäre. »Zwingt ihn jemand, mit diesem Hugo mitzumachen?« Püppi sah Helene mitleidig an. »Wenn du einmal drinnen steckst«, erklärte sie Helene, »dann kommst du nicht mehr heraus. Die lassen dich nicht.« Helene wisse ja nichts. Das mußte Helene zugeben. Helene mußte auch zugeben. Die ganze Stadt wußte von solchen Geschichten. Und schlimmeren. Und niemand tat etwas. Helene sah sich um. Die Kinder waren schon lange weg. Sophie legte bedächtig die Kieselsteine in einer langen Reihe auf. Sie sollten englisch reden, sagte Helene. Sophie shouldn't hear this. Püppi antwortete nicht. Sie hatte wieder begonnen, Sophie zu fotografieren. Helene sah Püppi zu. Püppi hatte etwas Zittriges an sich. Etwas Zerfahrenes. Helene konnte nicht genau sehen, wie Püppis Kopf wackelte. Aber unmerklich zuckte er. Wenn Püppi sprach, war sie ruhig. Und wenn sie fotografierte. Dazwischen schien sie zu beben. Als risse innen in ihr etwas. Innen. Irgendwo. Helene stand auf. Sie wollte nach den Kindern sehen. Sie ging zum Hauptweg außen rechts. Die Kinder kamen gerade von oben. Sie schleckten an ihren Eisstanitzeln. Sie hatten beide Schokoladecornettos gekauft. Die Schokolade war rund um ihre Lippen verschmiert. Barbara drückte Helene das Wechselgeld in die Hand. Die Münzen und Scheine waren warm vom Halten. Sie hätten so lange warten müssen. Immer hätten sich Leute vorgedrängt. Helene ging mit den Kindern zum Unteren Belvedere. Dort noch quer auf die andere Seite. Sie sollten ihr Eis essen, damit Sophie es nicht sähe. Und dann auch eines haben wollte. Als sie zu Püppi und Sophie zurückkamen, war Püppi am Aufbrechen. Sie hatte alle Spielsachen von Sophie unter dem Sitz des Kinderwagens verstaut. Sie setzte gerade Sophie in den Kinderwagen. Katharina und Barbara tanzten um den Kinderwagen. Sophie schrie, »meiner. Meiner.« Die beiden anderen Kinder riefen auch, »meiner. Meiner.« Und taten so, als wollten sie den Wagen besetzen. Der Kinderwagen hatte Helene gehört, und beide Kinder waren darin gesessen. Jedesmal, wenn sie den Wagen sahen, wurde dieses Spiel gespielt. Unter Geschrei und Gelächter verließen sie den Park. Am Parktor zögerte Helene. Püppi nahm sie an der Hand und zog sie mit. »Überraschung«, sagte sie. Alle gingen in die Karolinengasse. Sie kletterten die Stiegen hoch. Helene half Püppi den Kinderwagen tragen. Im zweiten Stock dachte Helene, sie würde ohnmächtig vor Schwäche. Jede Stufe schien unüberwindlich. Helene keuchte. Die Kinder waren längst oben. Und ungeduldig. Sophie saß im Kinderwagen und quietschte vergnügt. Oben waren Helene und Püppi dunkelrot vor Anstrengung. Sie mußten beide lachen. In der Wohnung schickten sie die Kinder in Sophies Zimmer. Püppi ging mit Helene ins Wohnzimmer. Der Eßtisch war ans Fenster gerückt. Zeichenblätter und Stifte lagen herum. Püppi nahm ein Blatt. Sie reichte es Helene. Mit Bleistift war in die Mitte ein Gewirr von Linien gezeichnet. Püppi lächelte die Zeichnung an. »Ich glaube, ich werde es doch noch schaffen«, sagte sie. Sie zündete sich eine Zigarette an und begann, im Zimmer auf und ab zu gehen. Sie erzählte Helene, wie sie weitermachen wollte. Wie sie es nun begriffen hätte. Wie sie plötzlich klar sähe. Sich befreit fühlte. Das Gegenständliche hätte sie richtig niedergezogen. Und wäre es nicht ein großer Schritt. Eine Ausstellung sei versprochen. Nichts Genaues noch. Aber doch. Und sie müsse nun arbeiten. Helene sah währenddessen auf das Blatt. Die Silberstiftlinie begann von oben und verwirrte sich zu einem Knäuel, das in den Blatthintergrund zu drücken schien. Fand dann den Weg nach rechts. Helene war gerührt. Sie sagte Püppi, sie fände diesen Versuch etwas ganz Besonderes. Sie umarmte Püppi. Sie solle das Blatt behalten, sagte Püppi. Es sei ihr Verdienst. Eigentlich. Das Ergebnis der langen Gespräche in der Veltlinergasse. Helene und Püppi machten dann Abendessen für die Kinder. Weiche Eier mit Butterbrotstreifen. Alles verlief friedlich. Die großen Kinder spielten Baby. Taten, als könnten sie nicht essen. Patzten wieder herum. Sophie zeigte ihnen lachend, wie man richtig essen mußte. Helene fuhr nach dem Abendessen nach Hause. Das Bild legte sie auf der Fahrt auf den Vordersitz. Neben sich. Zu Hause suchte sie eine Mappe und legte es hinein. Warum konnte sie nicht zeichnen. Der Nachmittag war fast so wie früher gewesen. Als Püppi noch in der Veltlinergasse gewohnt hatte. Malen wollte. Und der Philosophieprofessor aus Graz noch nicht seine Unordnung in Püppis Welt getragen hatte.

In der Nacht läutete immer wieder das Telefon. Es meldete sich niemand. Manchmal war ein zirpender Ton zu hören, Helene stellte das Telefon nicht ab. Die Anrufe hörten erst gegen 4 Uhr am Morgen auf.

Sonntagnachmittag legte sich Helene nach dem Essen hin. Die Kinder bastelten an Muttertagsgeschenken. In der Schule wurde dieser Tag sehr ernst genommen. Es war notwendig gewesen, bunte Papiere, Klebstoff, Stoff, Spitzen und Stickgarne zu kaufen. Helene durfte nicht ins Kinderzimmer. Helene lag auf dem Bett. Sie mußte mit Gregor reden. Es war kein Brief von einem Rechtsanwalt gekommen. Sie hatte noch 7100 Schillinge. Henryk hatte sich nicht mehr gemeldet. Sie sollte ihn vergessen. Die Monatsblutung hatte nicht wirklich aufgehört. Der scharlachrote Blutstrom von Bozen hatte sich in ein dünnes bräunliches Tropfen verwandelt. Es roch seltsam. Nicht schlecht. Aber anders, als sie je gerochen hatte. Ein kleines spitzes Stechen genau in der Mitte über dem Schambein ließ sie von Zeit zu Zeit innehalten und abwarten. Bis es vorbei war. Und wie sollte sie den Kindern erklären, warum sie keinen faschistischen Feiertag feiern wollte. Wenn sie so eifrig dafür arbeiteten. Helenes Herz begann unregelmäßig zu schlagen. Helene lag und ließ sich das Herz spüren. Tachykardien machten ihr keine Angst. Sie wartete, bis das Hüpfen vorbei war. Der Herzschlag wieder in seine Unbemerktheit zurückgefallen war. Das Warten machte sie schläfrig. Sie döste. Sie schlief, Sie mußte geschlafen haben. Aus einem Augenblick, in dem sie sich an nichts erinnern hatte können, fiel die Frage: »Und. Was ist, wenn du nun Brustkrebs bekommst. Was machst du dann?« über sie her. Die Frage stieg heiß das Brustbein hoch und umklammerte die Kehle. Alle Zeitungen dieses Frühjahrs 1989 waren voll von Berichten über Brustkrebs. Voll von Statistiken über die Heilungschancen von Brustkrebs. Und die Erkrankungschancen. Helene hatte einen Artikel gelesen, in dem die statistische Lüge nachgerechnet worden war. Dabei war eine Lebenserwartung von bis 7 Jahren herausgekommen. Die Früherkannten hatten diese Jahre mit Therapien zugebracht. Die Ärzte hatten behandelt. Und verdient. Bei den Nichterkannten war der Krebs ausgebrochen. Sie waren gestorben. Aber sie hatten noch Jahre unbehelligt gelebt. Gestorben waren beide Gruppen etwa zur gleichen Zeit. Und Brustkrebs. Den bekamen Frauen wie sie. Frauen. Unsicher in ihrer Geschlechtsrolle. Die ihre Sexualität nicht bewältigen konnten. Die von den praktischen Notwendigkeiten überfordert waren. Die ihre Kinder nicht lange genug gestillt hatten. Helene drehte sich zur Seite. Verbarg ihr Gesicht in den Armen. Die Angst verging davon nicht, Sie drehte sich auf die andere Seite. Stand auf. Ging ins Badezimmer. Sie sperrte sich ein. Knöpfte die Bluse auf. Tastete ihre Brüste ab. Die Busen lagen warm in ihren Händen. Die Brustwarzen stellten sich auf und drückten sanft gegen ihre Handflächen. Sie begann mit den Brustwarzen zu spielen. Sie sah sich im Spiegel an. Sie hörte draußen ein Kind in die Küche gehen und ein Glas Wasser holen. Sie hätte sich attraktiv gefunden, wäre sie ein Mann gewesen. Sah sie nicht Isabelle Huppert ähnlich? Sie beugte sich ihrem Spiegelbild zu. In ihren Brüsten fanden sich keine Knötchen. Noch nicht, dachte sie. Ein ungeheurer Haß fiel bei diesem Gedanken über sie her. Tobte um ihren Magen. Während vom Genick her die Hoffnungslosigkeit ihrer Situation sie wieder niederdrückte. Helene knöpfte ihre Jeans auf. Ließ sie bis unter die Knie hinunterrutschen. Sie steckte die rechte Hand in den Slip. Streichelte ihre Brüste mit der linken. Und schlug mit der rechten Hand zornig auf sich ein. Sie beugte sich noch weiter vor. Beim Kommen sah sie ihren Pupillen zu. Wie die Iris einen Augenblick kraftlos in einen schmalen Ring erschlaffte und riesige schwarze Löcher entstanden, durch die sie in sich selbst hinunterstarrte. Ihr war sofort danach elend. Sie wusch sich die Hände und zog sich mit zittrigen Fingern an. Legte sich wieder hin. Sie ließ die Schlafzimmertür offen. Die Kinder gingen immer wieder vorbei. Geschäftig. Sie lächelten geheimnisvoll und winkten ihr zu.

Helene mußte das beste Hotel in Salzburg ausfindig machen. Für Herrn Nestler. Und Begleitung. Und nicht den Österreichischen Hof. Mehr in der Natur. Das sei besser. Für solche Situationen. Herr Nadolny sah Helene verständnisheischend an. Helene hätte sofort das Hotel Gaisberg vorschlagen können. Sie war da immer mit ihrem Vater gewesen. Für 2 Konzerte bei den Festspielen. Seit sie 14 gewesen. 5 Tage in Salzburg mit dem Vater. Weil er die Musik hören wollte. Und die Mutter auf Kur gewesen war. Immer um diese Zeit. In Abbano. Helene ging in ihr Zimmer. Sie telefonierte herum. Dann sagte sie Frau Sprecher, sie müßte ins Verkehrsbüro. Dann hätte sie auch gleich die Prospekte. Da könnte Herr Nestler etwas sehen. Helene nahm die Straßenbahn zur Oper. Im Verkehrsbüro entrang sie einer gelangweilten Frau mit besonders rot lackierten Fingernägeln Prospekte und Preislisten. Dann fuhr sie zurück. Sie stieg auf dem Schwarzenbergplatz wieder aus. Ging am Hübner vorbei in den Stadtpark. Sie ging zum Café Stadtpark und setzte sich auf die Terrasse. Rechts. Ganz an der Mauer. Es gab Schinkenfleckerln und grünen Salat als Mittagsgericht. Helene bestellte ein kleines Bier dazu. Sie würde müde werden davon. Helene holte eine Zeitung. Sie fühlte sich entkommen. Das Sonnenlicht wurde durch die orangefarbenen Sonnenschirme gefiltert. Alle Menschen sahen gesund aus. Gebräunt. Helene freute sich auf das Essen. Das Bier stand vor ihr. Sie las das Horoskop in der Kronen-Zeitung. Frau Helga war mit ihrem lächelnden Gesicht über den Horoskopen abgebildet. Helene wurden Liebesfreuden und wichtige Treffen versprochen. Die Schinkenfleckerln kamen. Die Nudeln waren weichgekocht. Das Geselchte zerbröselt. Schinkenfleckerln waren eine Erinnerung an das Nachhausekommen nach langen Schultagen. Die Schinkenfleckerln waren im Backrohr warmgestellt gewesen. Spatzen kamen geflogen. Setzten sich an den Tischrand. Pickten in Richtung Essen, Helene verscheuchte die Tiere. Aus der Nähe sahen sie zerzaust und räudig aus. Helene wollte einen kleinen Braunen bestellen. Sie sollte zurück ins Büro, dachte sie. Sie sah sich nach dem Kellner um. Sie sah Püppi zuerst. Püppi kam mit Sophie an der Hand hinter dem Haus hervor. Sie gingen auf die Brüstung der Terrasse zu. Helene wollte eben den Arm heben und Püppi rufen. Püppi war bei einem Tisch in der Sonne stehengeblieben. Gregor kam mit dem Kinderwagen von Sophie nach. Er bugsierte das Wägelchen in eine Ecke und setzte sich zu Püppi. Sophie verlangte laut und aufgeregt nach etwas. Gregor stand auf und nahm ein Stofftier aus der Tasche des Kinderwagens. Er gab das Tier Sophie. Er sagte etwas. Dann verdeckte der Kellner alle 3. Helene stand auf und ging ins Haus. Sie vermied jeden Blick in Richtung des Tisches an der Brüstung. Sie stand im Restaurant. Ein altes Paar saß an einem der Tische. Sonst waren die Säle leer. Der Kellner lief an Helene vorbei. Zahlen, rief sie ihm zu. Er hörte nicht. Oder wollte sie nicht hören. Helene hatte Angst, Gregor oder Püppi könnten hereinkommen. Auf dem Weg zur Toilette. Und sie ertappen. Helene nahm eine Speisekarte und rechnete aus, was sie zu zahlen hatte. Sie holte das Geld aus der Tasche. Ihre Hände flogen. Sie legte das Geld dann auf einen Tisch. Rief dem Kellner zu, das Geld läge da. Sie müsse weg. Und lief aus dem Haus. Sie ging in Richtung des Museums für Angewandte Kunst. Sie ging schnell. Sie stieg nicht in die Straßenbahn. Sie fühlte ihre Bewegungen. Gleichzeitig war sie erstarrt. Gelähmt. Sonst spürte sie nichts. Sie hätte nur noch laufen wollen. Laufen. Gehen. Und endlos. Oder schlafen. Lang schlafen. Immer schlafen. Helene wollte nicht überlegen, was das nun bedeutete. Ihren Kindern. Seinen Kindern. Gregor hatte sich nie so zu einem der beiden Mädchen gebeugt. Und ihnen ein Stofftier gereicht. Nicht so. So liebevoll nicht.

Schon am Ring draußen war Helene nicht sicher, ob sie die 3 wirklich gesehen hatte. Im Büro wollte Herr Nadolny wissen, ob es Gutscheine für Bahnkarten gäbe. Nadolny war aufgeregt. Er war in einer nervösen Hochstimmung. Helene telefonierte. Es kam heraus, was sie sich gedacht hatte. Es gab keine Gutscheine. Man kaufte die Karte. Sie war 3 Monate gültig. Und man konnte sie zurückgeben. Aber Nadolny hatte es amtlich wissen wollen. Er tat geheimnisvoll. Er mußte es aber dann doch erzählen. Konnte es nicht für sich behalten. Er habe doch ein Model aufgetrieben. Ein Agenturbesitzer hätte ihm noch einen Gefallen geschuldet. Und sich bei der jungen Dame eingesetzt. Und sie habe Nestler gefallen. Er sei ganz wild nach ihr. Jetzt müsse man ein Wochenende arrangieren. Die junge Frau sei auf nichts eingegangen. Noch nicht. Was mit dem Hotel sei. Helene rief im Hotel Gaisberg an. Eine Suite und ein Doppelzimmer gäbe es. Zwei Suiten nicht. Ja. Gut. Dann nähme sie das. Eine Suite und ein Doppelzimmer. Ja. Von Freitag bis Montag. Sie legte eine Notiz auf Nadolnys Schreibtisch. Nadolny stand am Fenster und sah hinaus. Er fragte Helene, ob sie wüßte, was das Dumme an der ganzen Sache wäre. Helene sah ihn an. »Der Mann ist kein Jäger. Der jagt nicht. Wenn der ein Jäger wäre, dann hätten wir ein viel leichteres Spiel. Eine Jagd. Das kann ich jederzeit auftreiben.« Helene ging an ihren Schreibtisch zurück. Sie saß da. Es tauchten ihr Vorstellungen auf, wie sie die Situation im Park bewältigen hätte sollen. Sie hätte zu den Dreien hingehen sollen. Und sie begrüßen. Ganz kühl. Etwas sagen. Und sie dann sitzenlassen. Zurücklassen. Sich wegdrehen und gehen. Weggehen. Verlassen. Sophie anlächeln. Das Kind konnte ja nichts dafür. Und gehen. Nicht flüchten. Aber Helene wußte, sie hätte es nicht gekonnt. Sie hätte zu weinen begonnen. Helene beschloß, sich zu betrinken. Den Augenblick, in dem sie allein sein würde und sich die Szene unendlich oft wiederholen würde. Diesen Augenblick hinausschieben. Und die Schmerzen. Und nicht reden. Nicht einmal reden können. Mit irgend jemandem und es erzählen. Frau Sprecher fragte Helene, ob sie denn nicht nach Hause gehen wollte. Heute. Helene fragte Nadolny, ob es noch etwas zu erledigen gäbe. Nadolny stand wieder am Fenster und trank Underberg. Helene hatte eine Großpakkung besorgt. Nadolny hatte nichts gegen diese Eigenmächtigkeit gesagt. Seine unterste Schreibtischschublade links war jetzt voll mit den kleinen Fläschchen. Helene mußte das Büro verlassen. Nach Hause gehen.

Helene trank 2 Flaschen Grüner Veltliner, Ried Klaus vom Weingut Jamek. Danach Bourbon. Die Flasche war fast voll gewesen. Sie trank schon, während die Kinder ihr Abendessen aßen. Dann setzte sie sich vor den Fernsehapparat und zwang sich, alle 20 Minuten einen Schluck Bourbon zu nehmen. Sie stellte ihren Wecker auf den Fernsehapparat. So, als müßte sie homöopathische Tropfen pünktlich und regelmäßig einnehmen. Die Kinder schliefen friedlich ein. Um 10 Uhr läutete das Telefon. Helene hob nicht ab. Sie trank weiter. Die Flasche wurde nicht viel leerer. Aber sie konnte nur mit Mühe zum Bett gehen. Im Liegen drehte sich alles. Sie legte Polster aufeinander. Sie mußte alle Aufmerksamkeit darauf verwenden, richtig zu greifen und zu schieben. Mit den Polstern war das mit dem Drehen dann nicht so schlimm. Das Weinen kam aber doch noch. Helene mußte darüber weinen, daß es der Kinderwagen gewesen war, in dem ihre Kinder gesessen, über den sich Gregor so anders und liebevoll selbstverständlich gebeugt hatte.

Als Helene am nächsten Tag ins Büro kam, war Dr. Stadlmann schon da. Die ersten Fotos sollten gemacht werden. Helene fühlte sich schrecklich. Sie hatte versucht, mit Make up ihr Aussehen wenigstens zu reparieren. Sie hatte dann alles wieder abgewaschen. Ihre Hände waren nicht in der Lage gewesen. Sie hatte Wimperntusche überallhin geschmiert. Der Lidstrich war wackelig geworden. Das Make up fleckig. Ihre Haut grobporig und bleich. Die Augen verschwollen. Helene hatte bis 2 Uhr gedöst. Dann hatte das Erbrechen begonnen. Im Büro war das Licht zu hell. Die Menschen sprachen zu laut. Beim Autofahren ins Büro hatte Helene immer zu spät gebremst. Oder war zu spät weggefahren. Sie fühlte sich wie verlangsamt. Gleichzeitig waren alle ihre Sinnesorgane überempfindlich. Dr. Stadlmann sah Helene prüfend an. Er sagte nichts. Helene versuchte gar nicht, so zu tun, als sei nichts. Sie fragte sich, warum sie nicht das Valium genommen hatte. Das, das Dr. Stadlmann ihr mitgegeben hatte. Das bestellte Model kam. Sie war zart.

Aber nicht so jung wie auf den Fotos. Sie trug einen besonders kurzen Minirock und eine Art Bikinioberteil unter einer Lederjacke. Sie fragte Frau Sprecher, mit wem sie es zu tun haben würde. Frau Sprecher wies sie stumm ins Zimmer von Nadolny weiter. Nadolny begrüßte die Frau laut und herzlich. Dann schloß er die Tür. Der Fotograf verspätete sich. Helene sollte Kaffee in das Zimmer von Nadolny bringen. Gleich die ganze Kanne. Helene bat Frau Sprecher, das zu übernehmen. Frau Sprecher machte es. Aber widerwillig. Nadolny kam dann und holte eine Flasche Sekt aus dem Eiskasten. Dr. Stadlmann setzte sich auf den Bürosessel hinter Helenes Schreibtisch. Helene mußte auf einem Thonetsessel sitzen. Das hieß Haltung. Helene dachte immer wieder, sie würde ohnmächtig werden. Sie spürte sich selbst von sich wegfließen. Es kam ihr komisch vor. Wie sie dasaß. Sich bemühte, aufrecht zu bleiben. Schwänden ihr die Sinne vollends. Dr. Stadlmann würde sie nicht aufheben können. Helene blieb bei Bewußtsein. Es hätte zu viele Umstände gemacht, wäre sie ohnmächtig geworden. Sie saßen stumm da. Warteten. Dr. Stadlmann rollte mit dem Bürosessel an Helene heran. Ob sie krank sei. Helene lächelte. »Ich habe mich gestern betrunken«, sagte sie. »Keine so gute Idee. Wir mir scheint.« Dr. Stadlmann rollte auf dem Sessel schräg vor sie hin. Er umfaßte Helene und legte seine rechte Hand auf ihren Rücken. Helene wollte lachen. Dr. Stadlmann flüsterte »Psst!« Sie saßen lange so. Helene spürte den Mann atmen. Tief und regelmäßig. Helene sah kurz auf. Er hatte die Augen geschlossen. Helene war das alles unangenehm. Einen Augenblick dachte sie, sie müsse ihn wegstoßen. Sie fühlte sich beengt. Bedrängt. Aber dann spürte sie, wie ihr wärmer zu werden begann. Sie lächelte und flüsterte, »ich glaube, jetzt ist es genug.« Wieder zischte Stadlmann »Psst«. Frau Sprecher kam ins Zimmer und drehte erschrocken wieder um. Dr. Stadlmann hielt seine Hand gegen Helenes Rükken gepreßt. Helene begann sich zu genieren. Während dieses Unbehagen immer größer wurde, drückte ihr Magen nicht mehr. Der Kopf war leichter geworden. Das Gefühl, sofort sterben zu wollen, war verschwunden. Helene richtete sich auf und schob Dr. Stadlmann von sich weg. Der Mann öffnete die Augen. Sie sahen einander an. Helene wollte etwas sagen. Ein Danke. Oder. Wie gut ihr das getan hätte. Sie sagte nichts. Sie war schläfrig. Zu langsam, etwas zu sagen.

Herr Nestler kam zur gleichen Zeit wie der Fotograf. Der Fotograf sah gehetzt aus. Er sei eigentlich Pressefotograf. Er mache so etwas nur für den Nadolny. Nestler verschwand im Büro von Nadolny. Es wurde laut. Die Frau lachte hoch. Der Fotograf ging herum und sah sich die Räume an. Er beschloß, im Foyer zu fotografieren. Das Licht wäre da am besten. Dr. Stadlmann hatte seine eigene Fotoausrüstung mit. Sein Fotokoffer war größer als der des Fotografen. Er fragte den Fotografen technische Details zu Belichtung, Brennweite, dem Objektiv. Der Fotograf wußte auf die meisten Fragen keine Antwort. Er sagte dann, er fotografiere einfach. Er wisse nicht, wie das funktioniere. Ihn interessiere nur, was da herauskomme. Dr. Stadlmann setzte zu Erklärungen an. Der Fotograf wurde endgültig nervös. Und ärgerlich. Er schob seine 2 Scheinwerfer herum und fragte, ob man nun anfangen könne. Endlich. Er wolle hier fotografieren. Und keine Prüfungen machen müssen. Dr. Stadlmann machte einen schmalen Mund. Helene holte das Model. Nadolny und Nestler standen in der Tür und sahen zu. Der Fotograf fragte, ob das hier nur unter Publikumsbeteiligung ginge. Er würde dann nämlich Eintritt verlangen. Er wollte mit dem Model allein sein. Man sollte ihm sagen, worum es ginge. Und ihn arbeiten lassen. In Ruhe. Bitte. Dr. Stadlmann bestand darauf, dabei zu sein. Nadolny und Nestler sollten weiter Sekt trinken, meinte er. Und Frau Gebhardt müsse bleiben. Er wolle ihr zeigen, wie die Folien aufzukleben seien. Damit sie es später auch ohne ihn könnte. Das Model stand in der Mitte des Vorraums und fragte immer wieder, wann sie sich nun ausziehen solle. Oder ob das Ausleuchten noch lang dauere. Und ob sie das Gesicht nachpudern solle. Stadlmann sagte ihr, er brauche das Gesicht gar nicht. Nadolny und Nestler rückten näher. Dr. Stadlmann stellte fest, seinetwegen brauche die junge Dame sich gar nicht auszuziehen. Sie könne das Oberteil anbehalten. Nadolny und Nestler machten einen Schritt mehr in den Raum. Die Frau ging zu Nestler. Sie sah von unten zu ihm hinauf. Sie sei für Nacktaufnahmen hier. Das sei ein anderer Tarif. Für normale Aufnahmen wäre sie nicht so früh aufgestanden. Wegen der Spuren vom Liegen. Oder von der Unterwäsche. Nestler nahm die Frau um die Schulter. Drehte sie. Sie standen nebeneinander. Die Frau im Arm von Nestler. Selbstverständlich würde es hier um Nacktaufnahmen gehen. Er wolle keine Bikiniträger auf den Fotos seines Produkts. Er sagte das zu Stadlmann. Stadlmann drehte sich weg. Die Frau zog sich aus. Sie stand nackt da, und Stadlmann begann die Folien aufzukleben. Er fuhr mit dem Sessel hin und hievte sich hoch. Er klebte dem Model eine Folie quer ins Genick. Der Fotograf und Stadlmann fotografierten das Genick. Dann die Hüfte mit Folie. Den Arm. Das Knie. Nadolny und Nestler sahen zu. Sie warfen einander Blicke zu. Helene war froh, daß sie einander wenigstens nicht mit den Ellbogen anstießen. Nach einiger Zeit gingen sie ins Büro zurück. Man hörte sie lachen. Das Model wurde widerwillig. Sie hielt nicht ruhig. Begann, Bemerkungen zu machen. Über die Folie. Der Klebstoff jucke. Sie wolle so etwas nicht auf ihrer Haut. Sie fragte den Fotografen, ob er so etwas auf seiner Haut haben wolle. Und sie wollte von Stadlmann wissen, wie er dazu komme, sie zu fotografieren. Sie wolle nicht in irgendeiner Sammlung auftauchen. Dr. Stadlmann antwortete ruhig, ob sie glaube, er sei auf solche Aufnahmen angewiesen. Die Frau musterte seine riesigen schwarzen orthopädischen Schuhe und die Schienen, die unter seinen Hosenbeinen verschwanden. Sie zuckte mit den Achseln. Damit war wieder eine der Aufnahmen des Fotografen verdorben. Helene stand in einer Ecke. Frau Sprecher hatte sich in die Küche zurückgezogen. Sie saß dort und rauchte. Helene getraute sich nicht, einfach wegzugehen. Stadlmann sprach immer wieder mit ihr. Über die Wirkung. Wie die Folie aufzukleben wäre. Und wenn man sie verschöbe, wie dann die Wirkung verändert würde. Helene nickte. Das Model beendete dann die Fotosession. Sie zog ganz einfach ihren Rock an. Stopfte ihren Slip und die Strumpfhosen in die Handtasche. Schlüpfte in die Schuhe. Zog das Oberteil über den Kopf und ging zu Nestler und Nadolny ins Zimmer. Sie sei hungrig. Der Fotograf begann einzupacken. Helene fragte Stadlmann, ob er alle Aufnahmen habe, die er benötige. Dr. Stadlmann nickte und begann, auch seine Fotogeräte im Koffer zu verstauen. Nadolny und Nestler kamen mit der Frau aus dem Büro. Sie gingen Mittagessen. Der Fotograf wollte Nadolny kurz sprechen. Nadolny nahm ihn in sein Zimmer. Dann gingen alle weg. Keiner hatte mit Dr. Stadlmann gesprochen. Nestler schien das absichtlich vermieden zu haben. Helene sah hilflos zu. Sie fragte Dr. Stadlmann, ob er mit ihr essen gehen wolle. Er sagte nein. Das sei ihm zu anstrengend. Er habe sein Auto unten und müsse zurück. Manche Leute müßten nämlich arbeiten. Helene entschuldigte sich für das Benehmen der anderen. Ob sie etwas zu essen besorgen solle? Sie könnten doch eine Kleinigkeit hier essen. Oder habe seine Mutter gekocht. Und er müsse zurück. Helene konnte Stadlmann überreden, dazubleiben. Sie ließ ihn mit Frau Sprecher zurück. Als Helene hinausging, redeten die beiden schon über die Magnetfolienwirkung bei Tieren. Helene ging zum Greißler und kaufte ein. Wurst. Leberkäse. Fleischleibchen. Salat. Wachauerlaberln. Wasser. Apfelsaft. Helene hätte gern ein Bier gehabt. Aber sie traute sich nicht. Als sie zurückkam, hatte Frau Sprecher alles für ein Büropicknick auf dem Besprechungstisch in Nadolnys Zimmer hergerichtet. Frau Sprecher trug eine Magnetfolie auf das Genick geklebt. Gegen die Nackenverspannungen. Helene zögerte einen Augenblick vor dem Tisch. Frau Sprecher beruhigte sie. Die kämen heute nicht mehr, sagte sie. Helene überlegte, ob Nadolny für das Essen aufkommen würde. Sie hatte 289 Schillinge ausgegeben. Insgesamt hatte sie dann noch 6621 Schillinge.

Helene war allein in der Wohnung. Sie war nach Hause gekommen und hatte einen Zettel gefunden. Die Großmutter hatte die Kinder zu einer Freundin mitgenommen. Sie würden dort abendessen und um 9 Uhr wieder zurück sein. Die Kinder hatten ihr kleine Herzen auf den Zettel gemalt und schickten Bussis. Helene setzte sich in ihren Lesesessel. Sie fühlte sich zu schwer, länger aufrecht zu bleiben. Sie war zu müde, ins Bett zu gehen. Sie hatte Angst vor dem Liegen. Und wie alles tief in die Matratze drücken würde. Und keine Luft lassen. Helene lehnte sich in den Sessel zurück. Schloß die Augen. Die Kopfschmerzen waren vergangen. Der Kopf fühlte sich weit an. Überweit. Hell. Die Fragen, wann Henryk anrufen werde, warum er nicht angerufen, ob er je wieder anrufen würde, hatten allen Raum. Helene begann zu weinen. Eine Welle Elend rollte vom Bauch durch die Brust hinter die Augen. Die Tränen rannen. Preßten sich zwischen den Lidern hervor, und das Schluchzen folgte. Schüttelte sie in heftigen Stößen. Sie wollte ihn haben. Sie wollte Henryk haben. Sie hatte ihn haben gewollt. Sie wollte ihn vor sich knien haben. Ihn um sich spüren. Sie wollte seine Haut gegen ihre Haut haben. Sie wollte ihn wissen. Und es mußte gleich sein. Sofort. Nach 3 Stunden Weinkrampf war immer noch kein Wunder geschehen. Henryk war nicht herbeigeweint. Das Telefon läutete. Helene hob nicht ab. Es hätte Püppi sein können. Was hätte sie sagen sollen. Und Henryk. Wenn es Henryk gewesen wäre. Sie hatte ihn bis vorhin geliebt. Und jetzt war es vorbei. Sie hätte sterben müssen, dann hätte sich diese Liebe verlängern lassen. Ins Unendliche. Helene sah immer wieder vor sich, wie Gregor auf die Terrasse gekommen. Wie selbstverständlich. Wie unbekümmert. Familie gespielt hatte mit ihrer besten Freundin. Sie nicht existent. Nicht dagewesen. Wie ohne Erinnerung an seine eigenen Kinder er da aufgetreten war. Vater für Sophie. Und Henryk wohl zur gleichen Zeit ähnlich sorglos auf irgendeine Terrasse getreten. Und es so wenigstens keinen Sinn hatte zu sterben. Ein neuer Weinkrampf schüttelte Helene bei der Vorstellung, ihre Kinder sollten das auch alles durchmachen. Mußten. Das Telefon läutete wieder. Helene weinte. Schuldgefühle. Schließlich war es nur eine persönliche Tragödie. Es betraf nur sie. Und war das wichtig. Es könnten so viele schreckliche Dinge vorfallen. Ein Kind krank sein. Oder tot. Was dann. Draußen war die Maisonne im Untergehen. Die Baumkronen vor dem Fenster beugten sich in einem Wind. Der orangerosafarbene Abendhimmel war hinter den Baumkronen zu sehen. Helene saß in ihrem Sessel. So, wie sie sich hineinfallen hatte lassen. Sie war erschöpft. Sie dachte, sie müßte froh sein. Eigentlich. Sie hatte keine Gelegenheit gehabt, Henryk das alles zu sagen. Sie hatte ihm den Satz auch nicht oft gesagt. Meistens hatte sie ihn nur angesehen, wenn er ihr gesagt hatte, er liebe sie. Sie hatte sich nicht lächerlich gemacht. Nicht sehr. Nicht wie bei Alex. Und schon gar nicht wie bei Gregor. Das nicht. Das wenigstens nicht. Halt aus, dachte sie. Halt wieder etwas aus. Sie blieb still sitzen. Ihr Körper reagierte nicht mehr. Helene stand dann auf. Sie überzog die Betten der Kinder frisch. Die Kinder kamen aufgeregt zurück. Sie hatten Hunde gesehen bei der Freundin der Großmutter. Die Tante Seuter könnte ihnen auch einen Hund besorgen. Sie wollten einen Hund. Und sie wollten alles machen. Und sehr lieb sein. Zu dem Hund. Helene wollte das nicht diskutieren. Das müßte man sehr gründlich überlegen. Sie sollten jetzt rasch baden. Wenn sie wollten, läse sie ihnen etwas vor. Die Kinder gingen widerwillig. Helene las ihnen aus Don Quixote vor.

Das Telefon läutete um 10 Uhr. Helene zog es heraus und ging schlafen.

Am nächsten Tag schliefen alle lang. Es war Samstag. Helene wachte auf, weil es an der Tür läutete. Sie hatte den Schlüssel innen stecken lassen. Sie hatte nicht von Gregor überrascht werden wollen. Sie hätte das Schloß ändern sollen. Aber es kostete zu viel Geld. Helene zog den Bademantel an. Sah nicht einmal in den Spiegel. Nicht mehr für Gregor.

Es machte ihr sogar Vergnügen, vor Gregor abgehärmt auszusehen, Sie würde ihn ohnehin wegschicken. Helene ließ die Kette an der Tür und öffnete einen Spalt. »Wir schlafen noch. Deine Mutter war mit den Kindern gestern so lange weg«, sagte sie durch den Türspalt nach draußen. »Dann sollte man einen Kaffee kochen. Es ist fast 11 Uhr«, antwortete Henryk. Helene warf die Tür zu. Einen Augenblick stand sie erstarrt. Dann riß sie die Kette weg. Öffnete wieder. Ließ die Tür offen stehen und lief ins Badezimmer. Er solle sich ins Wohnzimmer setzen. Sie käme sofort. Rief sie durch die geschlossene Badezimmertür. Helene wusch sich das Gesicht. Sie tauchte den Waschlappen in eiskaltes Wasser und legte ihn auf die Augen. Die Knochen rund um die Augen schmerzten vor Kälte. Helene legte Make up auf. Wusch es sofort wieder weg. Es war nichts zu machen. Sie sah elend aus. Sie ging in die Küche und begann Kaffee zu kochen. Sie ging die Kinder wecken. Katharina saß an ihrem Schreibtisch und zeichnete, Barbara schlief. Helene schickte Katharina ins Badezimmer. Sie ging wieder in die Küche. Henryk saß im Wohnzimmer. Helene holte ihn in die Küche. Er war ihr fremd. Sie wußte nicht, was sie mit ihm reden sollte. Henryk sah ausgeruht aus. Gesund. Morgenfrisch. Er habe sie nicht erreichen können. Da sei er einfach gekommen. Ob das falsch gewesen sei. Er könne auch wieder gehen und später kommen. Helene sagte lange nichts. Sie hantierte mit Küchenutensilien. Lebensmitteln. Geschirr. Jetzt sollten sie alle einmal frühstücken, meinte Henryk. Und dann reden.

Sie saßen am Küchentisch. Beim Frühstück. Katharina war angezogen. Barbara saß im Bademantel da. Verschlafen. Sie hätte noch so lange schlafen können, murmelte sie immer wieder in ihren Kakao. Helene hatte noch keine Zeit gehabt, sich anzuziehen. Sie wollte sich herrichten, während alle frühstückten. Es läutete an der Tür. Heftig. Mehrere Male ungeduldig. Helene zuckerte gerade ihren Kaffee. »Das ist der Papa!« rief Barbara und stürzte zur Tür.

Helene wollte sie zurückrufen. Aber wie sollte sie das. Sollte sie »Du darfst deinem Vater nicht aufmachen« rufen. Barbara drehte den Schlüssel, der immer noch im Schloß steckte. Die Tür sprang auf. Barbara warf sich in Gregors Arme. »Papi!« Sie zog Gregor in die Küche. An den Tisch. Holte ihm Teller und Tasse. Helene sah das Bild vor sich, wie Gregor es vor Augen hatte. Katharina scheu und in sich zusammengesunken. Helene frisch aus dem Bett. Im Bademantel. Häuslichen Tätigkeiten nachgehend. Die Haare mit einem Gummiband nach hinten gerafft. Bleich. Die Falten von den Augenwinkeln innen schräg nach unten über die Wangen tief. Vom Weinen. Helene hatte diese tiefen Ringe unter den Augen auch von heftigen Liebesnächten. Wer wußte das besser als Gregor. Und dann Henryk. Ein fremder Mann auf Gregors Platz am Tisch. Beim Frühstück. Für Gregor hatte Barbara einen Sessel holen müssen. Henryk stand sofort auf, Gregor zu begrüßen. Barbara sagte zu Henryk, »das ist mein Papa!« Henryk schüttelte Gregor die Hand. Barbara schob Gregor den Sessel hin. Neben Katharina, die ihren Kakao trank. Nichts sagte und alles genau beobachtete. Helene schenkte Gregor eine Tasse Kaffee ein und ging sich anziehen. Im Badezimmer fiel ihr ein, wie ähnlich die beiden Männer einander waren. Beide schmal. Henryk größer. Beide brünett und helle Augen. Henryks Haare waren dunkler. Und er trug sie länger. Aber sonst. Die gleiche Art, sich zu kleiden. Henryk war Jahre jünger als Gregor. Mindestens. Helene wußte nicht, wie alt Henryk genau war. Helene wusch sich das Gesicht. Sie setzte sich dann auf den Badewannenrand und dachte nach. Wieso war Henryk gekommen. Er hatte kein einziges Mal angerufen. Versprochen waren tägliche Anrufe gewesen. Warum war Gregor aufgetaucht. Wie sollte sie mit ihm reden. Was war mit Püppi. Gab es die Frau Gärtner noch. Helene wäre am liebsten weggegangen und hätte alle miteinander zurückgelassen. Sie hatte aber auch dazu zu wenig Gefühle. Es waren keine Gefühle da. Sie war tonlos. Innen. Und es wunderte sie nichts. Sie wäre lieber ins Bett gekrochen und hätte die Decke über den Kopf gezogen. Helene drehte die Dusche auf. Sah dem Wasser zu und hörte sich das Geprassel an. Dann riß sie sich doch aus ihrer Gedankenversunkenheit. Sie wusch sich mit dem Waschlappen. Naß werden, besonders auf dem Rücken, war zu anstrengend. Helene schminkte sich nicht. Wer etwas mit ihr zu tun haben wollte, mußte sie eben so ansehen. Sie zog sich an und ging zurück zum Frühstückstisch. Katharina war weg. Die beiden Männer waren in ein Gespräch über die Politik in Italien vertieft. Barbara saß daneben und hörte zu. Helene begann den Tisch abzuräumen. Henryk sprang auf und half ihr. Gregor war so gezwungen, auch mitzuhelfen. Die Männer redeten miteinander, während sie das Geschirr in den Geschirrspüler stapelten. Helene nahm die Zeitung, die Gregor mitgehabt hatte und setzte sich ins Wohnzimmer. Sie hatte nichts im Haus. Sie sollte noch schnell einkaufen. Am Vortag hatte sie nichts gemacht. Wie sollte sie aus der Wohnung, solange Gregor da war. Oder sollte sie Gregor wegschicken. Die Männer standen in der Küche und redeten. Gregor ging dann. Er verabschiedete sich von den Kindern. Er habe keine Zeit, etwas zu unternehmen. Er müsse arbeiten. »Schöne Grüße an Püppi«, rief ihm Helene aus dem Wohnzimmer zu. Gregor kam an die Tür. Er sah sie an. »Was meinst du?« fragte er. Kühl. Helene lachte kurz auf. »Du brauchst nichts reden!« zischte er ihr zu. Einen Augenblick war sein Gesicht wutverzerrt. Helene lächelte zurück. Gregor wandte sich sofort wieder den Kindern zu. Sprach mit betont sanfter Stimme gegen Barbaras Klagen an, er habe nie Zeit für sie. Helene lachte. Gregor ging und schlug die Tür zu. Henryk kam aus der Küche und setzte sich zu Helene. Helene lachte noch lange.

Helene saß im Wohnzimmer. Henryk sprach mit Katharina. Das Kind stand gegen Helene gelehnt. Stützte sich auf ihren Knien auf. Helene wollte sie wegschicken. Aber das Kind preßte sich gegen sie. Helene fragte Henryk, seit wann er in Wien sei. Oder ob er vom Bahnhof komme. Wie er es mache, so frisch auszusehen. Nach einer Nacht im Zug.

Henryk saß da. Gab lächelnd Auskunft. Er erzählte Katharina, wie das sei, sich auf dem Bahnhof zu duschen. Henryk hatte die Beine übereinandergeschlagen. Er wippte mit dem übergeschlagenen Bein. Es sah sehr elegant aus. Und sicher. Helene schickte Katharina nachsehen, was mit Barbara sei. Und Barbara solle sich anziehen. Das Kind ging widerwillig. Blieb noch bei der Tür stehen. Mußte regelrecht verscheucht werden. Helene stand auf und ging ans Fenster. Sie sah in das grüne Blätterwerk der Baumwipfel hinaus. Henryk blieb sitzen. Sah ihr zu. Sie wandte sich ihm zu. Rasch. Heftig. Ihn anzuschreien. Sagte nichts. Kehrte ihm wieder den Rücken zu und sah hinaus. Henryk saß in dem Sessel, in dem sie am Vortag geweint hatte. Helene hatte nichts sagen können. Gerade wie sie ihn anklagen hatte wollen, hatte sie nicht mehr gewußt, was sie sagen hätte sollen. Alles, was zu sagen gewesen wäre, war lächerlich. Mit einem Mal. Lächerlich zu sagen. Was sollte dieser Mann verstehen. Er wußte nichts von ihr. Jedenfalls nicht mehr als sie von ihm. Und das wenige wollte sie nicht mehr wissen. Sie wollte nicht mehr mit ihm ins Bett. Wollte sich nicht einmal erinnern daran. Sie wollte ihn nicht in diesem Sessel sitzen haben. In dem sie sich von ihm getrennt hatte. Von der Vorstellung von ihm. Und war das alles nicht schrecklich genug? Wie wurde sie ihn los. Wegschicken? Einfach höflich wegschicken. So wie den Mann von der Creditanstalt. Helene ging zur Couch zurück. Setzte sich wieder. Sie würde ihn wegschicken. Und sie sollte noch ganz rasch einkaufen. Es war halb 12. Die Geschäfte schlossen um 12. Helene war ungeduldig. Henryk beugte sich vor und sagte, »ich bin zu dir gekommen, weil ich gedacht habe, ich könnte bei dir bleiben.« Helene sah ihn an. Sie hörte sich sagen »gern.« Und »Wo hast du denn dein Gepäck.« Er hatte es in einem Schließfach auf dem Südbahnhof gelassen. Aber. Es sei nur die Tasche, die sie kenne. Helene sah und hörte sich zu. Wie sich alles sagte. Wie er sie umarmte. Vorsichtig und brüderlich. Wie sie sich umarmen ließ. Wie sie dann zum Meinl in der Krottenbachstraße fuhren. Wie das Geschäft dann doch schon geschlossen war. Wie sie zurückfuhren.

Wie sie eine Bettdecke aus dem Kasten holte. Die Bettdecke von Gregor, die sie irgendwann weggeräumt hatte. Wie sie das Bett herrichtete. Wie sie überlegte, was sie den Kindern sagen sollte. Oder mußte. Es hatte noch nie ein anderer Mann als Gregor je da geschlafen. Und Helene sah sich zu, wie sie das alles nicht wollte. Wie sie Henryk haßte. Für die vielen Stunden, die er sie auf einen Anruf hatte warten lassen. In denen sie das Telefon angestarrt hatte. Wie sie ihn anschreien hätte mögen dafür. Hinschlagen auf ihn. Und wie sie sofort Verständnis aufbringen würde. Für jede Erklärung, die er ihr gäbe. Und wie alles wegen Gregor war. Wie alles so war, wie es war, weil Gregor einem fremden Kind ein Stofftier gereicht hatte. Wie sie sich fürchtete. Mit Henryk am Abend allein zu sein. Und wie sie nichts spürte von sich.

Mit den Kindern gab es keine Probleme. Helene hatte nichts zu essen im Haus. Der Tag war schön. Sie wollte aus dem Haus. Die Kinder packten Bücher in eine Tasche. Und Äpfel. Helene nahm eine Decke, und sie fuhren in den Wienerwald. Helene konnte sich von den Fahrten mit Alex an ein Gasthaus erinnern. Sie waren nie dort gewesen. Alex hatte ja nicht mit ihr gesehen werden dürfen. Deshalb hatten sie einander beim Eingang zum Döblinger Friedhof getroffen und waren dann in den Wienerwald gefahren. In ihrem Auto. Weil das niemand kannte. Sie hatten geredet und gelacht. Helene hatte Fotos von diesen Treffen in einem Kuvert im Hause. Gitta hatte ihnen einen Privatdetektiv nachgeschickt. Es gab nur Fotos von ihnen, wie sie im Auto saßen und fuhren. Und ein Foto, auf dem ihre Autos nebeneinander gestanden. Und einmal, wie sie im Salettl Kaffee getrunken hatten. Gitta war noch Monate später erbittert über die Kosten dieser Fotos. Sie hatte sie Helene geschenkt. Sie sei ja nicht auf den Bildern. Schließlich. Helene wurde immer noch schlecht, wenn sie daran dachte. Es war ihnen jemand nachgefahren und hatte fotografiert. Und sie hatten nichts bemerkt. Auf diesen Fahrten hatte Helene immer das Schild »Gut essen und trinken bei Bonka« gesehen. Dorthin fuhr sie jetzt. Bonka war ein langgezogenes Haus mit einer dunklen Wirtsstube. Es gab einen schmalen Vorgarten, in dem man sitzen konnte. Und es gab Wiener Schnitzel mit pommes frites für die Kinder. Und Ketchup. Nach dem Essen gingen sie einen der breiten Wege unter den Buchen im Wienerwald. Auf einer Lichtung setzten sie sich auf die Decke ins Gras. Katharina blieb erst immer bei Helene. Henryk schien sich wohl zu fühlen. Er plauderte mit den Kindern. Machte Späße. Die Kinder erzählten von der Schule. Von der Großmutter. Und was die Hunde bei der Tante Seuter gemacht hätten. Wie sie geheißen. Wie süß sie gewesen. Und sie könnten auch einen haben. Wenn die Mami es erlaubte. Henryk erzählte von seinem Hund. Einem Setter. Lord Byron habe er geheißen. Er hätte ihn sehr gern gehabt. Aber er reise zu viel. Das könne man keinem Hund zumuten. Er fände es wichtig, einen Hund zu haben. In ihrem Alter vor allem. Die Kinder waren begeistert von Henryk. Sie hatten einen Verbündeten in der Hundefrage. Helene war müde. Henryk hatte die Lichtung gefunden, auf der sie lagerten. Helene hatte bei allem mitgemacht. Sie hatte die Rechnung bezahlt. Sie hatte das Auto dort angehalten, wo Henryk und die Kinder das vorgeschlagen hatten. Sie war hinter den anderen hergewandert. Sie hatte sich auf die Wiese gesetzt. Sie war nicht in der Lage, über den Morgen nachzudenken. Was das alles bedeutete. Was Gregor sich gedacht haben mußte, als er sie im Bademantel mit einem wildfremden Mann beim Frühstück gefunden. Was das für ihre Situation hieß. Sie sagte sich vor, sie müsse zu einem Rechtsanwalt. Sie mußte eben einen finden, den der Vater nicht kannte. So schwierig konnte das nicht sein. Helene saß an einen Baum gelehnt. Barbara lief umher. Katharina saß auf der Decke und zeichnete. Henryk hatte die Zeitung mitgebracht und zu lesen begonnen. Helene dachte, das ginge alles nicht so. Sie sollte sich aufraffen. Eine Lösung finden. Aufraffen. Schon bei diesem Wort schlug die Müdigkeit wieder über ihr zusammen. Helene döste. Früher hatte sie das nicht gekonnt. Früher hatte sie immer etwas tun müssen. Es wäre ihr nicht gelungen dazusitzen. Nur dazusitzen. Und zu schauen. Das Licht tanzte in kleinen Flecken auf dem Boden. Das Gras war lang und dünn. Hellgrün. Die Stämme der Buchen silbergrau. Sie sahen glatt aus. Gegen den Rücken fühlte sich die Buche rauh und rissig an. Ein Wind beugte die Grasbüschel. Ließ die Lichtflecken aufblitzen und im Schatten wieder erlöschen. Es war warm. Helene hatte zum Essen ein kleines Bier getrunken. Die Biermüdigkeit machte das Denken noch unschärfer. Im Einschlafen fiel Helene wieder ein, was sie in der Nacht geträumt hatte. Sie hatte geträumt, sie könnte alle Musikinstrumente spielen. Sie konnte sich an den Traum sonst nicht erinnern. Sie wußte nur noch das Wohlgefühl davon, alle Musikinstrumente zu beherrschen. Sie mußte lächeln. Als sie wieder aufwachte, war sie allein auf der Lichtung. Helene hörte nichts rund um sich. Nur den Wind in den Bäumen. Angst um die Kinder schoß durch ihre Mitte in die Brustspitzen. Sie wußte ja nichts von diesem Mann. Filme fielen ihr ein. Henryk konnte die Kinder. Helene saß an den Baum gelehnt. Ein Augenblick genügte. Der Augenblick einer Tat, und nichts würde mehr so sein, wie es gewesen. Die Panik erstickte in Resignation. In dem Wunsch, mit nichts mehr etwas zu tun zu haben. Helene dachte, wie sehr sie diese Kinder liebte. Warum es ihr nicht genügte, diese Kinder großzuziehen. Warum war es nicht genug. Helene hörte die Kinder. Sie quietschten. Kamen näher. Spielten Fangen. Helene schloß die Augen. Sie tat so, als hätte sie die ganze Zeit geschlafen. »Schlafmütze«, riefen die Kinder und tanzten um sie herum.

Helene war erst spät am Abend mit Henryk allein. Sie waren noch beim Heurigen gewesen. Beim Nachhausekommen hatten die Kinder die Großmutter herausgeläutet. Die alte Frau mußte in die Wohnung eingeladen werden. Sie trank zwei Sherry. Bekam rosige Wangen und drückte Helene zum Abschied einen feuchten Kuß auf die Wange. Sie verstünde alles, hatte sie Helene zugeflüstert. Henryk war mit allen in bestem Einverständnis. Sogar mit Gregor. Helene holte sich Wasser für einen Bourbon. Die Kinder schliefen endlich. Die Küche war noch nicht aufgeräumt. Helene hatte nur die Milch und die Butter vom Frühstück in den Eiskasten gestellt. Das Geschirr hatten die Männer in den Geschirrspüler geräumt. Aber sie hatten das Besteck liegen lassen. Marmeladen. Zuckerdose. Cornflakeschachtel und Servietten waren noch auf dem Tisch. Das Tischtuch war fleckig und voller Brösel. Die Kaffeekanne stand im Abwaschbecken. Der Kaffeefilter daneben. Tücher lagen herum. Die Äpfel, auf den Ausflug mitgenommen und nicht gegessen, lagen auf dem Eiskasten. Die Decke für den Wald war über eine Sessellehne geworfen. Im Vorzimmer standen die schmutzigen Tennisschuhe der Kinder. Schmutzwäsche türmte sich im Badezimmer. Nasse Handtücher. Schwämme und Waschlappen überall. Morgen, dachte Helene. Sie ging zu Henryk zurück. Sie wollte ihm sagen, er solle sich vielleicht doch eine Pension suchen. Henryk lächelte sie an. Helene konnte sich überhaupt nicht mehr vorstellen, wie das gewesen war, wenn sie miteinander geschlafen hatten. Und warum sie sich so gesehnt hatte. Nach ihm. Henryk lächelte sie an. »Ich bin jetzt ganz in deiner Hand. Ich habe nirgends hinzugehen«, sagte er. Helene erstarrte. Das Telefon läutete, Helene murmelte ein »Entschuldige. Bitte.« Und hob ab. Es war Püppi. Helene legte sofort wieder auf. Das Telefon läutete gleich wieder. Helene zog den Stöpsel heraus. »Warum?« wollte sie von Henryk wissen. »Was ist denn los?« Henryk erzählte ihr, er habe mit einer Deutschen, mit einer Arzttochter aus München, in Mailand zusammengelebt. Er habe sich von ihr getrennt. Aber er hätte wegmüssen. Fürs erste. Bis sie ausgezogen war. Dann würde er das Zimmer noch bis Ende September haben. Aber jetzt einmal. Jetzt hätte er nichts. Und er wolle ja auch nach Wien kommen. Er werde Arbeit suchen. Schlimmstenfalls werde er Stunden geben. Und freue sie sich denn gar nicht. Sie könnten jetzt zusammen sein. Helene konnte nichts begreifen von dem, was er da sagte. »Komm. Wir holen einmal dein Gepäck ab«, schlug sie vor. Es war gegen 11 am Abend.

Der Südbahnhof war sicher noch offen. Sie fuhren zum Südbahnhof.

Helene fuhr über den Gürtel zum Südbahnhof. Es war dichter Verkehr. Vor den Striptease-Lokalen und Bordellen am Gürtel stockte der Verkehr immer wieder. Staute sich. Helene wich auf die linke Außenspur aus. Autos parkten in 2. Spur. Die Fahrer in der 3 verlangsamten. Musterten die Huren, die rauchend auf und ab staksten. Vor den Eissalons standen die Menschen um Eis an. Oder aßen ihre Eisstanitzel. Helene sprach nichts. Henryk saß neben ihr. Er sah gerade vor sich hin. Keinen Augenblick nahm er die blinkenden Lichter oder die schreienden, lachenden, eisschleckenden Menschen zur Kenntnis. Die ganze Fahrt zum Südbahnhof blieb er still. Helene fand auf der Seite zum Schweizer Garten einen Parkplatz. Als sie aussteigen wollte, hielt Henryk sie zurück. Helene ließ sich in den Sitz fallen. Sie sagte nichts. Henryk hielt sie am Handgelenk fest. Er werde da jetzt allein hineingehen. Sie solle sich keine Sorgen machen. Er begreife schon. Helene blieb stumm sitzen. Sie sah auf die Straße. Hier fuhren kaum Autos. Der Bahnhof hinter ihnen war hell erleuchtet. Der Schein des Lichts tauchte die Umgebung in orangefarbene Schattenlosigkeit. Helene fragte Henryk, warum er nicht angerufen habe. Oder sich angekündigt. Er kenne doch ihre Situation. »Ich habe gedacht, es ist genug, daß ich dich liebe«, sagte er. »Aber. Wenn ich es nicht weiß. Was soll ich denn dann tun?« »Ich dachte, Liebe steht über solchen Dingen. Ich wußte nicht, daß ich. Ich dachte, du weißt doch. Das mußt du doch wissen. Helene. Du mußt doch wissen, daß ich dich liebe.« Helene riß sich aus dem Dasitzen. Und vor sich Hinstarren. Sie stieg aus. Sie fühlte sich hohl und hätte erbrechen können. Sie mußte lachen. Sie ging auf den Eingang zu. Unter dem Vordach standen Männer. Bärtig. Dunkle. Unbewegt. Ein Kurier-Verkäufer ging zwischen ihnen herum. Schwenkte seine Zeitungen. Aber auch er stumm. Helene ging zwischen den Männern durch. Sie hätte Lust gehabt, sie anzustoßen. Anzurempeln.

Streit zu beginnen. Wüst mit jemandem herumzuschreien. Die Männer sahen sie nicht einmal. Ließen sie sich durchschlängeln. Wichen nicht. Die Schließfächer waren geradeaus. »Welche Nummer hast du denn?« fragte Helene. Henryk griff in seine Hosentasche. Begann zu kramen. Klopfte die Außentaschen ab. Fuhr noch einmal in die Hosentaschen. Dann in die Innentaschen des Sakkos. Er wiederholte die Suche. Er sah Helene verzweifelt an. Verwundert. Er stand unter dem Neonlicht im Gang zu den Schließfächern. Und begann die Suche ein drittes Mal. Hastig. Helene nahm ihn an der Hand. Sie zog ihn in die Schwemme. »Wir brauchen jetzt einen süßen Wermuth«, sagte sie. Sie stellte sich an die Theke. »Du wirst das scheußlich finden. Aber das muß jetzt sein.« Helene bestellte zwei süße Wermuth. Fragte, ob es das gäbe. Die Frau hinter der Theke bejahte. Sie stellte zwei Gläser vor sie hin. Vorsichtig. Die Frau hatte den Wermuth aus einer Flasche eingeschenkt. Die kleinen Gläser waren bis zum Rand gefüllt. Drohten überzulaufen. Die Frau lachte. Helene trank vom stehenden Glas. Sie beugte sich über das Glas und saugte am Wermuth. Sie mußte kichern und verschluckte sich. Sie sah zu der Frau auf. Sie lachten beide. Helene hustete, Henryk nahm sein übervolles Glas, hob es hoch und trank. Er verschüttete nichts dabei. »Da haben sie es aber gut mit uns gemeint«, hustete Helene. Die Kellnerin war jung. Mollig. Unter den weißblond gefärbten Haaren kam dunkler Nachwuchs. »Ich habe heute Geburtstag«, sagte sie. Sie mußte wieder laut lachen. Henryk lud sie zu einem Glas ein. Sie könne nicht mehr, seufzte sie lächelnd. Sie habe schon zu viel getrunken. Das könne man daran sehen, wie sie die Gläser gefüllt habe. Sie sei nicht mehr ganz nüchtern. Helene und Henryk tranken noch einen Wermuth auf ihr Wohl. Helene beugte sich kichernd über das Glas. »Dann mußt du einen Pyjama von Gregor anziehen. Die hat er alle dagelassen.« Sie lachten. Die Hose würde zu kurz sein. Ja. »Werde ich die denn brauchen?« fragte Henryk. Er legte seinen Arm um Helenes Taille und drückte sie an sich. Helene ließ sich gegen ihn fallen. Im Bett hielt sie dann Henryk den Mund zu, wenn er nur ein wenig aufstöhnte. Die

Kinder wachten nicht auf. Helene mußte immer wieder aufstehen und nachsehen, ob die Schlafzimmertür auch wirklich versperrt war.

Der Sonntag war Muttertag. Die Großeltern in Hietzing wollten die Kinder sehen. Helene fuhr hin. Helene dachte während der langen Fahrt über den Schottenhof, was sie mit Henryk anfangen sollte. Zu ihren Eltern mitnehmen, war unmöglich. Im Auto sitzen lassen? Helene fuhr am Haus ihrer Eltern vorbei und parkte ein Stück weiter unten. Sie sagte zu Henryk, sie wäre gleich zurück, und ließ die Kinder auf ihrer Seite aus dem Wagen klettern. Man hätte Henryk, wäre er aus dem Wagen gestiegen, vom Haus aus sehen können. Henryk lächelte nur. Sie solle sich Zeit nehmen. Wenn es sehr lange dauerte, würde er spazierengehen. Helene lächelte dankbar zurück: Die Kinder waren schon zur Gartentür gestürzt und läuteten. Beim Anblick ihres Großvaters begannen sie herumzuspringen und zu schreien, sie hätten etwas für die Omi. Ein Geheimnis. Helene hatte auf dem Frühstückstisch ihre Muttertagsgeschenke vorgefunden. Barbara hatte einen Topflappen gehäkelt und Katharina einen Nadelpolster gestickt. Helene hatte den Topflappen sofort verwendet und verbergen müssen, wie stark sie sich gleich verbrannt hatte. Der Topflappen war sehr locker gehäkelt. Der Nadelpolster war mit Nadeln vollgesteckt worden und in das Nähzeug eingeräumt. Die Kinder hatten die Annahme der Geschenke genau überwacht. Für die Großmütter hatten die Kinder kleine Billets gemalt. Mit Herzen. Und Küssen. Und alles Gute auch den Omis. Helenes Vater freute sich, die Mädchen zu sehen. Er lachte und ging auf ihre Geheimnistuerei ein. Helene sah ihm zu. Mit seinen Enkelkindern war er ihr ein fremder Mensch. Und die Kinder hatten keine Angst vor ihm. Helene ging mit ins Haus. Sie hatte nichts für ihre Mutter. Sie wünschte ihr alles Gute. Ihre Mutter wußte aus vielen schrecklichen Szenen über die Jahre, Helene feierte Muttertag nicht. Helene war enttäuscht. Es war ihrer Mutter gleichgültig geworden. Sie ärgerte sich nicht mehr. War nicht gekränkt. Sie wandte sich ihren Enkelkindern zu. Helene stand im Vorzimmer. Sie sagte verwundert, »eigentlich braucht ihr mich nicht. Oder?« »Nein. Nein. Geh nur. Aber hol sie erst nach der Jause.« Ihr Vater sah sie nicht einmal an. Helene küßte die Kinder. Ermahnte sie. Ging. Den kurzen Weg durch den Vorgarten. Warf die Gartentür hinter sich zu und lief zum Auto. Riß die Tür auf. Warf sich auf den Sitz und ließ den Motor an. Sie fuhr mit quietschenden Reifen weg, als würde sie verfolgt. Henryk sah sie erstaunt an. Er hatte ein Büchlein aus der Tasche gezogen und zu lesen begonnen. Helene fuhr erst auf dem Nietzinger Platz wieder normal. »Und? Was sollen wir jetzt machen?« fragte sie. Helene hätte zurückfahren wollen. In die Lannerstraße. Und mit Henryk ins Bett gehen. Ohne Rücksicht auf Kinder. So lange sie Lust hätten. Das hatte sie sich vorgestellt, als sie ihren Vater gefragt hatte, ob sie denn nötig sei. »Wir machen einen Ausflug«, sagte Henryk. »Einen Sonntagsausflug!« »Norden. Süden. Osten. Westen?« fragte Helene. Sie war enttäuscht. Aber sie konnte nicht sagen, was sie gewollt hatte.

Helene fuhr ins Burgenland. In Richtung Laxenburg zuerst. Dann nach Eisenstadt weiter. Der Tag war mild. Wechselte von sonnig zu bedeckt. Ein leichter Wind ließ die Blütenblätter von den Apfelbäumen wirbeln, Helene fuhr auf Landstraßen. In den Gärten blühten noch Tulpen und Goldregen. Und Sträucher. Nach St. Margarethen bog Helene in einen Feldweg ein. Sie fuhr einen Hügel hinauf. Von hier war der Neusiedler See zu sehen. Lag spiegelnd da. Langgezogen. Sie stiegen aus und gingen den Weg ein Stück weiter. Henryk hielt Helene um die Schulter fest. Sie sahen auf den See hinaus und setzten sich unter einen Marillenbaum am Rand eines Weingartens. Im Sitzen war der See nicht zu sehen. Helene stand auf. Setzte sich wieder. Wollte sich in den Baum setzen. Henryk lachte und stand auch auf. Er umarmte sie. Hielt sie fest. Helene spürte ihn. Wie er sich fest gegen sie drängte. Sie küßten einander. Henryk wollte aufbrechen. Er löste sich von ihr. Helene zog ihn zurück in die Umarmung. Sie sah sich über seiner Schulter um. Es war niemand zu sehen. Es war Mittagszeit. Niemand unterwegs. Alle bei ihren Sonntagsessen. Mit den Muttertagsmüttern. Helene zog Henryk zu Boden. Beugte sich über ihn. Sie zog den Zippverschluß seiner Flanellhose auf und nahm ihn in den Mund. Sie schleckte, leckte, sog und rieb an seinem Schwanz. Mit den Lippen. Mit der Zunge. Am Gaumen. Sein Samen füllte ihren Mund. Sie bekam einen Augenblick keine Luft. Sie hätte noch lange so weitermachen können. Sie hatte alles andere vergessen. Helene schluckte den Samen. Bitterweiß der Geschmack. Henryk hatte keinen Laut von sich gegeben. Helene getraute sich nicht, ihm ins Gesicht zu sehen. Auf einmal genierte sie sich schrecklich. Sie sprang auf und ging den Weg wieder zurück. Kletterte auf den Hügel hinauf. Sah von dort auf den See hinaus. Sie fühlte sich schrecklich. Sie hätte sich beherrschen sollen. Helene stand auf dem Hügel und wußte nicht, wie sie zum Auto zurückgelangen sollte. Henryk stand unten und winkte ihr, hinunterzukommen. Helene setzte sich ins Gras. Vielleicht käme er zu ihr. Dann wäre alles wieder gut. Aber er kam nicht. Beim Hinunterklettern rutschte Helene aus. Sie riß sich die Handflächen auf. Auf der rechten Hand schürfte sie die Stellen auf, die sie sich schon am Morgen verbrannt hatte. Sie kam mit Tränen in den Augen zurück. Henryk schaute ihre Hände an. Er verlangte die Autoapotheke. Tupfte Merfen Orange auf die Risse und klebte Pflaster auf. Er fragte nach ihrer Tetanusimpfung und verlangte den Autoschlüssel. »Ach. Helene!« sagte er und küßte sie auf die Stirn. Helene konnte nichts sagen. Henryk umfing sie und hielt sie. Helene dachte, nun doch weinen zu müssen. Sie lehnte sich an ihn an. Verbarg ihr Gesicht an seiner Schulter. Sie konnte nichts denken. Ließ sich gehalten sein. Helene war traurig. Tief traurig. Im Dunkel gegen seine Schulter gelehnt, fielen ihr der Mann und die Frau ein. Die Frau hatte etwas Rotes angehabt. Der Mann war dunkel. Anzug. Seriös. Die beiden waren an der Ecke Lannerstraße und Cottagegasse gestanden. Sie hatten sich über das Kind gebeugt gehabt. Das Kind war halb unter einem Fahrrad gelegen. Es hatte sich nicht bewegt. Helene war mit dem Auto vorbeigefahren. Der Mann und die Frau hatten sich eben wieder aufgerichtet. Hatten sich umgesehen. Helene hatte nie erfahren können, was da geschehen war. Jetzt, an Henryks Brust gelehnt, sah sie immer wieder die Frau halb über das Kind gebeugt. Wie sie den Kopf gedreht. Und der Mann wieder aufgerichtet, gerade stehend. Den Oberkörper wendend. Nach allen Seiten sich umsehend. Das Kind bewegungslos. Helene schmeckte Henryks Samen. Trocken. Staubig. Bitter. Und warm. Das Kind lag still. Das Kind war still gelegen. Das Kind war größer gewesen als ihre jetzt. 10 oder 12 Jahre alt. Helene spürte den Stoff von Henryks Sakko gegen ihre rechte Wange. Sie machte die Augen auf. Der Hügel lag hinter Henryks Schulter. Der Himmel darüber. Blau und Wolken. Die Sonne hinter einer Wolke. Helene sah in den Himmel. So mußte sie das Kind nicht mehr sehen. Wie es dagelegen. Und die Erwachsenen. Darübergewölbt. Helene fühlte sich schwach. Sie aßen dann in Rust zu Mittag. Helene holte die Kinder um 6 Uhr ab. Sie hatten viel Torte gegessen. Sie wollten kein Abendessen mehr. Helene wollte schlafengehen. Henryk hatte Lust auszugehen. Helene gab ihm den Schlüssel für die Wohnung und das Haustor. Helene versuchte, im Bett liegend. Vor dem Einschlafen. Sich zu erinnern. Wann das gewesen war. Der Unfall mit dem Kind.

Helene wachte um 2 auf. Henryk kam zurück. Sie hörte die Wohnungstür. Wie er aufsperrte und wieder zusperrte. Er bemühte sich, keinen Lärm zu machen, und kam ins Schlafzimmer geschlichen. Er zog sich beim Schein der Straßenlampen aus. Helene sah ihm zu. Henryk zog sich aus. Ruhig und vorsichtig legte er ein Kleidungsstück nach dem anderen ab. Er stand dann nackt da. Suchte unter dem Kopfpolster nach dem Pyjama. Während er nackt dastand, begriff Helene plötzlich. Henryk war beschnitten. Deshalb war sein Penis immer lang und voll. Und Helene hatte gedacht, es wäre Verlangen gewesen. Nach ihr. Der Beginn davon. Jedenfalls. Helene schämte sich ihrer Dummheit und ihrer Unerfahrenheit. Sie hätte schreien können vor Zorn über sich. Und Scham. Sie wünschte sich, nicht so auf Entdekkungen angewiesen zu sein.

Helene ging in die Ögussa-Filiale in der Kaiserstraße. Henryk hatte sich 2000 Schillinge ausgeborgt. Helene hatte versucht, ihm klarzumachen, wie wenig Geld sie hatte. Aber er hatte es gebraucht. Sie hatte das einsehen müssen. Er konnte nicht ohne einen Groschen in der Tasche herumgehen. Und er würde so bald wie möglich Geld verdienen. Und es wäre ja auch noch Geld aus Italien ausständig. Und seine Eltern könnten ihm welches schicken. Aber Helenes Geld war weg. Am Dienstag hatte sie Kaiserschmarrn zum Abendessen gekocht. Sie hatte ein Ei weniger genommen, als im Rezept vorgeschrieben. Alles andere hatte sie zu Hause gehabt. Für das Frühstück hatte sie die letzte Packung Haltbarmilch aufgemacht und über die Cornflakes geschüttet. Aber auch die Cornflakes waren zu Ende. Brot, Eier und Schinken waren einzukaufen. Zahnpasta war ausgegangen. Helene hatte die Tube mit dem Messerrücken ausgequetscht, um den Kindern Zahnpasta auf ihre Zahnbürsten zu geben. Sie selbst hatte die Zähne mit Salz geputzt. Die Toilettenartikel, die Henryk gebraucht hatte, weil er den Schlüssel für das Schließfach nicht gefunden hatte, hatten viel gekostet. Helene fuhr vor dem Büro in die Kaiserstraße. Helene hatte angerufen. Das Geschäft sperrte um halb 8 Uhr auf. Das Geschäft war klein. Eine Tür mit Glasscheibe. In Goldbuchstaben war »Kaufe alles Silber und Gold« aufgeklebt. Und das Ögussa-Zeichen an der Tür. Die Tür war grau und verstaubt. Die Glasscheibe verschmiert. Drinnen war alles alt und verbraucht. Seit langer Zeit nichts mehr instandgehalten. Eine sehr alte Frau und ein Mann um die 60 standen im Geschäft. Hinter dem Ladentisch ein Mann in einem grauen Arbeitsmantel. Er hatte eine Halbbrille auf, die er auf der Nase nach vorne rutschen hatte lassen.

Er wandte sich an die alte Frau. Er sprach leise. Desinteressiert. Helene wußte gleich, es wäre sinnlos, mit diesem Menschen etwas zu verhandeln. Der Mann nahm die Personen im Geschäft gar nicht wahr. Er sprach mit einem Punkt an der Wand oben, wenn er mit einer Kundschaft sprach. Er hatte zwei Silberlöffel auf einer Waage liegen. Kaffeelöffel. Er sah dem Zeiger zu, bis er ruhig stand. »127 Schilling«, sagte er. Die alte Frau machte ein unwilliges Geräusch. Der Mann holte das Geld aus einer Lade und zählte ihr das Geld auf den Tisch. Er wandte sich an den Mann vor Helene. Die alte Frau sah das Geld lange an. Dann steckte sie es ein. Und ging. Helene sah sich selbst. Die letzten Silberlöffel verkaufend. 127 Schillinge. Das waren vielleicht 9 oder 10 Schinkensemmeln. Oder 15 Wurstsemmeln. Zu dritt. Oder jetzt. Zu viert. Konnte man einen Tag davon leben. Und hoffentlich gab es noch Kaffeevorräte. Helene überlegte, was sie alles hatte, das man verkaufen konnte. Der Mann vor ihr legte kleine Klümpchen auf den Ladentisch. Die Klümpchen glänzten an manchen Stellen. Sonst waren sie grau. Der Mann im grauen Arbeitsmantel klemmte sich eine Lupe in ein Auge und musterte die Klümpchen. Er hielt sie mit einer Pinzette. Dann wog er sie. »4426 Schilling«, sagte er. Der Mann zuckte mit den Achseln. Helene sah zu, wie das Geld auf den Tisch gezählt wurde und eingesteckt. Helene wartete, bis der Mann sein Geld in seiner Brieftasche verstaut hatte und gegangen war. Sie hatte die Kette in der Tasche ihres Blazers. Sie reichte sie dem Mann. Die Kette war warm vom Halten. Helene wurde rot im Gesicht. Der Mann sah die Kette mit der Lupe an. Prüfte die Punzen. Zählte die Golddukaten, die an den Kettengliedern hingen. Helene hatte diese Kette von einer alten Nachbarin geerbt. Eines Tages war sie nach Hause gekommen, und ihre Mutter hatte ihr ein Schächtelchen hingehalten. Das wäre für sie, hatte sie gesagt. Und sich abgewandt. Helene hatte das Schächtelchen aufgemacht und die Kette gefunden. Die alte Nachbarin hatte Wünsche für ein gutes Leben auf einen Zettel geschrieben und unter die Kette gelegt. Meiner lieben Helene, hatte sie geschrieben. Die Erben hätten das heute abgegeben. Die alte Frau hätte gewollt, Helene bekäme das. Helene sah die Kette an, wie sie in der Hand des Mannes im grauen Arbeitsmantel baumelte. Ob die Nachbarin dieses Ende ihrer Kette gemeint hatte. »Da kann ich Ihnen 9600 Schilling geben«, sagte der Mann. Helene war froh, allein im Geschäft zu sein. Sie nahm das Geld und ging. Auf dem Weg zum Auto versuchte sie, sich an den Namen der alten Nachbarin zu erinnern. Sie wußte ihn nicht. Das alles war 15 Jahre her. Ungefähr. Sie mußte ihre Mutter fragen. Dankbarkeit der alten Frau gegenüber stieg in Helene auf. Sie konnte sich kaum an sie erinnern. Hatte nie viel mit ihr zu tun gehabt. Die alte Frau hatte von ihrer Veranda aus in den Garten von Helenes Eltern gesehen. Und herübergewunken. Manchmal. Helene blieb im Auto sitzen. Dachte, das alles wäre nicht so schwierig. Männer, die die Scheckkarten abholten. Schmuck verkaufen. Fehlte noch der Exekutor. Aber den würde die Bank auch noch schicken. Helene hatte plötzlich das Gefühl, es zu schaffen. Schaffen zu können. Schmuck hatte sie noch. Fürs erste mußte niemand verhungern. Helene fuhr ins Büro. Die Klümpchen, die der dicke Mann auf den Tisch gelegt hatte, waren Goldfüllungen gewesen. Von Zähnen. Da war Helene sicher. Wie kam man dazu. Die Zähne des dicken Mannes hatte sie nicht sehen können. Aber konnte man Goldfüllungen so einfach aus den eigenen Zähnen brechen. Das schien Helene schwierig. Woher bekam man diese Klümpchen?

Im Büro fand Helene die Fotos vor. Sie waren unbrauchbar. Was mit freiem Auge nicht hatte gesehen werden können oder wollen, war auf den Schwarzweiß-Fotos nicht zu übersehen. Die Haut des Models war faltig. Am Rücken hingen Hautfalten je nach Haltung der Arme und Schultern. Vor allem den Rippenbogen entlang. Scharfe dunkle Linien. Auf den Schultern. Da, wo der Arm gehoben wurde. An den Ellbogen sammelte sich die Haut in breiten Falten und hing über den Ellbogen. Es sah aus, als wäre die Frau dick gewesen und hätte sehr rasch abgenommen. Am Gesäß zeichneten sich die Cellulitis-Narben ab. Man verstand sofort, warum bei Nacktaufnahmen Frauen ihre Hinterteile immer weit nach hinten strecken. Oder sich nach vorne beugen. Für die Aufnahmen mit den Folien auf der Hüfte hatte die Frau aufrechtstehen müssen. Helene zeigte die Fotos Frau Sprecher. Sie waren sich einig, diese Bilder stellten keine Einladung dar, die Magnetfolien zu verwenden. Helene und Frau Sprecher machten sich über das Model lustig. Bei einem Morgenkaffee. Die Frau hatte Sabine Novotny geheißen. Dieser Name stand auf der Rechnung der Agentur, die auch mit der Post gekommen war. Frau Sprecher verstand nun auch, warum die Frau zu Nestler gesagt hatte, er solle sie Bini oder Bienchen nennen. Sie hatte das gehört, wie sie den Kaffee hineingebracht hatte. Wie hatte sich diese Person aufgeführt! Und zu Unrecht. Wie das unbestechliche Auge der Kamera ja nun zeigte. Helene und Frau Sprecher waren sehr zufrieden. Sie hatten es gleich gewußt. Helene wunderte sich. Wie hatte man das nicht bemerken können. Sie hatte den braungebrannten Körper der Frau noch vor Augen. Und die zwei Männer in der Tür zum Zimmer von Nadolny. Und wie sie weggegangen waren. Die beiden Männer und das Model in der Mitte. Den Minirock herausfordernd schwenkend. Und jeder gewußt hatte, es befand sich kein Slip unter diesem Röckchen. Helene legte die Bilder Nadolny vor. Ob man damit zufrieden sein könnte, fragte sie ihn. Nadolny wurde bei jedem Bild wütender. Er begann, Beschimpfungen auszustoßen. Gegen die Frau. Die eine Betrügerin sei. Ihn gelegt habe. Käme da als Nacktmodel und sähe dann auf den Fotos aus wie eine abgehaderte Omi. Helene fragte, wie sie nun zu Fotos kommen sollten. Nadolny warf die Fotos angewidert auf den Schreibtisch zurück. »Also. Die ganze Prozedur noch einmal«, seufzte er. Und Helene solle keinen Groschen an die Modellagentur überweisen. Er werde das klären. Und sie säßen in der Tinte. Nestler hätte sich mit Sabine zusammen. Sofort. Sie hätten sich auf Anhieb verstanden. Wenn diese Sabine nicht sogar bei ihm in der Schweiz wäre. Also müßten sie die Fotos nehmen. Eigentlich. Aber er dürfe sie Nestler nie zeigen. Sollte er, Nadolny, dem Nestler vorführen, wie sein Betthase aussähe. In Wirklichkeit. Ohne 5 Gläser Champagner und Wodka Tonics? Auf der anderen Seite. Nestler würde fragen. Die Fotos haben wollen. Womöglich vergrößert. Nadolny stöhnte. Helene fand es ganz richtig. Was hatten sich diese Männer hinreißen lassen. Geschah ihnen recht. Nadolny beugte sich über den Schreibtisch. Sie solle nicht so grinsen. Sagte er zu Helene. Das sei alles ihre Schuld. Letzten Endes sei das alles ihre Schuld. Wozu wäre sie dabeigewesen. Männer könnten eben nicht denken, wenn eine nackte Frau im Raum sei. Sie hätte das doch gleich sehen müssen. Ihr hätte das doch auffallen müssen. Eigentlich. Nadolny funkelte Helene böse an. Helene wußte einen Augenblick nichts zu sagen. Sie war empört. Sie mußte sofort mit den Tränen kämpfen. Die Ungerechtigkeit der Vorwürfe. Dann stieg Wut auf. Helene spürte, wie ihre Augen schmal wurden. Blut in ihre Wangen schoß. Sie holte tief Luft. Hätte es einen Sinn gehabt, fragte sie. Oder wäre es überhaupt möglich gewesen. Vor Nestler irgend etwas zu sagen. Ja? Wo sie doch beide, Nestler und er, Nadolny, so überzeugt gewesen wären von den Qualitäten der jungen Dame. Ihr wäre es ja gleichgültig. Ihr wäre nämlich alles gleichgültig. Wenn jemand etwas hätte sehen sollen, dann wäre das der Fotograf gewesen. Nestler und er wären ja wie die brunftigen Hirsche gewesen. Und er hätte das Model geholt. Man könne ihm doch eine gewisse Expertise in diesen Angelegenheiten zutrauen. Er sei der Fachmann. Wie solle sie das in Frage stellen. Helene stand auf und ging zu ihrem Schreibtisch zurück. Sie hatte die Tür zu Nadolnys Zimmer mit Mühe leise zumachen können. Sie warf den dikken Umschlag mit den Fotos auf ihren Schreibtisch und ließ sich in ihren Sessel fallen. Frau Sprecher steckte ihren Kopf um die Ecke. Blinzelte ihr zu. Nadolny war in seinem Zimmer zu hören. Er telefonierte laut und barsch mit jemandem. Frau Sprecher zog sich wieder zurück. Helene blieb sitzen. Die Müdigkeit überschwemmte sie wieder. Sie hätte gehen sollen. Aber immerhin hatte sie etwas gesagt. Sie wußte, sie sollte sofort gehen. In diesem Augenblick. Jetzt sollte sie an der Tür sein. Dann auf dem Gang. Den Lift holen. Einsteigen und davonsinken. Nach Hause fahren. Henryk würde da sein. Henryk blieb bis 11 Uhr im Bett. Sie sollte sich zu ihm legen. Und sie sollten einander lieben. Aber Henryk hatte nie mehr Lust. Er mußte über seine Situation nachdenken. Und Helene getraute sich nicht mehr, so über ihn herzufallen wie am Anfang. Helene mußte es Henryk überlassen, wann. Und Henryk kam nicht so oft auf die Idee. Nicht so oft, wie Helene es gerne gehabt hätte. Nach Hause also nicht. Dann auf den Kahlenberg hinauf. Auf eine Bank setzen und schauen. Nadolny kam dann aus seinem Zimmer. Helene saß noch genauso in ihrem Sessel, wie sie hineingefallen war. Nadolny ging vorbei. Er holte sich Kaffee. Er holte sich immer selber den Kaffee, wenn er ihn mit Cognac verbessern wollte. Sonst mußte Frau Sprecher ihn bringen. Oder Helene. Sie solle das Problem lösen, sagte er auf dem Rückweg in sein Zimmer. Man könne von ihm nicht alles verlangen. Er habe auch seine Grenzen. Helene bestellte ein neues Model. Eine Sportstudentin. Ja. Das sei sicherlich richtig. Der Fotograf wurde neuerlich bestellt. Über das Honorar solle er mit Nadolny sprechen. Ja. Sie verbinde. Dr. Stadlmann war erstaunt. Er hätte doch gleich gesagt, der Mann solle eine andere Brennweite nehmen. Und eine andere Optik. Kein Wunder, wenn aus den Aufnahmen nichts geworden sei. Er könne nicht kommen. Das müsse Helene alleine erledigen. Aber das könne sie doch. Der Fototermin wurde für den nächsten Freitag festgelegt. Helene berichtete Nadolny davon. Und er solle Nestler sagen, die Fotos seien vom Fotografen verdorben. Sie hätte alles neu organisiert. Der Herr Nestler würde sicher nicht auf Sabine bestehen. Die hätte er längst vergessen. Nadolny nickte und sagte, er wäre am Freitag nicht im Büro. Sie solle das alles erledigen. Er wolle nichts mehr hören. Von dieser Angelegenheit. Helene fuhr rasch einkaufen und nach Hause. Henryk war nicht da. Helene hatte fertige Schnitzel besorgt. Und Salat. Vom Greißler. Sie legte Henryks Schnitzel in den Eiskasten. Am Nachmittag war sie allein im Büro. Nadolny war weggegangen und würde nicht wieder kommen. Frau Sprecher hatte einen Arzttermin. Um 4 Uhr wählte Helene die Mailänder Nummer. Es gab keinen Grund dafür. Nur aus Langeweile. Und Neugier. Ein Mann hob ab. Helene zögerte. Er hatte »ja. Bitte« gesagt. Helene fragte, ob sie Henryk sprechen könne. Der Mann sagte, Henryk sei gerade nicht da. Ob er ihm etwas ausrichten solle. Er werde demnächst wieder da sein. Er werde spätestens am Wochenende erwartet. Aber. Wer sei sie denn? Helene legte auf. Henryk hatte gesagt, seine deutsche Freundin hätte einen neuen Freund. Und er werde nie wieder dorthin zurückkehren. Helene ging eine halbe Stunde früher aus dem Büro. Ihr Magen krampfte. Schneidend. Sie war froh, nicht viel zu Mittag gegessen zu haben.

Das Telefon läutete um 2 Uhr am Morgen. Helene war gerade fast aufgewacht. Um diese Zeit kam Henryk meistens zurück. Er zog sich dann aus. Versuchte, leise zu sein. Kroch ins Bett und zog sie an sich. Helene kuschelte sich an ihn. Er hielt sie von hinten umarmt. Und sie schliefen. Henryk roch nach Rauch und Rotwein. Er war sanft und wollte nicht mit ihr schlafen. Helene hatte Sehnsucht danach. Schreckliche Sehnsucht. Aber. Wenn er angetrunken war, kam sie sich seltsam dabei vor. Sie hatte Angst, er wüßte gar nicht, wer sie wäre. Sagte einen anderen Namen. Und sie müßte darauf reagieren. Das Kuscheln war sicherer. Und die Müdigkeit half. Helene dachte, es wäre Henryk. Er riefe an, ihr zu sagen, er käme später. Helene hob ab. Zuerst war nichts zu hören. Dann. Helene wollte schon wieder auflegen. Krächzte eine Stimme: »Helene. Komm. Bitte.« Helene konnte die Stimme kaum erkennen. »Komm. Bitte«, flüsterte Püppi. Helene hörte den Telefonhörer am anderen Ende gegen etwas fallen. Danach waren Geräusche zu hören. Entfernt. Undeutlich. Summen. Plätschern. »Püppi! Püppi! Was ist. Püppi!« Helene schrie ins Telefon. Sie hörte Geräusche aus dem Kinderzimmer. Sie legte auf. Kroch aus dem Bett. Sie zog sich an. Den Haustorschlüssel für Püppis Haus mußte Helene suchen. Sie hatte ihn nach der Entdeckung im Stadtpark wegwerfen wollen. Dann hatte sie ihn in eine

Lade geschleudert, in der sie alles aufbewahrte, was keinen anderen Platz fand. Spagat. Blumendraht. Schraubendreher. Alte Serviettenringe. Aluminiumfolie. Geburtstagskerzen. Wäschekluppen. Teelichter. Gummiringe. Glühbirnen. Seifenstücke. Dübel. Nägel. Schlüssel. Helene wühlte in der Lade. Nahm alle Schlüssel, die sie finden konnte. War es nun wieder falscher Alarm. Eine Tablette zu viel. Ein Trip, aus dem ein Horrortrip geworden. Das Glas Gin, nach dem das Weiterleben nicht plausibel genug. Helene war wütend. Warum rief sie nicht Gregor an. Die Ziege! Helene steckte die Schlüssel in die Tasche ihrer Wollweste. Sie fuhr in die Karolinengasse. Sie mußte hinter einem Milchlieferwagen warten, der in der Gußhausstraße ablud. Sie war ungeduldig. Sie würde die Sache hinter sich bringen. Und klarmachen, daß man in Zukunft ohne sie auskommen mußte. Vielleicht hatte Püppi eine Telefonnummer von Gregor. Püppi ließ sich ja nicht abspeisen. So wie sie. Dann würde sie Gregor holen und ihm die Sorge überlassen. Helene fand einen Parkplatz fast vor Püppis Haus. In der Wohnung sah sie kein Licht. Helene suchte nach dem richtigen Schlüssel. Der letzte sperrte. Sie stieg in den 5. Stock. Helene keuchte bald vor Anstrengung. Und Wut. Gleichzeitig legte sich wieder die Müdigkeit über sie. Ein Unwille, diese Stiegen hochzusteigen. Sich mit Püppis Problemen zu beschäftigen. Oder mit irgendwelchen Problemen. Helene erreichte mit Mühe die Wohnungstür. Noch heftig atmend, läutete sie an. Vorsichtig. Tupfte die Klingel nur an. Helene hörte Sophie. Das Kind tappte ins Vorzimmer. Helene begann, mit dem Kind zu sprechen. Es sei sie. Die Lene. Die Tante Lene. Ob ein Schlüssel stecke. Innen? Nein? Ob sie die Klinke herunterdrücken könne. Nur für sie. Die Tante. Sophie lief weg. Kam wieder. Helene hörte, wie das Kind sich gegen die Tür lehnte. Versuchte, die Klinke zu erreichen. Sophie erreichte die Klinke einige Male. Aber die Klinke rutschte davon und schnalzte zurück. Dann gelang es endlich. Helene drückte gegen die Tür. Vorsichtig. Um Sophie nicht umzuwerfen, Die Tür glitt auf. Sophie stand im Nachthemd da. Sah zu Helene auf. Sie strahlte. War stolz darauf, die Tür aufgebracht zu haben. »Wo ist die Mami?« fragte Helene. »Guten Abend«, sagte Sophie. Es war eines der Spiele bei Püppi. Niemand durfte mit einem anderen reden oder etwas zu essen bekommen, bevor nicht ordentlich gegrüßt und »bitte« und »danke« gesagt worden war. »Ja. Sophie. Sag mir. Wo ist die Mami.« »Guten Abend«, sagte Sophie und sah ernst zu Helene auf. Helene beugte sich zu ihr hinunter. Sie hielt ihr die Hand entgegen. »Guten Abend. Sophie.« Das Kind nahm die Hand und schüttelte sie. Warf sich dann in Helenes Arme. Helene hob sie auf und ging, das Kind an sich geklammert, auf die Suche. Püppi lag in der Badewanne. Erbrochenes schaukelte auf dem Wasser. Und Badeschaum. Püppi hatte die Arme aus der Wanne hängen. Ihre Stirn lag auf dem Badewannenrand. Das Wasser schwankte leicht, und ihr Gesicht geriet immer wieder unter Wasser. Der Telefonhörer lag so, wie er Püppi aus der Hand gefallen sein mußte. Das Besetztzeichen piepte vor sich hin. Helene brachte Sophie ins Schlafzimmer. Setzte sie aufs Bett. Sophie begann zu schluchzen. Sie weinte nicht. Sie schluchzte mit jedem Atemzug. Helene redete laut mit dem Kind. Es werde alles gut. Sie müsse die Mami nur aus dem Wasser. Sophie. Ja? Es werde alles gut. Nur nicht weinen. Das hätte gar keinen Sinn. Es werde alles gut. Nur nicht weinen. Das hätte gar keinen Sinn. Es werde alles gut. Sie werde sehen. Sie verspräche es ihr. Und hätte sie nicht alle Versprechungen gehalten. Die Tante Helene. Helene legte zuerst den Hörer auf. Schob das Telefon mit dem Fuß weg. Begann Püppi aus der Badewanne zu zerren. Püppi war sehr mager. Ihre Schulterblätter standen scharf unter der sommersprossigen Haut am Rücken hervor. Helene versuchte, Püppi in die Höhe zu ziehen, um sie umfangen zu können und aus der Badewanne zu schleppen. Püppi rutschte ihr immer wieder davon. Beim Anblick des Erbrochenen hätte Helene zu weinen beginnen können. Zu schreien. Vor Ekel. Der Brechreiz war kaum niederzukämpfen. Helene hatte dann Püppi unter den Achseln. Püppis großer Busen war im Weg. Wieder rutschte sie davon. Helene ließ das Wasser aus. Sie war durchnäßt. Am Ende lag Püppi gegen ihre Brust, und Helene zog sie aus der

Wanne. Sie fiel fast um mit ihr, als Püppis Beine vom Badewannenrand auf den Boden schnalzten. Helene zog Püppi durch das Badezimmer ins Schlafzimmer. Taumelnd. Stöhnend. Weinend. Sophie holte röchelnd Luft. Sie saß im Bett. Die Augen weit aufgerissen. Jeder Atemzug hob den kleinen Brustkorb in einem Krampf. Unter Püppis Füßen sammelten sich Badetücher. Der Badezimmerteppich. Und Spielzeug. Helene schleifte alles mit und bugsierte Püppi auf das Bett. Püppis Gesäß war braun verklebt. Helene bekam kaum Luft. Sie hörte einen Augenblick nur ihren Herzschlag. Hatte Angst, selbst umzufallen. Der Geruch der Scheiße drängte sich über alles hin. Helene dachte, wozu Püppi nun in der Badewanne gesessen hatte, wenn nicht wenigstens alles abgewaschen war. Sie deckte Püppi zu. Der Ekel war nicht niederzuringen. Sie nahm Sophie auf den Arm. Das Kind wollte nicht mit ihrer nassen Kleidung in Berührung kommen. Begann zu schreien. Helene steckte sie unter die Decke und ging die Rettung rufen. Nein. Sie wisse nicht, ob die Person noch atme. Sie habe sie bewußtlos aus der Badewanne geholt. Konstanze Storntberg. Ja. Helene buchstabierte den Namen. Sie. Sie hieße Gebhardt. Helene Gebhardt. Helene sprach mit dem Mann in der Rettungszentrale, als stünden sie bei einem Cocktail. Ob das jetzt wichtig sei, fragte Helene höflich. Und ruhig. Helene hockte im Badezimmer. Der Boden war naß. Die Spur ins Schlafzimmer deutlich. Sie glaube, es sei sehr eilig, sagte sie. Sie machten immer, was möglich wäre, sagte der Mann. Ebenso nebenbei freundlich. Sie sei sicher, das sei so, antwortete Helene. Hinter ihrer Kehle staute sich ein Schrei. Ein Schreien. Helene fühlte sich eingesperrt. In sich versperrt und zu klein. Sie solle das Haustor aufmachen, sagte der Mann. Helene hörte eine Sirene. Ob sie das sein könnten, fragte sie. Ja. Das sei möglich. Der nächste Rettungsstützpunkt sei in der Nottendorfergasse. In der Nacht sei das nicht weit. Das könnten die Kollegen sein. Helene verabschiedete sich. Bedankte sich. Wollte nicht auflegen. Dieses zivilisierte Gespräch bis in alle Ewigkeit weiterführen. Sie lief ins Schlafzimmer. Schluchzte wieder. Hatte Rotz aus der Nase rinnen. Wischte ihn mit dem Ärmel weg. Sie riß einen Pullover aus Püppis Kasten. Zerrte ihn über den Kopf. Nahm Sophie auf den Arm und lief hinunter. Sie wußte wieder nicht, welcher Schlüssel der richtige war, und verfluchte Gregor und Püppi und den Stadtpark. Bis dahin war der Schlüssel in ihrer Schreibtischlade gelegen und keine Verwechslung möglich gewesen. Helene nestelte an dem Schloß. Durch das Glasfenster über dem Haustor konnte sie das Blaulicht kreisen sehen. Die Rettungsmänner redeten beruhigend auf sie ein. Die Schlüssel fielen ihr aus der Hand. Sophie röchelte. Sie bekam die Tür auf. Drei Männer in weißen Uniformen standen draußen, »Im 5. Stock«, sagte Helene. »Sie liegt im 5. Stock.« »Kann sie gehen?« fragte ein Mann. »Nein.« »Mami! Mami!« begann Sophie. Die Männer holten die Tragbahre aus dem Rettungswagen und begannen hinaufzugehen. Helene lief mit dem Kind im Arm hinauf. Die stetig steigenden Männer überholten sie. Sie waren lang vor ihr bei Püppi.

Die Rettung fuhr ins Franz Josephs Spital. Helene machte, was man ihr sagte. Sie buchstabierte Püppis Namen. Sagte deren Geburtsdaten. Die Adresse. Nahe Angehörige wußte sie keine. Gab ihre Personalien. Sie bat, man solle Sophie untersuchen. Konnte dieses Atmen ein Pseudokrupp sein? Das Kind wurde weggebracht. Sollte sie nicht bei dem Kind bleiben? Sie bekam keine Antwort. Helene saß auf einem Plastiksessel auf einem Gang. Milchglasscheiben mit der Aufschrift »Eintritt verboten« an einer Tür nach rechts. Und helles Licht dahinter. Die Schatten von Personen, die hin und her gingen. Nach links eine lange Reihe der gleichen Plastiksessel den Gang entlang. Verloren sich im Dunkel. Hohe Fenster auf den finsteren Park. »Was nimmt sie denn so alles?« fragte eine Frau im weißen Mantel. Sie stand plötzlich vor Helene. Helene hatte sie nicht kommen gehört. »Mein Name ist Dr. Stadlmann«, sagte die Frau. »Sie ist jetzt stabilisiert. Aber es wäre natürlich besser zu wissen, was sie genommen hat.« »Ich bin nur die, die angerufen wird, wenn es wieder eine Katastrophe gibt.« »Wollen Sie einen Kaffee?« fragte die Ärztin. »O ja. Bitte!« seufzte Helene. Sie wußte nicht mehr so genau, wo sie war und warum. Immerhin war ihr alles gleichgültig. Im Augenblick. Sie mußte gräßlich aussehen. Die Ärztin kam mit einem Plastikbecher mit Kaffee zurück. »Zucker und Milch gibt es hier nicht«, sagte sie. »Warum sind Sie denn so naß?« fragte sie. Sie fischte eine Packung Zigaretten aus der Tasche ihres weißen Mantels. Sie zündete eine Zigarette an. Mit einem Feuerzeug. Hielt Helene die Packung hin. »Nein. Danke. Sie war in der Badewanne«, sagte Helene. »Ja. Das tun sie gern.« Die Ärztin setzte sich neben Helene. Helene nippte an ihrem Kaffee. Mit dieser Frau neben sich hatte sie plötzlich keine Angst mehr. Wurde schläfrig. »Und. Das Kind?« fragte sie nach langem. »Soll ich sie mitnehmen?« »Weiß ich nicht. Wird nicht so schlimm sein. Jetzt einmal.« »Ja. Jetzt einmal.« Helene starrte vor sich auf den Boden. Sie hatte sich vorgebeugt. Die Ellbogen auf die Knie aufgestützt. Die Ärztin saß zurückgelehnt. Den Kopf gegen die Wand gelehnt. Helene hatte ihren Kaffee ausgetrunken. Die Ärztin ihre Zigarette in einer der herumstehenden Aschenbechersäulen ausgedrückt. Sie hatte sich die Metallsäule mit einem Fuß herangezogen. Dann legte die Frau kurz ihre Hand auf Helenes Arm. »Geben Sie acht«, sagte sie. »Verkühlen Sie sich nicht.« Sie lächelten einander an. Die Ärztin ging wieder durch die Tür in den Raum, in den der Eintritt verboten war. Helene wartete noch lange. Gegen 5 Uhr erfuhr sie, Frau Storntberg wäre stabil. Die Krankenschwester sagte das vorwurfsvoll. Als wäre Helene schuld an allem. Das Kind wäre ruhig gestellt. Schliefe jetzt. Helene solle um 8 Uhr anrufen und sich erkundigen, wie es weiterginge. Das Kind könne man abholen. Dann. Wahrscheinlich. Polizei und Fürsorge würden verständigt werden. Das müßte Helene klar sein. Ob das notwendig sei, fragte Helene. Die Krankenschwester gab ihr keine Antwort und ging weg. Helene stand auf und ging in die andere Richtung davon. Sie hätte sich gerne noch einmal bei der Ärztin bedankt. Helene mußte lange auf ein Taxi warten. Mit dem Taxi fuhr sie in die Karolinengasse. Zu ihrem Wagen. Von da in die Lannerstraße. Um 6 Uhr war sie wieder da. Das Bett war leer. Henryk war nicht nach Hause gekommen. Helene warf sich aufs Bett und heulte. Sie war so sicher gewesen, sie würde alles, was schrecklich gewesen war, Henryk erzählen können. Während alles schrecklich gewesen war, hatte sie daran gedacht, wie sie es ihm erzählen würde. Und wie dann alles wieder gut sein würde.

Helene wachte um halb 9 auf. Sie hatte verschlafen. Die Kinder waren auch nicht aufgewacht. Helene rief dann im Spital an. Sie solle wieder um 12 anrufen. Dann wisse man mehr. Zu Mittag erfuhr Helene, Frau Storntberg sei gegen Revers nach Hause gegangen. Das Kind habe sie mitgenommen. Für das Kind sei kein Revers notwendig gewesen. Helene rief nicht bei Püppi an.

Helene kam vom Büro nach Hause. Sie hatte am Weg Obst und Gemüse auf dem Sonnbergmarkt gekauft. Sie trug die Plastiksäcke gleich in die Küche. Aus dem Wohnzimmer hörte sie Stimmen. »Nein. Das ist nicht dein Telefon. Du darfst nicht telefonieren.« Henryk sprach auf das Kind ein. Er war freundlich. Versuchte Barbara zu erklären, warum er telefonieren müßte. Es schien schon länger so zu gehen. Seine Geduld war nur mehr oberflächlich. Barbara schrie ihn weiter an. Henryks Antworten wurden gereizter. Lange würde es nicht mehr dauern, bis er die Geduld verlieren würde. Würde er das Kind mit Gewalt? Helene stürzte in das Wohnzimmer. Barbara lief zu ihr und begann zu weinen. Henryk stand mit verschränkten Armen am Fenster. Was denn los sei? Barbara rief schluchzend, Henryk habe die ganze Zeit telefoniert. Und die Omi schimpfe dann. Weil es so viel koste. Henryk stand weiter am Fenster. Er preßte die Lippen zusammen. Sagte nichts. Helene nahm Barbara an der Hand und ging mit ihr in das Kinderzimmer. Katharina saß an ihrem Tischchen und schrieb in ein Heft. Helene setzte sich auf ein Kindersesselchen. Sie wollte ein

Gespräch anfangen. Darüber, wer welche Rechte habe. Wer was tun dürfe. Und wenn sie jemandem gestatte, das Telefon zu benützen. Oder das Badezimmer. Oder was immer. Die Kinder das zu respektieren hätten. Alles, was Helene dann sagte, war: »Kannst du nicht ein bißchen freundlicher sein.« Katharina sagte, von ihrer Arbeit aufsehend, »die Barbara hat nur die Anita anrufen wollen. Und das hat sie nicht können. Weil er telefoniert hat.« Helene seufzte. »Hat er wirklich den ganzen Nachmittag telefoniert?« Die Kinder nickten und sahen zu Boden. Helene blieb sitzen. Gerade als sie aufstehen und zu Henryk gehen wollte, hörte sie die Wohnungstür zufallen. Helene ging nachschauen. Henryk war weg. Helene stand lange am Fenster. Da. Wo Henryk eben noch gestanden hatte. Sie war müde. Sie machte sich Sorgen wegen Püppi und vor allem um Sophie. Sie war traurig. Sie wußte nicht, wie das mit Henryk war. Nach allem, was sie wußte, war es aus. Die Frage, was er letzte Nacht gemacht hatte. Wenn sie daran dachte, zog sich ihr Magen schmerzhaft zusammen. Drückte Galle den Rachen hinauf. Helene räumte die Einkäufe aus. Legte alles an seinen Platz. Sie hätte gerne geschlafen. Aber sie hatte Angst, dann in der Nacht wachzuliegen. Sie holte das Telefonbuch und suchte nach G. G wie Gärtner. Es gab zwei Gärtner Ilse. Helene zögerte lange. Es war halb 6. Gregor konnte noch im Institut sein. Frau Gärtner auch. Helene wählte die Nummer der Ilse Gärtner, die im 7. Bezirk wohnte. Helene dachte sich zu erinnern, Frau Gärtner hätte eine Wohnung im 7. Bezirk. Sie konnte sich irren. Beim 5. Läuten wurde abgehoben. Frau Gärtner meldete sich mit ihrer Nummer. Helene erkannte die Stimme sofort. Helene nannte ihren Namen und fragte nach Gregor. Sie müsse ihn dringend sprechen. Ob er da sei. Frau Gärtner verneinte. Kühl. Helene entschuldigte sich für die Störung. Aber. Ob Frau Gärtner so freundlich sein könnte und Gregor etwas ausrichten. Es ginge um Frau Storntberg. Sie hätte in der Nacht ins Krankenhaus gebracht werden müssen. Und es ginge ihr sehr schlecht. Gregor sollte sich kümmern um sie. Das wäre seine Pflicht. Auch wegen des Kindes. Frau Gärtner sagte nichts. Es tue ihr leid, sagte Helene. Aber das sei ein Notfall. Frau Gärtner sagte gepreßt, sie werde das ausrichten. Und legte auf. Helene hätte sich noch bedanken wollen. Dann wählte sie Gregors Nummer im Institut. Gregor hob sofort ab. Als hätte er auf einen Anruf gewartet. Helene sagte, das sei leider nur sie. Helene haßte sich schon, während sie das sagte. Ob er wisse, was mit Püppi los sei. Püppi wäre heute nacht fast gestorben. Und er solle sich kümmern. Es ginge ihr sehr schlecht. Warum sie ihm das erzähle, fragte Gregor. Er sagte das herausfordernd. Das ginge ihn doch alles nichts an. Es gäbe einen Vater von dem Kind. Helene saß da. Sie zerdrückte den Hörer fast. Wieder hatte sie das unbändige Verlangen, diesem Mann ein Messer in den Leib zu rammen. Immer und immer wieder zuzustechen, »Ich denke, daß du irgendwann deine Verpflichtungen erfüllen solltest«, sagte sie. »Was für Verpflichtungen?« machte Gregor sich lustig. »Hör einmal«, sagte Helene. »Du hast ein Verhältnis mit der Frau. Vielleicht hat sie das ja ohnehin deinetwegen gemacht.« »Hat sie das gesagt?« Gregor fragte scharf. Helene beugte sich vor und legte den Hörer auf. Sie legte ihn ganz sanft zurück. Vorsichtig. Das Telefon läutete. Immer wenn es zu klingeln begann, hob Helene den Hörer an und ließ ihn sanft zurückgleiten. Es schien ihr alles unendlich weit weg und unerreichbar. Sie holte dann die Kinder. Sie gingen in den Türkenschanzpark. Die Kinder trieben sich auf dem Spielplatz herum. Die kleinen Kinder waren alle schon weg. Zu Hause. Beim Abendessen. Alle Geräte waren frei, und keine Hunde waren zu sehen, die an die Geräte pinkelten und den Kindern nachliefen. Die Kinder schaukelten und rutschten und kletterten und versteckten sich und liefen einander nach. Quietschten atemlos. Helene saß auf einer Bank am Rand. Der Magen war ein Steinball unter der Brust und ein Druck gegen das Herz. Sie lächelte den Kindern zu. Winkte. Schickte Kußhändchen zurück, wenn eine vom Kletterturm oben herunterwinkte und »Mami! Mami! Schau doch.« schrie. Zur gleichen Zeit roch sie wieder das Wasser in der Badewanne. Das Wasser war kalt gewesen. Schmierig. Irgendwo neben sich. Eigentlich hinter sich. Überlegte Helene, wie das alles zu Ende sein konnte. Und welche Erlösung. Der Druck in der Kehle und die Unruhe wurden dann zu groß. Helene wollte gehen. Weitergehen. Sich bewegen. Die Kinder wollten noch bleiben. Helene wurde scharf. Sie hörte ihre Stimme höher und höher werden. Mißmutig trotteten die Kinder hinter ihr drein. Nicht einmal gehen kann man, wenn man will, dachte Helene. Sie mußte tief Luft holen. Gegen den Druck in der Kehle. Sophies röchelndes Atmen fiel ihr ein. Sie nahm die Kinder an der Hand und fragte sie, was in der Schule los sei. Alles mögliche beredend, kamen sie wieder zu Hause an. Henryk stand in der Küche. Er hatte eine Schürze umgebunden. Er hatte Spaghetti gekocht. Er grinste sie alle an. Helene ging zu ihm. Er breitete die Arme aus. Während der drei Schritte auf ihn zu dachte Helene, sie müsse mit ihm reden. Über die letzte Nacht. Das Geld. Und das Telefonieren. Henryk schloß die Arme um sie. Helene lehnte ihre Stirn gegen seine Schultern. Ihr fiel ein, daß sie mit jedem Mann in ihrem Leben dieselben Themen zu besprechen hatte. Helene war müde.

Helene fuhr zu Dr. Stadlmann. Die neuen Fotos waren gut geworden. Das neue Model hatte auch Sabine geheißen. Sabine Pototschnigg. Sie war eine lustige Person gewesen. Und unkompliziert. Sie hatte nur die Jalousien an den Fenstern geschlossen haben wollen. Frau Sprecher hatte ihren Wunsch sofort erfüllt. Und dann frischen Kaffee gekocht. Helene war unsicher gewesen, wie die Magnetfolien aufgeklebt werden sollten. Sie hatte es genauso gemacht, wie Dr. Stadlmann es ihr gezeigt hatte. Aber das Genick von Sabine Novotny hatte anders ausgesehen als das Genick von Sabine Pototschnigg. Helene wußte nicht genau, wo das Genick aufhörte. Oder begann. Sabine Pototschnigg war 20 Jahre alt. Helene hatte bei den Aufnahmen den Begriff Jugendfrische verstanden. Ohne Nadolny und Nestler war die Arbeit schnell erledigt gewesen. Alle waren dann noch beim Kaffee sitzen geblieben. Sabine Pototschnigg und der Fotograf waren Katzenbesitzer. Sie unterhielten sich lange über die Folgen von Sterilisation und Kastration. Und ob man sie einmal lassen sollte, bevor. Oder ob man gleich operieren sollte. Helene hatte sich überhaupt für freie Katzensexualität ausgesprochen. Sie verstünde davon nichts, hatte man sie wissen lassen. Die Mutter von Dr. Stadlmann öffnete die Tür. Helene lächelte sie besonders freundlich an. Die Frau wies ihr den Weg. Sie lächelte nicht zurück. Helene ging in das Zimmer am Ende des Gangs. Sie spürte den mißtrauischen Blick der Frau, bis sie die Tür hinter sich geschlossen hatte. Dr. Stadlmann saß hinter seinem Tisch. Er begrüßte sie vorwurfsvoll. Was nun mit den Sachen sei. Man müsse weiterkommen. Irgendwie. Endlich. Er hätte sich mehr von Helene erwartet. Helene hatte sich auf die Besprechung gefreut. Sie hatte gedacht, sie hätte alles richtig gemacht. Helene legte die Fotos Dr. Stadlmann auf den Tisch. Sie sagte nichts. Sie setzte sich auf den Sessel mit dem Plastiküberzug. Es waren keine Spuren zu sehen. Oder war es ein neuer Sessel? Helene fiel ein, wie lange ihre Regel nun wieder ausgeblieben war. Sie sollte zu einem Frauenarzt. Hatte die Mutter von Dr. Stadlmann deshalb so vorwurfsvoll geschaut? Auch gut, dachte Helene. Sie wartete auf Dr. Stadlmanns Kommentar. Plötzlich hatte sie keine Lust mehr. Sie hatte keine Lust. Warum sollte sie sich von allen Seiten zurechtweisen lassen. Mußte sie das? »Mußt du!« sagte sie in Gedanken zu sich. Aber sie mußte es nicht gut finden. Dr. Sudlmann sah die Fotos durch. »Und? Wie geht das jetzt weiter?« Ja. Also. Wenn er die Fotos richtig fände, dann spräche sie morgen mit dem Grafiker. Die Texte hätten sie ja. Und dann könnte man die erste Informationsbroschüre über die Anwendung der Magnetfolien drucken. Herr Nestler hätte Packungsvorschläge bestellt. Die wären dann auch zu besprechen. »Ich möchte eine Frauenfigur. So wie die Venus von Milo. Die Arme in die Höhe gestreckt. Aber in Gold. Sie müßte ganz in Gold sein. Als Symbol der Heilkraft.« Helene notierte den Wunsch. Wieder eine Nackte, dachte sie. »Sie sind aber heute nicht sehr freundlich«, sagte Dr. Stadlmann zu ihr. Helene preßte die Lippen noch fester aufeinander. Sie sagte nichts. Dr. Stadlmann gab ihr dann die Nummer eines Professor Chrobath. Der hätte ein Institut für Akupunktur an der Poliklinik. Sie wisse doch. Da. Wo Schnitzler gearbeitet hätte. Professor Chrobath sei bereit, die Magnetfolien an seinem Institut zu testen. Nestler würde mit ihm reden, wie dieser Versuch noch unterstützt werden könnte. Helene stand auf und sammelte die Fotos ein. Sie nahm ihre Unterlagen und die Handtasche. »Ich rufe sie dann an«, sagte sie. Streckte Dr. Stadlmann die Hand entgegen. Verabschiedete sich und ging. Sie hätte etwas Freundliches sagen wollen. Sie ging.

Henryk fuhr weg. Henryk sagte, er müsse nach Mailand. Dinge regeln. Helene brachte ihn auf den Bahnhof. Der Nachtzug nach Mailand fuhr um 9 am Abend vom Südbahnhof ab. Helene hatte Brote gerichtet. Es gab keinen Speisewagen. Und auch sonst keine Gelegenheit, etwas zu essen oder zu trinken zu besorgen. Wenn man Glück hätte, könnte man in Udine etwas bekommen. Oder in Tarvis. Auf dem Bahnsteig. Sie kauften eine Flasche Mineralwasser am Bahnhofsbuffet in der Halle. Schräg gegenüber vom venezianischen Löwen. Sie fuhren die Rolltreppe hinauf. Es war noch hell. Die Sonne schräg im Westen. Sie gingen auf dem Bahnsteig den langen Zug entlang. Henryk wollte einen Platz weit vorne suchen. Die Sonne schien Helene in die Augen. Sie trug den Plastiksack mit dem Proviant. Henryk seine kleine Reisetasche. Helene konnte nichts sprechen. Die Kehle war eingedrückt. Sie schluckte immer wieder. Sie mußte Henryk noch alles fragen. In all den Tagen war sie nie dazugekommen, mit ihm zu reden. Er hatte sich tagsüber auf Wohnungssuche befunden. Er hatte sogar eine Wohnung in Aussicht. In der Schwarzspanierstraße. An den Abenden war er nach dem Abendessen noch ausgegangen. Helene war nie mitgekommen. Sie mußte schlafengehen. Sie mußte ja ins Büro. Die Kinder konnten nicht so viel alleingelassen werden. Und Helene hatte Angst, Püppi zu treffen. Henryk hatte sie auch nie gefragt, ob sie ausgehen wolle.

Er hatte gesagt, er träfe Leute, mit denen er etwas machen wolle. Musikalisch. Henryk hatte Helene gesagt, er werde in Mailand bei Freunden wohnen. Nicht bei der Münchnerin. Die habe ja einen anderen. Aber auch wenn es so wäre, würde es nichts ausmachen. Er wäre ihr treu. Das müsse sie wissen. Unter allen Umständen. Helene sagte beim Gehen, »und ich kann dich wirklich nicht erreichen?« Henryk legte den Arm um ihre Schulter. Er werde sie anrufen. Regelmäßig. Er verspreche das. Wirklich. Helene solle sich nicht so viele Sorgen machen. Wäre das Leben nicht auch ganz einfach. Eigentlich? Henryk stieg ein. Er ging den Gang durch den Waggon und schaute in die Abteile. Helene ging auf dem Bahnsteig daneben. Dann verschwand Henryk. Helene konnte ihn undeutlich sehen. Hinter dem Glas des Fensters und der Tür zum Abteil verschwand er zu einem Schatten. Er stemmte die Tasche hoch. Legte sie auf die Gepäckablage. Hängte seinen Regenmantel auf. Kam aus dem Abteil und ging zur Tür. Er kletterte auf den Bahnsteig. Helene konnte nichts fühlen. Sie würde ungestört schlafen können, hatte sie gedacht, während er sein Gepäck verstaut hatte. Und sie mußte nicht dauernd achtgeben, wie die Kinder sich mit ihm vertrugen. Helene hielt Henryk das Säckchen mit dem Essen hin. »Vergiß nicht.« »Du sollst nicht warten. Ich gehe mit dir nach vorne und kaufe Zeitungen. Und du fährst nach Hause. Es ist sinnlos, hier zu warten.« Henryk trug den Proviant auf seinen Platz. Kam wieder. Sie gingen zurück. Sie warfen lange Schatten, die beim Gehen ineinandertanzten. Henryk hielt Helene um die Schultern. Sie kauften die Neue Zürcher Zeitung und den Corriere. Henryk stand dann da. Helene küßte ihn. Sie ging. Sie drehte sich nicht um. Sie hätte sonst laufen müssen. Sich an ihn klammern. Ihn nicht mehr loslassen. Das Nichtumdrehen war anstrengend. Helene beugte sich vor beim Gehen. Um das Gesicht nach unten zu wenden. Und das Ziehen unter dem Brustbein. Dieses trockene Brennen kleiner zu machen. Helene war sicher, Henryk nie wieder zu sehen. Beim Auto angelangt, überlegte sie noch einmal, ob sie nicht zurückgehen sollte. Mußte. Wollte. Sie bekam kaum Luft. Sie sollte zurücklaufen. Dem Zug nach. Helene stieg ins Auto und fuhr heim. Die Tränen rannen ihr über die Wangen. Sie sah immer wieder Anna Magnani vor sich. Wie sie dem Lastwagen nachlief. Und wie die Schüsse sie stoppten. Und wie sie das selbst sein wollte. Aber nur im Film. Und Henryk sollte das sehen. Sehen müssen. Und dann weinen. Und bis ans Lebensende von diesem Bild verfolgt sein. Nie wieder glücklich. Nie wieder lieben können. Nie wieder eine Frau. Jedes Schalten. Jedes Gasgeben. Jedes Kuppeln. Jeder Handgriff und jeder Atemzug führten sie von diesem Augenblick weg. Helene sah sich bitter zu, wie sie funktionierte. Wie alle anderen auch. Immer. Immer wurden Abschiede genommen. Ordentlich und ruhig. Niemand schrie. Niemand heulte. Klammerte sich an. Zerfetzte sich die Brust. Jammerte. Auf keinem Bahnhof oder Flughafen konnte man die Tragödien sehen. Helene fand es plötzlich obszön. Widerlich. Wie alle still und gesammelt aneinander vorbeiglitten. Ein ewiges Begräbnis. Bei dem keiner einen anderen ansah. Sie konnte ihren Ekel schmecken. Sie fand sich in ihrer Meinung über sich bestätigt. Sie war feige. Sie war angepaßt. Sie hätte gerne einen Schluck Bourbon gehabt. Gegen diesen metallischen Geschmack. »Aha«, dachte Helene. »So weit sind wir also.« Und dann fragte sie sich, woher die Reisetasche Henryks aufgetaucht war. Wo war sie gewesen, die ganze Zeit. In der Lannerstraße nicht.

Gert Storntberg rief Helene im Büro an. Ob er sie sprechen könne. Er wolle sich bedanken. Und sie um Rat fragen. Aus Erzählungen von Püppi wüßte er, was sie getan hätte. Helene vereinbarte ein Treffen. Ihr fiel kein anderer Ort ein als das Sacher Café. Das könne er am leichtesten finden. Er bat sie, ihn noch am gleichen Abend zu treffen. Er müsse wieder weg. Ja. Wenn es sein müßte, sagte Helene. Sie wollte nicht. Sah keinen Sinn. Zu Mittag mußte Helene einen Herrn Rocek treffen. Im Hilton. In der Halle. Nadolny hatte ihr das im Weggehen gesagt. Um 13 Uhr. Helene war noch nie in diesem Hotel gewesen. Sie ging vom

Stadtpark hinein. Wie sollte sie in dieser Riesenhalle jemanden finden, den sie nicht kannte. Warum hatte Nadolny den Mann nicht ins Büro kommen lassen können. Helene fühlte sich verloren und ausgesetzt. Sie ging an den ersten Tisch links an der Bar. Setzte sich. Bestellte ein Glas Sekt. Sie hielt den Stiel des Glases in der Hand und sah sich um. Es war kein Mann allein auf einer der Sitzgruppen oder an einem der Tischchen. Ich bin jedenfalls da, dachte sie. Sie beschloß, 20 Minuten zu warten. Und dann zu gehen. Sie schaute nur mehr in ihr Glas. Hoffte, dieser Rocek verspätete sich und sie müßte ihn nicht treffen. Helene trank den Sekt in einem Zug aus. Er schmeckte scharf. Sie zahlte. Als sie aufstand, beugte sich ein Mann von einem Nebentisch zu ihr. Ob sie Gebhardt hieße. »Ja«, sagte Helene. »Wonderful«, sagte der Mann. Er war klein. Gedrungen. Sein T-Shirt war über den Bizeps gespannt. Das Gesicht pokkennarbig und braungebrannt. Neben ihm saß ein blasser ältlicher Mann im Nadelstreifenanzug. Der Pockennarbige nahm Helene am Ellbogen und schwenkte sie in einen Sessel an seinem Tisch. Er stand dazu nicht auf. »Ich bin Klaus Rocek. Das ist Mr. Goldenberg.« Helene nickte. Mr. Goldenberg schien ihr nicht die Hand geben zu wollen. »Leo hat sie uns sehr empfohlen.« Helene sah Klaus Rocek verständnislos an. Dann fiel ihr ein. Nadolny hieß ja Leopold. »Ja?« lächelte sie die Männer an. Rocek lächelte zurück. Mr. Goldenberg sah vor sich auf den Tisch. Rocek bestellte noch ein Glas Sekt für Helene. Er erzählte Helene, er kenne Leo von einem Jagdausflug nach Ungarn. Und er sei a real good guy. Der Leo. Und Leo habe sich angeboten, ihr Problem lösen zu helfen. Sie bräuchten eine Person mit organisatorischen Fähigkeiten und Fingerspitzengefühl. Rocek fügte an jeden seiner Sätze »you know« an. Er erklärte das auch gleich. Er lebe in New York. Arbeite da. Und da gewöhne man sich so etwas an. You know. Helene mochte Rocek. Mr. Goldenberg sah immer nur auf den Tisch. Oder lehnte sich zurück und schaute den Menschen zu, die über die Stiege in der Mitte der Halle hinauf und hinunter gingen. Nach langem. Helene wußte schon, wo Rocek geboren war. Nämlich im Burgenland. Wo er in die Schule gegangen war. In Eisenstadt. Und wie er zu Verwandten nach Amerika geschickt worden war mit 17. Und dort geblieben. Plötzlich beugte sich Goldenberg vor. »I want to state my business. If you don't mind.« »O Harry. Yes. By all means. Do!« Goldenberg sprach auf den Tisch hinunter. »My friends. A group of friends. We are doing a tour of Europe. Coming fall. And we like to do things in each place according to history. Roman baths in Rome. Corrida in Madrid. That sort of thing. You see. In Vienna we like to have a ball. In grand style. Baroque. You understand. The venue should be very private. And we think, we should have shoes, silk stockings and crowns. Detailed particulars you get from Klaus. I've got to lie down. I have to do business in the afternoon. Good bye.« Er hatte während des Sprechens auf den Tisch gesehen. Er stand auf und ging. Helene sah Rocek an. Rocek sah Goldenberg nach. Er wirkte schuldbewußt und nervös. »He is pissed. I can see that. You know.« Aber. Das sei doch hoffentlich nicht ihre Schuld, meinte Helene. »Nein. Nein. Das sind die Geschäfte. Das sind immer die Geschäfte. Money is an unparalleled rival. You know.« Rocek bestellte noch einen Kaffee für sich und für Helene noch einen Sekt. Helene sollte einen Budgetvorschlag machen und ihm schicken. Er gab ihr eine Visitenkarte. Sie saßen und tranken. Rocek diktierte Helene die Daten, die Anzahl der Teilnehmer und wo sie wohnen würden. Helene fühlte sich dünn im Kopf. Vom Sekt. Rocek wurde immer abwesender. Helene mußte ihn wiederholt fragen, wie das mit einem Orchester wäre. Rocek verabschiedete sich dann. Sie würde die Probleme schon lösen. Er ließ die Getränke auf die Zimmerrechnung setzen. Unterschrieb die Rechnung und verschwand nach hinten. In Richtung der Lifte.

Helene hatte sich nicht umgezogen für das Treffen mit Storntberg. Sie saß im Sacher Café. Wieder unter dem Porträt der Kaiserin Sisi. Und ärgerte sich. Ihr graues Leinenkostüm war verknittert. Der Rock war besonders verdrückt.

Wenn sie stand, machten die Querfalten den Rock kürzer. Seit der Schwangerschaft mit Katharina trat unter dem rechten Knie eine Ader an der Innenseite hervor. Helene fürchtete, man könne das sehen. Wenn der Rock sich hochkrumpelte. Helene erkannte Storntberg sofort. Sie hatte Fotos bei Püppi gesehen. Und er sah Sophie ähnlich. Helene winkte ihm zu. Storntberg ging auf sie zu. Er war groß, breit, dunkel, makellos im Khakisommeranzug. Er stand vor ihr. Helene mochte ihn gleich nicht. Sie wünschte, sie wäre nicht gekommen. Sie sah auf seine teuren Schuhe. Dieser Mann bekam alles, was er wollte. Helene ärgerte sich über sich. Und wie sie aussah. Storntberg setzte sich und bestellte Mineralwasser. Helene trank Kaffee. Storntberg bedankte sich für ihr Kommen. Ob er ihr Geld schulde. Ob sie Geld ausgeben habe müssen. In der Nacht. Helene sagte nein. Sie hatte Taxis bezahlen müssen. Trinkgeld für die Rettungsleute. Aber von Storntberg wollte sie nichts. Was wußte der Mann schon über Geld. Als Banker. Nein. Das sei alles in Ordnung, sagte sie. Wie es Püppi ginge. Und Sophie. Storntberg zuckte mit den Achseln. Helene sah zu, wie er sie musterte. Wen er wohl erwartet hatte, dachte Helene. Sie sagte, »ja. Ich bin die ordentliche Freundin.« Storntberg nickte. Was nun weiter geschehe? Ja. Er müsse Sophie mitnehmen. Das sei doch klar. Helene erstarrte. Sie hatte daran nie gedacht. Das war ihr nicht eingefallen. Sie hatte gedacht, Püppi könnte von Storntberg Geld bekommen. Oder wieder zu ihm ziehen. Nach London. Und aus allem in Wien heraus. Neu anfangen. Helene sah den Mann an. »Ich habe eine neue Frau. Sie erwartet ein Baby. Sophie wird zuerst zu meiner Mutter nach Hamburg kommen. Und dann sehen wir weiter. Was soll ich machen. Ich kann das Kind nicht dalassen. Da werden Sie mir doch recht geben.« Helene dachte an Sophie. Wie sie dagestanden und »guten Abend« gesagt hatte. »Aber. Das ist das Ende von Püppi.« »Glauben Sie mir. Ich habe alles versucht.« Storntberg sah sein Glas an. »Wissen Sie einen anderen Ausweg?« Helene schaute auf ihre Hände. Sie lagen auf ihrem Schoß. Auf dem verdrückten grauen Leinenstoff. Helene fuhr mit dem Zeigefinger der rechten Hand die dikken blauen Adern am Handrücken der linken Hand entlang. Nein. Sie wüßte auch keinen Ausweg. Sie wüßte auch nicht, was für Sophie am besten wäre. Sie wüßte nichts, was man für Püppi tun könnte. Sie wüßte überhaupt nichts, In Gedanken sagte sie sich, »und ich weiß ganz genau, du bist mitschuld an allem, Storntberg. Du altes Schwein. Das weiß ich genau.« Sie hätte weinen können. Sie dachte auch, wie einfach alles wäre, wenn sie einen ordentlichen Ehemann gehabt hätte. Dann hätte sie Sophie zu sich nehmen können. Wenigstens fürs erste. Aber so. Wann das nun alles stattfinden sollte? Im Lauf der Woche, sagte Storntberg. Und ob sie sich dann um Püppi kümmern könnte. Er müsse warten, bis seine Mutter käme. Püppi sei übrigens mit allem einverstanden. Sie habe alles unterschrieben. Beim Anwalt. Es sei alles geregelt. Aber er müsse zugeben, er wüßte nicht, ob Püppi wirklich begriffe, was vorginge. Sie nähme Tabletten. »Sie wird sich umbringen«, sagte Helene. Storntberg fuhr sich mit beiden Händen über die Haare. Er würde ja alles bezahlen. Eine Kur. Entziehung. Eine Therapie. Alles. Aber sie säße da und lächle. Er könne das nicht mehr ertragen. Ob Helene denn mit ihr reden könne. Helene überlegte, ob sie diesem Mann sagen sollte, nein. Ich rede nicht mit ihr. Ihre geschiedene Frau, mein lieber Herr, hat ein Verhältnis mit meinem Mann. Ich bin nur ihre beste Freundin. Aber sie sagte »ja«. Sie werde mit ihr reden. Sich kümmern. Ihren Einfluß ausüben. »Das ist alles sehr traurig«, sagte sie. Ihre Kehle war dick und drückte. Sie werde sich bemühen. Er solle sie anrufen. Er habe ja alle Nummern. »Ich habe mich lange genug bemüht, sie zurückzuholen«, sagte Storntberg. Helene wußte davon. Sie hatte noch Telefonate mitgehört, bei denen Püppi geschrien hatte, mit ihr ginge das alles nicht. Er solle sich dafür eine von seinen Tussis nehmen. »Ich weiß«, sagte sie. »Ich weiß.« Helene trank ihren Kaffee aus. Sie war müde. Die Gliedmaßen nicht zu bewegen. Sie müsse gehen. Sie habe 2 Kinder, fragte Storntberg. Er war mit ihr aufgestanden. Helene schaute kurz zu ihm auf. Er hatte braune Augen. Sie ging. Sie bezahlte ihren Kaffee bei einem Kellner an der Tür. Sie wollte von Storntberg keinen Kaffee bezahlt bekommen. »Sie sind eine bemerkenswerte Frau«, hatte er gesagt. Langweilig, meinst du, hatte sich Helene gedacht. Sie hatte ihm nicht die Hand gegeben. Was wußte der Kerl schon, hatte sie gedacht. Im Auto dachte Helene dann, Püppi hätte es gut haben können. Normal. Jedenfalls. Der Gedanke machte sie noch müder. Während des Gesprächs hatte Helene überlegt, was es hieße, wenn ihr Barbara oder Katharina weggenommen würden. Die Vorstellung war ungeheuerlich. Entsetzlich. Wie konnte Püppi nur zustimmen. Helene dachte, sie könnte ohne ihre Kinder nicht leben. Helene fuhr nach Hause. Sie preßte die Lippen zusammen, bis ihr das Gesicht wehtat. Sie fühlte sich hilflos. Storntberg hatte ihr wieder klargemacht, wie es ging. Und wer gewann. Auf dieser Welt. Helene hatte Angst. Sie sah Sophie vor sich und wie sie an der Hand Storntbergs davonging.

Helene lag auf dem Bett. Die Sonne fiel in schrägen Streifen durch einen Spalt zwischen den Vorhängen. Es war vollkommen still in der Wohnung. Nicht einmal der Eiskasten summte. Die Kinder waren mit der Großmutter im Park. Von der Straße drangen keine Geräusche zu ihr. Samstagnachmittagsruhe. Helene lag auf der rechten Seite. Den Kopf auf den rechten Arm gelegt. Der linke Arm vor ihr auf der Decke. Sie sah dem Sekundenzeiger ihrer Uhr zu. Mit jeder Sekunde wurde die Wahrscheinlichkeit größer. Irgendwann mußte er ja anrufen. Hatte er doch gesagt. Versprochen. Helene lag da und sah der Uhr zu. Sie fühlte sich leicht. Sie hatte keine Atemnot wie sonst. Wenn sie an Henryk dachte. Oder den Stein in der Brust. Oder das Ziehen um den Magen. Oder dieses taube Gefühl in Armen und Beinen. Oder die Eisenklammer im Genick. Es war, als hätte sie den Körper nur, um dieser Uhr zuzusehen. Wie die Zeit verstrich. Und sie hatte ihn geliebt. In dieser Zeit. Daran war nichts mehr zu ändern, dachte Helene. Sie wachte wieder auf. Autos auf der Straße waren stehengeblieben. Türen wurden zugeschlagen. Männerstimmen riefen einander etwas von »gewonnen« und »Revanche« zu. Wahrscheinlich die Söhne von schräg gegenüber. Helene sah sie immer nur mit Tennistaschen aus dem Haus gehen. Helene hatte eine Viertelstunde geschlafen. Ihr Gleichmut war verschwunden. Helene sah dem Sonnenlicht zu. Wie die Staubkörnchen auf und ab stiegen. Ruhig und unbeirrt. Henryk würde nicht anrufen. Nie mehr. Wahrscheinlich. Sie war allein. Wie immer. Und keiner von denen fand es notwendig, ihr das zu sagen. Mitzuteilen. Man ließ sie das wissen, indem man nicht anrief. Ließ sie draufkommen. Gregor hatte ihr auch nicht gesagt, was los gewesen. Er war nur immer wütender geworden. Böse auf sie. Wütend. Ob sie nichts merke, hatte er sie angeschrien. Ob sie schriftliche Verständigungen bräuchte? Helene hätte sich zufrieden gegeben, zu wissen, wo Henryk gerade war. Sich aufhielt. Existierte. Und mit einem Mal fühlte Helene alles. Den Stein in der Brust. Das Ziehen um den Magen. Die Taubheit in Armen und Beinen. Eine Eisenklammer im Genick. Atemnot. Kopfschmerzen. Helene lag auf dem Bett. Die Uhr vor Augen. Die Sonnenstrahlen wurden schräger.

Helene ging vom Bräuner Hof in Richtung Neuer Markt. Es hatte den ganzen Tag nach Regen und Gewitter ausgesehen. Gerade als Helene die Dorotheergasse überquerte, begann ein gewaltiger Regenguß. Der Regen stürzte nieder. Die Straßen waren sofort menschenleer. Helene hatte ihr Auto bei der Albertina Rampe geparkt. Sie lief von Geschäftseingang zu Geschäftseingang. Sie hatte die grauen Pumps an. Die, die zum grauen Leinenkostüm paßten. Sie würden Wasserflecken bekommen. Helene lief die Plankengasse hinunter. Bei der Bushaltestelle blieb ein roter Porsche stehen. Ein Mann beugte sich über den Beifahrersitz und öffnete die Tür. Helene ließ sich auf den Sitz fallen. Ihr Gesicht war naß, und aus den Haaren tropfte es. Helene lachte. Der Mann fuhr gleich weiter. Er grinste. Fragte, wohin sie wolle. Helene lachte weiter. Sie kannte diesen Mann nicht. Einen Augenblick beim Einsteigen hatte sie gedacht, sie kennte ihn. Sie fand es komisch, so einfach bei einem Fremden einzusteigen. Der Mann hatte sie auch angeredet, als träfen sie einander regelmäßig. »Werner Czerny«, sagte er. Und bei so einem Regen könne man nicht warten, bis die Tante Gouvernante einen vorstellte. Nein, meinte Helene. Immer noch lachend. Das ginge wirklich nicht. Helene sagte ihren Namen. Sie redeten über das Wetter. Der Regenguß wäre auch einer, den man nur alle heiligen Zeiten erleben könne. Warum das Heilige so selten vorkomme, fragte Helene. Der Mann musterte sie von der Seite. Er müsse auf den Spittelauer Platz. Das wäre beim Franz Josephs Bahnhof. Da wäre er zu Hause. Das wäre gut für sie. Er solle sie bei den Taxis da aussteigen lassen. Ob er sie nicht nach Hause bringen sollte, fragte Czerny. Nein. Nein. Helene wollte nicht mit diesem Auto gesehen werden. Und er sollte ihre Adresse nicht wissen. Hätte sie ihn nicht auf ein Glas in die Wohnung bitten müssen. Für die Rettung? Sie redeten über das Wetter. Der Regenguß hielt an. Das Wasser stürzte über alles hin. In den Straßengräben schwollen Bäche an. Der Regen bildete eine Wassermauer rund um das Auto. Kein anderes Auto fuhr. Czerny fuhr langsam und vorsichtig. Die Scheibenwischer fegten über die Windschutzscheibe. Man konnte nur einen kurzen Augenblick etwas sehen. Danach waren die Scheiben gleich wieder wasserüberschwemmt. Sie fuhren die Boltzmanngasse hinunter. An der amerikanischen Botschaft vorbei. Die Polizisten waren von der Straße verschwunden. Czerny fuhr nach rechts in die Alserbachstraße. Er fuhr am Bahnhof vorbei. Dann einen Schwenk nach links. Am Bahnhof vorbei nach rechts. An der rechten Seite des Bahnhofs war durch hohe Wohnhäuser ein Platz umstellt. Alte Platanen standen in der Mitte. Czerny sagte, sie seien jetzt da. Und sie solle lieber mit ihm kommen. Ein Glas von irgend etwas könne schließlich nicht schaden. Und er habe kein Taxi gesehen. Das stimmte. Helene hatte auch keines gesehen. Sie liefen beide zur Tür. Wieder wurde Helene sofort naß. Sie mochte ihre Schuhe gar nicht mehr ansehen. Die waren kaputt. Czerny schloß die Haustür auf. Sie gingen in ein prächtiges Gründerzeitfoyer. Bunte Glasfenster. Goldglimmernde Leuchten. Marmor. In der Wohnung holte Czerny sofort Handtücher. Und er bat Helene, die Schuhe auszuziehen. Helene schlüpfte aus den Pumps. Sie ließ sie im Vorzimmer stehen. Helene wand sich ein Handtuch um den Kopf. Sie folgte Czerny in ein Zimmer. Das Zimmer war groß. Riesige Fenster gingen auf den Platz. Man sah in die Baumkronen. »Wie bei mir«, sagte Helene. »Was willst du trinken?« fragte Czerny. Helene hatte sich auf die Couch gesetzt. »Einen Sherry? Hast du?« Helene schaute auf ihre Zehen. Warum hatte sie jetzt du zu diesem Mann gesagt. Sie wollte nicht mehr aufsehen. Sie ärgerte sich über sich. Wie konnte sie hierhergeraten. Verzweiflung stieg in Helene auf. Jeder Blick in dieses Zimmer erhöhte die Verzweiflung. Der Raum wurde von Donald Duck beherrscht. Donald Duck war Lampen, die auf ihren Schnäbeln vorne Glühbirnen balancierten. Donald Duck war Vasen. In Donalds Köpfen steckten Seidenblumen. In Rosa und Aprikose. Donald Duck war auf Aschenbecher gemalt. Auf Pölster aufgenäht. Gestickt. Donald lief in dichten Reihen über den Vorhang. Donald hielt die Glasplatte des Rauchtischchens. An allen 4 Ecken. Donald stand rechts und links der Doppeltür und hielt Tabletts hoch. Auf dem Boden lag ein großer Perserteppich. Helene stellte den Sherry einem Donald vor den Schnabel. Czerny ging auf und ab. Mit einem Glas in der Hand. Er sah sie nicht an. Sie redeten nichts. Helene ging an das Fenster. Es regnete. Der Wolkenbruch war in einen dichten steten Regen übergegangen. Ein Fensterflügel stand offen. Er roch frisch. Der Regen raschelte in den Blättern. »Möchtest du dich nicht lieber wieder hinsetzen?« Czerny stand dicht hinter Helene. Sie konnte seinen Atem spüren. Ihr Genick war ungeschützt. Sie hatte ihre Haare mit dem Handtuch hochgewunden. Czerny war gleich groß wie Helene. Mit Schuhen war sie größer gewesen. »Ach nein«, sagte Helene. Ihre Stimme war rauh. Helene ärgerte sich darüber. Räusperte sich. Hüstelte. Sie hörte sich selbst atmen. Laut. Schnaufend. Es war ihr, als drücke sie etwas nieder. Sie konnte sich vorstellen, einfach zu versinken. Sie mußte aus dieser Wohnung. Die Beklemmung stieg an. »Du bist ja auch aufgeregt. Gib es zu. So etwas kann man ruhig zugeben.« Helene zögerte. Einen Augenblick. Es mit diesem Mann jetzt zu machen? Und ihn dann nie wiedersehen? Danach? Helene sah sich um. Sie müßte weg, sagte sie. Jetzt. Gleich. Ja. Sofort. Czerny drehte sie zu sich. Wollte sie küssen. Er mußte sich die Zähne geputzt haben, als er den Sherry geholt hatte. Er roch nach Zahnpasta. Helene stieß ihn weg. Sie beugte sich vor und wickelte ihre Haare aus dem Handtuch. Sie hielt das Tuch Czerny hin. Vielen Dank, murmelte sie. Er nahm das Handtuch. Legte es zusammen. Er verstünde nichts mehr. Sie wäre doch mitgekommen. Oder? Er hätte sie nicht gezwungen. Dazu. Oder? »Es tut mir leid«, sagte Helene. Ging. Sie stieg in ihre nassen Schuhe und ging zur Wohnungstür. Sie lief die Stiegen hinunter. Czerny rief ihr »blöde Tussi!« nach. Er schrie ihr noch anderes nach. Helene hörte ihn nicht mehr. Auf der Straße im Regen mußte sie laufen. Sie mußte wieder lachen. Sie lief zu den Taxis beim Bahnhof. Nach langem kam eines angefahren. Sie ließ sich nach Hause fahren. Zu Hause nahm sie ein heißes Bad. Ihr Auto holte sie am nächsten Morgen.

Helene ging in eine Vorlesung. Sie hatte beim Einkaufen eine Studienkollegin getroffen. Sie hatten beim Meinl rasch einen Kaffee zusammen getrunken. Helene hatte die Frau gefragt, was denn los sei. Im geistigen Wien. Sie käme nirgends hin. Helene hatte sich nicht mehr an die Kollegin erinnert. Die Frau hatte sie begrüßt. Helene konnte sich auch nicht an den Namen der Frau erinnern. Deshalb redete sie besonders lange mit ihr. Dabei hatte sie von der Vorlesung gehört. Zu der gingen alle. Der Vortragende sei ein gewisser Fabian Andinger. Und was er über Thomas Bernhard sage, das sei. Also der letzte Schrei ganz einfach. Helene hatte Thomas Bernhard nie so gern gelesen. Und vor 2 Jahren hatte sie aufgehört zu lesen. Helene hatte in den letzten 2 Jahren kein Buch mehr in der Hand gehabt. Schon die Vorstellung, eines aufzuschlagen, war unmöglich gewesen. Helene sagte Frau Sprecher, sie müsse Büromaterial besorgen, und fuhr zur Universität. Die Vorlesung war im Hörsaal 41. Im Hauptgebäude. Helene folgte den Hinweistafeln. Sie fühlte sich fremd. Die Vorlesung begann um 11 Uhr. Helene rechnete mit einem akademischen Viertel. Aber sie kam zu spät. Sie trat durch die Tür. Der Vortragende sprach schon. Sie mußte an ihm vorbeigehen. Alle Sitze an den Gängen waren besetzt. Sie mußte einen Mann bitten, sie vorbeizulassen. Der Student stand unwillig auf. Helene kam in der zweiten Reihe fast in der Mitte zu sitzen. Der Vortragende stand vor ihr. Er war 40. Dunkle Haare mit grauen Strähnen. Schlank. Er hatte ein Sakko auf den Katheder gelegt. Er stand in Hemd und Krawatte da. Die Krawatte baumelte und tanzte, wenn er etwas besonders eindringlich schildern wollte. Er schien gedämpfte Farben zu bevorzugen. Graurosa das Hemd. Graugrün die Hose. Ein brauner Gürtel. Die Krawatte eine Mischung aus all diesen Farbtönen. Er trug schwarze Birkenstocksandalen und schwarze Socken. Er sprach über das Versagen des Künstlers am apollinischen Ideal. Über die Richterposition, die die verschiedenen Ich-Erzähler einnähmen. Wie diese Ich-Erzähler zu Beginn des Werks sich selber richteten. Bis sie gegen Ende die anderen zum Tod verurteilten. Wegen dieses Versagens dem Ideal gegenüber. Daß Auersberger sich umbringen sollte, weil er ein mieser Künstler sei. Wie der Ich-Erzähler sich mißbraucht gefühlt. Wie er den Mißbrauch genossen. Erst. Und erst später als solchen erkannt hatte. Zu spät. Und dann eben mißbraucht gewesen. Wie die Sexualität in den Texten nur hintergründig, pubertär verschlüsselt aufträte. Daß alle Texte Texte des Wahnsinns seien. Und wie in »Holzfällen« die Schuldigen lebten. Fett geworden. Wie die Opfer sich verrechnet hätten. Und deshalb Opfer. Wie die Frauen gefürchtet würden. Abgelehnt. Gehaßt. Als die phallisch strafende Mutter aufträten. Oder die depressiv leidende. Aber immer in bezug auf den Mann zu sehen seien. Wie die Frau gewünscht und verwünscht würde. Helene hörte zu. Rund um sie wurde mitgeschrieben. Die Studentin in der Reihe vor ihr schrieb mit rotem

Filzstift auf unliniertem Papier. Helene las mit. Auersberger = Lampersberger. Las sie. Und »fett«. Und »Musiker in der Nachfolge von Webern«. »Homosexualität« wurde unterstrichen. Die Studentin schrieb groß. Das Handgelenk verdrehend. Wenn der Vortragende sich zur Seite wandte. Oder aus einem Buch vorlas. Holte sie einen kleinen Spiegel aus der Handtasche und zupfte an ihren Haaren. Sie zog ihre Jacke aus. Dann den Pullover. Sie saß mit einem Top mit Spaghettiträgern da. Helene sah ihr zu. Die Studentin besetzte diesen Platz zu Füßen des Vortragenden sicher gleich nach der vorangegangenen Vorlesung. Wartete schon an der Tür. Neben der Studentin saßen 2 ältere Frauen. Eine hatte einen Kassettenrekorder vor sich. Sie kontrollierte immer wieder, ob das Gerät aufnahm. Die Frauen schrieben in kleine Hefte mit bunten Deckeln. Als der Vortragende sagte, Bernhard nähme Rache am weiblichen Prinzip, indem er die Frauen alt und häßlich werden ließe. Fett und aufgedunsen würden sie verlassen gegen Jüngere. Schönere. Da sahen die beiden Frauen einander an. Sie waren beide zart. Elegant. Die Frauen wären dann nicht mehr gefährlich, fuhr der Vortragende fort. Nur die Schönheit. Die weibliche Schönheit sei es, die die Gefahr darstelle. Der Vortragende sprach fließend und eindringlich. Vom Gegenstand beseelt. Helene hatte es befürchtet. Irgendwie hatte sie es sogar gewußt. Das alles interessierte sie nicht mehr. Es interessierte sie nicht mehr, den Künstlern auf die Schliche zu kommen. Helene folgte dem Vortrag mit Erstaunen über den Aufwand an Gedanken. Überlegungen. Sie wurde traurig. Sie hatte sich dem so lange gewidmet. Hingegeben hatte sie sich dem. Wie andere es gemeint hatten. Und. War der Vortragende mit seinem Versuch, die Biographie über das Werk zu entschlüsseln, nicht dem Dichter auf den Leim gegangen. Helene hatte immer das Gefühl gehabt, sie solle mit der bernhardschen Literatur für etwas bestraft werden, das sie dann auch begehen müßte. Als Auftrag. Aus dieser Literatur. Sie hatte seine Bücher immer als Angriff verstanden. Als persönlichen. Nicht gegen ein System. Gegen sie selbst. Als Frau hatte sie sich ohnehin nicht finden können. Oder mögen. Schadenfroh konnte man dem Scheitern der Männer folgen. Die dann die Frauen mit sich in den Abgrund rissen. Die ja auch einfach leben hätten können. Sie hatte etwas insistent Faschistisches tief versteckt vermutet. Einen geheimen Neid auf die, die offen faschistisch sein konnten. Und eine tiefe Menschenverachtung. Aber vielleicht war ja auch das ein Auf-den-Leim-Gehen. Herrenmenschen konnten schließlich nicht mehr geschildert werden. So wurde das Gegenteil illustriert. Am Versager. Und die Frauen waren daran schuld. An allem. Aber mehr auch nicht. Kinder hatte niemand. Das Erwachsenwerden wurde den Figuren so erspart. Ewig vorwurfsvolle Kinder. Zurückblickend auf ihre bösen faschistischen Eltern. Von denen sie sich alles nehmen hatten lassen. Alle endend. Fortsetzungslos. In die Vergangenheit gezwungen. Helene saß da. Hörte zu. Sah alles an. Ließ ihre Gedanken laufen. Und hoffte, es gäbe keine Diskussion. Sie wollte aus dem Hörsaal hinaus. Es gab aber doch eine Diskussion. Die linke der älteren Damen. Die mit dem Kassettenrekorder. Meinte, man könne das dem Menschen nicht abverlangen. Das Höchste. Das wäre ungerecht. Helene sah auf ihre Tasche auf dem Pult vor sich. Es wollte wieder jemand eine Ausnahme haben. Die Frau war indigniert. Es wäre ungerecht, wiederholte sie. Ätsch, dachte Helene, wieder aufgesessen. Und gratulierte Herrn Bernhard. Die Frau war erbost über den Autor. Also erfolgreich verführt. Von einem Dichter. Einem Mann. Natürlich. Sie wollte aber die Rigorosität seines Prinzips nicht. Nicht anwenden. So grausam konnte es doch nicht sein! Obwohl es seit jeher so gewesen. Und weil sie diesen Mann verehren wollte, erteilte sie sich moralische Dispens von diesem Prinzip. Ungerechtigkeit, nannte sie es. Unmenschlichkeit. Aber wenn sie es durchschaut hätte. Und ihre Rolle. Dann hätte sie den Siegelring vom kleinen Finger ziehen müssen und wegwerfen. Und den Diamantring dazu. Und sich am Hermes-Tuch aufhängen. Also besser, sie begreift es nicht, dachte Helene. Und wie schwierig mußte es eigentlich sein, als Mann mißbraucht worden zu sein. Besessen worden. Gehabt. Als Frau trainierte sich das.

Und als Frau? Die Kinder blieben einem. In der Unerbittlichkeit einer auf alles eindringenden Realität war das auch Freiheit. Die Frau sprach weiter mit dem Vortragenden. Sie sah zu ihm auf. Er sagte, »werfen wir dem Autor bitte nicht seine Figuren vor!« Die Studentin saß und drehte an ihren Haaren. Sie lächelte zum Vortragenden hinauf. Hatte sie auch einmal jemanden so angehimmelt, fragte sich Helene. Sie hoffte nicht. Sie zwang den Studenten neben sich aufzustehen und sie hinauszulassen. Helene ging als erste. Die letzten werden die ersten sein, dachte sie.

Helene kaufte Hamburger bei MacDonalds am Schwarzenbergplatz. Und Cola beim Imbißstand an der Straßenbahnhaltestelle. Die Kinder waren begeistert. Sie solle öfter zu Vorlesungen gehen. Sie stürzten sich über die Styroporschächtelchen. Sie schütteten Ketchup über die pommes frites. Drückten die Cola-Dosen auf. Helene trank Kaffee. Sie hatte keinen Hunger. In der Post war die Benachrichtigung, einen eingeschriebenen Brief abzuholen. Ein weiterer Brief von der Bank. Wahrscheinlich. Und ein Brief von einem Rechtsanwalt war angekommen. Von Dr. Ronald Kopriva. Er war mit Gregor in die Schule gegangen. Helene hatte ihn nie gemocht. Er war einer von den kleinen dicken Männern, die immer Andeutungen machen mußten. Über ihre wahre Größe. Und so. Helene hatte seine viel jüngere Frau nett gefunden. Gregor war zu ihm gegangen. Natürlich. Sie hielt den Brief in der Hand. Sie konnte ihn nicht öffnen. Aber sie würde müssen. Es gab niemanden, der es für sie machen hätte können. Helene saß bei den Kindern. Sie sollten ihre Hausaufgaben machen. Dann. Ja. Barbara dürfe zu Nina gehen. Aber erst, wenn alles gemacht sei. Und Katharina? Sie würde zu Hause bleiben? Ja? Ja. Sie könne neue Farben haben. Aber sie solle nicht zu lange herumspazieren. Auf der Döblinger Hauptstraße. Helene legte Geld hin. Wenn etwas wäre, die Großmutter wäre ja da. Und sie rufe an. Sie sähen einander dann. Helene umarmte die Kinder und ging.

Helene fuhr auf die Höhenstraße. Sie hatte den Brief vom Rechtsanwalt neben sich auf den Beifahrersitz gelegt. Sie fuhr die Krottenbachstraße hinaus. Über die Agnesgasse. Durch Sievering in den Wald hinauf. Sie nahm die Kurven sorgfältig. Sie fuhr nicht schnell. Auf der Höhenstraße bog sie nach rechts. Unterhalb vom Cobenzl blieb sie stehen. Sie stellte das Auto an den Rand. Stieg aus. Wien lag vor ihr. Die Donau links. Nach rechts. Zur Innenstadt das Gewirr dichter. Das Allgemeine Krankenhaus zwei dunkle Würfel. Helene sah hinaus. Die Sonne brannte. Helene hatte Angst. Sie konnte kaum schlucken. Sie wußte, was in dem Brief stehen würde. Stand. Was sie lesen würde. Sie hatte gehofft. Sie mußte zugeben, sie hatte gehofft. Bis zu dem Augenblick, in dem sie den Brief auf dem Stoß im Vorzimmer gefunden hatte, hatte sie gehofft. Es hatte keinen Grund dafür gegeben. Im Gegenteil. Jetzt. Über Wien stehend, kam ihr das dumm vor. Arm. Armselig. Ohne Kinder hätte sie den Brief in den Papierkorb am Straßenrand stecken können. Und weggehen. Sich nie wieder melden. Verschwinden. Als hätte es sie nie gegeben. Sie hätte Gregor weiter lieben können. Wer hätte sie daran hindern wollen. Er hätte es nicht gewußt. Sie hätte machen können, was sie gewollt hätte. Aber so. In der Sonne stehend. Nach Ungarn hinausschauend, wünschte Helene sich brennend, Gregor sollte tot sein. Ein Ende. Und keine Auseinandersetzung. Schluß. Helene ging zum Auto. Sie holte den Brief. Einen Augenblick hielt sie ihn in der Hand. Sie dachte, sie müßte ihn zerreißen. Vor Wut. Helene setzte sich wieder ins Auto. In die Hitze. Sie riß den Brief auf. Es war, wie sie erwartet hatte. Sie sollte nichts bekommen. Die Mindestalimente für die Kinder. Das Sorgerecht bei ihr. Es interessierte Gregor nicht einmal, für die Kinder weiter verantwortlich zu sein. Sie sollte in der Wohnung wohnen dürfen. Bis die Kinder 18 Jahre alt seien. Ab da müßte sie Gregor Miete zahlen. Und Personen, die vor diesem Zeitpunkt in der Wohnung mitwohnten, mußten sofort Miete zahlen. An den Wohnungsinhaber. Also an Gregor. Helene konnte sich vorstellen, wie Gregor mit dem Kopriva geredet hatte. Darüber. Helene hätte diesen Mann niederschlagen können.

Oder überfahren. Mit dem Auto. Und noch einmal mit dem Rückwärtsgang über ihn. Sie stellte sich vor, wie die Reifen über Koprivas feistes Bäuchlein holperten. Obwohl es zum Lachen war. Gregor wollte ihr Zuhälter werden. Von ihren Liebhabern kassieren. 15000 Schillinge hatten Gregor und Kopriva als ortsübliche Miete angesetzt. Das waren. Helene rechnete. Das waren 500 Schillinge pro Nacht. Und das war die Einschätzung der Angelegenheit. Helene hätte erbrechen mögen. Sie beugte sich über das Lenkrad. Jetzt wußte sie das Schlimmste. Vielleicht sollte sie doch gegen einen Baum fahren. Helene wünschte sich, es täte sich von alleine mit dem Sterben. Sie holte tief Luft. Gegen das drükkende Gefühl in der Kehle. Sie fuhr los. Sie hatte beide Fenster offen. Ihre Haare wirbelten ihr ins Gesicht. Sie mußte sich beeilen. Sie sollte längst im Büro sein.

Helene fuhr nach Grinzing hinunter. Die Bäume glitten rechts und links vorbei Das Auto rumpelte über das Katzenkopfpflaster. Helene kurbelte das Schiebedach auf. Der Himmel war blau und wolkenlos. Helene überlegte, ob es schwieriger war, bei schönem Wetter unglücklich zu sein. Oder besser bei schlechtem. Helene wünschte sich Henryk. Sie wollte ihn über sich haben. Als Körper zwischen sich und der Welt. Und nichts mehr sehen können. Im Auto sitzend, hatte Helene das Gefühl zu kriechen. Helene fuhr in das Schattentunnel der Kastanienbäume. Sie rutschte unter den Baumkronen weg. Fuhr durch Grinzing. Gerade weiter bis zur Heiligenstädter Straße und dort auf die Lände. Sie war sicher. Die vielen Anrufe, bei denen sich niemand meldete. Die Leitung nur summte. Henryk versuchte sie zu erreichen. Und die Leitungen von Italien herauf funktionierten nicht.

Im Büro hatte Helene den ganzen Nachmittag damit zu tun, herauszufinden, wo man Kronen besorgen konnte. Die Kronen waren das einzige, was im Kostenvoranschlag für den Ball noch fehlte. Helene fand normale breite Kronen bei einem Theaterausstatter Binder. Man konnte ein Modell bestellen. Beim Kostümverleih Lamhert Hofer konnte man für jeden Ballteilnehmer eine eigene Krone leihen. Aber das war teuer und Beschädigungen zu befürchten. Deshalb wäre noch eine Versicherung zu bezahlen. Es gab jedoch Repliken echter Kronen. Die Kaiserkrone des deutschen römischen Reichs. Die österreichische Kaiserkrone. Die englische Königskrone. Vergoldete Lorbeerkränze für napoleonisch Gesonnene. Die Zarenkrone. Es gab einige Tiaras. Eine Mütze aus Brokat und Fell für Dschingis Khan. Und die Kronen, die der Schah für sich und seine Frau anfertigen hatte lassen. Schuhe und Strümpfe würde man leihen müssen. Aber die Kronen. Helene wollte herausfinden, was die Krönchen kosteten, die die Debütantinnen beim Opernball trugen. Helene rief beim Österreichischen Bundestheaterverband an. Dort erklärte man ihr, das Opernballbüro sei nicht betreut. Zur Zeit. Sie könne eine Kartenbestellung deponieren. Bei Kreditkartenverrechnung sollte sie gleich die Kartennummer durchgeben. Darum ginge es nicht, sagte Helene. Sie wolle wissen, wo man die Krönchen für die Debütantinnen herstelle. »Einen Augenblick bitte«, sagte die Frau am Telefon. Helene hörte der Ansage, sie solle bitte warten und please hold the line lange zu. Es meldete sich niemand mehr. Helene rief die Handelskammer an. Sie dachte, jemand da hätte ein Verzeichnis, wo man welches Produkt bekommen könne. In der Handelskammer war niemand mehr. Helene rief im Reinhardt-Seminar an. Die Frau am Telefon war verständnisvoll. Das interessiere sie auch. Aber helfen könne sie nicht. Es sei niemand da. Es sei doch Sommer. Helene bedankte sich. Sie hätte gerne mit jemandem geredet. Aber Nadolny war nicht im Büro. Nadolny war kaum noch im Büro. Nestler war in Wien. Sie führten Gespräche mit Medizinprofessoren. Den Gesundheitsbehörden. Den Krankenkassen. Es gab Gespräche mit der Apothekerkammer und Apothekenvertriebsfirmen. Die Magnetfolie sollte für jeden auf Krankenschein erhältlich sein. Es gab sogar Gespräche, die

Magnetfolie in England zu vertreiben. Die Heilmittelzulassungsverfahren in England wären ähnlich großzügig wie in Österreich, meinte Nestler. Und von dort ginge es in die U.S.A. Und an das große Geld. Und bevor die EU harmonisiert sei in diesen Dingen, wollte Nestler schon auf dem Markt sein. Die Gespräche bedeuteten ausgedehnte Mahlzeiten mit anregenden Getränken. Nadolny mußte sich erholen dazwischen. Aber er war guter Dinge. Wenn er im Büro war, stand er am Fenster. Ein Gläschen Cognac in der Hand. Er war schon lange nicht mehr beim Underbergtrinken gesehen worden. Er stand am Fenster, das Glas in der Hand. Den Cognac zärtlich im Glas rollen lassend. Und summte. Helene hatte zufällig im Kurier in einer Kontaktanzeige gesehen »Neu. Großbusiges Schokobaby, riesenbusiges Supergirl, Naturmassagen, Langzeitservice, 1020 Ferdinandstraße 2 A.« Helene hatte die Anzeige Frau Sprecher gezeigt. Sie hatten gerätselt, ob Nadolny dort seine Nachmittage verbrachte. Es war fast nebenan. Helene beschloß, noch einen Tag zu warten. Sie wollte den Preis der Opernballkrönchen herausfinden. Sie wollte keinen unvollständigen Kostenvoranschlag an Rocek faxen.

Helene mußte um 6 Uhr aufstehen. Sie mußte Haare waschen und trocknen und noch eine Bluse bügeln. Vor dem Frühstück für die Kinder. Helene stand über die Badewanne gebeugt und ließ das Wasser über ihre Haare laufen. Ihr war schlecht. Sie mußte gut aussehen. Sie mußte um 8 Uhr Dr. Stadlmann abholen. Sie sollte ihn zur Poliklinik bringen. Dort fand um 10 Uhr ein Vortrag über den Einfluß und die Wechselwirkungen von Magnetfeldern mit den Akupunkturmeridianen statt. Prof. Günter Chrobath würde diesen Vortrag halten. Dr. Stadlmann sollte eine Einleitung über die physikalische Beschaffenheit und Wirkungsweise der Magnetfolie geben. Vorher war ein Fernsehinterview angesetzt. Helene konnte keine Energie aufbringen, sich zu beeilen. Sie wollte schlafen. Helene mußte zwei Mal die Wimperntusche abwaschen. Sie war ausgerutscht und hatte die schwarze Farbe unter den Augen verschmiert. Zuerst beim rechten. Dann beim linken Auge. Die Augen waren rot vom Wegreiben der Farbe. Helene begann von neuem. Sie pinselte Rouge auf die Backenknochen. Damit keiner sie fragte, ob sie krank wäre. Helene kam 10 Minuten nach 8 Uhr zur Wohnung von Stadlmann. Sie war zuerst zur Wohnung der Mutter gefahren. Die Mutter hatte ihr vorwurfsvoll erklärt, ihr Justus hätte nur seine Arbeitsräume da. Er wohne mit seiner Frau in der Arnsteingasse. Das war nicht so weit entfernt. Aber im Morgenverkehr und mit dem Umweg über die Linke Wienzeile kam Helene zu spät. Dr. Stadlmann stand vor dem Haustor. Helene hupte und blieb stehen. Hinter ihr wurde sofort auch gehupt. Man konnte an ihr in der engen Gasse nicht vorbeifahren. Stadlmann schrie ihr zu, er habe jetzt schon ein Taxi bestellt. Sie könne ruhig weiterfahren. Helene rief, er solle einsteigen. Bitte! Es wäre genug Zeit. Das Taxi käme ohnehin nicht durch. Hinter Stadlmann trat eine Frau auf die Straße. Sie sagte etwas zu ihm. Helene konnte nichts hören. Es wurde gehupt. Helene saß im Auto. Sie hatte durch das Beifahrerfenster mit Stadlmann geredet. Helene riß den Gurt weg und stieg aus. Über das Autodach hinweg deutete sie der Frau und Stadlmann, er solle einsteigen. Die Frau war nicht die Ärztin aus dem Franz Josephs Spital. Helene hatte gedacht, sie müßte die Frau von Dr. Stadlmann sein. Helene war enttäuscht. Die Frau half Stadlmann vom Gehsteig. Die Autos hinter Helene hupten. Stadlmann hob seine Krücke und drohte den Autofahrern. Die Frau drängte ihn weiter. Sie bugsierte ihn in das Auto und ging sofort zurück. Sie drehte sich nicht um und verschwand im Haus. Helene fuhr so schnell wie möglich weg. Sie wollte sich entschuldigen. Stadlmann sah gerade vor sich hin. Hatte die Lippen zusammengepreßt. War nicht anzusprechen. Helene hatte ein schlechtes Gewissen. Sie hätte sich beeilen können. Sie hätte bedenken müssen, was das alles für eine Mühe für Stadlmann war. Sie brachte kein Wort heraus. Schweigend fuhren sie zur Poliklinik. Es war vereinbart, einen Parkplatz für Stadlmann freizuhalten. Im Hof. Es gab keinen freien Parkplatz. Helene fuhr vor das Haus. Sie half Stadlmann aus dem Auto und in das Haus. Dann fuhr sie das Auto abstellen. Sie fand einen Kurzparkplatz in der Gilgegasse. Sie ging zur Klinik zurück. Wer würde das Strafmandat bezahlen, das sie sicher bekommen würde.

Der Stiegenaufgang in der Poliklinik war von Menschen in weißen Mänteln bevölkert. Als gäbe es nur Ärzte in diesem Haus. Es roch nach Krankenhaus. Helene fragte nach dem Hörsaal. Der Portier wies ihr den Weg. Helene ging zuerst zum Institut für Akupunktur. Helene trug eine große Schachtel mit den Informationsblättern über die Magnetfolie, Namensschilder und Anwesenheitslisten. Im Institut war ein Fernsehteam dabei, Licht und Ton einzurichten. Dr. Stadlmann sprach mit einem großen Mann mit Vollbart. Nadolny stand beim Fernsehteam. Er hatte die Hände in die Hosentaschen gesteckt und grinste die Reporterin an. Sie hieß Sommer. Karin Sommer. Sie war von der Wissenschaftsredaktion. Helene kannte sie vom Telefon. Helene wußte auch, wie teuer das Armband war, das Frau Sommer nach dem Bericht über die Magnetfolie bekommen sollte. Nadolny hatte Helene gefragt, welches Armband sie nehmen würde. Hatte ihr zwei Armbänder hingelegt. Helene hatte auf das goldene Armband gezeigt, das aus einfachen dicken Kettengliedern gemacht war. »Dann nehme ich das andere«, hatte Nadolny gesagt und das dünnere Armband mit kleinen Herzen mit kleinen glitzernden Steinchen genommen. Sie hätte diesen langweiligen Stil, der dann auch noch teurer wäre, hatte Nadolny gesagt. Und sich bedankt. Für die Hilfe. Helene trug wieder das graue Leinenkostüm. Die Schuhe paßten nicht dazu. Die grauen Schuhe waren auf dem Weg von Czernys Haus zum Taxistand vom Regen endgültig ruiniert worden. Helenes Barschaft war auf 3600 Schillinge gesunken. Sie überlegte, was sie als nächstes verkaufen sollte. Helene ging zu Nadolny. Ob alles in Ordnung sei. Nadolny begrüßte sie überschwenglich. Er stellte sie Frau Sommer vor. Ohne sie, sagte er zu Frau Sommer, ohne seine Frau Gebhardt sei er gar nichts. Helene lächelte. Frau Sommer lächelte. Nadolny nahm Informationsblätter und verteilte sie. Nestler kam herein. Er stellte sich neben Helene. Sie solle ihm sagen, wer wer sei. Das da drüben sei Professor Chrobath. Das wisse er, sagte Nestler. Dr. Stadlmann hätte darauf bestanden, mit ihm allein zu verhandeln. Er zuckte mit den Achseln. »Dr. Stadlmann glaubt immer noch nicht an die Kraft des Geldes«, sagte er. Er ging zu Frau Sommer. Sie begrüßten einander mit Wangenküßchen. »Karin«, rief Nestler. »War es nett gestern abend?« Frau Sommer verdrehte anzüglich die Augen. Helene ging. Sie suchte den Hörsaal. Sie fand ihn noch verschlossen. Sie setzte sich auf eine Bank am Gang.

Der Hörsaal war fast voll geworden. Ärzte in weißen Mänteln. Geschäftsleute. Journalisten. Journalistinnen. Dr. Stadlmann saß neben Nestler und Professor Chrobath an einem Tisch unten. Vorne. 20 Minuten nach 10 Uhr stand Stadlmann auf. Er hievte sich hoch. Griff nach den Krücken, die er neben sich an den Tisch gelehnt hatte, und begann sich zum Rednerpult zu schleppen. Es wurde still. Alle sahen dem Mann zu, wie er seine unförmigen Füße in den schweren schwarzen Schuhen nachzog. Nach vorne schleuderte. Sein Gewicht verlagerte. Sich auf die Krücken stützte. Den nächsten Schritt begann. Stadlmann langte beim Pult an. Er lehnte seine Krücken wieder neben sich an das Pult. Er zog ein Blatt aus seinem Sakko. Legte es sorgfältig vor sich hin. Er begann mit seiner Einleitung. Helene kannte die Geschichte auswendig. Wie es zur Entwicklung der Magnetfolie gekommen war. Die physikalische Seite verstand sie, während Dr. Stadlmann sie erklärte. Gleich nach der Erklärung geriet ihr alles durcheinander. Helene sah sich um. Hinter den staubigen Fenstern des Hörsaals sah man auf umliegende Gebäude. In andere Fenster. Helene saß unten. Versteckt. Auf der Seite. Früher hatte auf diesem Bänkchen der Pedell gesessen. Der die Präparate bringen mußte. Und wieder wegtragen. Oder die Patienten hatten hier gewartet. Die, die selbstständig zu ihrer Vorführung vor den Studenten gehen konnten. Helene lehnte sich an die Wand. Sie sah Dr. Stadlmann von links. Wie er dem Publikum im Hörsaal zugewandt stand. Helene fragte sich, wie der Schwanz von Dr. Stadlmann aussähe. Wie in Ruhe. Wie in Erregung. Helene schob diesen Gedanken weg. Was interessierte sie das. Aber die Vorstellung, wie das aussehen konnte, drängte sich immer wieder vor. Helene suchte nach einem Pfefferminzbonbon in ihrer Tasche. Sie wollte sich ablenken. Sie raschelte. Dr. Stadlmann sah irritiert in ihre Richtung. Helene hielt inne. Schuldbewußt blieb sie unbewegt sitzen. Im Kopf rasten ihr die Gedanken. Wie Dr. Stadlmann es machen konnte. Konnte er knien. Eher nicht. Wahrscheinlich mußte die Frau auf ihm. Die Frau fiel Helene ein. Sie hätte es gerne gehabt, wenn die Ärztin aus dem Franz Joseph Spital seine Frau gewesen wäre. Die Frau, die Stadlmann am Morgen ins Auto geholfen hatte, hatte verhärmt ausgesehen. Helene konnte sich die beiden nicht miteinander vorstellen. Helene saß da. Ruhig. Gesammelt. Er würde hilflos sein. Ziemlich hilflos. Ausgeliefert. Die Bilder stiegen vor ihren Augen auf. Waren nicht wegzuschieben. Nicht zu verbieten. Auch nicht zu genießen. Ernst und ordentlich liefen kleine Filme ab. Erst das Durcheinander der Diskussion befreite Helene.

Helene wachte in der Nacht auf. Sie griff nach dem Telefon. Auf dem Boden. Beim Bett. Aber es hatte nur einmal geläutet. Sie hörte ein lautes Summen. Niemand meldete sich. Helene wartete auf einen erneuten Anruf. Sie dachte, Püppi könnte es sein. Püppi war verschwunden. Auf Kur. Hatte Storntberg gesagt. Helene lag im Bett. Wer konnte das sein. Sie wartete. In Erwartung eines neuerlichen Klingelns hatte sie die Luft angehalten. Sie mußte wieder atmen. Sie verschluckte sich. Der Hals war trocken. Sie mußte husten. Rang um Luft. Einen Augenblick glaubte Helene zu ersticken. Sie setzte sich auf. Zog die Knie an. Umarmte ihre Beine und legte die Stirn auf die Knie. Sie saß in der Dunkelheit. Der Wunsch, Henryk zu sehen. Oder mit ihm zu sprechen. Oder wenigstens zu wissen, wo er war. Ob es ihn überhaupt noch gäbe. Der Wunsch preßte ihr die Brust auseinander. Helene dachte, sie könnte den Schmerz nicht überleben.

Helene saß im Café Prückl. Sie war in 3 Druckereien gewesen. Die Herstellung von Verpackungen war kompliziert. Helene mußte alles über Prägedruck, Falzen, Falten und Farbwahl lernen. Helene fand, sie hätte eine Pause verdient. Es war halb 3 Uhr am Nachmittag. Das Café fast leer. Helene hatte einen Einspänner bestellt. Hatte gesehen, wie eine ältere Frau an einem der Nachbartische einen Einspänner serviert bekommen hatte. Helene wollte auch so ein Glas mit der appetitlichen schwarz und weiß Mischung von Kaffee und Schlagobers. Helene ließ Zucker an der Seite in den Kaffee gleiten und rührte vorsichtig um. Sie wollte den Schlagobers nicht in den Kaffee verrühren. Helene begann die Neue Zürcher Zeitung zu lesen. Das Foto war auf der zweiten Seite. Das Foto war aus Südafrika. Ein Farbiger kauerte in einem Autoreifen. In einem großen Reifen. Von einem Lastwagen. Oder einer Baumaschine. Der Mann war gefesselt. Er hatte die Arme nach hinten verbogen. Die Füße waren nicht zu sehen. Ein anderer Mann beugte sich zu dem Gefesselten hinunter. Der andere Farbige hielt eine brennende Fackel in der Hand. Er hielt sie über den Reifen, der mit Benzin gefüllt war. Das wurde im Text unter dem Bild berichtet. Die beiden Männer waren einander sehr nahe. Der Brandleger hielt seine Fackel fest und sicher. Kompetent. Als wäre er besorgt um sein Vorhaben. Zärtlich besorgt. Der gefesselte Mann hatte den Kopf gebeugt. Die Schultern waren gekrümmt. So weit die gefesselten Arme das zuließen. Der Brandleger hätte ihm auch zu Hilfe kommen können. Erste Hilfe leisten. Ihn befreien. Laben. Oder waschen. Wenn das Feuer der Fackel nicht gewesen wäre. Und die Vorstellung. Die Bildunterschrift bestätigte diese Vorstellung. Wie das Feuer in einem Kreis um den Gefesselten hochspringen würde. Das Benzin in Flammen aufgehen. Und das Schreien. Und Wälzen. Und der Geruch. Es würde lange dauern. Es hatte dann lange gedauert. Wie die Bildunterschrift bestätigte, hatte der Mann mit der Fackel, gleich nachdem das Foto gemacht worden war, das Benzin entzündet. Das Schreien konnte Helene sich vorstellen. Sie hatte die verschiedenen Selbstverbrennungen aus den Fernsehnachrichten gut in Erinnerung. Der Brandstifter hatte wohl wegspringen müssen. Um selbst dem Feuer zu entgehen. Helene saß da. Das Schlagobers sank in Schlieren in den Kaffee ab. Durch das Glas konnte Helene dem Auf und Ab der weißen Fettfäden zusehen. Zusehen, wie der Kaffee sich langsam von Schwarz zu Braun zu Hellbraun verfärbte. Sie konnte den Einspänner nicht trinken. Sie saß lange hinter der Zeitung. Sie hatte den Wirtschaftsteil aufgeschlagen. Starrte auf die Kolonnen von Börsenkursen und Wertpapiernotierungen. Helene las die Neue Zürcher Zeitung auch deshalb, weil es kaum Fotos in ihr gab.

Am Freitag holte Helene die Kinder von der Schule ab. Sie hätte sie jeden Tag zur Schule gebracht und abgeholt. Aber die Kinder wollten nicht. Sie wollten alleine gehen. Nicht einmal miteinander. Helene mußte sie gewähren lassen. Und es war auch praktischer so. Aber Helene durfte nicht daran denken, wie diese beiden kleinen Mädchen die Gassen entlang wanderten. Ihre Schultaschen auf dem Rücken. Katharina nicht einmal groß genug, über parkende Autos hinweg gesehen zu werden. Helene war froh über jeden Augenblick, in dem sie die Kinder nah bei sich und sicher wußte. Helene hatte sich schon in den Schwangerschaften nicht beruhigen können über den Gedanken, die Kinder, die sie zur Welt bringen würde, würden sterben. Müßten. Einmal. Mütter sind Mörder, hatte sie gedacht. Helene stand vor der Schule. Sie lehnte sich gegen das Geländer vor dem Schultor. Die junge Frau, die ihren Sohn immer von der Schule abholte, kam mit einem Kinderwagen. Helene ging auf sie zu. »Ist alles gut gegangen. Ich gratuliere Ihnen«, sagte sie. Sie schaute in den Kinderwagen. Das Kind lag auf dem Bauch. Das Gesicht abgewendet. Helene konnte nur das weiße Leinenhäubchen sehen. Und die Hände. Das Kind hatte die Hände zu Fäusten geballt. Während Helene die Fäustchen rechts und links neben dem Kopf betrachtete, wünschte sie sich wieder so ein kleines Kind. Sie konnte sich genau erinnern, wie unglücklich und allein sie gewesen war mit ihren. Aber auch wie es sich anfühlte, ein so kleines im Arm zu halten. Zuzusehen, wie es den Mund bewegte. Wie es roch. »Was ist es denn geworden?« fragte Helene. Die junge Frau sah auf ihr Kind im Wagen. »Leider nur eine Julia«, sagte sie lächelnd. Helene wandte sich ab. Barbara kam aus dem Schultor, »Ich muß weiter«, sagte Helene hastig. Sie umarmte Barbara. Hielt sie an der Hand. Als hätte das »Leider« ihr gegolten und sie mußte sie schützen davor. Helene ging mit den Kindern ins Restaurant im Türkenschanzpark essen. Sie mußte gleich wieder ins Büro fahren. Nestler wollte zu Mittag nach Wien kommen und genau informiert werden.

Alex rief an. Sie sollten einander sehen. Helene sagte zu. Sie war seit Wochen nicht ausgewesen. Alex holte sie ab. Sie gingen zum Heurigen. Sie saßen unter der großen Linde beim Welser in der Probusgasse. Alex war schweigsam. Helene bemühte sich, ein Gespräch zu führen. Wie es ihm gehe. Was er tue. Wo er lebe. Alex gab kurze Antworten und trank schon den dritten Gespritzten. »Vor einem Jahr waren wir glücklicher.« Helene konnte nichts sagen. Sie sah ihn an. »Ich hätte bei dir bleiben sollen«, sagte Alex. Er klang bitter. »Ich kann mich ohnehin nicht verstehen«, sagte er. »Warum ich damals. Ich meine. Die Gitta. Sie hat. Damals. Ist es eben nicht.« Er trank und bestellte den nächsten Gespritzten. Helene schob ihren Wein weg. Sie konnte nicht schlukken. Plötzlich. »Können wir nicht. Ich meine. Du. Und ich. Ich kann mich nicht scheiden lassen. Das kann ich mir nicht leisten. Aber ich werde allein leben. Ich suche eine Wohnung in Wien. Wir könnten doch. Zusammen.« Helene sah Alex beim Reden zu. Er sah auf den Tisch und fuhr mit dem Zeigefinger die Streifen der Karos auf dem Tischtuch entlang. Er hielt inne. »Helene. Wir sind. Ich meine. Wir sind einander doch appetitlich. Findest du nicht.« Helene sah ihn an. Alex sah auf. Helene erinnerte sich an Brixen. Einen Augenblick lang. Vor einem Jahr. Blühende Bäume an einem steilen Hang. Der Balkon des Hotelzimmers, auf dem sie immer gegessen. Weil Alex im Speisesaal nicht mit ihr gesehen werden durfte. Ein Geschmack von Käse und geschmolzener Butter von den Schlutzkrapfen. Und fahren. Neben ihm. Helene stand auf. Sie nahm ihre Handtasche. Sie küßte Alex auf die Wange und ging. Sagen konnte sie nichts. Sie ging die Probusgasse zur Armbrustergasse zurück. Über die Hohe Warte. Sie ging schnell und konzentriert. Helene kam zu Hause an. Sie war verschwitzt. Sie hatte das Gefühl, nach Schweiß zu riechen. Ihre Hände und Füße waren eiskalt. Trotz des langen Gangs war ihr kalt. Sie nahm ein Bad. Sie sperrte sich im Badezimmer ein und badete. Saß in der Wanne und ließ heißes Wasser nachlaufen. Bis sie rot vor Hitze geworden war. Am ganzen Körper. Im Fernsehen sah sie noch das Ende eines Krimis. Schimansky hatte einen Mörder zur Strecke gebracht. Aber er mußte viel trinken. Nachher.

Henryk hatte angerufen. Das Telefon hatte geklingelt, und er war am Apparat gewesen. Ob sie in die Stadt kommen könne. Er sei im Café Korb. Es war ein regnerischer Tag. Ende Juni. Aber kalt. Stürmisch. Helene ging ins Badezimmer und richtete sich her. Sie war langsam dabei. Und ruhig. Den Kindern sagte sie, sie brächte ihnen etwas Süßes aus der Stadt mit. Sie sollten fernsehen. Bei diesem Wetter wäre das ohnehin am gemütlichsten. Ob sie nicht mitkommen könnten, fragten die Kinder. Nein. Helene war müde. Das wäre nicht möglich. Helene fuhr mit dem Auto in die Stadt. Fand einen Parkplatz beim Salzgries. Holte ihren Regenschirm aus dem Kofferraum und ging zum Café Korb. Sie war noch nie dagewesen. Kannte es nur vom Vorbeigehen. Helene spannte den Schirm ab und stieß die Tür auf. Es wurde Karten gespielt. Auf den Tischen lagen grüne Filztücher. Alle Tische waren besetzt. Nur vorne am Fenster waren 3 Kaffeehaustische. Henryk saß in der Ecke von Wand und Fenster. Helene suchte nach einem Schirmständer. Auf einmal zittrig. Sie drehte sich nach allen Seiten. Henryk stand auf. Kam zu ihr. Nahm ihr den Schirm aus der Hand und steckte ihn in den Schirmständer. Gleich neben der Tür. Henryk schob Helene zum Tisch. Helene setzte sich auf Henryks Sessel. Henryk nahm den anderen. Henryk sah schlecht aus. Bleich. Seine Wangen waren eingefallen. Die Haare dünn. Klebten zusammen. Waren strähnig. Das Sakko saß locker. Seine Handgelenke ragten schmal und eckig aus den Ärmeln des Sakkos. »Ja. Ich war krank«, sagte Henryk. Helene starrte ihn an. Warum hatte er sich nicht gemeldet. Nichts gesagt. Wie hätte sie das wissen sollen. Man hätte doch etwas tun können. Sie hätte gedacht, Henryk meldete sich nicht mehr. Es wäre aus. Henryk sah auf den Tisch. Rührte in seinem kleinen Braunen. Wäre das ihre Vorstellung von ihm. Ja? Gut. Es wäre nichts anderes zu erwarten gewesen. Und er könnte Helene auch verstehen. Gut sogar. Aber er hätte auch gedacht. Die Geschichte von ihnen beiden. Die wäre doch auch etwas Besonderes. Hätte er gedacht. Aber das schiene ja nun ein Fehler gewesen zu sein. Er liebe sie. Helene sah zum Fenster hinaus. Sie hatte gedacht, sie hätte das hinter sich. Müßte sich nicht mehr mit Henryk befassen. Jedenfalls nicht mit einem wirklichen Henryk. Nur noch mit ihrer Vorstellung von ihm. Henryk beugte sich tiefer über seinen Kaffee. Resigniert. Helene sah auf seinen Kopf. Die Haare waren zu lang. Und am Ende des Scheitels dünner. Wenig nur. Aber dünner. Sogar sein Hals sah dünn aus. Er hatte wirklich abgenommen. »Ich war so unglücklich«, sagte sie. Henryk sagte nichts. Er nickte. Helene dachte, sie sollte gehen. Sie blieb sitzen. Sie saß da. Das Gemurmel der Spieler war rundherum zu hören. Manchmal ein lauterer Satz. »Noch eine Melange!« »Zwei Spritzer. Herr Ferdy.« Oder »gib doch. Endlich.« Gläserklirren. Das ist es also, dachte Helene. Das war es also. Gewesen. Sie saß weiter da. Sie saßen unbehelligt in der Ecke. Nicht einmal der Kellner kümmerte sich um sie. Helene hatte gar nichts bestellt. Draußen regnete es wieder stärker. Wenn die Tür aufgemacht wurde, wehte ein kalter Wind herein.

Henryk begleitete Helene zum Auto. Er ging langsam. Hielt die Arme steif von sich. Sie sprachen nichts beim Gehen. Nichts beim Auto. Helene hatte die Autotür aufgesperrt und wollte einsteigen. Henryk stützte sich mit den Ellbogen auf dem Autodach auf. Er hielt seinen Kopf. Helene sah ihn über das Autodach an. Ob sie einander nicht sehen könnten. Morgen. Er müsse jetzt wieder ins Bett. Wo er wohne, fragte Helene. In einer Pension. Und wie es den Kindern ginge. Gut, sagte Helene. Denen ginge es gut. Es seien ja fast schon Ferien. Sollten sie nicht frühstücken. Miteinander. Im Landtmann? Um 10 Uhr. Morgen? Henryk sah Helene bittend an. Helene konnte gerade auf das Denkmal für die Gestapo-Opfer auf dem Schwedenplatz sehen. Der Wind fuhr in die Baumkronen rundherum. Und in die blühenden Büsche. Helene dachte einen Augenblick, wie ohne Trost doch Natur sei. Sie käme ins Landtmann. Wenn sie es einrichten könnte. Helene stieg ein. Henryk trat vom Auto zurück. Sie fuhr weg. Bei der Ampel unten beim Schwedenplatz mußte sie halten. Sie drehte sich um. Henryk war nicht mehr zu sehen. Sie hatte ihren Regenschirm im Café Korb vergessen. Sie fuhr nicht zurück.

Der Samstagmorgen war schön. Der Wind war noch frisch vom Regen in der Nacht. Helene machte den Kindern das Frühstück. Wenn sie nicht mit ihnen äße, dann wollten sie es in ihren Betten haben, sagten sie. Helene balancierte ein Tablett mit Kakao und Toast zu Barbaras Stockbett hoch. Katharina trank Malventee und aß Butterkekse dazu. »Wie im Fernsehen«, sagten die Kinder. Helene war sicher, die Betten mit Kakao und Tee überschwemmt wieder vorzufinden. Sie fragte noch, was die Kinder zum Mittagessen haben wollten, und ging. Helene setzte sich auf die Terrasse des Landtmann. Es waren wenige Tische besetzt. Helene bestellte bei dem Kellner, der im Fernsehen in der Sendung Café Central als Kellner auftrat. Sie kannte ihn seit ihrer Studienzeit. Er begrüßte sie, als wäre sie bekannt. Helene bestellte ein großes Frühstück und holte sich Zeitungen. Helene fühlte sich zu Hause. Sie fand nur den Standard und die Kronen Zeitung. Das war der einzige Nachteil am Landtmann. Es gab nicht alle Zeitungen. Und die wenigen wurden immer gerade von jemandem gelesen. Helene blätterte die Kronen Zeitung durch. Auf Seite 17 fand sie ein Foto von Sophie Mergentheim. Daneben die Überschrift »Verzweiflungstat einer Mutter in Salzburg«. Sophie hatte offensichtlich ihrer Tochter Schlaftabletten ins Abendessen gemischt. Sie hatte dann selbst Tabletten genommen. Die Mutter war am Morgen noch lebend gefunden worden. Der 7jährigen Tochter hatte nicht mehr geholfen werden können. Die Mutter sei des Mordes angeklagt. Sei derzeit noch in der psychiatrischen Abteilung des Salzburger Landesspitals. Helene schaute auf die Bäume im Rathauspark. Sie strotzten in allen Grüntönen. Das Rathaus stand dahinter. Ragte. Schmutzig. Das Burgtheater hockte dem Rathaus gegenüber. Helene saß da. Schaute. Den Kaffee vor sich. Sie wußte genau, wie die Tage aussahen. Die dahin führten. Wie sie sich aneinanderreihten. Wie an den Tagen der Schmerz im Inneren verschlossen. In der Nacht von außen. Wie der Entschluß von Anfang an. Die Durchführung noch absurd. Aber jeder Tag und jede Nacht Entschluß und Durchführung einander näher. Bis es dann möglich war. Wie sie sich gewünscht hatte, es eine Liebe gäbe. Und man einander an der Hand nähme. Und nie wieder loslassen würde. Und wie der Wunsch, die Kinder vor dem Leben zu schützen. Wie dieser Wunsch alles übertönen konnte. Und wie schrecklich das Leben war. Wie zersplittert. Wie schmutzig. Wie klein. Und niemand es einem gesagt hatte. Helene sah Henryk erst nicht. Henryk setzte sich an den Tisch. Helene sah ihn an. Sie erzählte Henryk die Geschichte von Sophie. Helene fand es während des Redens seltsam, wie viel sie über diese Frau wußte. Sie hatte mit ihr nie gesprochen. Nur das eine Mal am Telefon. Bei Püppi im Badezimmer. Sie hatte sie gesehen. Und irgend jemand hatte gesagt, das wäre die Sophie Mergentheim aus Salzburg. Das war noch, bevor die Kinder gekommen waren. Das Kind von Sophie war so alt wie Barbara. Henryk hatte einen kleinen Braunen bestellt. Er fragte, ob er eines von Helenes Butterkipferl haben könnte. Helene schob ihm eines zu und redete weiter. Über Püppi. Und Niemeyer. Was da los gewesen wäre. Und Alex. Was hatte er mit der Geschichte zu tun. Mitten in einem Satz begriff Helene, Henryk hatte Hunger. Helene sprach weiter. Sie strich Henryk eine Buttersemmel. Legte Schinken darauf. Und Käse. Sie konnte nichts essen. Was nun mit ihm los sei. Ob er mit ihr einkaufen gehen könne. Dann könne er ihr alles erzählen. Sie müßte dann nach Hause. Die Kinder. Ja. Es wäre eine dieser Eiszeiten mit der Großmutter. Helene hatte ihr den Brief vom Rechtsanwalt gezeigt und sie gefragt, was sie denn mit Gregor gemacht hatte. Wie er als Kind gewesen. Wenn er als Erwachsener so grausam sein mußte. Und so verantwortungslos. »Ja«, sagte Helene zum Kellner. »Ja. Ich zahle alles zusammen.«

Helene mußte wieder zum Meinl in der Krottenbachstraße fahren. Sie brauchte Waschpulver und Clopapier. Und sie wollte nicht in mehrere Geschäfte gehen. Auf der Fahrt hinaus erfuhr sie, wo Henryk gewesen. Er sagte, die Auseinandersetzungen mit seiner Freundin aus München wären schrecklich gewesen. Und er hätte sie dann nach München bringen müssen. Wegen eines Myoms. Und er hätte mit dem allem gar nichts mehr zu tun. Die Freundin hätte eine Gestalttherapie gemacht, und der Therapeut wäre dann eingezogen. Zwei Konzerte wären abgesagt. Die Commune di Milano hätte das Geld nicht gehabt. Obwohl alles ausgemacht gewesen war. In München dann wäre er krank geworden. Fieber. Sehr hohes Fieber. Er hätte jetzt die Wohnung in Mailand. Bis September wäre die Miete bezahlt. Ab dann wüßte er nicht weiter. In der Wohnung sei nur sein Klavier zum Üben. Aber das müsse dann auch zurück. Wenn er das Geld bis September nicht hätte, würde es zurückgegeben werden müssen. Sonst wäre nur eine Matratze mehr in der Wohnung. Henryk lachte.

Helene kaufte ein. Das Geschäft war voll, und an den Kassen standen lange Schlangen. Henryk half Helene. Er stellte sich bei der Feinkostabteilung an. Sie hatten die Nummer 95 gezogen. Bedient wurde die Nummer 83. Helene holte Obst und Gemüse. Milch. Joghurts. Käse. Sie sah Henryk dastehen. Geduldig. Er hatte sogar ein Gespräch mit einer älteren Frau begonnen. Sie lächelten beide über etwas. Sie holte Schweinsschnitzel für das Mittagessen. Dann stellte sie sich zu Henryk. Helene kaufte Farmerschinken, Kalbslebercreme und Frankfurter Würstchen. Henryk grüßte die Dame beim Weggehen. Sie lächelte ihn freundlich an. Helene nahm sie nicht zur Kenntnis. Henryk legte seinen Arm um Helenes Schultern. Als sie an der Kasse an die Reihe kamen, mußte Helene sich aus seiner Umarmung frei machen. Die plötzliche Kühle zeigte ihr, wie innig sie ineinander geschmiegt gewesen. Sie hatten die ganze Zeit geredet. Geplaudert. Lächelnd. Es war, als wäre Henryk nur ein paar Tage weggewesen. Und nicht wochenlang. Helene mußte sich beeilen, die Einkäufe auf das Fließband zu stapeln. Henryk räumte alles in zwei große Einkaufstaschen. Er machte das langsam. Aber er ordnete die weniger empfindlichen Dinge zuerst ein. Eier und Joghurtbecher stapelte er obenauf. Helene bezahlte. Sie mochte Henryk plötzlich wieder. Er hatte so ernsthaft dagestanden, wie er die Taschen gefüllt hatte.

Henryk blieb zum Mittagessen. Er half Helene. Die Kinder kamen in die Küche. Sie deckten den Tisch. Henryk versuchte, den Kindern ein altes englisches Volkslied beizubringen. Es begann mit Worten wie Summarisi Kummarisi und sollte im Kanon gesungen werden. Sie kamen über die erste Zeile nicht hinaus. Katharina konnte nicht singen. Sie brummte einen tiefen Ton. Barbara machte absichtlich Fehler. Alle mußten lachen. Und sie mußten von vorne beginnen.

Helene setzte sich mit Henryk zum Kaffee ins Wohnzimmer. Die Kinder wollten bei den Erwachsenen bleiben. Katharina setzte sich auf Helenes Schoß. Barbara kletterte auf die Rückenlehne des Sofas und balancierte auf Helenes Schultern. Helene versuchte die Kinder zu überreden, in ihr Zimmer zu gehen. Ob es keine Aufgaben gäbe. Ob nicht gelesen werden sollte. Oder gezeichnet. Oder ein Computerspiel gespielt. Oder aufgeräumt. Vielleicht? Auf alles riefen die Kinder »nein. Danke« und lachten. Helene wollte ihnen befehlen zu gehen. Aber sie wußte, wie mühevoll das gewesen wäre. Und wie man dann gar nichts mehr reden konnte. Sie stand auf und sagte, dann müsse man ein Eis essen gehen. Sie fuhren zum Ruckenbauer. Am Anfang der Sieveringer Straße. Die Kinder bekamen Eistüten. Helene nahm nichts. Sie mußte immer Katharinas Eis fertigessen. Katharina konnte ihr Eis nie aufessen. Henryk ging neben ihnen. Er hatte ein Schokoladeneis genommen. Sie gingen ein Stück die Obkirchergasse hinunter. Sahen in die Auslagen. Schleckten Eis. Helene bekam dann Katharinas warmgequetschte Tüte mit einem Rest Zitroneneis. Sie standen vor der Auslage eines Schuhgeschäfts. Helene sah, wie sie sich spiegelten. Wie eine Familie, dachte Helene. Hätte es so sein sollen? War es nun doch ihre Schuld. Hätte sie etwas anders machen können? Oder müssen? Helene sagte zu Henryk, »weißt du was. Ich bringe dich nach Mailand.« Henryk hatte ihr im Auto erzählt, er müsse am Abend zurück. Und er müsse schwarzfahren. Für eine Bahnkarte habe er kein Geld. Aber das sei kein großes Problem. In Mailand gelänge vielleicht doch eines seiner Projekte. Und üben müsse er außerdem. Henryk lachte und biß von seinem Eisstanitzel ab.

Helene hatte es ernst gemeint. Sie brachte die Kinder nach Hause. Ging zur Großmutter hinüber. Sagte, sie müsse weg. Die alte Frau solle sich um die Kinder kümmern. Es sei aber alles organisiert. Sie müsse nichts machen. Nur dasein. Falls etwas wäre. Die alte Frau war sofort bereit, zu den Kindern zu gehen. Sie wäre ja glücklich, sich nützlich machen zu können. Sie habe sie auch alle gern. Helene hielt die alte Frau umfangen. Sie fühlte die seidenweiche lose alte Haut der Frau. Die alte Frau lehnte sich gegen sie. Helene riß sich los. Sie wüßte auch nicht, wie alles so kommen hatte können, sagte Helene. Sie erklärte der Frau, was es für die Kinder zu essen gäbe. Sie küßte die alte Frau auf die Wange und lief in ihre Wohnung zurück. Sie sagte den Kindern noch einmal, wo sie was zu essen finden konnten! Sie stopfte ein Nachthemd und ihre Toilettensachen in eine kleine Tasche. »So. Ich bin fertig. Wir können fahren«, sagte sie zu Henryk.

Sie mußten noch Henryks Reisetasche aus der Pension abholen. Henryk hatte Helene gefragt, ob sie wirklich so weit fahren wollte. Helene hatte mit dem Kopf genickt. Henryk hatte es nicht glauben wollen. Helene spürte, wie er sie lieber gefragt hätte, ob sie ihm das Geld für die Fahrkarte borgen wolle. Helene überlegte, ob sie über Innsbruck und Bozen fahren sollte. Oder über das Kanaltal. Henryk meinte, beide Strecken seien gleich lang. Ungefähr. Helene beschloß, über die Westautobahn zu fahren. Zurück dann über das Kanaltal. Dann würde sie eine große Ellipse durch Mitteleuropa gefahren sein.

Sie fuhren lange schweigend. Henryk schlief. Bei Linz begannen sie wieder zu reden. Helene waren mittlerweile die vielen ungeklärten Kleinigkeiten wieder eingefallen. Wo die Reisetasche gewesen war. Sie hatte Henryk Pullover und Unterwäsche kaufen müssen, weil er den Schlüssel zum Schließfach verloren hatte. In dem die Tasche gestanden haben sollte. Wo er gewesen war, wenn er die ganze Nacht nicht zurückgekommen. Wo er gewesen, wenn er verreist war. Wo er gewesen, wenn er in Wien gewesen. Warum die Telefonrechnung 7000 Schilling betragen hatte. Mit wem er da telefoniert gehabt. Was es bedeutete, eine Schneiderrechnung für einen Anzug im Papierkorb gefunden zu haben. Woher hatte Henryk das Geld für diesen Anzug gehabt. Konnte er überhaupt Klavierspielen. Helene hatte ihn nie gehört. Warum hatte er nicht angerufen. Warum hatte er sie warten lassen. Warum hatte er ihr Liebeserklärungen gemacht. Ob er geglaubt hätte, diese Versprechungen wären notwendig gewesen. Sie wäre auch so mit ihm ins Bett gegangen. Ob er sich jetzt gut vorkomme. Sie hätte jedenfalls vor Sehnsucht fast den Verstand verloren. Hätte das Gefühl gehabt, sterben zu müssen. An dieser Sehnsucht. Er könne ruhig grinsen. Henryk saß da und starrte vor sich auf die Autobahn hinaus. Helene hatte zuerst nur wegen der Reisetasche fragen wollen. Alle anderen Fragen waren hervorgesprudelt. Helene hätte nicht aufhören können. Sie begann einen Kaugummi zu kauen. Sie verstand nicht mehr, warum sie diese Fahrt begonnen hatte. Es war nichts mehr zu machen. Henryk sagte, es wäre doch jetzt alles gut. Er hätte doch alles gemacht. Es täte ihm leid. Aber sie müsse seine Situation sehen. Und er sei Künstler. Er wäre es nicht gewohnt gewesen. Hätte es nie eingeführt. Sich bei jemandem zu melden. Er hätte gedacht, die Liebeserklärungen wären Erklärungen gewesen. Und genug. Helene verstand nicht mehr, warum sie sich nach diesem Mann gesehnt hatte. Vielleicht hatte Püppi ja recht. Und es ging um irgendeinen Mann, irgendeinen.

Helene fuhr bis Mailand. Sie hatte in Innsbruck überlegt, ob sie Henryk auf den Bahnhof bringen sollte. Aber da war es schon gleichgültig. Sie kamen mitten in der Nacht an. Henryk wies ihr den Weg durch endlos sich hinziehende Straßen. Alleen. Dann mußte sie einen Parkplatz suchen. Alle Ecken und Winkel waren von Autos verstellt. Am Ende ließ Helene ihren R5 auf dem Gehsteig stehen. Henryk führte sie Häuser entlang. Er sperrte eine kleine Tür auf, die in ein riesiges Holztor eingelassen war. Sie traten in einen hohen Gang, der sich zu einem Hof öffnete. Henryk schaltete Licht ein. Dünn beleuchtete es den Weg über den Hof in einen neuen Gang zu einem Stiegenaufgang im Hinterhaus. Die Stiegen wanden sich hoch. Eckig. Helene ging hinter Henryk her. Sie wußte oben nicht mehr, wie viele Stockwerke sie hinaufgegangen waren. Sie waren an keiner Tür vorbeigekommen. Weit oben. Am Ende der Stiege langten sie bei einer metallenen Tür an. Die Tür führte zu einem langen Gang. Auf diesem Gang gab es Türen nach links. In regelmäßigen Abständen. 2 Lampen beleuchteten den Gang. Alles war vor langer Zeit das letzte Mal gestrichen worden. Die Farbe war abgeblättert. Mauerwerk war zu sehen. Es war heiß und roch trocken staubig nach erhitztem Dachgebälk. Henryk sperrte die erste Tür auf. Helene folgte ihm in einen riesigen Raum. In der Ecke rechts lag eine Matratze. Unter einem kleinen runden Fenster am anderen Ende des Zimmers stand das Klavier. Ein Hammerklavier. Ein kostbares Stück. Kleine Mohren hielten den Klangkörper hoch. Die Goldverzierung glänzte. Das Holz schimmerte. Links war an der Wand ein Waschbecken. Und eine Duschecke. Helene konnte an den Wänden sehen, wo Möbelstücke gestanden und Bilder gehangen hatten. Der Bretterboden war weiß gestrichen. Eine Glühbirne hing in der Mitte von der Decke. Henryk stand da. Stellte seine Reisetasche ab. Helene ihre daneben. Die Taschen standen in der Mitte des Raums. Unter der Glühbirne. Helene sah Henryk fragend an. Henryk nahm einen Schlüssel von einem Haken rechts neben der Tür. Er ging mit ihr den Gang hinunter. Dann sperrte er eine Tür auf. Er riß die Tür mit Schwung auf und trat mit einer Verbeugung zur Seite. Er blieb so stehen. Helene starrte in den Raum. »Das ist ja das kleinste Clo, das ich je gesehen habe«, sagte sie. Verwundert. Henryk nickte zustimmend. Immer noch tief verbeugt. Zuckend. Helene dachte, er weinte. Schluchzte. Weil alles so schrecklich war. Zu anstrengend. Sie so gräßlich. Und unerbittlich. Aber Henryk lachte. Er würgte »der Welt« heraus. »Das kleinste Clo der Welt.« Er keuchte. Schüttelte sich vor Lachen. Blieb in der Verbeugung hängen. Und lachte. Rang um Atem. Helene schob ihn weg und sperrte sich ein. Sie hatte Mühe, die Jeans hinunterzureißen, ohne sich schon in die Hose zu machen. Sie hatte seit Brixen aufs Clo gehen müssen. Hatte es aber nicht sagen wollen. Helene setzte sich vorsichtig auf den winzigen Sitz. Sie wollte die Wasserspülung ziehen. Sie wollte Henryk nicht zuhören haben. Er schnaufte vor der Tür. Helene sah sich um. Der Wasserzug hing oben an der Wand. Hinter ihr. Im Sitzen nicht erreichbar. Helene konnte nicht aufstehen. Sie ließ es rinnen. Hörte es rauschen. Fühlte den Strahl aus sich herausschießen. Hörte Henryk vor Lachen schluchzen. Sie ließ dann das Wasser rauschen. Zog an der Kette. Einen Griff gab es nicht. Während sie sich anzog, mußte sie lachen. Sie ging zu Henryk hinaus. Dann stand sie vor der Tür. Sie ging wohl ein paar Schritte den Gang hinunter. In Richtung des Zimmers. Aber Henryk hatte den Schlüssel zum Zimmer. Und er hatte abgesperrt. Beim Hinausgehen. Helene hatte das Gefühl, allein zu sein. Hier oben. Sie stand da und kicherte vor sich hin. Henryk kam aus der Toilette. Die Wasserspülung donnerte hinter ihm. Sie sahen einander an und kicherten. Begannen, von neuem zu lachen. Sich aneinander festklammernd, gingen sie zum Zimmer zurück. Lachend sperrte Henryk auf. Sperrte hinter ihnen wieder zu. Lachend zogen sie sich aus. Jeder Handgriff einen neuen Lachanfall nach sich ziehend. Sie legten sich ins Bett. Ohne Zähneputzen oder Waschen. Henryk hatte kein Bettzeug. Kein Leintuch. Keine Deckenüberzüge. Es gab einen gelben Sofapolster und eine grün und blau karierte Decke. Sie drängten sich aneinander. Es war kaum Platz auf der Matratze. Sie lachten weiter. Helene konnte Henryks Zwerchfell spüren. Es schlug gegen ihren Bauch. Ihres gegen seine Brust. Wann immer einer von ihnen etwas sagen wollte. Oder eine Bewegung. Das Lachen begann sofort wieder. Sie klammerten sich zuckend aneinander. Mußten tief Luft holen. Und darüber wieder lachen. Helene wachte auf. Henryk war mit einem dumpfen Laut von der Matratze gefallen. Da war es

10 Uhr am Morgen. Helene fühlte sich schmutzig. Klebrig. Sie duschte. Es gab nur kaltes Wasser. Henryk kroch auf die Matratze zurück. Er schlief weiter.

Helene weckte Henryk auf. Es war fast 12 Uhr. Helene hatte sich auf den Klavierhocker gesetzt und beim Fenster hinausgesehen. Es waren nur Dächer zu sehen gewesen. Dächer. Gründerzeittürmchen und Kuppeln. Flache Dächer dazwischen. Und überall Fernsehantennen. Die Sonne hatte auf das Dach geschienen. Der Raum war immer heißer geworden. Die Luft trockener. Und staubiger. Helene hatte das Fenster aufgemacht. Die Luft hatte sich aber nicht bewegt. Das Klavier hatte geknackt. Henryk war nicht wach geworden. Helene schüttelte ihn. Sie müsse weg. Henryk war verschlafen. Begriff erst nichts. Nicht einmal, wer sie war. Er ging duschen. Helene ging auf und ab. Bis er fertig war. Sie nahm ihre Reisetasche zum Auto mit hinunter. Sie war froh, auf der Straße zu sein. In dem Zimmer unter dem Dach hatte sie gedacht, sie wäre die einzige Person auf der Welt. Sie gingen in eine Bar. Tranken Kaffee. Aßen Brioches und Tramezzini. Helene bezahlte. Sie gingen dann zum Auto zurück. Helene mußte fahren. Sie blieben bei jeder Auslage stehen. Vor einem Juwelier sagte Henryk, sie solle ihn nicht verlassen. Sie sei das einzige, was ihm noch geblieben. Sie hätte ja nun gesehen, wie alles wäre. Helene konnte nichts sagen. Sie mußte weg. Sie wäre gerne noch mit ihm hinaufgegangen. Hätte sich auf die Matratze gelegt. In die Hitze. Aber es war keine Zeit. Und es schien ihn nicht zu interessieren. Helene stieg es heiß in die Wangen. Sie mußte zu Boden sehen. Sie konnte ihn ja nicht bitten. Darum. Beim Auto sagte sie ihm, sie würde ihn nicht verlassen. Er sagte nichts. Sie stieg ein. Fuhr weg. In dem einen Augenblick, in dem sie an der offenen Autotür gestanden und er nichts gesagt hatte. In diesem Augenblick hätte sie ihm gerne weh getan. Mit einem Messer geschnitten. In den Arm. Oder in die Wangen. Weil er sie so wegfahren ließ. Es nicht einmal versucht hatte. Sie hatte nicht einmal Gelegenheit bekommen, nein zu sagen.

Helene fuhr die lange Strecke durch die Po-Ebene. Die Hitze lag dick und dunstig über den Feldern. Helene dachte ununterbrochen daran, wie sie es machen könnte. Sie dachte, sie sollte in einer Raststation auf die Toilette gehen und dort. Wie früher auf der Universität. Sie versuchte es im Auto. Aber sie hatte Angst, die Lastwagenfahrer würden zuschauen. Oder die Leute in den Bussen könnten sie sehen. Dabei. Sie fühlte sich heiß und geschwollen zwischen den Beinen. Zum Platzen. Die Jeans rieben. Sie war stundenlang am Rand eines Orgasmus. Aber quälend. Sie raste die Autobahn entlang. Im Kanaltal. Schon weit nach Udine ging Helene das Benzin aus. Sie hatte auf nichts mehr geachtet. War nur gefahren. Als das Gaspedal sich mit einem Mal leer unter ihrem Fuß anfühlte und das Auto nicht mehr zu hören war, wußte sie sofort, was los war. Sie ließ das Auto auf den Pannenstreifen rollen. Einen Augenblick erfüllte sie unbändiger Zorn. Dann sagte sie sich, die Sache sei wenigstens nicht in einem der langen Tunnel geschehen. Sie stieg aus. Nach langem nahm ein Italiener sie zu einer Tankstelle mit. Der Mann fuhr sogar von der Autobahn ab dafür. Es war Sonntagnachmittag und keine Tankstelle offen in der Gegend. Auf der Autobahn gab es keine. Bei der Tankstelle an einer kleinen, steil ansteigenden Straße mußte Helene einen Kanister kaufen. Der Mann glaubte nicht, sie würde den Kanister zurückbringen. Helene bezahlte. Ein Mann in einem roten Golf nahm sie in die andere Richtung mit. Er war von der Polizei in Klagenfurt. Auf dem Weg zu seinem Boot in Grado. Er wünschte Helene alles Gute. Helene mußte über die Autobahn sprinten. Sie füllte das Benzin ein. Verschüttete es. Ärgerte sich. Fuhr zurück zur Tankstelle. Tankte. Gab den Kanister zurück. Fuhr weiter. Spät in der Nacht kam sie in Wien an. Es war alles in Ordnung. Die Kinder schliefen in ihren Betten. Helene deckte sie ordentlich zu. Sie hörte ihnen noch eine Weile beim Atmen zu.

Helene ging zum Anwalt. Sie hatte in der Zeitung gelesen, dieser Anwalt hätte den Prozeß gegen einen Maler gewonnen. Der hatte seiner ersten Frau nichts zahlen wollen. Die erste Frau hatte den Maler erhalten, als er noch nicht berühmt war. Jetzt war er berühmt. Und eine jüngere Frau war aufgetaucht. Der Maler hatte beim Prozeß vorgebracht, die erste Frau hätte ihn durch Eifersucht und die Szenen, die sie ihm gemacht hatte. Sie hätte ihn damit künstlerisch ruiniert. Seine Inspiration ermordet. Deswegen gebühre ihr kein Geld. Dr. Loibl, der Anwalt, hatte für die erste Frau eine ansehnliche Abfertigung herausgeschlagen. Und mehrere Bilder. Von der neuen Frau inspirierte. Sie waren gerade sehr viel wert. Helene hatte sofort die Telefonnummer der Anwaltskanzlei herausgesucht und einen Termin ausgemacht. Dr. Loibl. Dr. Otto Loibl war alt. Er war groß. Trug einen Nadelstreifanzug. War braungebrannt. Hatte eine schlohweiße Mähne, die er mit einer Kopfbewegung immer wieder aus dem Gesicht warf. Er sah Luis Trenker ähnlich. Er ließ Helene auf einer schwarzen Ledercouch Platz nehmen. Er selbst ließ sich in einen Fauteuil fallen. Er zündete eine Zigarre an. Und begann zu fragen. In Kürze hatte er die ganze Geschichte erfahren. Der Ehemann, der ausgezogen. Die Ehefrau, die nicht wußte, wo er lebte. »Unerhört!« sagte Dr. Loibl. Zwei Jahre wäre das alles her? »Unglaublich!« Und nichts gezahlt? »Natürlich nicht!« Ob sie wenigstens die Familienbeihilfe bekäme? Nein? Das wären für 2 Jahre auch schon ein schönes Geld. Helene müsse nur einen Brief an die Familienbeihilfenstelle bei ihrem Finanzamt schreiben. Das ginge ganz informell. Ja. Und weiter. Helene gab ihm den Brief. »Ach. Der Kollege Kopriva.« Helene sagte, dieser Brief wäre gekommen, weil Gregor. Also ihr Mann. Also. Weil er einen anderen Mann bei ihr gesehen. In der Wohnung. Also in der ehemaligen Wohnung. Gemeinsamen Wohnung. Aber es sei ein Mißverständnis gewesen. Der Mann sei nur zum Frühstück gekommen. Dr. Loibl lächelte. Darum ginge es doch nicht. »Meine Liebe«, sagte er. Der Mann müsse zahlen. Nach 2 Jahren hätte auch eine Frau ein Recht auf. Na ja. Sie verstünde schon. Dr. Loibi lächelte Helene an. Außerdem habe Gregor ein Verhältnis mit ihrer besten Freundin. Dr. Loibl schüttelte den Kopf. »Wie oft ich das hören muß«, sagte er. »Sie haben ja keine Ahnung. Aber jetzt. Meine Liebe.« Dr. Loibl stand auf und begann, auf und ab zu gehen. »Wir müssen eines ausmachen. Sie müssen mir vertrauen. Vollständig und rückhaltlos vertrauen. Vertrauen! Verstehen Sie. Das ist das Wichtigste. Wenn Sie mir vertrauen, dann kann ich wirklich alles erreichen für Sie.« Dr. Loibl stand hinter Helene. Er legte seine Hände rechts und links von ihrem Kopf auf die Lehne der Couch und beugte sich über sie. »Absolutes Vertrauen. Das ist die Voraussetzung. Dann kann ich arbeiten.« Helene spürte seinen Atem an ihrem linken Ohr. Dr. Loibl ging um das Sofa. Er setzte sich auf den Rauchtisch. Hockte so Helene gegenüber. Er nahm ihre Hände. Hielt sie. Er hatte trockene kräftige Hände. Helenes Hände verschwanden in seinen. Er wollte nicht erleben, wie eine Klientin ihm in den Rücken fiele. Weil sie Mitleid mit ihrem Mann bekäme. Oder sich unter Druck setzen ließe. »Oberstes Gebot«, sagte Dr. Loibl. Er legte Helenes Hände wieder auf ihre Oberschenkel zurück. »Kein Wort zu ihm. Er soll nur mehr mit mir reden. Geben Sie meiner Sekretärin Ihre Adresse. Und seine. Die von seinem Büro, wenn es nicht anders geht. Lassen Sie mir diesen Brief da. Gut. Und wenn etwas ist. Anrufen! Einfach anrufen!« Er schlug Helene auf die Schulter. Helene ging gleich danach ins Prückl und trank einen Campari Soda.

Helene fand den Brief erst am Abend. Sie war den ganzen Tag allein im Büro gewesen. Frau Sprecher war mit einer schweren Gastritis zu Hause geblieben. Sie war ganz dünn geworden. In der letzten Zeit. Sie hatte ihre Lippen zusammengepreßt und nichts mehr gesprochen. Helene hatte einmal gefragt, ob es denn nicht andere Kater gäbe. Sie könnte doch wieder einen haben. Da hatte Frau Sprecher ruhig gesagt, Helene verstünde wohl gar nichts. Helene gab Frau Sprecher recht. Aber Frau Sprecher wollte nicht scherzen. Sie war nicht aus ihrer Stimmung zu reißen. Frau Sprecher war dann am nächsten Tag nicht gekommen. Helene war froh darüber. Es war nichts zu tun. Helene las Zeitung im Büro. Der Brief von Henryk lag auf dem Boden hinter der Tür. Die Kinder waren mit Tante Mimi bei einer Freundin am Attersee. Helene beugte sich hinunter, den Brief aufzuheben. Sie mußte sich setzen. Sie saß auf dem Boden und begann zu weinen. Sie hatte so lange gewartet. Sie hatte schon losfahren wollen und Henryk in seinem Dachzimmer suchen. Einen großen Picknickkorb packen und nach Mailand fahren. In das Haus gehen. Die Hintertreppe hochlaufen. Die metallene Tür hätte sie aufgehalten. Helene hätte auf der Stiege sitzen müssen und warten. Warten. Bis Henryk die Stiegen heraufkam oder hinuntersteigen wollte. An den Wochenenden hätte Helene Zeit gehabt. Helene hatte ihre Sammlung von Goldmünzen verkauft. Es waren Goldmünzen gewesen, die ihr Großvater für Verdienste als Beamter zum Abschied bekommen hatte. Goldene Ehrenmedaillen, die man in der Bank neugierig betrachtet hatte, bevor sie gekauft worden waren. Sammlerstücke, hatte der Mann im Geschäft der Ögussa in der Kaiserstraße gesagt. Die solle sie in einer Bank verkaufen. Er könne da nur den Goldwert zahlen. Das sei schade. Da zahle sie drauf. Helene hatte deshalb wieder ein bißchen Geld. Helene riß den Brief auf. Schluchzend. Schon während des Schluchzens fragte sie sich, warum das alles so sein mußte. Was sie falsch machte. Warum sie es so ernst nehmen mußte. Henryk schrieb über ein Konzert in Stresa. Schon das zweite. Es wäre wieder alles gutgegangen. Das Klavier hätte mit der Fähre auf die Insel transportiert werden müssen. Er hätte sich sehr um die Sicherheit des Instruments gesorgt. Er liebe sie. Sie solle das wissen. Er käme auch bald wieder nach Wien. Helene las den Brief, am Boden sitzend. Sie hatte gedacht, sie würde nie wieder von Henryk hören. Wenn er wenigstens ein Telefon gehabt hätte. Und reden mit ihm möglich gewesen wäre. Seine Stimme. Wenigstens.

Helene traf Gregor im Café Bräuner Hof. Gregor hatte sie angerufen. Helene hatte ihn wochenlang nicht gesprochen.

Es war ein heißer Tag. Ende Juli. Der Bräuner Hof fast leer. Der Ober stand gelangweilt an der Tür. Helene setzte sich ans Fenster. Bestellte das Menü. Minestrone und Topfenmarillenknödel. Sie holte sich Zeitungen. Bei der Minestrone merkte Helene, wie aufgeregt sie war. Sie verschüttete Suppe. Der Löffel war mit Mühe ruhig zu halten. Sie aß die Suppe. Nahm sich zusammen. Die Marillenknödel wurden gebracht, Gregor kam zur gleichen Zeit. Stand ungeduldig am Tisch, bis der Kellner das Essen abgestellt und Bier eingeschenkt hatte. Gregor bestellte einen großen Braunen. Er ließ sich auf die Bank gegenüber von Helene fallen. Er warf einen Brief auf den Tisch. Was das solle, fragte er. Helene begann die Marillenknödel zu essen. Sie stach die Knödel auf. Teilte sie. Zuckerte sie und zerteilte sie weiter. Diese Frage sollte doch eher sie stellen, meinte sie. Helene nahm den Brief kurz in die Hand. Er war noch ungeöffnet. Helene lachte. Die Knödel schmeckten sehr gut. Der Teig war locker und leicht. Die Marillen süß und weich. Die Brösel goldbraun geröstet. Gregor beugte sich über den Tisch. »Wenn du bei diesem Schwein bleibst, gibt es Krieg«, sagte er. »Welches Schwein?« fragte Helene. »Dieses Schwein!« Gregor zeigte mit dem Finger auf den Brief. »Dieser Loibl ist bekannt für seine Methoden.« »Na. Ist doch gut für mich. Oder?« sagte Helene. Und was Krieg hieße. »Krieg heißt, daß ich dir die Kinder wegnehme.« Helene lachte laut auf. Hell. »Es gibt genug Geschichten über dich. Das weißt du. Du treibst dich ganze Nächte in Lokalen herum. Da gibt es Zeugen. Du säufst. Wahrscheinlich nimmst du Drogen. Dein Umgang ist mehr als fragwürdig. Du nimmst wahllos Männer in die Wohnung. Und vergiß nicht. Der Unfall von Katharina. Wie sie dir vom Wickeltisch gefallen ist. Das ist aktenkundig. Das Lachen wird dir schon vergehen. Sogar die Lehrerinnen meinen ja, daß die Kinder in Therapie gehören. Du wirst schon sehen. Ich schaffe das. Du läßt sie ja ohnehin nur meiner Mutter. Das kann ich auch. Obwohl meine Mutter längst zu alt und total überfordert ist, überläßt du ihr die Kindererziehung fast vollkommen.« Helene aß ihre Knödel. Nichts sagen, sagte sie sich im Kopf.

Nichts sagen. Er versucht, dich zu provozieren, sagte sie sich vor und ließ den süßen Teig auf der Zunge zergehen. Aber die Angst stieg auf. Klammerte sich um die Kehle. Machte das Schlucken schwer und ließ ihr alles vor den Augen verschwimmen. »Reizend«, sagte sie. Ihre Stimme setzte aus. Sie konnte nichts sagen. Helene hatte während Gregors Rede auf ihren Teller geschaut. Sie sah zu ihm auf. Gregor war wuterfüllt. Wutverzerrt. Seine Mundwinkel waren zu einem Grinsen verzogen vor Wut. Helene war sicher, er würde sie schlagen. Im nächsten Augenblick. Hier. Jetzt. Im Bräuner Hof. Ausholen und auf sie eindreschen. »Mach es«, sagte sie. »Mach es doch. Das würde vor Gericht wirklich überzeugend wirken.« Gregor starrte sie an. Einen Moment war es möglich. Seine Wut ließ die Luft rund um ihn vibrieren. Er stand auf. Wollte etwas sagen. Beugte sich über den Tisch. Hing über ihr. Helene zuckte zurück. Sie hob den Arm, den Schlag abzuwehren. Gregor sah die Bewegung. Sein Zorn zerfloß in ein verächtliches Grinsen. »Ich bin ja nicht dein Vater!« zischte er ihr zu. Wandte sich ab und stürzte hinaus. Er hatte keinen Schluck von seinem Kaffee getrunken. Der Brief lag auf dem Tisch. Helene steckte ihn in ihre Handtasche. Sie aß auf. Langsam. Pickte alle Brösel vom Teller. Sie ging ins Büro zurück. Sie hätte gern geschlafen. Sie hatte das Bedürfnis, sich sofort hinzulegen. Sich einzurollen. Zudekken und schlafen.

Henryk schrieb, er werde nun bald kommen können. Nach Wien. Vielleicht ließe sich in Wien doch etwas machen. An der Musikhochschule. Henryk kämpfte gegen das Musikestablishment. Gegen das zu hohe a der Wiener Philharmoniker. Gegen die fixe Stimmung des Klaviers mit Metallrahmen. Er lag im Kampf mit der gesamten Musikmaschinerie der zweiten Hälfte des 19. Jahrhunderts. Helene konnte nicht alle seine Argumente verstehen. Und manchmal kam ihr seine Heftigkeit etwas übertrieben vor. Aber Henryk hatte ihr die Intrigen und die wirtschaftlichen Interessen immer plausibel erklären können. Er hatte ihr gesagt, es ginge nur darum, den Markt für die kastrierte Musik aus der Dose zu erhalten. Muzak in der E-Musik. Kein ordentlicher Musiker könne sich da einordnen. Abenteuer, wie die jeweils neue Stimmung der Musikinstrumente. Solche Abenteuer, die die Musik weniger gefällig erscheinen ließen. Das fürchtete die Musikindustrie. Weil sie den Tod der Musik wollte. Weil der Leichnam besser. Am besten zu vermarkten wäre. Wie Jesus Christus. Der ja auch erst als geschundene Leiche zu vermarkten gewesen sei. Der Stahlrahmenflügel sei das Todesurteil gewesen. Und kein Glenn Gould der Welt könne die Musik noch retten.

Helene war wieder unwohl geworden. Nach monatelanger Pause. Es war heiß. Der heißeste Sommer seit 43 Jahren, hieß es. Helene beschloß, zum Frauenarzt zu gehen und sich eine Spirale einsetzen zu lassen. Sie wollte nicht mehr überlegen müssen, ob sie es tun könnte. Oder nicht. Oder ob sie eines von diesen Verhütungszäpfchen nehmen sollte. Kondome mochte sie nicht. Henryk hatte ihr einen Aids-Test gezeigt. Und sie ging ja mit niemandem anderen ins Bett. Es war wohl nicht das, was in Broschüren mit einer Dauerbeziehung gemeint war. Aber die meisten Frauen, die sie kannte, machten es überhaupt nicht. Vor allem die verheirateten. Helene machte einen Termin bei einem Dr. A. Drimmel aus. Er hatte seine Ordination in der Gymnasiumstraße. Gleich um die Ecke. Bei Dr. Drimmel mußte sie sich erst ins Wartezimmer setzen. Eine ältere Krankenschwester kam aus dem Ordinationszimmer und bat sie, noch etwas zu warten. Helene saß da. Ein Fenster zum Garten war offen. Es war still. Kaum ein Vogel zu hören. Der Straßenverkehr nur von ferne. Helene spürte, wie Schweiß sich unter ihrem Busen sammelte und den Bauch entlangrann. Die Krankenschwester holte sie ins Ordinationszimmer. Sie solle sich setzen, sagte sie. Der Herr Doktor käme gleich. Helene setzte sich auf ein Jugendstilstühlchen, das vor einem Jugendstilschreibtisch stand. Der Arzt kam. Er war um 35. Sah frisch aus. Lebhaft. Sportlich. Was das Problem sei. Helene sagte ihm, sie wolle eine Spirale eingesetzt bekommen. Sie habe das am Telefon schon gesagt. Und sie sei jetzt eben unwohl. Also sollte es gehen. »Ja. Ja«, sagte Dr. Drimmel. Er sah Helene an. »Da ist sie das erste Mal bei uns und will gleich eine Spirale haben.« Er sagte das traurig zur Krankenschwester, die neben dem Paravant vor dem Untersuchungsstuhl stand. Die Frau zuckte mit den Achseln. Helene ärgerte sich. Warum war sie zu diesem Arzt gegangen? Sie sah ihn feindselig an. »Sie wissen alles, was Sie dazu wissen müssen?« fragte der Mann. Helene nickte. »Ja. Dann tun wir«, sagte der Arzt. »Was nimmst du?« fragte die Krankenschwester. »Da schaun wir einmal. Mama«, antwortete der Arzt. Helene wurde hinter den Paravant geführt. Sie zog sich aus und legte sich auf den Stuhl. Die Beine in den Steigbügeln hoch oben. Was für eine verblödete Situation, dachte Helene. Mutter und Sohn steckten ihre Köpfe zwischen ihren Beinen zusammen. Kaltes glitt in die Scheide. Machte schmatzende Geräusche. Die beiden unterhielten sich leise. Die Frau ging etwas holen. Der Sohn wartete. Die Hände hielt er in den Gummihandschuhen nach oben. Helene hörte, wie eine Plastikpackung aufgebrochen wurde. Er fuhr mit etwas Dünnem in die Scheide. Ein scharfer Schmerz tief im Bauch. Helene zuckte zusammen. »Schon vorbei«, sagte der Arzt. Er ging zum Waschbecken. Zog die Gummihandschuhe aus und wusch sich die Hände. Helene stand auf und zog sich an. Als sie hinter dem Paravant hervorkam, saß er an seinem Schreibtisch und blätterte in einer Zeitschrift. Seine Mutter erledige alles weitere, sagte er ihr. Abwesend freundlich. Er gab ihr nicht die Hand. War in die Zeitschrift vertieft. Helene ging hinaus. Hinter dem Pult am Empfang stand die Mutter. Sie schrieb die Rechnung. 2500 Schillinge stand auf dem Blatt, das sie Helene hinlegte. Helene holte das Geld aus der Tasche und legte es hin. Die Frau stempelte die Rechnung. Helene ging. Das A vor Dr. Drimmel stand für Augustin. Dr. Drimmel hieß Augustin. Helene fand das passend.

Helene kam mit den Kindern vom Baden zurück. Sie fand die Schwiegermutter in ihrem Wohnzimmer sitzen. Das war gegen jede Abmachung. Helene schickte die Kinder ins Badezimmer. Die Badesachen auswaschen. Sie gingen jeden Tag entweder ins Klosterneuenburger Bad an der Donau. Oder ins Strandbad an der Alten Donau. Manchmal auch ins Schafbergbad. Oder sie fuhren nach Bad Vöslau. Helene hatte Urlaub. Bis 10. September. 4 Wochen. Eine davon unbezahlt. Weil es mit der Magnetfolie nicht so voranging, wie Nadolny und Nestler sich das vorgestellt hatten. Die alte Frau Gebhardt sah Helene lange an. Sie sagte nichts. Helene lehnte sich im Sofa zurück. Sie war angenehm müde von der Sonne. Die Kinder plantschten im Badezimmer. Henryk sollte in 2 Wochen kommen. Sie würde nach dem Abendessen einen Spaziergang machen mit den Kindern. Und dann vielleicht etwas lesen. Sie würde nicht zu ihren Eltern fahren. Das Auto hatte ein seltsames Geräusch rechts vorne. Und sie konnte es nicht richten lassen. In 2 Wochen vielleicht. Wenn die Familienbeihilfe überwiesen werden würde. Und dann irgendwann mußte Gregors Nachzahlung kommen. Und dann konnte sie die Bankschulden bezahlen. Helene war fast eingedöst. Hatte ihren Ärger über das Eindringen der alten Frau fast vergessen. Die alte Frau sagte, »jetzt ist es also so weit gekommen.« Sie sprach ruhig. »Wie weit denn?« fragte Helene. Sie sei ja ihr Leben lang mit allen Menschen gut ausgekommen, sagte die alte Frau. An ihr könne es nicht liegen. Mit Helene ginge es nicht. Und das läge an Helene. Nicht an ihr. Und so eine Schande hätte sie noch nicht erlebt. Der Exekutor sei dagewesen. Das habe sie also auch noch erleben müssen. Helene fände das ja vielleicht komisch. Sie scheine ja das Leben als einen großen Spaß zu betrachten. Aber das wäre es nicht. Da wären dann immer noch Rechnungen zu bezahlen. Im Leben. Nachher. Aber. Helene werde schon noch sehen. Und. Unter solchen Umständen wäre es ja doch besser, Gregor übernähme die Kinder. Sie sei zu verantwortungslos. Schulden! Die Kinder würden das lernen. Das alles. Keine Ordnung. Es gäbe keine Ordnung in Helenes Leben. Für Kinder wäre das das

Schlimmste. Und es werde schon alles seinen Grund haben. Gregor würde schon wissen, warum er sie verlassen habe. Das hätte man nicht gedacht. Man hätte gedacht, die Tochter eines Gerichtspräsidenten. Das wäre etwas Ordentliches. Aber getäuscht hätte man sich. Der Exekutor hätte ihren Fernsehapparat und 3 Perserteppiche mit Beschlag belegt. Und ob Helene vielleicht ihre Schulden bezahlen könnte. Im übrigen habe sie Helenes Eltern angerufen und ihnen alles gesagt. Es spräche ja für Helenes schlechtes Gewissen. Die Eltern hätten nicht einmal von Gregors Auszug gewußt. Oder von ihren Liebhabern. Ausländer! Sie werde schon sehen. Gregor werde zurückkommen. Schließlich sei das seine Wohnung. Sie sähe nicht ein, warum sie sich so einschränken sollte. Die Wohnung wäre geteilt worden für die junge Familie. Wenn es die nicht mehr gäbe, bräuchte man auch die Teilung nicht mehr aufrechtzuerhalten. Helene würde hier hinausmüssen. Es gäbe ein Recht. Und sie gedächte, sich ihres zu holen. Und das von Gregor. Und von seinen Kindern. Und es wäre bedauerlich, daß alles sich als solcher Irrtum herausgestellt hätte. Helene hatte nichts gesagt. Sie hatte sich nicht bewegt während dieses Vortrags. Sie hatte die Augen halb geschlossen gehalten und zugehört. »Geh hier bitte hinaus«, sagte Helene. Die alte Frau stand auf. »Das sagst du mir nicht. Meine Liebe!« Sie betonte das Du. Und ging. Die Kinder standen an der Tür zum Wohnzimmer. Die Großmutter ging an ihnen vorbei. Und hinaus. Die Kinder liefen zu Helene. Sie wollten nicht weg. Ob sie wegmüßten. Was denn los sei. Sie wollten nicht zu Gregor. Katharina weinte. Barbara warf sich wütend auf das Sofa. Helene hatte Angst. Was, wenn Gregor zurückkäme. Helene stürzte ans Telefon. Bei Dr. Loibl lief ein Band. Am 3. September würde in der Kanzlei wieder gearbeitet werden. Helene rief Schlosser an. Aber es war zu spät. Nirgends war jemand zu erreichen. Bei den verschiedenen Schlüsseldiensten sagte man ihr, es wäre möglich, Schlösser auszuwechseln. Sie müßte nur nachweisen, Inhaberin der Wohnung zu sein. Aber es wäre sehr teuer. Kostete das Dreifache. Mindestens. Helene hätte sich das nicht leisten können.

Und was hätte sie gemacht, ihren Anspruch nachzuweisen. Helene ließ die Kinder in ihrem Bett schlafen. Sie versuchte, ihnen alles zu erklären. Die Schulden wären nicht so hoch. Sie hätten genug Geld. Ihr Vater müßte nur das zahlen, was er zu zahlen hatte. Dann ginge alles. Und niemand könnte sie ihr wegnehmen. Das sei ausgeschlossen. Die Omi hätte sich erschreckt. Die Omi komme aus einer Zeit, in der der Exekutor im Haus eine schreckliche Schande gewesen wäre. Obwohl fast alle Menschen damals Schulden hatten. Und bettelarm waren. Ihr, Helene, sei es lieber, Schulden zu haben als Brüder, die SS-Offiziere gewesen waren. Wie das bei der Großmutter der Fall gewesen war. Was ein SS-Offizier gewesen wäre? Helene sagte den Kindern immer wieder, sie sollten sich keine Sorgen machen. Sie würde alles für sie machen. Ob sie das nicht bisher gemacht hätte? Und irgendwann würde es besser werden. Sie würden schon sehen. Die Kinder schliefen dann ein. Helene mußte im Zimmer bleiben. Erst als die Kinder schliefen, konnte sie sich ins Wohnzimmer setzen und nachdenken.

Helene ging noch einmal nachsehen, ob der Schlüssel innen steckte. Dann setzte sie sich auf das Fensterbrett und schaute auf die Straße hinunter. Sie mußte mit ihrem Vater reden. Er mußte ihr einen Rat geben. Helene überlegte. Sie versuchte, geordnet zu denken. Sie fürchtete sich. Sie wollte mit ihrem Vater nicht reden. Aber wegen der Kinder würde sie es tun müssen. Helene fühlte sich gefangen. Eingesperrt. Hilflos. Eine einzige Erpressung, dachte sie. Mein Leben ist eine einzige Erpressung geworden. Sie begann im Zimmer auf und ab zu gehen. Sie hätte aus der Wohnung hinausgewollt. Unter den Himmel. Und atmen. Aber sie konnte nicht. Nicht wegen der Kinder. Plötzlich war sie überzeugt, Gregor säße bei seiner Mutter in der Wohnung auf der Lauer. Wartete, bis sie die Wohnung verlassen hatte. Dann würde er sich in die Wohnung setzen. Das Schloß auswechseln. Gregor war ein geschickter Heimwerker. Die Kinder wären in der Wohnung, in die sie nicht mehr hineinkönnte. Und sie müßte um die Kinder prozessieren. Und Henryk war so weit. Niemand da, mit dem sie reden hätte können. »Das kann man nicht ertragen«, flüsterte Helene sich zu. »Das kann man nicht. Niemand kann das. Das kann man nicht.« Sie ging die Musterränder des Teppichs entlang. Rundherum. Immer wieder. Sie hielt die Hände auf dem Rücken ineinander gelegt. Sagte sich diese Sätze vor. Immer und immer wieder. Helene war froh, keine Schlafmittel im Haus zu haben. Das Valium von Dr. Stadlmann hatte sie zum Recycling in die Apotheke getragen. Helene trank einen Bourbon. Dann nahm sie die Flaschen und leerte alle Alkoholika in die Toilette. Auch den Rum zum Kochen. Sie durfte keinen Fehler machen. Sie durfte nicht einmal mit einem Glas in der Hand angetroffen werden. Einen Augenblick war Helene in Versuchung, sich so aufzuführen, wie die Schilderungen sie beschrieben hatten. Dann setzte sie sich hin. Die sollten nicht recht haben.

Helene wartete auf den Schlosser. Am Telefon hatte der Mann gesagt, er könne um 8 Uhr kommen. Helene hatte ihn gebeten, pünktlich zu sein. Um 8 Uhr war die Schwiegermutter in der Morgenmesse. Das Auswechseln des Schlosses könnte unbemerkt bleiben. Der Mann hatte gesagt, er bräuchte nur eine halbe Stunde. Dann wäre alles gemacht. Der Schlosser kam nicht. Helene war seinetwegen früh aufgestanden. Um 9 Uhr rief er an, er könne erst um 11 Uhr. Ob sie dann noch da sei, »Ja«, sagte Helene. Sie werde warten. Die Kinder schliefen lange. Helene saß im Wohnzimmer. Es war nichts zu hören in der Wohnung. Von der Straße manchmal Autos. Es würde wieder ein heißer Tag werden. Helene hatte die Fenster gegen die Hitze schon geschlossen und die Vorhänge vorgezogen. Sie saß in dem dämmrigen Zimmer und wartete. Erst war sie noch verschlafen gewesen. Sie nippte an ihrem Morgenkaffee. Sie wollte nichts essen. Sie wollte überhaupt nichts essen. Sie wäre gern aus der Wohnung hinausgekommen. Geflüchtet. Irgendwohin. Wo es weit war. Offen. Die Bäume vor dem

Fenster bedrängten sie. Sie wollte einen Ausblick haben. Helene wußte nicht, was es rechtlich hieß, wenn sie das Schloß auswechselte. Sie mußte sagen, sie hätte den Schlüssel verloren. Und aus Sicherheitsgründen täte sie das nun. Im Grunde konnte sie es nicht richtig machen. In ihrer Situation konnte man es nicht richtig machen. Sie wollte nur sicher sein. Wenigstens. Sie fürchtete sich vor Gregor. So wie er im Bräuner Hof sie angesehen hatte, würde er sie schlagen. Niemand würde es glauben von ihm. Aber er würde es tun. Die Kinder durften das nicht erleben. Gregor galt als Gentleman. Wohlerzogen. Höflich. Kühl. Und begabt. Jeder würde sagen, sie wolle ihm nur etwas anhängen. Sich rächen. Oder sie habe es eben herausgefordert. Ein Mann hat nur so viel Geduld, wie er hat. Und sie wäre ja schon immer schwierig gewesen. Helene saß da. Die Zeit verrann. Wenn das Schloß ausgewechselt war, gab es keinen Weg zurück. Endgültig. Und ein für alle Mal. Bei jedem Blick auf die Uhr waren wieder nur 2 Minuten vergangen. Helene fragte sich, warum sie das Ende herstellen mußte. Er hätte doch wenigstens das übernehmen können. Wenigstens Schluß machen hätte er können. Aber er wartete ab. Wartete auf einen Fehler von ihr. Damit ihn die Sache billiger käme. Helene fühlte sich hilflos. Eine Flut von Entscheidungen. Und Wegen. Und Amtshandlungen. Terminen. Und Erklärungen vor wildfremden Menschen lagen vor ihr. Helene sagte sich, wenn er anruft. Wenn er anruft, bis der Schlosser kommt, dann suchen wir einen Weg. Da heraus. Der Schlosser kam um 1 Uhr. Gregor hatte nicht angerufen. Helene zog das Telefon heraus. Sie stopfte ihren Einkaufskorb voll mit Büchern. Der Schlosser brauchte wirklich nur eine halbe Stunde. Die Schwiegermutter erschien nicht an der Tür. Sie machte ihren Mittagsschlaf. Wahrscheinlich. Helene nahm die neuen Schlüssel in Empfang. Sie mußte 2 Sicherheitskarten unterschreiben. Eine behielt sie. Falls neue Schlüssel gemacht werden mußten, würden sie nur dem Besitzer dieser Karte ausgefolgt werden. Helene unterschrieb mit ihrem Mädchennamen. Ungelenk. Helene Wolffen stand da. Wie auf den Schildchen der Schulhefte sah es aus. Helene rief die Kinder. Sie konnten wieder in ein Bad fahren. Helene hatte sich nicht aus der Wohnung gewagt, bevor das Schloß nicht geändert worden war. Sie hatte sich vorgestellt, sie kämen zurück. Und Gregor säße da und täte, als wären die letzten 2 Jahre nicht gewesen. Diese Vorstellung war so ungeheuerlich gewesen. So schrecklich. Und so möglich. Helene und die Kinder hatten 2 Tage von Cornflakes und Haltbarmilch gelebt. Es war schwierig gewesen, in der Urlaubszeit einen Schlosser zu finden. Helene trug die Bücher weg. Sie warf sie in einen Container für Altpapier in der Nähe des Strandbads zur Alten Donau. Sie trug so alle Bücher aus dem Haus. Bei jedem Gang aus der Wohnung nahm sie einen Stoß mit. Bis die Bücherregale leer waren. Sie warf auch die Kunstbücher weg. Und die wissenschaftlichen Werke. Die der Kunstgeschichte. Und die der Mathematik. Helene ließ nur die Kriminalromane stehen. In Kriminalromanen wurde nicht gelogen. Bis Ende August waren die Bücherregale geleert.

Helene spielte Lotto. Sie ging mit den Kindern zur Trafik in der Krottenbachstraße. Bei der Post. Dort füllte jede 2 Rubriken aus. Barbara fuhr beim Ausfüllen mit dem Kugelschreiber über den Rand der Kästchen mit den Zahlen. Sie mußte mehrere Scheine ausfüllen. Bis es stimmte. Katharina kreuzte immer die gleichen Zahlen an. Barbara jedesmals andere. Am Sonntagabend saßen sie vor dem Fernsehapparat und sahen bei der Ziehung zu. Wenn sie gewännen, wollte jede von ihnen weg. Zuerst einmal. Nach Amerika. Am liebsten.

Helenes Mutter kam. Helene hatte das Telefon nicht mehr eingesteckt. War nicht erreichbar gewesen. Es läutete an der Wohnungstür. Helene machte auf. Ihre Mutter stand da. Helene nahm an, sie war zuerst bei ihrer Schwiegermutter gewesen. Sonst hätte sie an der Haustür geläutet. Helene bat ihre Mutter nicht in die Wohnung. Ihre Mutter stand auf dem Gang. Helene sah sie an. Sie hatte sie lange nicht gesehen. Sie ist wieder dicker geworden, dachte Helene. Die Mutter trug ein grünes Leinenkostüm. Mit langer Jacke. Die breiten Hüften zu kaschieren. Sie trug grüne Schuhe. Ihre kleinen Füße steckten in den Schuhen. Die Absätze waren sehr hoch. Die Füße angeschwollen von der Hitze. Sie quollen ein wenig über die Schuhränder. »Was ist denn los?« fragte die Mutter. Sie klang sanft. Und traurig. Und vorwurfsvoll. »Ich glaube, das interessiert dich nicht«, sagte Helene. Sie ahmte den Ton der Mutter nach. Sie mußte sich beherrschen, nicht zu kichern. Es klang so reizend. Nach einer langen Pause. Die Mutter hatte sie weiter vorwurfsvoll bittend angesehen. Nach einer langen Pause fragte die Mutter, warum Helene nicht zu ihr gekommen sei. Zu ihnen. »Hast du 50000 Schillinge?« fragte Helene. »Ja. Da hast du«, sagte die Mutter. Sie suchte ein Kuvert aus der Handtasche und hielt es Helene hin. »Dein Vater will aber eine Bestätigung«, sagte sie. Helene hatte das Kuvert schon in der Hand. Sie reichte es der Mutter zurück. Sehr höflich. Die Mutter nahm es automatisch entgegen. Stand mit dem Kuvert da. Schaute resigniert zu Boden. Ob sie hinausfände, fragte Helene. Oder ob sie ohnehin noch einmal bei der Schwiegermutter vorbeischauen wollte. Dann schloß Helene die Tür. Sie lehnte sich von innen gegen die Tür. Ihre Mutter rief gegen die geschlossene Tür, »du bist krank. Du brauchst Hilfe.« Helene ließ sich an der Tür entlang zu Boden gleiten. Saß zusammengekauert da. Flüsterte ihren Knien zu, »Arschlöcher. Verdammte Arschlöcher.« Sie blieb so sitzen. Sie hörte ihre Mutter weggehen. Die hohen Absätze klapperten. Ihre Mutter machte schnelle kleine Schritte. Damenhaft. Helene war bisher noch nie die Doppelbedeutung dieses Wortes aufgefallen. Sie mußte lachen.

Helene fuhr auf den Sonnbergmarkt. Obst und Gemüse einkaufen. Der Stand des Ehepaars Leonhard war wieder offen. Die Leonhards vom Urlaub zurück. In den Bergen wären sie gewesen. Sie führen immer nur in die Berge.

Frau Leonhard könne es nicht heiß haben. Sie vertrüge das nicht. Helene sah sich um. Weißstämmige Herrenpilze lagen da. Helene konnte beim Hinsehen gebackene Herrenpilze schmecken. Aber seit Tschernobyl gab es keine Pilze mehr. Spinat. Frischen Spinat. »Da sind Sie aber eine brave Hausfrau«, meinte Frau Leonhard und stopfte Spinat in einen großen Plastiksack. Helene nähme ihn doch gleich heraus, fragte Frau Leonhard. Helene kaufte Trauben, Zwetschgen, Zitronen, Salat, Äpfel, Zwiebeln. Wo Helene im Sommer gewesen wäre, fragte Frau Leonhard. Herr Leonhard war eine Zigarette rauchen gegangen. Hinter den Stand. Helene hatte den Kindern Geld gegeben. Sie waren zum Ruckenbauer vorgegangen. Ein Eis kaufen. Helene wollte sie dann da abholen. Helene sagte zu Frau Leonhard, die Kinder wären am Attersee gewesen. »Und Sie?« fragte Frau Leonhard. »Sie kommen gar nicht raus?« Helene hatte sofort Tränen in den Augen. Sie war dankbar. Sie hätte Frau Leonhard umarmen können. Jemand fragte nach ihr. Aber das Mitleid in Frau Leonhards Ton traf sie. Ihren Stolz. Ließ sie merken, wie weit es gekommen war. Alle konnten es sehen. Sie sah es ja selbst. Jeden Morgen. Im Spiegel konnte sie sehen, wie sie verhärmter aussah. Verblühte. Allein der Gedanke an die Wohnung löste dieses Gefühl aus, alles wäre unsicher. Nichts fest. Geordnet. Die vorwurfsvolle alte Frau nebenan. Stumm. Aber da. Immer. Und die Angst, Gregor könnte auftauchen. Nicht in die Wohnung können. Und schreien. Am Gang. Frau Bamberger aus dem Hochparterre würde das sehr gerne hören. Die Angst um die Kinder fiel wieder über Helene her. Sie sagte, sie wolle noch eine Melanzane. Das sei dann alles. Danke. Helene zahlte und fuhr die Obkirchergasse entlang. Sie fand die Kinder auf einer Bank sitzen. Gegenüber vom Eisgeschäft saßen sie und schleckten ihr Eis. Helene hupte, und die Kinder kamen zum Auto gelaufen. Sie schauten ordentlich rechts und links, bevor sie die Straße überquerten. Helene ließ sie einsteigen. Sie schleckten am Eis und plauderten. Es gab bestimmte Tennisschuhe, die Barbara haben wollte. Katharina aß ihr Eis zu Ende. Nein. Die Mami bekäme nichts. Sie wäre groß genug, ein Eis aufzuessen, sagte sie vergnügt. Sie biß von der Tüte unten die Spitze ab und saugte das Eis heraus. Helene fuhr mit ihnen über die Höhenstraße nach Hause. Helene dachte, so wäre es am besten. Die Kinder im Auto hinten. Und fahren. Sie rollten über das Katzenkopfpflaster der Höhenstraße. Niemand wußte, wo sie waren. Wo sie war. Sie hätte immer so weiterfahren mögen.

Helene hatte einen Liegestuhl gemietet. Sie hatte ihn unter die Weiden getragen. Im Strandbad Alte Donau gingen Helene und die Kinder in die Ecke links. Unter den hohen Bäumen war immer Schatten. Die Kinder liefen dann ans Wasser. Helene konnte sie gerade noch sehen von dort. Sie selbst ging nicht immer ins Wasser. Naß werden machte ihr Mühe. Helene lag im Liegestuhl. Sie hatte die Augen geschlossen. Die heiße Luft stand um sie herum. Manchmal umfing sie eine kühlere Strömung vom Wasser her. Die Hitze verdrängte die frischere Luft gleich wieder. Helene hätte die Hitze umarmen können. Einen Augenblick war alles richtig. Die warme Luft auf der bloßen Haut. Die Kinder hüpften im seichten Wasser und quietschten. Sie würden gelaufen kommen. Alles naß machen und das Essen aus der Tasche reißen. Helene hatte am Morgen Fleischlaibchen gemacht. Sie würden noch lauwarm in den Semmeln liegen. Sie würden kaltes Cola kaufen gehen. Dann würden sie auf der Decke liegen und lesen. Niemand wußte, wo sie waren. Helene war das sehr wichtig. Helene hatte aus der Geschichte mit Alex zwei Dinge gelernt. Es gab wirklich Privatdetektive. Und Leute gaben ihnen wirklich Aufträge. Und man bemerkte es nicht, wenn sie einem folgten. Helene hatte sofort wieder dieses drohend drehende Gefühl im Magen. Sie war bestürzt gewesen. Sprachlos. Als Gitta ihr die Fotos gezeigt hatte, die der Privatdetektiv von ihr und Alex gemacht hatte. Helene schaute nach Verfolgern aus. Sie ging die Autos in der Lannerstraße entlang. Wollte sehen, ob jemand dasaß und wartete. Sie schaute in den Rückspiegel, ob ihr ein Auto folgte. Ob eine Person öfter auftauchte. Sie hatte nichts bemerkt. Helene glaubte manchmal nicht, Gregor würde sich die Mühe machen. Sie glaubte auch nicht, er wollte die Kinder wirklich. Aber es war auch nicht klar, wie weit er gehen würde. Helene wollte nicht so weit denken müssen. Sie konnte es sich auch nicht für die Kinder vorstellen. Gregor hätte nicht einmal gewußt, was die Kinder zum Frühstück aßen. Aber Vorsicht war notwendig. Sie hatte ja auch nicht geglaubt, Gregor könnte sie verlassen. Eines Tages. Sie. Oder die Kinder. Helene lag im Liegestuhl. Das Gesumme rund um sie machte sie schläfrig. Das Wasser klatschte gegen den Badesteg. Das Schilf hinter ihr raschelte in kleinen Brisen. Helene dachte. Sagte sich vor, wie wunderbar alles war. Wie im Unterricht für autogenes Training sagte sie sich vor, wie ruhig und entspannt sie war. Und keine Angst. Sie hatte keine Angst. Ganz kurz gelang es. Der Körper antwortete auf die Worte. Helene schwebte. Sie schwebte auf dem Gemurmel und den spitzen Schreien der Kinder am Wasser. Auf dem Geruch nach gegrillten Bratwürsten. Auf den Wellen, die schwarz tanzten und dünn aufglänzen konnten. Auf dem satten Grün des Grases und der Baumkronen gegen den Himmel ein Gewirr von goldleuchtendem Grün auf dem schmalen Blau des dunstig heißen Tags. Einen Augenblick war nichts anderes als sie. Es gelang nicht lange. Unter der Ruhe stieg die Sehnsucht auf. Wuchs von der Mitte her und füllte sie aus. Henryk. Genauso war der Wunsch, sich umzubringen, aufgestiegen. Früher. Vor einem Jahr. Genau in diesen Augenblicken. Und dann dagewesen. Helene wünschte sich diesen Selbstmordwunsch zurück. Das hatte nur mit ihr zu tun gehabt. Das Warten auf ihn. Die Sehnsucht nach Henryk. Das war entwürdigend. Abhängigkeit. Schnitt sie fast auseinander. In der Mitte. Helene lag erschöpft im Liegestuhl. Zurückgelassen. Müde. »Warum lachst du?« fragte Barbara und umarmte Helene. Der schmale Kinderkörper, kalt und naß gegen ihren. Helene kam sich breit vor. »Hast du gelacht?« fragte das Kind. »Du hast doch gelacht. Gerade!« »Ja. Weil wir so toll sind«, sagte Helene. »Findest du nicht?« Barbara warf sich auf die Decke. »Kann ich ein

Cola haben.« Barbara hatte sich auf den Rücken gerollt. Sie hatte die Arme weit ausgebreitet. Ihr schmaler Brustkorb hob und senkte sich eilig. Sie lag da. Die Augen geschlossen. Helene konnte ihr Wohlgefühl sehen. Es würde vom nächsten abgelöst werden. Oder eine Enttäuschung würde es unterbrechen. Und der Unmut darüber laut geäußert werden. Helene kramte in ihrer Tasche nach der Geldbörse. Wann war dieses Immer eingepflanzt worden. Nach dem sie sich sehnen mußte. Und von dem es keine Erholung gab. Mitleid mit sich selbst überschwemmte Helene. »Kauf mir auch eines. Für uns alle. Wir essen dann«, sagte sie zu Barbara. Barbara lag still. Lächelte. Dann sprang sie auf. Schnappte die Börse und raste über die Wiese davon. Verschwand zwischen den liegenden Menschen und der Menge rund um das Restaurant. Helene fiel ein. Sie hatte seit Wochen keine Lust mehr gehabt. Nicht dieses verschwommene Brennen zwischen den Beinen. Oder die Brüste steif gegen den Stoff einer Bluse. Der singende Druck in der Kehle. Kitzelnd. Helene lehnte sich zurück. Wozu hatte sie sich diese Spirale einsetzen lassen. Wenn sie doch ohnehin nie wieder. Mit einem Mann. Vielleicht sollte man schneller alt werden, dachte sie.

Helene fuhr die Währinger Straße bei der Volksoper hinauf. Sie bog in den Gürtel ein. Sie querte die Fahrbahnen und ordnete sich zum Linksabbiegen ein. Hinter ihr kam eine Funkstreife zum Stehen. Das Blaulicht war eingeschaltet. Helene versuchte, nach links auszuweichen. Aber es war nicht genug Platz. Dann schaltete die Ampel auf Gelb. Helene fuhr los. Bog links ein. Das Polizeifahrzeug hinter ihr. Sie reihte sich in der rechten Spur ein. Sie sah einen Polizisten eine Wurst am Würstelstand essen. Das Polizeifahrzeug blieb hinter ihr. Hätte links vorbeifahren können. Helene fuhr so früh wie möglich los. Sie dachte, die Polizei würde sie schon überholen. Sie sah geradeaus. Das Folgetonhorn wurde aufgedreht. Sie sah nach links. Die Funkstreife fuhr auf gleicher Höhe. Der Polizist winkte ihr stehenzubleiben. Helene fuhr in den nächsten Parkplatz. Der Polizist parkte vor ihr. Er stieg aus. Das Blaulicht lief weiter. Der Polizist vom Würstelstand kam gelaufen. Der Polizist aus dem Auto setzte seine Kappe auf. Er stand neben dem Wagen. Sah auf Helene herunter. Verlangte die Autopapiere. Helene suchte sie. Ihre Hände zitterten. Katharina sagte ihr, sie habe sie doch in der Seitentasche. Meistens. Helene fand sie dort. Sie stieg aus. Sie wollte diesen Mann nicht halb ins Auto hängen haben. Und sie wollte nicht vor den Kindern mit ihm reden. Der Polizist sah die Papiere durch. Er ließ sich das Pannendreieck zeigen. Und die Autoapotheke. Warum man sie aufgehalten habe, fragte Helene. Was los sei. Helene fragte den Polizisten, der vom Würstelstand gekommen war. Er kaute noch an einem Stück Semmel. Er reagierte nicht. Sah seinem Kollegen zu. Der andere Polizist ließ sich Helenes Adresse sagen. Und. Er sei nicht verpflichtet, den Grund zu nennen. Er könne sie aufhalten, sooft er wolle. Helene steckte ihre Hände in die Taschen ihrer Leinenhosen. Ob sie zahlen wolle. Oder eine Anzeige. Helene sagte, sie könne nicht zahlen, wenn sie nicht den Grund dafür kenne. »Also. Eine Anzeige«, sagte der Polizist. Sie sei sich keines Vergehens bewußt. Die Polizisten grinsten einander an. Das sei interessant, meinten sie. Helene nahm dem Mann ihren Führerschein und den Zulassungsschein aus der Hand. Der Polizist merkte das erst, als sie die Papiere schon wieder in ihre Handtasche steckte. »Das wird Ihnen auch nichts helfen«, sagte er. Er sah sie herausfordernd an. Er war sehr jung. Viel jünger als Helene. Helene hätte ihn niederschlagen wollen. Mit einem Schlag. Und er läge dann da. Sie könnte ihn von oben sehen. Und gehen. Helene sagte, »wenn Sie schon eine Amtsperson sind, dann sollten Sie mit dem Nägelbeißen aufhören.« Sie schaute bedeutungsvoll auf seine Hände. Der Mann wurde rot im Gesicht. Seine Finger weiß im Festhalten des Kugelschreibers und des Blocks. »Auf Wiedersehen«, sagte Helene und stieg wieder in den Wagen. Einen Augenblick hatte sie gedacht, der Mann stürzte sich auf sie. »Was ist denn los?« fragten die Kinder. »Wir haben gewonnen«, sagte Helene und startete. Sie mußte links um das

Polizeiauto fahren. Sie konnte sich lange nicht in den fließenden Verkehr einordnen. Sie sah den Polizisten zu. Wie sie sich in ihr Auto setzten und redeten. Wie das Blaulicht kreiste. Helene konnte dann vorbeifahren. Sie sah nicht einmal nach rechts. Das wird teuer werden, dachte sie. Sie wollte die Kinder auf ein Eis einladen. Die Kinder waren müde. Sie wollten gleich nach Hause.

Helene rief am 3. September in der Kanzlei von Dr. Loibl an. Nach mehreren Versuchen. Eine Sekretärin wies sie immer wieder an, es in 20 Minuten noch einmal zu versuchen. Dann hieß es, man werde zurückrufen. Helene konnte nicht sagen, sie hübe das Telefon nicht ab. Ginge nicht ans Telefon. Machte niemandem auf. Hätte das Schloß getauscht. Hätte Angst, ihr Mann könnte auftauchen und Ansprüche stellen, bei denen sie nicht wußte, wie sie sich verhalten sollte. Daß sie sich verfolgt fühlte. Sie sagte der Frau am Telefon noch einmal, wie dringend es wäre, Dr. Loibl zu sprechen. Helene saß am Telefon und wartete. Die Kinder waren quengelig. Sie wollten hinaus. Sie wollten alleine weggehen. Sie hatten die Zeit sehr genossen, in der Helene sie nicht aus den Augen gelassen. Aber das war lange genug gewesen. Sie waren sich ihrer Mutter jetzt sicher und wollten ihre Freiheit wieder. Sie schlichen in der Wohnung herum. Horchten, ob sie etwas von der Großmutter hören konnten. Fragten unschuldig, ob sie die Omi nicht besuchen dürften. Das Telefon läutete. Helene schickte die Kinder hinaus. Sie gingen nicht. Helene schrie sie an. Widerwillig machten sie sich auf den Weg aus dem Zimmer. Helene hob ab. Es war Püppi. Helene konnte nichts sagen. War nicht fähig, einen Laut auszustoßen. Püppi sagte, sie müßten einander sehen. Sie verstünde ja alles. Aber man müsse reden. Helene fand nur mit Mühe Worte. Sie sähe keine Notwendigkeit. Und. Außerdem. Gregor drehe durch. Sie müsse sehr aufpassen ... »Gregor?« fragte Püppi. »Der ist doch in Taormina. Bis zum 17. ist der doch in Taormina.« Helene saß da. Den Telefonhörer in der Hand. Sie war gelähmt. Vor Zorn. Vor Scham.

Aus Demütigung. Er war in Taormina. Sie in der Lannerstraße. Oder im Strandbad Alte Donau. Und die Kinder mit ihr. Ohne ihre Schwester wären die Kinder gar nicht weggekommen. Und. Alle Angst umsonst gewesen. Gregor hatte gar nicht daran gedacht, seine Drohungen wahrzumachen. Nicht einmal das waren sie wert. War sie wert. Püppi sagte, ob sie am Abend ins Santo Spirito kommen könne. Oder zum Kalb. Helene sagte nichts. Konnte nichts sagen. Püppi sagte, »also. Um 10 Uhr im Alt Wien. Ja?« und legte auf. Helene blieb neben dem Telefon sitzen. Als Dr. Loibl anrief, wußte sie nichts zu sagen. Sie konnte dem Rechtsanwalt doch nicht sagen, sie hätte gefürchtet, ihr Mann entführte die Kinder. Aber er wäre doch lieber nach Taormina gefahren. Und sie hätte es gleich wissen können. Jetzt. Im nachhinein wußte sie, sie hätte es wissen können. Sie sagte dem Anwalt, sie fühle sich bedroht von ihrem Mann. Sie begann zu weinen. Dr. Loibl sagte väterlich, »machen Sie sich keine Sorgen. Gnädige Frau. Ich betreibe das schon. Und schöne Grüße an den Herrn Papa. Sie haben mir ja gar nicht gesagt, daß ihr Vater der Gerichtspräsident Wolffen ist. Das ist mir doch eine Ehre. Küß die Hand. Und Grüße zu Hause. Ich melde mich, sobald es eine Entwicklung gibt.« Helene ließ sich auf die Couch zurücksinken. Sie schickte die Kinder einkaufen. Die liefen fröhlich davon. Sie sollten eine große Portion Schokoladeeis mitbringen. Helene blieb sitzen.

Am Abend ging Helene zum Spiegel und sah sich an. Die Haut über den Wangenknochen war gespannt. Sie hatte Schatten unter den Augen. Die Mundwinkel waren verzogen. Eine Art Grinsen. Die Augenbrauen standen steil in die Höhe. Helene konnte genau sehen, wo sich einmal Falten quer über die Stirn ziehen würden. Helene beschloß, in die Stadt zu fahren. Sie wollte alles wissen. Sie richtete sich besonders sorgfältig her. Die Kinder würden alleinbleiben können. Daran würden sie sich ohnehin gewöhnen müssen. Sollte etwas Außergewöhnliches sein, könnten sie ja immer noch bei der Großmutter läuten. Oder sie anrufen. Helene fuhr in die Stadt. Es kam ihr vor, als wäre sie nach einer langen Krankheit das erste Mal auf. Der Weg von der Dominikaner Bastei zum Alt Wien schien ihr lang. Vor dem Kalb lief sie Haimowicz in die Arme, der seine abendliche Lokalrunde begann. Er begrüßte sie. Umarmte sie. Preßte sie gegen seinen Bauch. Fragte, was sie denn so treibe. Wandte sich an 2 junge Mädchen, die aus dem Kalb kamen. Helene mußte nichts antworten. Sie ging weiter. Sie überlegte, ob sie wirklich ins Alt Wien gehen sollte. Was sollte sie mit Püppi reden. Sie warf sich vor, kein Rückgrat zu haben. Sie machte ein Orakel. Wenn sie an der nächsten Straßenecke. Gerade gegenüber vom Alt Wien. Wenn sie da mit dem linken Fuß vom Gehsteig auf die Straße trat, dann mußte sie nicht ins Alt Wien. Durfte umkehren und weg. Wenn sie mit dem rechten Fuß aufkam, dann würde sie hineingehen. Sie kam mit dem linken Fuß auf und ging ins Alt Wien. Es war fast leer. Noch zu früh. Für die meisten zu früh. Püppi saß links in der Ecke beim Fenster. Helene setzte sich ihr gegenüber. Püppi sah aus wie immer. Ihre Haare waren kürzer. Nicht so stark gewellt. Es stand ihr gut. Sie sah sanfter aus. Nicht so flippig wie mit den langen Medusenlocken. Braungebrannt. Sommersprossig. Jünger. Helene bestellte einen Gespritzten. Püppi hatte Mineralwasser vor sich. Nein. Sie tränke nicht mehr. Sie wäre geheilt. Sie würde vollkommen neu beginnen. Alles. Und eine Voraussetzung dafür wäre Helenes Vergebung. Püppi sagte »Vergebung«. Wie in der Kirche. Und Helene müsse Püppis Dank annehmen. Püppi redete schnell und hastig. Ließ keine Pausen. Helene hätte nicht antworten können. Und über die Ansinnen. Püppi hatte nie so gesprochen. Nie so sentimental herumgeredet. Püppi legte ihre Hand auf Helenes. Ihr Therapeut. Der in der Schweiz. Da. Wo sie gewesen war. Der habe ihr das als Aufgabe gegeben. Sie hätte eine ganze Liste solcher Aufgaben. Und diese beiden Dinge. Der Dank und die Vergebung. Die wären besonders wichtig. Helene könne sich ja gar nicht vorstellen, wie viel von ihr die Rede gewesen. Von ihr. Dem weißen Reh. Der Therapeut hatte von ihr verlangt, alle Personen, mit denen sie zu tun gehabt, mit Tiernamen zu beschreiben. Helene zog ihre Hand unter Püppis weg. Wie sie dann Gregor beschrieben hätte, fragte sie. »Als grünen Löwen. Natürlich«, sagte Püppi. Dann legte sie ihre Hände um Helenes Hände. Umschloß Helenes Hände, die das Glas umklammerten. »Das war nur ein Mal«, sagte Püppi. »Wirklich!« Helene konnte ihre Kehle nicht mehr spüren. Sie wußte nur, sie schmerzte. Hatte Angst, nicht mehr atmen zu können. Püppi redete weiter. Schnell. Fröhlich. Helene hätte immer recht gehabt. Sie würde sich konzentrieren. Arbeiten. Die Malerei ernst nehmen. Und die Voraussetzungen wären gut. Sie habe jetzt jemanden, der auch künstlerisch arbeitete. Nicht in der bildenden Kunst. Aber. Musik und Malerei. Da sei viel Gemeinsames. Und es handle sich um einen ganz besonderen Menschen. Helene kenne ihn nicht. Wahrscheinlich. Oder vielleicht doch. Sie hätte ihn einmal im Santo Spirito gesehen. Aber das sei lange her. Sie hätte ihn auch nur zufällig. »Und ich habe wieder eine Chance. Verstehst du. Ich werde einfach neu anfangen. Wenn ich diese Chance vertue. Verstehst du. Dann gibt es nichts mehr. Ich muß es jetzt schaffen. Aber du mußt sagen, daß du mir nicht böse bist. Und daß alles so wird wie früher. Und daß wir wieder über alles reden können. Du wirst dich mit ihm sehr gut verstehen. Das weiß ich. Wir suchen einen Mann für dich. Und dann gehen wir zusammen aus. Und alles. Was hältst du davon. Findest du das nicht auch alles wahnsinnig spannend. Ich kann wirklich noch einmal anfangen. Aber zuerst mußt du mir sagen, daß du mir nicht mehr böse bist. Ohne die Sauferei. Und du weißt ja. Alles andere. Das ist ja eigentlich schuld. Ich hätte das nie gemacht. Sonst. Wirklich. Das mußt du mir glauben. Helene. Das mußt du mir wirklich glauben.« Helene saß da. Versuchte, ihre Hände unter Püppis Händen herauszuziehen. Püppi drückte ihre Hände fest. Sie solle sagen, daß alles gut sei. Püppi starrte in Helenes Augen. Hielt die Hände fest. Eisern. In einer Fernsehserie käme er jetzt herein. Oder doch nicht? schoß es Helene durch den Kopf. Meinte Püppi Henryk. Oder jemanden anderen. Warum fragte sie nicht. »Du. Konstanze«, begann Helene. »Bitte!« sagte Püppi. »Bitte!« Sie drückte Helenes

Hände noch fester. Flehentlich. Das dünne Glas des billigen Wasserglases, in dem die Gespritzten serviert wurden, brach. Die Scherben bohrten sich in Helenes Handflächen, Handballen und Finger. Die Fingerspitzen blieben verschont, wo sie ineinander verschränkt waren. Helene flüsterte, »Püppi. Laß mich.« Püppi schrie fast, »bitte!« Helene sagte ruhig, »aber ja. Aber jetzt laß mich.» Sie stieß Püppi weg. Helene hielt die Hände von sich. Über den Tisch. Blut, Scherben und der gewässerte Wein. Blut tropfte. Der Wein rann über den Tischrand. Das Blut begann zu rinnen. Püppi schrie auf. Helene spürte nichts. Sie begann die dünnen Glassplitter aus der Haut zu ziehen. Sie machte es methodisch. Erst mit der rechten Hand die linke. Dann mit der linken Hand die rechte. Der Kellner stand da. Püppi war aufgesprungen und starrte auf den Tisch. Andere Gäste traten näher. Helene hörte, wie nach einem Arzt gefragt wurde. Helene nahm dem Kellner seine Serviette ab. Ob er noch eine habe? Der Mann lief weg und brachte eine zweite. Helene wickelte die Servietten um die Hände. Das Blut hatte richtig zu fließen begonnen. Hell. Helene stand auf. Hängte ihre Tasche um die Schulter. Sie ging. Die Hände in die Servietten gewickelt. Ging die Bäckerstraße zur Jesuitenkirche. Zur Bastei. Haimowicz kam vom Kalb herauf in Richtung Alt Wien. Er begrüßte sie wieder. Überschwenglich. Püppi stand vor dem Alt Wien. Sie rief »Helene«. Immer wieder. Helene ging. Sie konnte Püppi noch bei der Akademie der Wissenschaften hören. Helene ging mechanisch. Das Autofahren war schwierig. Helene konnte nur mit den Fingerspitzen lenken. Die Servietten lösten sich immer wieder, und das Blut tropfte überall hin. Helene fuhr mit dem 2. Gang. Schalten war unmöglich. Helene schleppte sich mit dem Auto nach Hause. Sie zog das Telefon heraus. Riß die Gegensprechanlage aus der Wand. Die Drähte baumelten lose. Aber niemand würde läuten können. Helene goß Merfen Orange über die Hände. Die Schmerzen waren unerträglich. Schneidend und klopfend. Helene konnte ihre Hände nicht erkennen. Sie wikkelte mühselig Mulltupfer und Mullbinden um sie. Barbara war aufgewacht. Sie schlich sich an die angelehnte Badezimmertür. Schaute um die Ecke. Helene bat sie, ihr zu helfen. Barbara machte die Verbände fertig. Helene gab ihr Anweisungen. Barbara machte das sehr gut. Aber sie war weiß im Gesicht. Helene bat sie, ihr zu helfen. Beim Ausziehen. Das Kind fragte nichts. Sie machte Zippverschlüsse auf. Knöpfe. Zog Ärmel vorsichtig über die Hände. Half Helene in ein Nachthemd. Barbara brachte Aspirin und Wasser. Helene hätte gerne etwas Starkes getrunken. Aber es war ja nichts mehr im Haus. Barbara sollte nun schlafengehen. Und vielen Dank für ihre Hilfe. Sie hätte nicht gewußt, was sie tun hätte sollen. Ohne sie, sagte Helene. Und Katharina müsse man es vorsichtig sagen. Sie schrecke sich so leicht. Barbara deckte Helene zu. Helene legte ihre Hände nach hinten. Neben den Kopf. Wie ein Baby. Damit die Hände auf den Handrücken lägen. Hands up.

Die nächsten Tage konnte Helene nichts tun. Sie bestand nur aus schreiend schmerzenden Händen. Sie konnte über alles in Tränen ausbrechen. Am meisten weinte sie, wenn sie die Kinder besprechen hörte, was noch zu tun sei. Für sie.

Helenes linke Hand verheilte nicht richtig. Helene hatte zum Arzt gehen müssen. Die praktische Ärztin hatte sie in die Unfallchirurgie im AKH geschickt. Die Ärztin hatte den Kopf geschüttelt. Der Arzt im AKH hatte den Kopf geschüttelt. Warum sie nicht früher gekommen wäre. Helene hatte nichts gesagt. Hätte sie dem Arzt sagen sollen, wie Gulla in dem Mädchenroman »Gulla auf dem Herrenhof« immerhin von einem Köhler gesundgepflegt worden war. Daß sich aber für sie kein Köhler gefunden hatte. Helene hatte versucht, dem Arzt den Hergang der Verletzung zu erklären. Er hatte etwas von Hohlhandbogen gesagt. Glasbrösel aus dem Handballen herausgeschnitten. Die Taubheit im Ringfinger links. Die werde sich vielleicht geben. Das müsse man später entscheiden. So etwas könne man eigentlich nur sofort reparieren. Helene war krankgeschrieben.

Sie fuhr aber ins Büro. Die Fotoaufnahmen für die Magnetfolienverpackung waren geplant. Von Helene organisiert. Alle waren aus dem Sommer zurück. Nadolny war auf Jagd in Afrika gewesen. Er war guter Dinge. Es wurde Sekt am Vormittag getrunken.

Die Aufnahmen wurden im Atelier eines Fotografen in Hietzing gemacht. Eines Starfotografen. Er war mit einem ehemaligen Model verheiratet. Sie würde das Nacktmodel schminken. In diesem Fall hieß das, die junge Frau auf dem ganzen Körper mit Goldfarbe zu färben. Der Fotograf würde dann eine halbe Stunde Zeit für die Fotos haben. Viel länger durfte die Farbe nicht auf der Haut bleiben. Es bestand Erstickungsgefahr. Nadolny hatte diesen Satz immer wieder wiederholt. Und sein Sektglas gehoben. Das Model war vom Fotografen ausgesucht worden. Empfohlen hatte die junge Frau ein Filmregisseur. Hieß es. Karin hieß sie. Helene wußte alles über ihre Maße. Und wie empfindlich Karin wäre. Äußerste Ruhe sei notwendig. Im Studio. Helene sollte dafür sorgen. Helene hatte nicht zu den Aufnahmen kommen wollen. Ihre Hände waren noch verbunden. Die Linke dick. Nur die Fingerspitzen ragten aus dem Verband heraus. Auf der rechten Hand klebten nur mehr Pflaster. Nadolny hatte sie gebeten hinzukommen. Wegen der Stimmung. Sie würde gute Stimmung verbreiten. Seriös. Helene fuhr zum Atelier. Sie war pünktlich. 10 Uhr am Vormittag. Sie fand einen Parkplatz vor dem Haus. Die Gartentür stand offen. Sie ging zur Haustür. Ein Messingschild wies mit einem Pfeil zum Atelier. Helene folgte dem Pfeil. Sie fand keine Tür. Sie ging weiter. An das Einfamilienhaus war ein Betonanbau gefügt. Helene ging die Betonmauer entlang. Sie kam um die Ecke und stand vor einer großen doppelflügeligen Glastür. Helene stand unschlüssig da. Sie schaute durch die Glastür in den Raum. Sie hatte bisher niemanden gesehen. Drinnen stand eine Frau. Nackt. Sie stützte sich auf einen Schminktisch auf. Sie sah in den Spiegel. Der Mann stand hinter ihr. Schaute über sie in den Spiegel. Die junge Frau drehte sich weg. Wand sich zur Seite. Der Mann sagte etwas. Sein Schwanz wippte aus der Hose. Die Frau lachte und lief nach hinten in den Raum. Der Mann ging ihr nach. Er hatte seinen Schwanz in die Hand genommen und hielt ihn der Frau hin. Helene konnte keinen Ton hören. Sie ging den Weg zurück. Sie stieg ins Auto und fuhr an die Ecke vor. Sie blieb im Auto sitzen. Hatte sie den Termin verwechselt? War sie am falschen Tag hier? Helene stieg aus und ging zu einer Telefonzelle. Sie rief im Büro an. Der Termin sei um zwei Stunden verschoben. Hätte sie das nicht gewußt. Frau Sprecher tat bestürzt. Ja. Die Terminverschiebung sei notwendig, weil das Model Unterwäsche angehabt hätte, die eingeschnitten habe. Jetzt müsse gewartet werden, bis die Druckstellen verschwunden seien. Das dauere. Frau Sprecher klang zufrieden. Also. Um 12 sei dann alles. Helene setzte sich ins Dommeyer. Die Szene hatte sie nicht aufgeregt. Sie konnte vor sich sehen, wie der Mann seinen geschwollenen Schwanz der Frau hingehalten hatte. Sie müsse etwas tun, hatte er wahrscheinlich gesagt. Das sei alles ihre Schuld. Sie müsse es auch wieder gutmachen. So hatte er ausgesehen. Beleidigt und anklagend. So, wie er der Frau nachgegangen war, war er sicher gewesen, alles zu bekommen. Es war ein Spiel. Helene versuchte, sich in die Rolle der Frau zu versetzen. Es gelang ihr nicht. Nichts an ihr oder in ihr reagierte auf die Vorstellung. Helene saß im Kaffeehaus. Sie hatte keine Sehnsucht mehr. Nicht einmal danach. Es machte sie traurig. Zermürbt, dachte sie. Bist du endlich zermürbt.

Um 11 Uhr waren schon alle da. Eine Tür stand offen. Helene hatte sie vorher nicht gesehen. Stufen führten hinunter. Im Studio war eine Plattform auf einem Gerüst eingerichtet. Scheinwerfer waren auf die Plattform gerichtet. Das Studio lag tief unter der Erde. So schien es Helene. Nadolny und Nestler standen beim Fotografen. Sie durften nicht rauchen. Große Schilder verboten das. Nadolny und Nestler fragten den Mann, ob es nicht eine Ausnahme geben könne. Sie standen herum. Traten von einem Bein auf das andere. Griffen nach den Krawatten und rückten sie zurecht. 2 Assistenten richteten die Scheinwerfer ein. Kletterten auf dem Balkon oben herum. Und auf dem Gerüst. Der Fotograf schrie Anweisungen hinauf. Nadolny und Nestler sprachen leise. Als wären sie beim Zahnarzt. Im Wartezimmer. Der Fotograf war der Mann hinter der Glastür gewesen. Er sagte immer wieder zu Nadolny, »und ihr seid's ruhig. Ja! Wir arbeiten hier nämlich.« Und Nadolny nickte. Eifrig. Nach einer halben Stunde kam eine Frau durch eine Tür auf den Balkon. »Wir kommen jetzt«, rief sie. Der Fotograf ging hinter seine Kamera. Oben kam das Model durch die Tür. Sie hatte nichts an. Ohne Licht sah die Goldfarbe schmutzig aus. Sie ging hinter der Frau, die heruntergerufen hatte. Die beiden Frauen hatten Streit gehabt. Die ältere ging vorwurfsvoll mißbilligend. Aber sie hatte gewonnen. Sie hatte die Schulter nach hinten gezogen und das Kinn hoch. Sie ging schnell. Das Model wirkte trotzig. Schaute nicht auf. Schlich. Schlurfte mehr, als sie ging. Sie kam die Stufen herunter und kletterte zur Plattform hoch. Sie sah niemanden im Raum an. Die Männer starrten auf die hochkletternde Frau. Sie stellte sich ins Licht. Sie streckte die Arme hoch. Stellte ein Bein etwas vor. Sie war schön. Sie war die junge Frau hinter der Glastür gewesen. Der Fotograf gab Anweisungen. Es wurde am Licht geändert. Das Model Karin sollte den Kopf heben. So. Als sähe sie in die Sonne. Oder sonst etwas Schönes. Nadolny fragte zaghaft, ob sie nicht lächeln könne. Ein bißchen. Verzückt. Dafür würde sie nicht bezahlt, rief die junge Frau von oben herunter. Und der Fotograf solle sich beeilen. Sie wolle nicht sterben. Nicht wegen ein paar Scheißfotos. Helene sah Nestler zu der jungen Frau hinauf starren. Er stand, die Hände auf dem Rücken ineinandergelegt. Er wippte. Er ließ sich auf die Zehenballen vorrollen. Und dann auf die Fersen zurückkippen. Helenes Hände schmerzten. Die linke Hand klopfte leicht. Sie wollte weg. Der Fotograf machte Aufnahmen vom Rücken der jungen Frau. Er gab wieder Anweisungen, einen Scheinwerfer zurechtzurücken. Die junge Frau ließ die

Arme fallen. Sie mache nicht mehr weiter. Wie spät es sei. Es wären erst 25 Minuten, sagte der Fotograf. Und sie solle sich nicht so anstellen. Eine Stunde könne man das schon aushalten. Mit der Farbe auf der Haut. Helene machte die Vorstellung nervös, die Haut vollständig verklebt zu haben. Der Gedanke daran ließ sie nach Luft schnappen. Die stickige Luft im Atelier. Die Hitze. Kein Licht. Helene wollte weg. Karin hatte noch einmal die Arme gen Himmel gestreckt und die rechte Hüfte vorgeschoben. Der Fotoapparat klickte surrend. Das Model griff sich an den Kopf. Helene hörte den Fotografen »hysterische Ziege« flüstern. Der Fotoapparat surrte länger. Dann sagte der Fotograf, er glaube, er habe, was er bräuchte. Und Karin solle duschen gehen. Die junge Frau kletterte vom Podest. Ging an Nadolny und Nestler vorbei. Die versuchten, sie anzulächeln. Verlegen. Karin sah böse vor sich hin. Ging zu den Stufen zum Balkon. Hinauf und verschwand. Die andere Frau hinter ihr. Helene ging auch. Sie wollte ins Freie. Sie mußte die Klinke der schweren Stahltür zum Atelier mit dem Ellbogen aufdrücken. Ihre Hände schmerzten.

Helene fuhr ins Büro zurück. Nadolny und Nestler waren vor ihr da. Nestler saß auf der schwarzen Ledercouch in Nadolnys Zimmer. Nadolny schenkte aus einer Sektflasche ein. Helene mußte an der offenen Tür vorbeigehen. Nestler prostete ihr zu. Nadolny sagte gerade zu Nestler, »das macht er immer. Er muß sie. Vorher. Sonst kann er nicht fotografieren!« Bei »fotografieren« brach Nadolny in Gelächter aus. Prustete. Helene ging an ihren Schreibtisch. Ging zurück und schloß die Tür. Sie setzte sich hin. Lehnte sich zurück. Die linke Handfläche pochte. Helene stützte den linken Arm auf dem Schreibtisch auf und hielt die Hand in die Höhe. Das Pochen verwandelte sich in ein Ziehen. Helene versuchte, den Ringfinger zu bewegen. Sie mußte mit der rechten Hand nachhelfen. Der Anfang der Bewegung mußte von außen gemacht werden. Dann konnte sie den Finger weiter abbiegen. Oder den Klingonengruß machen. Die Kinder hatten sehr gelacht über sie. Weil sie diesen Gruß aus dem Raumschiff Enterprise nicht nachmachen hatte können. Diese Unerreichbarkeit des Ringfingers machte Helene Unruhe im Bauch. Nadolny riß die Tür auf. Ob sie schon den Verteiler für die Pressekonferenz fertig hätte. Er wolle ihn haben. Helene reichte ihm die Mappe. Nadolny nahm sie und ging. Er ließ die Tür offen stehen. Helene hörte, wie er in sein Zimmer stürzte. Die Tür zuwarf. Und dann Gemurmel. Frau Sprecher redete mit jemandem am Telefon. Helene nahm ihre Handtasche. Sie ging zu Frau Sprecher. Wollte sich verabschieden. Das Gespräch schien noch länger zu dauern. Helene hielt ihre linke Hand hoch. Verzog den Mund. Deutete, sie ginge jetzt. Frau Sprecher nickte und winkte. Helene ging hinaus. Sie drückte auf den Knopf für den Lift. Stieg ein. Sah sich im Spiegel an der hinteren Liftwand. Stieg aus. Ging aus dem Haus. Helene blieb noch einen Augenblick in der kleinen Halle stehen. Die Nachmittagssonne fiel in die Gasse. Es war kein Schatten draußen. Es roch nach Staub und Hitze. Helene stieß die Tür auf. Ließ den Türflügel schwingen. Sie hatte das Auto links. Bei der Bundesländerversicherung. Helene holte ihre Sonnenbrille aus der Handtasche. Es war nicht weiterzumachen. Nicht in diesem Büro. Helene wunderte sich, wie wenig sie dieser Gedanke erschreckte. Helene fuhr nach Hause. Autofahren war immer noch schwierig. Beim Schalten konnte sie das Lenkrad nur mit dem Daumen und dem Zeigefinger links halten.

Zu Hause fand Helene die Kinder beim Lesen. Sie hatten sich ihr Essen aufgewärmt. Helene hatte vorgekocht. Zur Zeit waren ohnehin nur Nudeln mit Tiefkühlsaucen möglich. Helene hätte nichts schneiden können. Es war keine Post da. Es kam kaum noch Post. Für Gregor gar nichts mehr. Nicht einmal Kontoauszüge. Die Frau in der Creditanstalt in der Schottengasse wußte also seine Adresse. Einladungen waren immer seltener geworden. Über den Sommer waren sie fast ganz ausgeblieben. Es lag eine Einladung auf dem Tischchen im Vorzimmer. Eine Firma »Rund um den Haushalt« lud ins »Steirerbeisl« zu einem hochinteressanten Vortrag zum Thema »Das Kostbarste aus der Natur zum Wohle Ihrer Gesundheit« ein. 1 zehnteiliges Küchenmesserset mit Wellenschliff und Sicherheitsgriff und zusätzlich ein Spiegel mit Beleuchtung, mit Batterien und Tragetäschchen wären sofort mitzunehmen. Und Freunde sollte man mitbringen. Helene fragte die Kinder, ob sie nicht spazierengehen wollten. Sie mache sich nur noch einen Kaffee. Man sollte hinausfahren. An den Langen Weg. Oder so. Die Kinder wollten mitkommen. Aber nur, wenn sie auch auf den Spielplatz gingen. Helene sagte »ja« und ging den Kaffee kochen. Die Kinder sollten schon einmal die Schuhe anziehen. Und Jacken mitnehmen. Gegen Abend würde es kühl. Katharina brachte Helene den Kurier in die Küche. Die Großmutter schicke das. Sie hätte angestrichen, was für sie interessant sei. Helene setzte sich mit ihrem Kaffee an den Tisch und blätterte die Zeitung durch. Der Artikel war mit blauem Kugelschreiber angezeichnet. Die Schwiegermutter hatte am Rand neben dem Artikel ein großes Rufzeichen gemalt. Und Püppis Namen unterstrichen. Helene wunderte sich. Woher wußte die alte Frau Püppis Namen. Püppi. Konstanze Storntberg war tot. Sie war tot gefunden worden. In ihrer Wohnung im 4. Bezirk. Sie mußte schon einige Tage tot gewesen sein. Hausbewohner hatten die Polizei benachrichtigt. Die Todesursache stünde nicht fest. Es würde untersucht. Der Artikel war klein. Ein Absatz. Auf der Seite Lokales. Helene riß die Seite aus dem Kurier und faltete sie zusammen. Sie legte sie in G. K. Chestertons »Der Mann, der Donnerstag war« und stellte das Buch in eines der leeren Regale im Bücherschrank. Die Kinder sollten das so nicht lesen. Sie würde es ihnen sagen. Irgendwann. Die Kinder hüpften im Vorzimmer herum. Helene zog andere Schuhe an. Dann fuhren sie los.

Helene ließ die Kinder am Spielplatz zurück. Sie ging voraus. Sie sollten nachkommen. Der Spielplatz war unter einer Riesenlinde in der Mitte des Kellerbezirks von Obermalebarn.

Helene ging aus der Kellergasse hinaus. Auf den Langen Weg. Beim Marten. Auf dem ersten Hügel. Gleich am Anfang des Wegs war das Marienbild ausgetauscht worden. Vorher war das Bild von einer Marienikone hinter der Glasscheibe gehangen. Jetzt hing das Bild der Muttergottes von Fatima da. Neu und glänzend. Astern blühten um den Steinsockel. Die Felder waren abgeerntet. Auch die Rüben und die Erdäpfel waren heraußen. Auf manchen Feldern stand Klee. Die Erde glänzte dunkelbraun. Die Hügel rechts führten wieder in den Himmel hinauf. Nach links lagen die weitgezogenen Hügel. Die Bäume in den Wäldchen waren noch nicht verfärbt. Aber das Licht war Herbstlicht. Klar. Glänzend. Als wäre alles ganz nah. Helene ging den Hügel hinunter. Sie hielt mit dem rechten Arm den linken. Hielt die linke Hand in die Höhe. Schräg vor der Brust. Sie ging langsam. Sie ging bis zur Weggabelung, bis zu der sie immer gegangen war. Wenn sie allein gewesen war. Bis zu der man keine Straße und keinen Strommast sehen mußte. Dort drehte sie um und ging zurück. Hätte sie das Telefon angelassen. Hätte Püppi sie angerufen? Und wäre sie hingefahren? Und würde Püppi dann noch leben? Und Sophie? Was würde nun aus Sophie. Sie würde auch Sophie nie wieder sehen. Helene fand die Kinder immer noch auf dem Spielplatz. Helene rief die Mädchen. Die wollten noch bleiben. Helene wollte weg. Nach einigem Sträuben kamen sie dann endlich. Helene fuhr mit ihnen bis an die tschechische Grenze. Die Hände schmerzten. Aber Helene wollte weites Land um sich. Und den Himmel. Der Gedanke, in der Wohnung zu sitzen, machte ihr die Brust schwer. Und Angst. Sie mußten dann zurück. Die Kinder hatten noch Schulaufgaben zu machen. Sie könnten doch zu Hause bleiben. Morgen. Schlug Helene vor. Die Kinder wollten nicht. Dann müßten sie nachschreiben. Das wäre zu fad, meinten sie.

Helene saß lang in die Nacht im Wohnzimmer. Sie hatte immer wieder das Zeitungsblatt aus dem Buch geholt und gelesen. Sie hatte überlegt, wen sie anrufen sollte. Genaueres zu erfahren. Ob sie jemanden anrufen sollte. Sie steckte das Telefon nicht ein. Lange nach Mitternacht ging Helene in die Küche. Sie suchte die große Rein zum Marmeladekochen aus dem Kasten hervor. Sie füllte sie mit Wasser und stellte sie auf eine Flamme. Helene hatte früher selbst Marmelade gekocht. Gregor hatte sie gerne gegessen. Er hatte dann aufgehört, Süßes zu essen. Und die Marmeladen waren stehengeblieben. Helene mochte keine Marmeladen. Es gab noch zwei Gläser Kirschenmarmelade, die so alt waren wie Barbara. Die Rein war groß. Es dauerte lange, bis das Wasser zu kochen begann. Helene hatte sie nicht ausgewischt. Staub und Spinnwebfäden schwammen obenauf. Als das Wasser wallend kochte, holte Helene alle CDs, Kassetten und Langspielplatten. Sie warf sie ins kochende Wasser. So würden sie sicher kaputt. Sie zerbrach die Langspielplatten. Spulte die Bänder der Kassetten ab. Steckte die CDs dazwischen. Sie sah dem Wasser zu. Wie es hochsprudelte. Zwischen den silberglänzenden Scheiben. Die Bänder hochtrieb. Wie das Wasser sich verfärbte. Wie es zu stinken begann. Sie drehte die Flamme dann ab. Schüttete das Wasser weg und stellte die Rein zurück auf den Herd. Zum Abkühlen. Sie legte ein Geschirrtuch über die Rein. Irgendwo mußte ein Deckel sein. Sie war zu müde, ihn zu suchen. Helene ging ins Wohnzimmer zurück. Ging auf und ab. Sah beim Fenster hinaus. Legte sich aufs Bett. Warf sich auf die Couch. Lungerte in den Sesseln. Ließ sich ein Bad ein. Ließ das Wasser wieder aus. Alles war falsch. Helene suchte nach den Valiumtabletten von Dr. Stadlmann. Fand sie nicht. Sie konnte auch nicht mehr weinen. Schreien. Sie hätte schreien können. Aber die Kinder. Zwischen den Schluchzanfällen. Wenn sie wieder Luft bekommen konnte, stand sie still. Oder lehnte sich gegen eine Wand. Sie konnte es nicht fassen. Daß das das Leben sein sollte. Und sie wußte zur gleichen Zeit, daß sie es mild abbekam. Daß das Grauen zu steigern war. Wie allein mußte Püppi gewesen sein. Helene mußte sich vorbeugen, den Schmerz in der Mitte und in der Brust ertragen zu können.

Am Morgen stellte Helene die Rein mit den gekochten CDs, Schallplatten und Tonbändern in den Kasten zurück. Sie hatte den Deckel gefunden. Die CDs, Schallplatten und Kassetten hatten alle Gregor gehört. Wenn er seine Musik zurückhaben wollte, dann würde er sie bekommen. Gekocht. Gregor hatte hauptsächlich Opern gehört. In der Rein war am Morgen eine häßliche klumpige Masse gewesen. In der die CDs steckten. Und die Bänder sich wanden. Helene machte Frühstück für die Kinder. Schickte sie in die Schule und legte sich ins Bett. Als sie wieder aufwachte, war es schon fast 12 Uhr. Sie rief im Büro an. Sie ließ sich mit Nadolny verbinden. Frau Sprecher wollte plaudern. Wie es ihr ginge. Helene bat, sie schnell zu verbinden. Mit einem pikierten, »Frau Gebhardt, für Sie«, bekam Helene Nadolny ans Telefon. Sie würde sich bei Frau Sprecher entschuldigen. Ein anderes Mal. Helene sagte Nadolny, sie würde nicht mehr kommen. Und ob er sie kündigen könnte. Wegen des Arbeitslosengelds. Nadolny sagte sofort, er würde das machen. Wenn sie das so wünsche. Selbstverständlich. Nadolny war sehr freundlich. Er hatte offensichtlich jemanden im Zimmer, vor dem er gut dastehen wollte. Ob Helene sich das wirklich überlegt hätte? »Ja«, sagte Helene. Ja. Das habe sie. Sie habe sich das alles sehr gründlich überlegt. Dann rief sie bei Dr. Loibl an. Der sei nicht da, hieß es in seiner Kanzlei. Er solle zurückrufen. So bald wie möglich. Es sei dringend.

Helene bekam nicht gleich einen Sitzplatz. Sie stand an der Tür. Lehnte sich an den Türrahmen. Faltete ihre Zeitung auseinander und begann zu lesen. Wenn Helene zum Arbeitsamt in der Herbststraße mußte, fuhr sie zuerst auf den Franz Josephs Bahnhof und kaufte Zeitungen. Die Neue Zürcher. Den Guardian. Auf dem Arbeitsamt gab sie dann am Schalter für die Buchstaben F–I ihre Papiere ab und las in den Zeitungen. Menschen kamen. Gingen. Kinder liefen herum. Ein Baby weinte. Ein anderes schlief. Nach einer halben Stunde wurde ein Platz frei. Helene setzte sich. Sie begann wieder zu lesen. In allen Zeitungen dominierte die deutsche Wiedervereinigung. Helene ließ die Zeitung sinken. Faltete sie wieder zusammen. Sah vor sich hin. Am Gang. Draußen. Beim Lift gingen die Raucher auf und ab. Inhalierten hastig. Drückten ihre Zigaretten aus und kehrten auf ihre Plätze zurück. Menschen gingen in die Büros. Andere kamen neu herein. Zogen Nummern. Warteten. Andere gingen hinaus. Es dauerte nie sehr lange. Helene müßte Kurse machen, hatte man ihr gesagt. EDV. Buchführung. Etwas in dieser Richtung. So war sie nicht vermittelbar. Helene setzte sich auf. Die Namen wurden über Lautsprecher ausgerufen. Es war Helene schon passiert, ihren Namen zu überhören. Zuerst würde sie einen Computerkurs machen. Gregor war vom Vormundschaftsgericht zur Nachzahlung und Zahlung von Alimenten verurteilt worden. Das Geld mußte nur eingetrieben werden. Dr. Loibl hatte gemeint, Gregor werde es nicht zu einer Verständigung des Dienstgebers und zu einer Pfändung der Bezüge kommen lassen. Das Geld sollte also bald da sein. Helene lehnte den Kopf gegen die Wand hinter sich. Zuerst würde sie den Computerkurs machen. Und dann war Weihnachten. Und dann. Im nächsten Jahr würde alles besser werden. Helene wurde aufgerufen.

Marlene Streeruwitz

Entfernung.

Roman

480 Seiten. Gebunden

»Entfernung.« ist die Chronik eines Lebens im Moment seiner drohenden Zerstörung. Selma Brechthold erlebt die Globalisierung als Angriff auf ihre Person. Sie verliert, was sie ausmacht. Der Strudel der Ereignisse wird zum Abgrund. Die Angst wird Wirklichkeit, als der Terror London lahm legt. Um überleben zu können, muss sie ihre Wahrheit finden.

Die Sprache dieses Romans ringt um das Überleben der Figur. In dieser präzise komponierten, virtuos instrumentierten Geschichte entfaltet Marlene Streeruwitz ihre Kunst der genauen Beobachtung auf höchstem Niveau. »Entfernung.« ist ein Zeitdokument, ein künstlerisches Statement, ein großer Roman von Marlene Streeruwitz.

Weitere Bände in der

ISBN 978-3-86615-501-5
112 Seiten

ISBN 978-3-86615-502-2
592 Seiten

ISBN 978-3-86615-505-3
256 Seiten

ISBN 978-3-86615-506-0
192 Seiten

Süddeutsche Zeitung | Bibliothek

ISBN 978-3-86615-503-9
160 Seiten

ISBN 978-3-86615-504-6
208 Seiten

ISBN 978-3-86615-507-7
416 Seiten

ISBN 978-3-86615-508-4
128 Seiten